KJB

Holly Smale wollte schon im Alter von fünf Jahren schreiben, als sie feststellte, dass Bücher nicht wie Äpfel auf Bäumen wachsen. Ihre Leidenschaft für Geschichten führte sie zu einer Reihe von Abenteuern, darunter Modeln, Unterrichten von Kindern in Japan sowie Rucksackreisen durch Dutzende von Ländern auf der ganzen Welt. Sie studierte Literatur und Feminismus an der Universität in Bristol, England. Ihre Serie über das *Geek Girl* Harriet war ein riesiger Erfolg und verkaufte sich weltweit über drei Millionen Mal. *Happy Girl* ist der erste Band ihrer neuen Serie über *Die Valentines – verdammt berühmt*.

Alle Bände der Trilogie *Die Valentines – verdammt berühmt*:
Band 1: *Happy Girl*
Band 2: *Perfect Girl*
(erscheint voraussichtlich im Frühjahr 2021)
Band 3: erscheint voraussichtlich im Herbst 2021

Weitere Informationen zum Kinder- und Jugendbuchprogramm der S. Fischer Verlage finden sich unter *www.fischerverlage.de*

HOLLY SMALE

Die VALENTINES
verdammt berühmt

Happy Girl

Band 1

Aus dem Englischen
von Petra Koob-Pawis

KJB

Aus Verantwortung für die Umwelt hat sich der Fischer Kinder- und Jugendbuch Verlag zu einer nachhaltigen Buchproduktion verpflichtet. Der bewusste Umgang mit unseren Ressourcen, der Schutz unseres Klimas und der Natur gehören zu unseren obersten Unternehmenszielen.

Gemeinsam mit unseren Partnern und Lieferanten setzen wir uns für eine klimaneutrale Buchproduktion ein, die den Erwerb von Klimazertifikaten zur Kompensation des CO_2-Ausstoßes einschließt.

Weitere Informationen finden Sie unter: *www.klimaneutralerverlag.de*

MIX
Papier aus verantwortungsvollen Quellen
FSC® C083411
FSC www.fsc.org

Erschienen bei FISCHER KJB

Die englische Originalausgabe erschien 2019 unter dem Titel
The Valentines – Happy Girl Lucky
bei HarperCollins Children's Books,
a division of HarperCollinsPublishers Ltd, London

Umschlaggestaltung und -abbildung: Frauke Schneider unter Verwendung eines Motivs von Levskaia Kneniia/shutterstock
Satz: Dörlemann Satz, Lemförde
Druck und Bindung: CPI books GmbH, Leck
Printed in Germany
ISBN 978-3-7373-4196-7

Für Autumn.
Es ist eine *Doggy-dog-Welt*,
und das wird sie auch immer bleiben.

I

Einblendung: Regent's Park, London, ein Frühlingsmorgen

HOPE, fünfzehn, von der Sonne ins Gegenlicht getaucht. Ihr blaues Seidenkleid flattert im Wind. Glänzende Haare, makellose Haltung – man sieht auf den ersten Blick, dass sie der Star des Films ist. Vor ihr steht ein HÜBSCHER JUNGE.

JUNGE (mit verzaubertem Blick) Wir sind uns noch nie zuvor begegnet, aber es kommt mir vor, als würden wir uns kennen.
HOPE Genau das habe ich mir auch gedacht.
JUNGE (mit wachsender Faszination) Glaubst du an Schicksal, wunderschöne Fremde?
HOPE (schüchtern) Natürlich. Nichts geschieht ohne Grund.
JUNGE Dann ... bist du vielleicht mein Grund?

JUNGE streckt die Hand aus. Melodie von »Teddy Bears Picnic« setzt ein.

HOPE Das alles passiert so *TRÖT* schnell ...
JUNGE Und doch haben wir unser ganzes Leben darauf gewartet. Komm, nimm meine *TRÖT* Hand und lass uns gemeinsam – *TRÖT, TRÖT, TRÖT, TRÖT*

TRÖÖÖÖÖÖT.

Blinzelnd starre ich auf die ausgestreckte Hand.

»Mit Topping obendrauf?«, fragt der JUNGE und gähnt mit geschlossenem Mund. »Wir haben Schokosoße und Schokostreusel. Oder Erdbeersoße und Nüsse, aber die sind extra. Außerdem Butterscotch oder Toffee. Schokoraspel sind ebenfalls extra, genauso wie Toffeestückchen und –«

Ich seufze. Er kriegt das Skript einfach nicht auf die Reihe.

Vor ein paar Sekunden war ich noch die romantische Heldin, die mit ihrem Seelenverwandten alles hinter sich lassen will – jetzt stehe ich einem Willi-Wonka-Verkäufer gegenüber. Wie immer ziehe ich meine Version eindeutig vor.

»Ja, bitte …« Ich lächle liebenswürdig, als hinter mir schon wieder das Auto hupt. »Also … egal. Für mich bitte ohne alles.«

»Das macht dann ein Pfund dreißig.«

Mit einem strahlenden Lächeln, das meine Grübchen voll zur Geltung bringt, reiche ich ihm das Geld und werfe ihm – dank meiner überragenden Schauspielkünste – über die Theke hinweg einen Blick zu, der nicht nur komplexe Gefühle widerspiegelt, sondern vom Fleck weg einen Oscar verdient hätte.

Der JUNGE starrt mich an. »Es fehlen zehn Pence.«

»Ups!« Bei all dem Wimpernklimpern habe ich wohl nicht richtig hingeschaut. »Hier, bitte.«

Unsere Fingerspitzen berühren sich leicht. Ich betrachte

sie und warte auf den Blitz oder die sprühenden Funken, vielleicht sogar einen überirdischen Schwebezustand. Aus der Nähe sieht man die dünnen schwarzen Ränder unter den Fingernägeln des Jungen und die roten Pusteln auf seinen Wangen, außerdem ist seine Schürze mit Schokolade verschmiert. Ich trage eine schwarze Jeans und ein neonfarbenes bauchfreies Oberteil, obwohl es eindeutig nach Regen aussieht. Tja, die Realität schmeichelt weder ihm noch mir.

Aber da ist *definitiv* Potenzial vorhanden. Der Film muss eine neue Wendung nehmen, und zwar schnell.

»Also«, sage ich, als es erneut laut hupt. »Was ist dein Sternzei–«

»HOPE! WAS MACHST DU DA? WOLLTEST DU NICHT AUFS KLO? HAST DU VERSTOPFUNG ODER WAS? STEIG SOFORT EIN, SONST FAHREN WIR OHNE DICH LOS!«

Okay, das Wort *Klo* in meiner großen Eröffnungsszene geht gar nicht, und *Verstopfung* muss auch gestrichen werden.

Der Blick des Jungen gleitet über meine Schulter hinweg. Seine Augen werden kugelrund, als er den am Straßenrand parkenden Luxusschlitten entdeckt.

»Whoa!«, ruft er wie elektrisiert. »Ist das ein –«

»Jep.« Ich trete einen Schritt zurück. »Allerbesten Dank für dieses Eis, gütiger Fremdling. Ich werde es für immer in Ehren halten – zumindest so lange, bis es geschmolzen oder aufgeschleckt ist.«

Unter den bewundernden Blicken des Jungen löse ich mit einer schnellen Handbewegung meinen zerzausten Haarknoten und schüttle unnachahmlich elegant meine schwarzen Locken.

Dann werfe ich einen hinreißenden Blick über die Schulter.

HOPE Ich fürchte, ich muss gehen, aber unsere kurze Begegnung wird für alle Zeiten in meinem Herzen bleiben.

»Bye!«, rufe ich und winke fröhlich zum Abschied.

JUNGE Auf Wiedersehen, Mädchen meiner Träume. Eiscreme zu verkaufen wird für mich nie wieder so sein wie früher.

Der Eiscremejunge runzelt die Stirn und schaut mich verdattert an. »Bye?«

Wusch! Ein ungeahntes Glücksgefühl überwältigt mich. Beim nächsten Besuch wird er mich wiedererkennen, mich nach meinem Namen fragen und mir seine ewige Liebe erklären und so weiter.

Der hier ist definitiv DER EINE.

»HOPE, DU DUMME NUSS!«, ruft meine Schwester charmant wie immer. »STEIG ENDLICH EIN!«

»Komme!«, rufe ich zurück.

Entzückt über den vielversprechenden Auftakt an diesem Morgen eile ich zum Auto – in meinem flatternden blauen Kleid, das es nicht gibt.

Szene wird ausgeblendet.

2

♋ Krebs: 22. Juni – 22. Juli

Krebs, du besitzt die natürliche Gabe, eine Verbindung zu anderen Menschen aufzubauen. Heute befinden sich Merkur und Venus im vierten Haus, das für Familie, Zuhause, Wurzeln und Eltern steht. Nutze deine Talente, um engere Bande zu knüpfen.

Ich bin Hope, die neue weibliche Hauptfigur.

Vor fast sechzehn Jahren haben meine Eltern einen Blick auf das strahlende Gesicht ihrer neugeborenen Tochter geworfen und gedacht: *Dieses Mädchen verkörpert Regenbogen, Sonnenaufgang und den Kuss am Ende eines Films. Sie wird hüpfen, wenn alle anderen nur gehen. Sie wird in allem das Beste sehen, wird nie nach einem Silberstreif am Horizont Ausschau halten, denn für sie hat der Himmel keine Wolken.*

Und was soll ich sagen? Es hat total funktioniert.

Hope – mein Name ist Programm. Hoffnung gehört untrennbar zu mir, sie ist in meinem tiefsten Inneren verborgen wie der Kern einer Kirsche oder der Stein einer Avocado. Meine älteste Schwester Mercy hingegen hat, anders als die Bedeutung ihres Namens vermuten lässt, nicht die leiseste Spur von Mitleid. Sie hat ihren Namen in den Boden gestampft und mit Erde zugeschüttet, um dann so schnell und so weit wie möglich wegzurennen.

Das ist ein bisschen so wie bei einer … Kartoffel.

»Was ist *los* mit dir?«, blafft Mercy, als ich, meine kostbare Eiscreme behutsam balancierend (Seine Eiscreme! Eine Kreation aus *seiner* Hand!), vorsichtig auf der Rückbank der Limousine Platz nehme. »Im Ernst, das ist keine rhetorische Frage, Pudel. Wie lautet deine medizinische Diagnose?«

Sehnsüchtig streiche ich mit den Fingerspitzen über die Fensterscheibe und blicke dem Eiswagen hinterher, der sich langsam entfernt. Goodbye zu sagen kann manchmal so schwer sein.

HOPE Bis zum nächsten Mal, mein schokoladiger Liebesheld.

Musik setzt ein.

Ende der Szene.

»Nenn mich nicht Pudel!« Ich drehe mich zu meiner Schwester um und schlecke an meiner Eiscreme. »Das kann ich nicht leiden, das weißt du genau.«

»Wie wär's stattdessen mit Pups?« Seufzend legt Mer ihre Füße in den hochhackigen Stiefeln auf den Sitz neben mich. »Riecht schlecht, ist in der Öffentlichkeit peinlich und kommt immer im falschen Moment.«

»So bin ich nicht.«

»Bist du doch.«

»Bin ich nicht.«

Ich strecke ihr die Zunge raus, aber Mercy tut so, als würde sie es nicht bemerken. Mercy ist siebzehn und der Inbegriff von Glamour; heute hat sie ihre schwarzen Haare zu einem straffen Knoten zusammengebunden und trägt knallroten Lippenstift, ein schwarzes Seidenshirt, einen schwarzen Kapuzenmantel und eine schwarze Lederhose.

Auch die Autositze sind aus schwarzem Leder. Es quietscht, wenn meine Schwester sich bewegt. Vielleicht sind das die Seelen der armen Kühe, die sich gegenseitig in ihrer neuen Daseinsform begrüßen.

Ohne Vorwarnung fange ich an zu kichern.

»Ist dir das Gehirn eingefroren?«, faucht Mer mich an und poliert ihren makellosen roten Fingernagel. »Oder ist spontane Hysterie nur eine weitere Nebenwirkung, wenn man ein Vakuum im Kopf hat?«

»Mercy.« Faith blickt von ihrem Fitnesstracker hoch. »Kannst du Hope nicht in Ruhe lassen? Ist es denn wirklich so schlimm, wenn wir ein bisschen zu spät kommen?«

Während ich meinen Namen verinnerlicht habe und Mercy den ihren ausradiert hat, trägt meine sechzehnjährige Schwester Faith ihren Namen wie eine Blume vor sich her: Sie ist immer sanft, immer bewundernswert, immer liebenswürdig.

Außerdem ist sie wunderschön.

Ja, ich weiß, das ist kein Charakterzug, aber wenn meine mittlere Schwester Faith eine Filmrolle wäre, dann würde genau das als Figurenbeschreibung im Skript stehen, denn Effies vollkommenes Gesicht ist immer das Erste, was allen auffällt, nur sie selbst scheint es nie zu bemerken.

Was totale Verschwendung ist. Wenn mein Gesicht irgendwann im Lauf des nächsten Jahres die gleichen perfekten Züge annimmt wie ihres, werde ich *definitiv* das Beste für mich daraus machen.

Gebrochene Herzen, wohin man auch schaut.

»Ja«, sagt Mercy schnippisch und sieht mich giftig an. »Ich habe an einem Sonntag Besseres zu tun, als zuzusehen, wie meine nervige kleine Schwester einen pickeligen Eiscremeverkäufer mit ihren Kuhaugen anhimmelt.«

»Erstens«, erkläre ich geduldig, »habe ich keine Kuhaugen. Sie sind geheimnisvoll und wie geschaffen dafür, zu verlocken und zu verführen. Und zweitens ist seine Akne eindeutig am Abheilen, denn er hat überall kleine Krusten, *ha*!« Triumphierend verschränke ich die Arme.

Mercy schaut mich fassungslos an und klatscht ihre Hand gegen die Stirn.

»Wir nähern uns dem Eingangstor«, mischt Effie sich ein. »Könnt ihr also bitte mal mit eurem Hickhack aufhören, vielleicht für fünfundvierzig Sekunden? Seid nett zueinander, setzt euer Pokerface auf, denn rechts –«

Das Auto kommt mit quietschenden Reifen zum Stehen.

»Yo, yo, *yo*!«, ruft Max. Er reißt die hintere Tür auf und streckt grinsend seinen kurzgeschorenen Kopf zu uns herein. »Wie ich sehe, wollen die drei Hexen sich heute ganz ohne

Besen *verlustieren*? Wie geht's, wie steht's, meine Freundinnen der Nacht?«

Alles, was man über meinen neunzehnjährigen Bruder wissen muss, ist, dass er seinen Namen *sehr* wörtlich nimmt.

»Was zum –«

»Ich will in diesem Auto keine Kraftausdrücke hören, Meernixe.« Lachend schubst Max unsere Schwester zur Seite und setzt sich mir gegenüber. Seine Ripped Jeans geben den Blick auf seine braunen Knie frei. »Freust du dich denn gar nicht, mich zu sehen, Schwesterherz? Ich weiß, dass du dich freust, denn meine bloße Anwesenheit zaubert ein Glühen in dein Gesicht.«

Er beugt sich vor und verzieht mit den Fingern Mercys Mund zu einem roten Horrorfilmlächeln.

Verärgert stößt sie ihn von sich. »Wie schaffst du es nur, so eine Nervensäge zu sein?«

»Keine Ahnung.« Max lässt sich ins Polster fallen und verschränkt lässig die Hände über dem Kopf, während er so tut, als würde er über ihre Frage nachdenken. »Ich möchte ja gerne von einem Geschenk der Götter sprechen, aber ich will nicht lügen – ich habe in letzter Zeit Abendunterricht genommen, um mein Nervensägenpotenzial voll auszuschöpfen.«

Dann gähnt er ausgiebig, zeigt dabei alle Backenzähne, seine Mandeln und einen einzelnen Spuckefaden – und sieht trotzdem noch attraktiv aus.

»Was heißt *verlustieren*?«, frage ich und beuge mich neugierig vor.

»Das sagt man, wenn man kleine Tierchen verloren hat, Babybär«, antwortet mein Bruder lachend und zerzaust meine Lockenmähne. »Ich muss euch warnen: Da draußen wimmelt es von Paps und Journos. Aber keine Sorge, meine geliebten Schwestern, ich war schon etwas früher da und habe der Meute ein paar Informationshäppchen zum Fraß vorgeworfen. Ich habe ihnen klargemacht, wie sehr wir uns gegenseitig eine Stütze sind und dass wir uns in diesen schweren Zeiten beistehen und so weiter und so fort …«

Er grinst übermütig. Faith wirft Mercy einen Blick zu.

Das erklärt die verspiegelte Sonnenbrille, die Max trägt, obwohl es inzwischen in Strömen regnet. (Genau genommen haben meine Haare vorher auch nicht im Sonnenschein geschimmert, das war ein kleines Extra aus der gut ausgestatteten Special-Effects-Abteilung meines Gehirns.)

»Mein Gott, Max«, zischt Mercy, die sich offensichtlich darüber ärgert, dass sie nicht selbst auf die Idee gekommen ist. »Du willst mal wieder um jeden Preis ins Rampenlicht, was?«

»Mein Gott, Mer.« Max lacht amüsiert. »Mal wieder eifersüchtig, was?«

Das Auto biegt um die letzte Kurve.

Ich verspüre ein aufgeregtes Flattern im Bauch. Es ist sehr wichtig, aus jeder Situation das Beste herauszuholen.

Mit geübter Hand zupfe ich meine Frisur zurecht und frische meinen roten Lippenstift auf. Wenn mir jemand gesagt hätte, dass uns Paparazzi erwarten, hätte ich mir mehr Mühe beim Contouring gegeben und darauf geachtet, dass meine Wangenknochen durch das getönte Fenster gut zu erkennen sind.

Das Auto kommt zum Stehen. Meine Geschwister und ich tauschen Blicke aus – für einen kurzen Moment vereint durch das, was uns draußen erwartet.

»Bereit?«, fragt Faith und beißt sich auf die Lippe.

»Auf die Plätze, fertig …«, sage ich und versuche dabei, nicht allzu vorfreudig auszusehen. »Ach so, wir sitzen ja schon auf unseren Plätzen.«

Mercy verdreht die Augen, dann schlägt sie die Kapuze ihres schwarzen Mantels hoch und nickt.

Max setzt die Sonnenbrille wieder auf. »Und … LOS!«

Auf das Kommando hin öffnen wir die Türen der großen schwarzen Limousine.

Blitzlichtgewitter und ein Sturm von Kameraklicks schlagen uns entgegen.

»Valentines! VALENTINES!«

Klick. Flash.

»Hierher! Faith! Max! Mercy! Schaut hier rüber!«

Flash, klick, flash, klick, flash.

»Redet mit uns! Könnt ihr sagen, was passiert ist? Was gibt's Neues? Wie geht es Juliet?«

»Wollt ihr ein Statement abgeben? Hierher, dreht euch hierher!«

Flash.

»Sagt doch was! Faith! Faith! Einen traurigen Blick für die Kameras bitte, Ladys!«

Flash, flash, flash, flash, flash.

Kann sein, dass ich bisher ein paar winzige Details unterschlagen habe.

Mum ist in einer Rehaklinik.

Und wir gehören zu einer der berühmtesten Familien dieses Planeten. Zu einer Dynastie von Filmstars, deren Ruhm sich über vier Generationen erstreckt.

Als ich uns vorgestellt habe, hätte ich vielleicht mit unserem Nachnamen anfangen sollen – mit dem Namen, den alle Welt kennt.

Wir sind die Valentines.

3

Du hast mich nicht erkannt, oder?

Schon okay, das ist beabsichtigt. Ich bin noch nicht sechzehn, und das bedeutet, ich darf noch nichts abhaben von dem Ruhm und dem Geld und den Schauspielrollen und den Preisen und den Partys und schicken Restaurants und den Designerklamotten und Schuhen und so weiter. Noch vier lange Monate nicht. Das ist eine eiserne Regel in unserer Familie.

Aber das heißt auch: Ich habe Zeit, um zu üben.

Wenn es so weit ist und ich endlich auf meine ungeduldig wartende Fangemeinde losgelassen werde, bin ich so talentiert und glamourös, dass meine weltberühmten Geschwister vor Neid aus den Latschen kippen. Sie werden mich anflehen, ihnen meine Filmstargeheimnisse zu verraten, damit sie es mir nachmachen können.

Ich werde die Heldin sein, auf die alle gewartet haben – die in jedem romantischen Film die Hauptrolle bekommt, ohne überhaupt vorsprechen zu müssen –, und jeder Junge, der das unverschämte Glück hat, mein Filmpartner sein zu dürfen, wird sich noch vor Ende der ersten Leseprobe Hals über Kopf in mich verlieben.

Vorerst habe ich stattdessen einen Pullover über dem Kopf.

»Kann ich jetzt bitte rauskommen?« Wenn ich mich nicht täusche, bin ich gerade durch ein großes, elektronisch gesichertes Metalltor geführt worden. Ich kann die Pieptöne hören. »Meine Nase kitzelt.«

»Wage es nicht, meinen Kaschmir-Burberry vollzurotzen.« Mercy bohrt mir ihren Finger in die Seite. »Hast du schon mal überlegt, dir Kunstfell ins Gesicht zu kleben, Pudel? Dann könnten wir uns diese Verhüllungsaktion in Zukunft sparen.«

Effie nimmt behutsam meine Tarnung ab, und die Welt kommt wieder zum Vorschein: ein nettes kleines Cottage mit einer Haustür in einem matten Graugrün, hübschen Blumen, gepflegten Hecken, kleinen Bäumen – und einem sechs Meter hohen Stahlzaun drum herum.

»Ihr braucht das nicht mehr lange zu machen«, erinnere ich meine Schwestern, während wir den feuchten Kiesweg entlangknirschen. »In etwas mehr als einem Dritteljahr werde ich so berühmt sein, dass ihr meinen Rotz auf eBay für Millionen verticken könnt. Irgendein Creep, der total besessen von mir ist, wird ihn ersteigern und daraus in einem Reagenzglas eine Mini-Rotzversion von mir züchten, damit er mich immer bei sich hat.«

Mercy untersucht entsetzt ihren Pullover auf verdächtige Spuren, bevor sie ihn in ihre Fendi-Handtasche steckt. Faith lacht.

»Ich würde ihm eine abkaufen«, erwidert sie und gibt mir einen Kuss auf die Stirn. »Dann könnte ich die Miniversion in meiner Tasche herumtragen, wenn du nicht da bist, Pudel.«

»Wie viel kostet diese lächerliche Promihütte noch mal?«, fragt Max. Effie tippt einen komplizierten Zahlencode in eine Metallbox, die unauffällig in der Steinmauer eingelassen ist. »Zwanzig Riesen pro Monat? Dreißig? Das ist doch irre.«

Die Cottagetür schwingt lautlos auf.

»Wir sollten dieses Wort hier nicht benutzen«, ermahnt uns Effie, während wir einen hochglanzpolierten Gang entlanggehen.

»Mum ist *nicht* … ihr wisst schon was«, protestiere ich. »Sie ist nur sehr, sehr müde.«

»Klar doch. Es muss anstrengend sein, zwölf Wochen am Stück den ganzen Tag lang nichts zu tun. Sicher ist unsere Mutter völlig erschöpft von all den Dampfbädern, Gesichtsmassagen und kannenweise grünem Tee. Sie muss am Ende sein, die Ärmste.«

Ich bin froh, dass Mercy mich versteht. Mum wäre nicht hier, wenn sie es nicht bräuchte. Sie wäre bei uns zu Hause oder am Filmset oder auf den Malediven für einen ausgedehnten Urlaub wie im letzten Sommer.

»Selfie!«, ruft Max, als wir uns vor der inzwischen schon vertrauten Tür versammeln. Er hält sein Handy in die Höhe. »Ich werde es posten, mit dem Titel UNTERWEGS ZUR VERRÜCKTEN FRAU AUF DEM DACHBODEN LOL, Hashtag trauriger Smiley.«

Effie sieht ihn an und schüttelt nur den Kopf, dann räuspert sie sich.

»Mum?«, sagt sie leise und klopft an die Tür. »Fühlst du dich in der Lage, Besucher zu empfangen?«

Es folgt eine lange Stille.

Nach einer Weile sind von drinnen Geräusche zu hören: ein Möbelstück wird verrückt, Reißverschlüsse von Taschen werden geöffnet, ein Schminkspiegel schnappt zu. Dann sagt eine matte Stimme: »O ja, ich denke schon. Kommt rein, ihr Lieben.«

Wir betreten eine weitläufige Suite.

Alles ist glänzend monochrom, man könnte meinen, wir seien in einen alten Schwarz-Weiß-Film geraten. Sogar die großen Blumenvasen, die überall herumstehen, sind weiß und silbern. Mum liegt auf einer Chaiselongue, kunstvoll drapiert im schmeichelhaften Licht eines hereinfallenden Sonnenstrahls. Sie trägt einen weiten weißen Seidenpyjama und ist voll geschminkt. Ihre platinblonden Haare sind perfekt geglättet, sie hat die Augen geschlossen, und eine Hand ruht elegant auf ihrer Stirn. Ich bin tief beeindruckt. Meine Mutter weiß, wie man sich in Szene setzt.

»*Nicht dein Ernst*«, sagt Mercy tonlos.

»Meine Lieblinge.« Mums Lider flattern, dann öffnet sie ihre silbrig schimmernden Augen und blickt zur Decke hoch. »Wie reizend, dass ihr gekommen seid. Ich habe euch alle schrecklich vermisst. Mit jeder Faser meines Körpers, mit meinem ganzen – *uff.*«

Ich habe mich neben sie auf die Chaiselongue plumpsen lassen.

»Mum!« Ich versuche, die Arme um sie zu schlingen. »Wir vermissen dich auch! Wie geht es dir? Hast du schon einen Spaziergang über die Felder und Wiesen gemacht?

Das wäre sehr heilsam für dich, denn du bist Stier und hast ein friedliebendes Wesen.«

»Tatsächlich?«, sagt Mum. Gedankenverloren tätschelt sie mich mit drei Fingerspitzen, während ich wieder zur Seite rutsche, um ihr mehr Platz zu lassen. Es kostet sie einige Mühe aufzustehen. »Ach herrje.«

Bedächtig streicht sie die Knitterfalten glatt, die ich in ihren Seidenpyjama gemacht habe. Dann nimmt sie mich in Augenschein.

»Hope, mein Schatz«, sagt sie mit einem leichten Stirnrunzeln. »Du musst aufrechter sitzen, sonst bekommst du eine krumme Wirbelsäule. In deinem Alter lässt sich das nur schwer korrigieren.«

»Tut mir leid«, sage ich schuldbewusst.

»Faith.« Mum schwebt zu meiner Schwester und legt ihre Hände um Effies wunderschönes Gesicht. »Mein Liebes, benutzt du die Creme, die ich dir gegeben habe? Deine Poren kommen mir heute sehr groß vor. Denk immer daran, dass hochauflösende Kameras jeden Makel um ein Vielfaches vergrößern.«

»Jeden Abend, Mum, ehrlich.«

»Brav, mein Schatz.«

Jetzt ist Max an der Reihe. »Wie läuft es im Barbican, mein Bester? Ich weiß, der Geist ist keine Sprechrolle, aber er hat dennoch einen guten Auftritt. Ich habe versucht, den einen oder anderen Gefallen einzufordern, aber ich fürchte, der Rest liegt ganz bei dir und deinen Schauspielkünsten.«

Das linke Augenlid meines Bruders fängt an zu zucken.

»Alles bestens. Ich meine, ich bin tot, bevor der Vorhang aufgeht – der Traum eines jeden Schauspielers.«

Mum ignoriert ihn und wendet sich zuletzt auch Mercy zu.

»Diese Lederhose steht dir ausnehmend gut, Liebling. Hast du schon mal überlegt, es mit Größe 42 zu versuchen? Die kleinere Größe sieht so unbequem aus.«

Mercys Kiefermuskel zieht sich zusammen. »Vielen Dank, aber die Hose passt perfekt.«

»Natürlich.« Mum lächelt vage. »Ich will nur das Beste für dich, Liebes.«

»Ach ja? Das ist ja ganz was Neues.«

Stille tritt ein.

»Mum.« Faith durchbricht das Schweigen und macht entschlossen einen Schritt auf unsere Mutter zu. »Vielleicht wäre es besser, wenn du nicht ganz so nah am Fenster stehst. Max hat die Paparazzi hergelockt, sie haben Teleobjektive dabei.«

Mum richtet sich kerzengerade auf.

»Ah ...« Sie gleitet näher ans Fenster, um die Vorhänge zurückzuziehen. »Diese Geier. Ist einem denn gar keine Privatsphäre mehr vergönnt? Kann denn niemand mehr respektieren, dass man ein klein wenig Raum für sich braucht? Diese gierigen Kojoten nehmen, nehmen, nehmen, während wir immerzu geben, geben, geben.«

Mercy, Faith und Max schauen sich mit hochgezogenen Augenbrauen an.

»Ja«, sagt Mercy schnippisch. »Komisch aber auch.«

Mum dreht ihre schön geschnittenen hohen Wangenknochen ins Licht und richtet den Blick versonnen in die Ferne. Ihre silbrigen Augen glitzern. »Wisst ihr zufällig, ob da draußen auch ein Reporter der *L. A. Times* ist?«

»Nein«, antwortet Max grinsend. »Aber der *Telegraph* ist da. Ach warte, ist das nicht Großmutters Lieblingszeitung?«

Mit einem Ruck zieht Mum die Vorhänge zu und tritt vom Fenster zurück.

»Wie … geht es ihr denn?«

»Sie würde gerne wissen, warum du hier bist statt zu Hause bei deinen Kindern«, sagt Mer und blickt interessiert auf ihre blutroten Fingernägel. »Auf diese Frage hätten wir alle gerne eine Antwort – natürlich nur, wenn du irgendwann einmal eine freie Minute dafür findest.«

»Ach, meine Lieben«, seufzt Mum und lächelt wehmütig. »Wie rührend, dass ihr euch so um mich sorgt. Habt keine Angst, am Ende werde ich triumphieren, das verspreche ich euch.« Sie nimmt elegant auf der Chaiselongue Platz und legt graziös die Knöchel übereinander. »Obwohl ich zugeben muss, dass ich gerade sehr müde bin. Ich habe um zwei Uhr einen Termin bei einem sehr angesehenen Kräuterheilkundler, also …«

Keiner sagt etwas. Mercy blickt vielsagend auf ihre Uhr. Es ist noch nicht einmal zehn Uhr morgens.

»Natürlich«, sagt Effie und kaut auf ihrer Unterlippe. »Du musst völlig ausgelaugt sein, Mum. Dann sehen wir uns nächsten Sonntag wieder, ja?«

Spontan werfe ich mich wieder auf Mum.

»Neptun ist rückläufig«, hauche ich in ihren Nacken, während sie sich haltsuchend auf den dicken Kissen hinter ihr abstützt. »Das erklärt alles. Du brauchst viel frische Luft, außerdem solltest du dich von der Farbe Rot fernhalten und *das hier* unter dein Kissen legen.«

Bevor meine Mutter etwas erwidern kann, drücke ich ihr ein kleines Lavendelsäckchen in die Hand, gebe ihr einen Kuss auf die Wange und husche aus dem Zimmer.

Ein wunderbarer Szenenabgang.

4

Setting: Rezeption der Rehaklinik

»Wow«, sagt Max, während meine Geschwister und ich uns ratlos anschauen. »Das war ja noch schlimmer als erwartet.«

Faith nickt. »Was machen wir denn jetzt?«

»Schämt sie sich denn gar nicht?« Mercy rümpft die Nase. »Das ist erbärmlich. Tragisch. Einfach nur traurig.«

Wir lesen alle dieselben Zeilen auf derselben Seite im selben Skript – wie bei einer preisgekrönten Sitcom in Endlosschleife.

»So tragisch«, stimme ich betrübt zu und versuche, tröstend nach allen sechs Händen meiner Geschwister gleichzeitig zu greifen. »So traurig! Mums letzte große Romanze war intensiv und überwältigend. Sie hat sich mit Kopf und Kraken hineingestürzt, und jetzt ist sie am Ende ihrer Kräfte. Ich finde, Dad sollte sich beeilen und so bald wie möglich aus L.A. zurückkommen.«

Max sieht mich merkwürdig an.

»Hope ...« Er mustert mich nachdenklich. »Es heißt mit Kopf und *Kragen*. Wir sind hier nicht in einer Reha für Meerestiere. Und du hast schon verstanden, was hier los ist, oder? Du glaubst doch nicht ernsthaft, dass –«

»Effie«, falle ich ihm ins Wort. »Das ist eine *gute Frage*:

Was machen wir denn jetzt? Wir sollten unseren Grips zusammennehmen und einen Weg suchen, um trotz allem positiv zu bleiben. Wir müssen Mum aufheitern, bis Dad zurückkommt, es gibt nichts Wichtigeres als gute Stimmung. Außer Liebe, natürlich. Irgendwelche Vorschläge?«

Max, Mercy und Faith starren mich an.

»Ich habe leider keinen«, sage ich rasch, als ich ihre erwartungsvollen Blicke sehe. »Strengt euch ein bisschen an, ich kann nicht alles alleine machen.«

»Nicht zu fassen.« Max seufzt. »Wo kommst du eigentlich her, Pudel? Hat man dich in einer Puppenfabrik zusammengeschraubt, in pinkes Geschenkpapier gewickelt und zufällig auf unserer Türschwelle abgesetzt?«

»Willst du damit andeuten, Mum und Dad hätten mich adoptiert?«, frage ich verblüfft. »Falls ja, dann ist dein Gespür für Timing einfach grauenvoll.«

Hinter uns ist ein leises Räuspern zu hören. Ich wirble herum. Vor mir steht ein unglaublich süßer blonder Typ mit dunkelbraunen Augen.

Siehst du? So was passiert, wenn man einen Augenblick lang unaufmerksam ist. Plötzlich steht DER EINE da, und man hat noch nicht einmal die Brust richtig vorgestreckt. Schnell werfe ich meine Haare zurück, reiße die Augen auf und beiße auf die Innenseite meiner Wangen, damit meine Wangenknochen besser zur Geltung kommen.

Autsch! Das war etwas zu fest.

Max lacht auf. »Ich glaube, sie hatten in deiner Verpackung nicht genug Luftpolsterfolie, Flauschhase.«

Eines steht fest: In meinem nächsten Leben werde *ich* die Älteste unter den Geschwistern sein und mich rächen, indem ich Max peinliche Spitznamen verpasse, während die Liebe seines Lebens zuhört.

»Kann ich ein Transportmittel für Sie organisieren?«, fragt DER EINE höflich und neigt leicht den Kopf. »Ihnen steht eine Reihe von Möglichkeiten zur Verfügung: ein Bentley, Motorräder, ein …«

Wow, er ist so tatkräftig und energisch. Ich wette, er könnte einen Rettungshelikopter für mich rufen, falls ich zufällig in seinen Armen ohnmächtig werden würde oder so.

Mer lacht spöttisch. »Dachten Sie, wir sind hierher*geschwommen*?«

»Draußen wartet ein Auto auf uns«, erklärt Effie freundlich und schenkt ihm ein umwerfendes Lächeln. »Aber vielen Dank für die Mühe.«

DER EINE wird rot und glotzt meine mittlere Schwester an, als hätte jemand plötzlich einen Scheinwerfer auf sie gerichtet – obwohl sie ungeschminkt ist und einen unförmigen orangen Hoodie über neongelben Leggings trägt. Das ist der Moment, in dem der Typ auf meinem Stapel mit aussortierten Kandidaten landet.

Er ist beim Vorsprechen durchgefallen.

Der Nächste bitte.

»VALENTINES!«, ruft es von allen Seiten, als das Metalltor sich wieder öffnet. »Was ist los? Wie geht es Juliet? Wann kommt sie wieder raus? Könnt ihr uns etwas sagen? Irgendwas?«

Ich habe genau eine Nanosekunde Zeit, um mein geheimnisvollstes Filmstarlächeln zu zeigen, bevor Mercy wieder ihren Pullover über meinen Kopf stülpt.

»Ist es Erschöpfung?«, höre ich durch den dicken Stoff einen Journalisten rufen. »Depressionen? Geistige Umnachtung? Ein Nervenzusammenbruch?«

»Sind die Scheidungspapiere schon ausgestellt? Was ist dran an den Berichten, dass euer Dad bereits mit einer anderen Schauspielerin verlobt ist?«

»Wird Juliet nächstes Wochenende zu ihrer Filmpremiere kommen können?«

»Von welchem Label sind diese Stiefel?«

Die letzte Frage richtet sich vermutlich an Mer, denn Max, Effie und ich tragen Turnschuhe mit dem unverwechselbaren Nike-Häkchen. Ich spüre, wie Mercy neben mir die Schultern strafft. Neugierig suche ich in dem Pullover nach einer Ärmelöffnung, um nach draußen spähen zu können.

Langsam dreht sich meine große Schwester um und fixiert die Menge mit blitzenden Augen.

»Das«, sagt Mer kalt in die plötzlich eintretende Stille, »ist eine durch und durch private Angelegenheit. Drei von uns führen ein Leben im Scheinwerferlicht, aber wir haben uns dieses Scheinwerferlicht nicht ausgesucht. Wir sind niemandem von Ihnen etwas schuldig, und Sie können nicht einfach über uns verfügen. Also vergessen Sie bitte nicht« – sie hält kurz inne –, »dass wir einfach Teenager sind, die ihre Mutter wiederhaben wollen.«

Ihre Stimme bebt leicht, und ihr Kinn fängt an zu zittern.

Ihre Augen füllen sich mit Tränen. Die Journalisten sind mucksmäuschenstill, die Aufnahmegeräte schweben in der Luft.

Voller Bewunderung schaue ich meine Schwester an.

»Bitte«, fährt Mercy heiser fort. »Geben Sie uns die Chance, unseren tiefen Kummer in Ruhe zu bewältigen. Lassen Sie uns, nur für einen Moment, die normale Familie sein, die wir immer waren.«

Sie blinzelt und wendet sich ab – aber nicht bevor alle die Träne gesehen habe, die über ihre linke Wange rollt. »Gucci«, fügt sie leise hinzu. »Meine Stiefel sind von Gucci, auch wenn ich nicht verstehe, warum das eine Rolle spielt.«

Mit diesen Worten verschwindet sie in der Limousine.

Leicht verdattert steigen wir anderen hinter ihr ins Auto.

Kaum habe ich das Klicken der Türverriegelung gehört, reiße ich mir den Pullover vom Kopf und falle meiner Schwester um den Hals.

»Oh, Mercy«, hauche ich und tätschele in einem Anfall von schwesterlichem Mitgefühl ihr linkes Ohr. »Keine Angst – Mum geht es bald wieder gut. Nicht mehr lange, dann ist sie wieder bei uns zu Hause. Das sind alles nur schreckliche Gerüchte. Aber wir sind füreinander da. Ich liebe dich so sehr und –«

Lautes Gelächter unterbricht mich.

»Du dummes Gänschen«, sagt Max glucksend. Er nimmt die Sonnenbrille ab und reibt sich die Augen. »Um ein Haar hättest du sogar mich reingelegt, Meernixe. Gott, du hast es wirklich drauf.«

Ich rücke zur Seite. Plötzlich ist mir ein bisschen schlecht.

Mercy schnippt mit ihrem roten Fingernagel die einzelne Träne von ihrer Wange. »Liegt wohl in der Familie«, sagt sie schulterzuckend. Ihr Mund verzieht sich zu einem schmalen Lächeln. »Wir sind Meister darin, anderen etwas vorzuspielen.«

Sie schaut durch das getönte Fenster nach draußen.

»Also, worauf warten wir? Lasst uns endlich losfahren!«

5

♋ Krebs: 22. Juni bis 22. Juli

Mars und Saturn schicken heute ihre Blitze herab, was dazu führt, dass du dich etwas rastlos fühlst. Aber es erwartet dich eine angenehme Überraschung, also nutze die Energie und zeige dich von deiner besten Seite!

Am nächsten Morgen steht es in allen Zeitungen:

SCHWERE HERZEN BEI DEN VALENTINES

Dazu Faiths Gesicht in Großaufnahme – ihr strahlender Teint wird von der orangen Kapuze noch betont –, darunter kleinere Fotos von Mercy und Max und ein verschwommenes Bild von Mum, wie sie wehmütig aus dem Fenster blickt.

Und – *oooh!* – in einer Ecke ist mein linker Arm zu sehen!

Mein Ellbogen ist gut getroffen, wenn ich das sagen darf.

»Das scheint ja gestern ein aufregender Tag für euch gewesen zu sein.«

Unsere Haushälterin Maggie hat in aller Frühe die Zeitungen hereingeholt und ein großes Frühstück für uns alle gemacht. Jetzt lehnt sie mit einer Tasse Kaffee am großen Herd und schaut gelassen zu, wie wir über das Essen herfallen.

»Das kann man laut sagen. Hört euch das an!« Max stopft sich eine große Portion Ei in den Mund und wedelt mit einem ganzseitigen Artikel vor unseren Gesichtern herum. »Wartet mal ...«

Er stellt sich auf einen Stuhl und breitet die Arme aus.

»Nach *Monaten des Schweigens* ist es nun offiziell: *Juliet Valentine, britischer Publikumsliebling von Bühne und Leinwand und neuerdings einsamer Single*, erleidet nach der Trennung von ihrem afroamerikanischen Promi-Ehemann und Filmregisseur Michael Rivers, der sie *brutal abserviert* hat, einen *Nervenzusammenbruch ...*«

Ich verdrehe die Augen. Maggie sieht meinen Bruder missbilligend an. »Max ...«

»Warte, Mags, es kommt noch besser: Die Tränen von *Mercy Valentine, dem aufstrebenden It-Girl mit der prominenten Nase*, sagen mehr als tausend Worte –«

»Was kann ich dafür, dass du nicht zitiert wirst?« Mer zuckt mit den Schultern und reißt energisch ein Croissant in zwei Hälften. »Wenn du es nicht erträgst, in den Schatten gestellt zu werden, hättest du die Medien gar nicht erst einladen dürfen.«

»Du hast die Medien *eingeladen*?«, fragt Maggie stirnrunzelnd. Sie stellt eine neue Portion Eier auf den Tisch. »Warum um alles in der Welt hast du das gemacht?«

»Sie schreiben doch sowieso über Mum«, verteidigt sich

Max. »Ich dachte, dann können sie die Neuigkeiten genauso gut aus unserem Mund hören.«

»Aus *deinem* Mund, meinst du wohl«, korrigiert Mercy ihn.

»Was für einen Quatsch die sich immer ausdenken!« Ich schüttle belustigt den Kopf und kaue weiter meinen Toast. »Woher haben sie nur diese verrückten Gerüchte? Und das wollen Professionalisten sein!«

»Nein, wollen sie nicht. Denn das ist kein richtiges Wort, Pudel.« Max widmet sich wieder den Zeitungen. »Was gibt es sonst noch? *Naturschönheit Faith Valentine, Freundin der Pop-Sensation Noah Anthony, reagierte mit beredtem Schweigen.*«

»Hört bitte auf«, stöhnt Effie. Sie nippt an ihrem Orangensanft. »Diese Klatschberichte sind das reinste Gift.«

»Trotzdem kommst du wieder am besten weg«, sagt Max mit einem schiefen Grinsen. »Wenn du zur Abwechslung mal aufs Hauptfoto willst, wirst du um die Nasen-OP nicht herumkommen, Mer.« Er versetzt Mercy einen spielerischen Tritt und hüpft blitzschnell auf einen anderen Stuhl, um ihrem Boxhieb auszuweichen. »Mal sehen, was die Online-Welt heute über die Valentines zu sagen hat.«

Er nimmt sein iPad und räuspert sich.

»Von Großmutter kein Kommentar. Diva und VIP-Mum ist endgültig übergeschnappt … der Vater hat sich ein Upgrade gegönnt … die Kinder sind untalentiert und unbedeutend …«

»Max.«

»Ein ganzes Jahrhundert der Privilegien … verwöhnte Sprösslinge, die vom Geld ihrer Eltern leben …«

»Max!«

»Was denken diese Leute eigentlich, wer sie sind …«

»DAS REICHT JETZT, MAX!«, blafft Maggie ihn an.

Max setzt sich hin. »Sorry, Mags. Aber nur zum Trost: Dad hat die Meute aufgefordert, ihn mal an seinem – ich zitiere wörtlich – *amerikanischen Arsch* zu lecken.«

»Klar hat er das«, sage ich gut gelaunt und schlecke die Reste der schwarzen Johannisbeermarmelade von meinen Fingern. »Also wirklich, noch nie in meinem Leben habe ich so einen Blödsinn gehört. Wie kommen sie nur immer auf diese lächerlich falschen Schlussfolgerungen? Hahaha, es ist echt zum Lachen. Sind das Journa*listen* oder Journa*lügner*?«

Triumphierend schaue ich in die Runde, aber alle sind mit Essen beschäftigt.

»Wie auch immer«, sagt Maggie sanft und wischt den Herd sauber. »Leider kann ich heute Abend nicht hierbleiben. Ben verbringt die Ferien bei mir, daher nehme ich den Rest der Woche frei.«

Max, Mercy und ich drehen uns wie aufs Stichwort zu Faith um.

Ben ist Maggies Sohn und rettungslos in Effie verliebt, seit die beiden sechs Jahre alt waren. Damals ist er ihr auf Schritt und Tritt gefolgt und hat ihr als Zeichen seiner ewigen Liebe besonders saftige Raupen geschenkt. Ich fand es sehr romantisch, aber Faith hat sich geweigert, sie zu essen.

»Ach ja?« Faith wird rot und weicht unseren Blicken aus. »Wie gefällt ihm denn die Schule im hohen Norden? Sicher vermissen Sie ihn sehr.«

»O ja, sehr.« Maggie nickt zustimmend und trocknet sich die Hände an einem Geschirrtuch ab. »Er lebt gerne bei seinem Vater in Edinburgh, also versuche ich, mir nichts anmerken zu lassen. Mag sein, dass ich nicht ganz unvoreingenommen bin, aber ich finde, er entwickelt sich zu einem richtigen Herzensbrecher. Alle Mädchen im Schachklub der Oberstufe schmachten ihn an.«

Max und Mercy kichern los.

»Das macht Sie bestimmt sehr stolz«, sagt Faith zu Maggie und wirft den beiden anderen einen warnenden Blick zu.

»O ja, *sehr* stolz«, sagt Mercy mit einem spöttischen Schnauben. »Spielt er immer noch so gerne Scrabble? Er hat so bedeutungsvolle Worte wie *betören* und *entflammen* gelegt, weißt du noch, Eff?«

Vielleicht sollte ich erwähnen, dass Ben klein und dünn ist und strähnige mausfarbene Haare mit Seitenscheitel hat. Das letzte Mal, als ich ihn gesehen habe, hatte er einen mickrigen Schnurrbart, den er immer wieder glattstrich, als würde das Glück bringen.

»Ähm …« Faith spielt nervös mit ihrem Löffel. »Ich kann mich nicht daran erinnern, das ist schon so lange her.«

Mercy und Max zwirbeln ihre unsichtbaren Schnurrbärte und tun so, als würden sie Dudelsack spielen, bis Maggie sie mit hochgezogenen Augenbrauen ansieht. »Wollt ihr heute

Abend selbst kochen, werte Herrschaften von Downton Abbey?«

Sofort hören die beiden auf, sich über Ben lustig zu machen. Keiner von uns kann kochen.

Verträumt betrachte ich den Stapel Zeitungen. »Ich kann es kaum erwarten, berühmt zu sein«, seufze ich sehnsüchtig. »Welche Geschichten sie sich wohl über mich ausdenken werden? Im Moment könnte ich von Zombies angegriffen werden, und trotzdem würde es nur ein Foto von meinem angeknabberten Ellbogen in die Zeitung schaffen.«

»Ich bitte dich.« Mer rümpft die Nase. »Falls es in England je zu einer Zombie-Invasion kommen sollte, würdest du dich in den gammeligsten von allen verknallen, Pudel.«

»Oh, du wunderschöner Zombie!«, ruft Max und tut so, als würde er in seine Brust greifen und seine Innereien herausziehen. »Hier, nimm mein Herz, jetzt und für alle Zeiten! Mach damit, was immer du willst!«

Mer fängt mein unsichtbares Herz auf und tut so, als würde sie sabbernd darüber herfallen.

»Ein bisschen Romantik hat noch niemandem geschadet«, sagt Maggie streng, als meine Geschwister wieder losprusten. »Und jetzt benehmt euch bitte. Ich kann keine sensationsgierigen Reporter brauchen, wenn ich den Shepherd's Pie nach meinem Geheimrezept zubereite.«

Sie schlüpft in ihre Wolljacke und geht hinaus.

»Ein bisschen Romantik kann nicht schaden …«, wiehert Max los, sobald sie zur Tür hinaus ist. »Außer man hat einen fleischfressenden Untoten vor sich.«

»Ich bin sicher, der Zombie würde dich mögen«, sagt Faith. Sie beugt sich über den Tisch und küsst mich auf die Wange. »Wie wir alle.«

»Ja, wir haben dich zum *Fressen* gern!«

»Wisst ihr was?«, sage ich, während meine Geschwister, immer noch lachend, vom Tisch aufstehen. »Falls ich mich jemals in einen Zombie verlieben sollte, dann wird unsere große Liebe alle Widerstände überwinden und am Ende triumphieren, das garantiere ich euch. Das wäre eine echte Blockbuster-Romanze, meine Fangemeinde würde Millionen bezahlen, um ihn sehen zu können. Pah!«

»Keine Sorge, Schwesterchen«, sagt Mer und schlingt den Rest ihres Croissants mit einem einzigen Bissen hinunter. »Eines Tages wirst du einen Jungen finden, dem ein großes Stück Hirn fehlt, daran habe ich keinen Zweifel.«

Die drei trinken ihre Gläser aus und checken ihre Handys. Ich stehe auf und folge ihrem Beispiel.

»Was machen wir jetzt? Oooh, wie wär's, wenn wir uns gemeinsam einen Film anschauen? Vielleicht *Anker unserer Herzen*? Den haben wir schon seit einer Ewigkeit nicht mehr gesehen.«

Zufällig ist es genau der Film, bei dem Mum und Dad sich kennengelernt haben. Ein märchenhaftes, ergreifendes Liebesdrama während des Zweiten Weltkriegs in London. Und ja, ich habe ihn gestern Abend erst geschaut, aber das zählt nicht.

»Tut mir leid, Pudel.« Max schiebt sich auf dem Weg zur Treppe das letzte Stück Toast in den Mund. »Ich muss drei

Textzeilen lernen. Nur für den Fall, dass Bote Nummer zwei sich zufällig das Bein bricht.«

Hoffnungsvoll richte ich meinen Blick auf Effie.

»Nicht heute.« Sie zuckt zusammen, als ihr Handy vibriert. »Noah war wochenlang auf Europatournee. Jetzt muss er mir haarklein über jede einzelne Mahlzeit berichten, die er gegessen hat.«

Nicht mehr ganz so optimistisch drehe ich mich zu Mercy.

»Niemals, nicht in einer Billion oder Trillion Jahren«, sagt sie gähnend. »Es ist ein dämlicher Film, du bist eine Nervensäge, und ich verzieh mich wieder ins Bett. Geh und spiel mit Rabbit Stöckchenholen oder so.«

Als ich klein war, hatte ich einen unsichtbaren Hund. Meine Geschwister ziehen mich immer noch damit auf, obwohl ich natürlich schon seit Jahren nicht mehr mit ihm gespielt habe.

»Sein Name war Rocket«, erwidere ich beleidigt. »Wenn ihr einen Moment Zeit habt, könnten wir –«

Zu spät. Sie sind schon auf und davon.

6

Richmond, ein sonniger Montagmorgen

Die Kamera fährt über ein großes, stattliches Backsteinhaus mit fünfzehn Schlafzimmern und einem weitläufigen Grundstück mit Swimmingpool. Das Anwesen ist von Bäumen und hohen Mauern umgeben, eine lange Kiesauffahrt führt zum Eingang hinauf, und am anderen Ende des Gartens plätschert ein Bach.

HOPE, fünfzehn, steht an einem großen Fenster und blickt hinaus. Sie trägt ein T-Shirt, auf dem I LOVE YOU A LATTE steht, dazu ausgebleichte blaue Jea–

Pause.

Rasch renne ich in den Waschraum – *schnell, bevor das schmeichelhafte Licht weg ist!* – und wühle in Mercys aussortierten Klamotten von letzter Woche. Ich entdecke einen traumhaft schönen schwarzen Jumpsuit von Chloé, der mir zu groß ist und einen Fleck auf der Brust hat, aber wunderbar zur Szene passt.

Begeistert schlüpfe ich hinein, zurre ihn mit einem Mantelgürtel fest und schnappe mir die High Heels von Prada aus pinkfarbenem Wildleder, die im Gang herumstehen.

Und weil ich gerade so schön in Schwung bin, trage ich auch noch den roten Chanel-Lippenstift auf, den ich in Mercys Jackentasche gefunden habe. Dann stakse ich wieder die Treppe hinauf.

Okay, Universum, ich befolge deinen Rat und zeige mich von meiner besten Seite.

Und jetzt: KAMERA AB!

HOPE blickt aus einem großen Fenster. Sie trägt einen Jumpsuit von Chloé, dazu roten Lippenstift. Sie sieht glamourös aus, aber auch lässig und relaxt – als könnte sie sich jeden Moment hinsetzen, um es sich bequem zu machen. Ihr Gesichtsausdruck ist nachdenklich, ihre Haltung makellos.

Ein GUT AUSSEHENDER JUNGE schlendert die Auffahrt hoch.

JUNGE (blickt zum Fenster) So oft habe ich diesen Weg genommen – wie kann es sein, dass ich dieses Mädchen noch nie zuvor gesehen habe?
HOPE (erstaunt) So oft habe ich an diesem Fenster gestanden – wie kann es sein, dass ich diesen Jungen noch nie zuvor gesehen habe?
JUNGE Schönes Mädchen, willst du nicht dein Fenster öffnen und mit mir sprechen?
HOPE Was?
JUNGE (wild mit den Händen gestikulierend) MACH. DAS. FENSTER. AUF.
HOPE Oh!

Sie öffnet das Fenster.

HOPE (Fortsetzung) Tut mir leid, ich habe dich nicht gehört. Ich war in meine poetischen Gedanken versunken, und mein Blick war in die weite Ferne gerichtet. Warte kurz.

Violinen setzen ein. Hope eilt die Treppe hinunter und öffnet die Tür. Sie blicken sich ein paar Sekunden tief in die Augen.

JUNGE Es kommt mir vor, als würden wir uns bereits kennen.
HOPE Und doch bist du so neu für mich.

Er beugt sich vor. Sie k-

»HOPE!«, brüllt Mercy von oben. »ZIEH SOFORT MEINEN CHLOÉ-JUMPSUIT AUS UND HÖR AUF, AM FENSTER HERUMZULUNGERN. WIR SIND HIER NICHT IN EINEM DRITTKLASSIGEN HORRORFILM!«

Ihre Tür fällt ins Schloss.

Seufzend – *ich bin in einem Liebesfilm, also bitte* – kehre ich in mein Zimmer zurück, um mich umzuziehen. Bald wird ein hübscher Zeitungsjunge oder ein echter Hottie, der für Harrods Lebensmittel ausliefert, vor unserer Tür auftauchen, aber ich werde dann nicht am Fenster stehen, um ihn zu bezirzen. An dieser tragischen Fehlentwicklung ist ganz allein meine Schwester schuld.

Wieder in Jeans, schnappe ich mir mein Handy, um das heutige Horoskop genauer anzuschauen. Es macht *Pling*. Ein schrilles Pop-up-Fenster erscheint – IST DIE LIEBE WIRKLICH ERLOSCHEN? DAS TRAGISCHE AUS FÜR UNSER LIEBLINGSPAAR BRICHT ALLEN FANS DAS HERZ –, daneben Fotos von meinen strahlend schönen Eltern in ihrer Glanzzeit. Sofort schließe ich das Clickbait wieder. Unverschämte Journalügner.

Dann hänge ich meine Filmplakate um, so dass das große Poster mit dem sich küssenden Paar direkt vor meinem Bett hängt. Das Universum schlägt zwar geheimnisvolle Wege ein, aber ein kleiner Wink mit dem Zaunpfahl kann nicht schaden, oder?

Vorsichtig arrangiere ich meine Lieblingsandenken neu: eine Filmklappe aus *Es geschah nicht hier!*, Urgroßmutters Stummfilmklassiker der 1920er Jahre, daneben die Seidenhandschuhe meiner Großmutter aus *Abendregen*, das lange juwelenbesetzte Schwert, das Mum in *Die Unerbittlichen* getragen hat, und Dads Regiestuhl aus dem mit einem Golden Globe ausgezeichneten Film *Wellen der Zeit* (obwohl ich mich ehrlich gesagt frage, warum ausgerechnet dieser Film den Preis gewonnen hat: Es geht um die Navy, und im ganzen Film gibt es keine einzige Liebesgeschichte).

Liebevoll streiche ich über ein kleines altes Foto von Oma und Opa mit Dad in der Mitte – zu dritt stehen sie lachend vor ihrem hübsch herausgeputzten Haus in New Orleans –, denn ich möchte nicht, dass sie sich übergangen fühlen.

Ich schalte den Fernseher ein und lasse *Anker unserer*

Herzen laut im Hintergrund laufen. Dann nehme ich mein Handy und drücke auf die Schnellwahltaste.

»Hey«, dröhnt eine tiefe amerikanische Stimme. »Hier ist Michael Rivers. Wenn Ihr Anruf geschäftlich ist, melden Sie sich bitte bei meinem Agenten von First Films. Wenn nicht, hinterlassen Sie eine Nachricht nach dem Signalton.«

Piep.

»Hallo, Dad!«, rufe ich fröhlich, während ich gleichzeitig den Film noch etwas lauter drehe und mein Handy in Richtung Fernseher halte, damit Dad das betörende *Tack-tack-tack* der Eröffnungsschießerei hört. »Wie geht's am Set? Der Film ist schon fast abgedreht, oder?«

Ich stupse seinen alten Regiestuhl mit dem Zeh an.

»Ich finde, du solltest deine Sachen packen und heimkommen. Am besten bis Freitag. Ach ja, und kannst du mir bitte ein teures und einzigartiges Andenken vom Set mitbringen? Zum Beispiel die Schuhe der weiblichen Hauptdarstellerin? Größe neununddreißig – aber wenn es sein muss, kann ich meine Zehen auch in achtunddreißig quetschen.«

Ich fahre mit dem Finger das Pfauenmuster der Tapete nach und schlendere gedankenverloren in den Gang hinaus.

»Also, wir sehen uns Ende der Woche. Gute Rei–«

Durchs Fenster sehe ich einen großen silbernen Mercedes langsam die Auffahrt heraufrollen, gefolgt von fünf sehr viel kleineren Fahrzeugen in Blau, Rot und Schwarz, die ich nicht zuordnen kann. Heiliges Horoskop, das muss die versprochene Überraschung von Saturn sein! Die *angenehme*

Überraschung! Wie gut, dass ich mich stets nur von meiner besten Seite zeige.

»Muss los«, sage ich knapp und lege auf.

Mit sorgfältig einstudierter Grazie stelle ich mich ans Fenster und blicke so wehmütig und versonnen wie möglich in die Ferne.

Pose halten für fünf, vier, drei, zwei –

Die Hand haltsuchend aufs Geländer gelegt, rausche ich die Treppe hinunter – immer noch in den viel zu großen pinken High Heels (Mer hat lediglich von ihrem Jumpsuit gesprochen, von Schuhen hat sie nichts gesagt).

Die kurze Zeit, die mir noch bleibt, nutze ich für einige Theater-Atemübungen, die Effie mir beigebracht hat: tief die Luft über den Bauch einatmen und sie dann mit einem lauten SSSHHH SSSHHH und einem AAAHHH und HA! HA! HA! HA! H–

»Schluss damit!«, blafft eine Stimme auf der anderen Seite der Tür. »Was machst du da? Wir sind hier nicht im Zoo.«

Schwungvoll öffne ich die große Haustür und breite die Arme aus. »Großmutter! Was für eine angenehme Überraschung! Ich wusste gar nicht, dass du kommst!«

Ein smaragdgrüner Samtmantel landet in hohem Bogen auf meinem Arm.

»Ja«, sagt meine Großmutter kalt und lässt den Blick durch die Eingangshalle schweifen. »Mit etwas gesundem Menschenverstand hättest du dir das allerdings denken können.«

7

Dame Sylvia Valentine kennst du natürlich.

Aber um meinem beschäftigten Castingteam etwas Arbeit abzunehmen, hier eine kurze Beschreibung. Sie sieht genauso aus wie in ihren sechsundfünfzig Filmen: klein, kerzengerade, graue Augen, zu einem straffen Knoten zusammengebundene platinblonde Haare, vernichtender Blick. (Mit dem Unterschied, dass sie im echten Leben ihre eigenen Textzeilen und Gesichtsausdrücke erfindet, weshalb diese meist noch eine Spur unfreundlicher sind als in den Filmen.)

»Wie geht es dir?«, frage ich und gebe ihr automatisch zwei Luftküsse – *mwah, mwah* –, um keine Abdrücke mit meinem geborgten roten Lippenstift zu hinterlassen. »Es ist doch noch gar nicht Mittwoch, oder? Kommst du nicht normalerweise am Mittwoch? Hallo, Genevieve! Du bist auch da! Was für eine wunderbare Zugabe!«

Die Assistentin meiner Großmutter, die dicht hinter ihr steht, nickt stumm.

»Darling, du bist viel zu enthusiastisch«, tadelt mich Grandma und stützt sich dabei auf ihren Gehstock. »Versuch es einmal mit etwas mehr *Ennui*, besonders so früh am Tag. Dieser amerikanische Lebenseifer ist schrecklich ermüdend.«

»Ich bin ja auch eine halbe Amerikanerin«, wende ich ein.

»Eine bedauerliche Tatsache, derer ich mir schmerzlich bewusst bin.« Grandma schnippt einen nicht existenten Fussel von ihrem Brokatrock und sieht sich mit einem vornehmen Naserümpfen in unserer großen dunklen Empfangshalle um.

Ich muss sagen, ihre Haltung ist ausgezeichnet.

»Sind deine missratenen Geschwister zu Hause? Oder muss ich davon ausgehen, dass sie wieder einmal irgendwo für Tumult sorgen, wie man es von einer Schar Halbwüchsiger ohne elterliche Führung nicht anders erwarten kann?«

Ich blicke die Treppe hinauf. Mercy streckt ihren zerzausten Kopf übers Geländer, reißt erschrocken die Augen auf und taucht sofort wieder ab.

»Ähm«, sage ich loyal und schaue unauffällig in die andere Richtung. »Ich … fürchte … sie … sind … gerade nicht … da … also …«

»Komm bitte herunter!«, ruft Grandma, ohne auch nur den Kopf zu heben. »Ich nehme an, du bist es, Mercy.«

Einen Moment lang passiert gar nichts, dann kommt Mer die Treppe heruntergestapft.

»FAITH!«, ruft sie über ihre Schulter. »MAX! NANNA VAL IST DA!«

Ein Augenlid meiner Großmutter zuckt. *Nanna Val* steht nicht auf der Liste von Kosenamen, die ihre Billigung finden.

Sekunden später erscheint Faith. Ich schmücke die Szene

nicht aus, ehrlich, aber genau in diesem Moment fällt ein Sonnenstrahl durchs Fenster und lässt ihre Haut und ihre Haare leuchten, als würde sie von innen heraus strahlen. Leider lässt der Sonnenstrahl auch ihre knallblauen Leggings, ihren orangen Sport-BH und ihr viel zu weites limettengrünes T-Shirt leuchten – eine Kombi, die nicht noch hervorgehoben werden muss. Meine Schwester sieht auch so schon aus wie ein Sortiment von Textmarkern.

»Oh!«, flötet Eff und tanzt die Stufen herab. »Hallo, Großmutter! Haben wir unsere Unterrichtsstunde auf heute verschoben? Ich wollte gerade für eine längere Laufrunde aufbrechen, aber das macht nichts – soll ich stattdessen meine Bücher holen?«

Mercy verdreht die Augen.

Seit sie sechzehn ist, bekommt Faith jeden Mittwoch geheime Unterrichtsstunden in *Wie führe ich ein Leben als weltweit verehrte, unsterbliche Filmgöttin* (zumindest nehmen wir das an).

Eines ist klar: Mercy hat diesen Unterricht nicht bekommen.

Ich bin schon so gespannt, wie es bei mir sein wird.

»Heute nicht, Faith«, sagt Grandma knapp. Wie um ihre Worte zu unterstreichen, lässt sie ihren Gehstock auf die Steinfliesen sausen. »Wir haben dringendere Angelegenheiten zu besprechen. Zum Beispiel, wie es dazu kommen konnte, dass diese Familie alle Titelseiten der Klatschpresse füllt wie eine marodierende Horde von Seifenopernsternchen.«

Sie spuckt das Wort *Seifenoper* aus, als hätte sie gerade selbst Seife im Mund. Effie und ich schauen uns schuldbewusst an.

Mer streckt das Kinn vor. »Das war Max«, verteidigt sie sich. »Er hat verraten, wo wir sind. Ich habe nur –«

»Ja«, fällt Grandma ihr ins Wort und hebt ihre blasse, großzügig mit Ringen geschmückte Hand. »Ich denke, wir wissen alle, was du im Sinn hattest, Mercy. Wo steckt dein Bruder?«

Auf diese Frage antworten wir alle einhellig mit einem Schulterzucken. Die Reihen sind geschlossen.

»Lasst mich eines klarstellen.« Grandma presst die Lippen zusammen. »Wir sind *keine* Promis aus dem Reality-Fernsehen und auch *keine* Popmusik-Berühmtheiten. Wir sind *keine* Beauty-Influencer oder das, was man heutzutage *Tuber* nennt. Wir waschen unsere schmutzige Wäsche nicht in der Öffentlichkeit, um die Massen zu unterhalten.«

Jetzt ist vielleicht nicht der richtige Zeitpunkt, um ihr zu sagen, dass Max vor neun Monaten seinen eigenen YouTube-Kanal gestartet hat: Über sechshunderttausend Follower schauen ihm wöchentlich dabei zu, wie er öffentlich seine Meinung kundtut, meistens mit freiem Oberkörper. Und so wie Grandma *Influencer* ausspricht, bin ich mir nicht sicher, ob sie es nicht für eine ansteckende Krankheit hält.

»Wir sind *Schauspieler*«, stellt Großmutter mit ihrer Kammerbühnenstimme klar. »*Künstler*. Auch wenn ich offenbar nicht verhindern kann, dass eure Mutter mit ihren Emotionen um sich wirft wie ein Kind, das seine Spielzeuge aus dem Kinderwagen schubst, werde ich *nicht* zulassen, dass der Name Valentine noch tiefer sinkt.«

Genevieve steht mit geschlossenen Augen wie im Gebet versunken da und nickt.

»Meine Mutter hat diese Dynastie nicht vor einem Jahrhunderrrt aufgebaut«, deklamiert Grandma, jetzt mit der Stimme, die sie für die ganz große Bühne reserviert hat, »damit ihre Nachkommenschaft dieses Verrrmächtnis mit billigen Stegreifdarrrbietungen rrruiniert. Habe ich mich klarrr genug ausgedrrrückt? VALENTINES. ZEIGEN. IMMER. KLASSE.«

Da ist es wieder, unser Familienmotto, gesprochen wie in einer anderen Schriftart.

Wir blicken angemessen zerknirscht drein.

»Tut uns leid, Großmutter«, sagen wir im Chor. »Kommt nicht wieder vor.«

Ich weiß selbst nicht genau, warum ich mich entschuldige, ich hatte absolut nichts mit der Sache zu tun. Aber es ist ein schönes Gefühl, zur Abwechslung mal dazuzugehören.

»Aus diesem Grund«, kommt Großmutter zum Schluss, »habe ich die bereits notwendigen Maßnahmen eingeleitet.«

Sie nickt fast unmerklich.

Draußen gehen die Autotüren auf, und Dutzende von Leuten schwärmen heraus: elegante, teuer gekleidete Männer und Frauen mit riesigen Taschen, Kisten, Lampen, Kameras und voll behängten Kleiderständern. Es ist wie ein Signal, das nur große Brüder hören können.

»Großmutter!«, ruft Max. Drei Stufen auf einmal nehmend, kommt er die Treppe herunter. »Was für eine Freude! Gerade habe ich den Text für meine große Bühnenrolle eingeübt, mit der ich auf deinen Spuren wandle, liebstes Familienoberhaupt, und mich dabei gefragt: Was würde Großmutter tun? Und siehe da, schon bist du hier!«

Mercy steckt sich einen Finger in den Hals.

»Ja.« Großmutter nickt, völlig unbeeindruckt von den beiden. »Ich dachte mir fast, dass du genau in diesem Moment auftauchen würdest, Maxwell.«

Zusammen mit meinen Geschwistern drehe ich mich zur Tür, wo eine beeindruckende Crew erscheint. Alle sehen sehr offiziell aus – meilenweit entfernt von den schreienden, schubsenden und auf dem Boden kauernden Paparazzi, die gestern vor der Rehaklinik campiert haben.

»Wer … wer ist das?«, frage ich verwundert.

»Das *Variety*-Magazin«, erwidert Großmutter und mustert uns streng. »Auch bekannt als Schadensregulierer.«

8

Das hier ist wirklich eine ganz andere Nummer.

»Sie können das Cover im Salon schießen«, verkündet Grandma, als die Crew ins Haus marschiert und die Empfangshalle sich mit Designerhandtaschen und blitzblank polierten Schuhen füllt. »Ich bin in diesem Haus aufgewachsen. Im Salon herrschen um diese Tageszeit die besten Lichtverhältnisse.«

»Wir hatten uns eher den Garten vorgestellt, Dame Sylvia«, murmelt eine zierliche Dame in beigem Trenchcoat nervös. »Dieses malerische Fleckchen bei den Bäu–«

»Ja, der Salon.« Grandma nickt bekräftigend. »Vor der violetten Chinoiserie-Seidentapete, das passt sehr gut. Und vergessen Sie nicht, sie nach ihren verschiedenen kulturellen Wurzeln zu fragen. Dieses Interview soll die multikulturelle Vielfalt der modernen Valentines in den Mittelpunkt rücken, nicht wahr?«

Innerhalb von Sekunden platzt der kaum benutzte Raum aus allen Nähten.

In Windeseile wird in der Ecke ein großer Kleiderständer mit Designerklamotten aufgebaut, auf den antiken Kommoden stapeln sich die Make-up-Köfferchen, der marmorne Kaminsims quillt über von Haarpflegeprodukten, und neben dem großen Bleiglasfenster reihen sich im

Halbkreis Scheinwerfer, die den gesamten Raum ausleuchten.

Überall sind Leute. Sie umringen Faith und halten probehalber verschiedene Outfits hoch, glätten Mercys ohnehin schon glattes Haar, nebeln es mit Haarspray ein und klagen, wie schwierig es doch ist, die richtige Foundation für Max' Hautton zu finden.

»Zum Glück bin ich im Einklang mit mir und meiner Männlichkeit«, sagt Max gut gelaunt. »Sonst müsste ich empört sein über den unterschwelligen Vorwurf, ich sei nicht von Natur aus perfekt.«

Das hier ist mit Abstand das Aufregendste und Bedeutungsvollste, was mir je passiert ist – und doch ist es nur ein kleiner Vorgeschmack auf die glorreiche Zukunft, die vor mir liegt.

Maggie streckt den Kopf zur Tür herein. Ich winke ihr fröhlich aus der Ecke zu, in der ich geduldig warte, bis ich an der Reihe bin.

»Wir kommen aufs Cover!«, erkläre ich ihr begeistert. »Mit einem achtseitigen Editorial, das die neue Generation der Valentines vorstellt! Grandma hat alles arrangiert. Was für eine *angenehme Überraschung*! Es ist wie ein Geschenk, finden Sie nicht auch?«

»Also, ich persönlich würde mich über eine neue Auflaufform mehr freuen«, sagt Maggie und wischt einen Stuhl sauber. »So was aber auch, ausgerechnet hier habe ich schon lange nicht mehr abgestaubt.«

Fasziniert beobachte ich das sich entfaltende Chaos und

sauge jedes kleine Detail in mich auf. Das ist sehr wichtig, denn in naher Zukunft wird jeden Vormittag ein Shooting auf dem Plan stehen und in jeder Mittagspause ein Interview und –

Oooh, der Fotoassistent ist süß!

Er ist klein und blond und beugt sich gerade über eine schwarze Kiste, so dass seine blauen Boxershorts unter der Hose hervorblitzen. Natürlich! So begegne ich der Liebe meines Lebens! In meinen eigenen vier Wänden! In meinem eigenen Salon! Eine *angenehme Überraschung* von kosmischem Ausmaß, und noch dazu im Doppelpack!

Am besten, ich gehe sofort zu ihm und spreche ihn an, noch bevor ich zum Shootingstar werde. Ich muss sicher sein können, dass er *mich* will und ihn nicht nur mein Ruhm anlockt.

JUNGE (erstaunt) Ich kenne dich nicht, schönes Mädchen, aber gerade habe ich von dieser schwarzen Kiste aufgeblickt, in der sich was weiß ich nicht alles befindet, und schon bin ich unsterblich verliebt.

Mit gestrafften Schultern schwebe ich auf ihn zu.

Dann lehne ich mich lässig an die Wand, werfe den Kopf zurück, streiche mein *I LOVE YOU A LATTE*-Shirt glatt und räuspere mich. »Hallo … also, was ist dein Sternzei–«

»Ha-hallo«, stottert er und streckt die Hand aus, aber nicht zu mir, sondern zu Effie. »Schön, Sie schwärmen zu können. Ich meine, wärmen zu können, nein, wärmen zu lernen. Ähm, kennenzu… ach, *verdammt*!«

Die Liebe meines Lebens wird knallrot und verlässt fluchtartig den Raum.

Schon wieder ein verpatztes Vorsprechen für meine männliche Hauptrolle. Also wirklich, heutzutage ist es so schwer, die richtige Besetzung aufzutreiben. Ohne mich entmutigen zu lassen, schlendere ich hinüber zum Kleiderständer, um mir vielleicht das ein oder andere auszuleihen.

»Gestern habe ich gelesen, dass die Mutter eine Rundumerneuerung machen lässt«, flüstert jemand hinter dem Ständer. »Nase, Busen, Augen, Wangen, Knie. Deshalb ist sie abgetaucht, sie tauschen Stück für Stück Bauteile aus wie bei einem alten Auto.«

»Die Knie?«, wispert jemand. »Geht das überhaupt?«

»Ja, das ist der neueste Schrei. Anscheinend steht ihr heißer Ehemann nicht auf Wackelpudding-Knie, wenn du weißt, was ich meine.«

»Wirklich tragisch, wenn die natürliche Schönheit verwelkt. Es ist, als würde man einem Apfel in der Obstschale beim Verfaulen zusehen.«

»Die Tochter, die wir in Gold präsentieren, hat eindeutig von beiden das Beste abbekommen, findest du nicht auch? Was für ein *Gesicht*! Aber leider hohl wie ein Kürbis. Immer dasselbe.«

Meine Wangen fühlen sich plötzlich ganz heiß an. Meine liebste Schwester Effie ist kein *Kürbis*! Sie ist eine seltene, kostbare Blüte der Anmut und Schönheit. Außerdem sind Mums Knie total knackig. Ich habe beide gesehen.

»Und die Älteste«, fährt die andere Frau fort, die dem Geräusch nach zu urteilen gerade eine Hose bügelt, »kann einem wirklich leidtun. Diese *Nase.* Dieses Neunziger-Jahre-Make-up. Dabei war sie mal ganz hübsch, seinerzeit. Kannst du dich noch an diese Serie erinnern?«

»O mein Gott, ja! Man kann ihr aber keinen Vorwurf machen. Hat sie nicht –«

»Hallo!« Entschlossen schiebe ich die Kleider zur Seite und spähe hindurch. »Wenn Sie gerade nicht ganz so beschäftigt sind, würden Sie mich dann fürs Shooting fertig machen? Ich gebe Ihnen auch gerne ein Autogramm.« Ich zwänge mich zwischen den Kleidern hindurch und reiche ihnen mit einem selbstbewussten Lächeln ein signiertes Foto von mir.

Denn so verhält man sich als Professionalistin und als eine echte Valentine. Unter *Klasse zeigen* versteht man etwas anderes, als potenziellen Mitgliedern meiner Fangemeinde eine reinzuhauen, weil sie fiese Gerüchte über meine Familie verbreiten. Abgesehen davon ist Mercy meine große Schwester, ich bin also die Einzige, die gemeine Sachen über sie sagen darf.

»Entschuldigung«, sagt die Größere der beiden und starrt mich verständnislos an. »Darf ich fragen, wer du bist?«

»Hope.« Ich drehe eine kleine Pirouette, damit sie auf den ersten Blick meine Maße erfassen können. »Die jüngste Valentine und sehr bald die berühmteste. Ich stehe ganz unten auf Ihrer Liste, aber keine Sorge, ich bin bereits sehr erfahren darin, mich beautyfizieren zu lassen, ich kann Ihnen also gerne helfen.«

Die beiden schauen sich alarmiert an, scheinen dann aber zu dem Schluss zu kommen, dass ich ihren Tratsch nicht gehört haben kann, und entspannen sich sichtlich.

»Ich kenne nur beatifizieren – ist das nicht ein anderes Wort dafür, wenn der Papst jemanden seligspricht?«

»Jep.« Die andere nickt. »Aber klar, warum nicht? Man kann da keinen großen Schaden anrichten …«

»Ich werde überhaupt keinen Schaden anrichten«, versichere ich ihnen strahlend. »Sie werden feststellen, dass ich ein *Parademuster* an Professionalismus bin!«

Entzückt suche ich mir ein umwerfend schönes violettes Kleid von Vera Wang aus.

Nach einigen Versuchen, meine Haare zu einer Frisur zurechtzuzupfen – auf der einen Seite fallen sie in Wellen, hinten kräuseln sie sich zu Locken, und vorne stehen sie widerspenstig ab –, geben die beiden frustriert auf und binden mir wieder einen Pferdeschwanz. Danach suchen sie sechs Minuten lang nach der richtigen Foundation, bevor sie alles mit einer dicken Schicht Bronzer überdecken. Sie tragen glitzernden violetten Lidschatten auf, dazu Lippenstift und goldenen Highlighter, der so richtig reinknallt.

In der Zwischenzeit teste ich vor dem Schminkspiegel meine mimische Bandbreite: Ich beiße mir mit einem leichten Lächeln auf die Lippen, blicke geheimnisvoll, dann hinreißend verwirrt und so weiter. Der Fotoassistent wird total geflasht sein, wenn er erst einmal merkt, dass ich existiere – und das kann jeden Augenblick der Fall sein, denn ich bin eine echte *Erscheinung*.

Wie ein Wirbelwind aus Glitzer renne ich zu meinen Geschwistern. Sie stehen Schulter an Schulter im Scheinwerferlicht und blenden alle mit ihrem Glanz: Faith in Gold, Mercy in Silber und Max in Bronze.

»Hier bin ich!«, sage ich atemlos und dränge mich zwischen sie. »Entschuldigt die Verspätung. Jetzt können wir anfangen!« Ich ziehe die Wangen ein, strecke die Brust raus und drehe mich so zur Seite, dass ich zweidimensional aussehe. »Und … *shoot*!«

Stille tritt ein. Meine Geschwister schauen mich an, dann schauen sie sich gegenseitig an und schließlich Grandma.

Danach schauen sie sich erneut an, dann den Fotografen.

Dann wieder mich.

»Ähm«, sagt Max.

»Pudel«, sagt Faith.

»Dummkopf«, sagt Mercy.

»Hope.« Grandma, die direkt hinter dem Fotografen steht, wirft mir einen missbilligenden Blick zu. »Ich dachte, du wüsstest, was wir hier machen. Es wird weder ein Foto von dir geben noch ein Interview.«

»Aber –«

»Du kennst die Regel. Du bist noch nicht sechzehn.«

Es ist, als würde meine Rolle in letzter Sekunde aus dem Film herausgeschnitten, während der Vorspann bereits anläuft.

»Aber es ist doch quasi nur noch eine Frage von Minuten!« Verzweifelt strecke ich meine Ellbogen zur Seite, damit mich niemand aus der Gruppe zerren kann. »Reine Formsache. Bis zu meinem Geburtstag sind es nicht einmal mehr vier Monate. Wenn das Magazin erscheint, werde ich praktisch schon sechzehn sein.«

»Tut mir leid, aber da lasse ich nicht mit mir handeln.« Grandma sieht sich suchend um. »Margaret, seien Sie so nett und bringen Sie meine jüngste Enkelin aus dem Zimmer, bevor es … emotional wird.«

»Nein!« Ich verschanze mich hinter Max wie hinter einem Schutzschild. »Bitte, bitte, bitte, bitte.«

Mein großer Bruder lächelt mitfühlend – dann tritt er zur Seite und schiebt mich nach vorne. Meine signierten Fotos flattern zu Boden, als Mags mich quer durch den Raum zur Tür zerrt.

Emotional? Ich werde ihnen zeigen, was *emotional* ist!

Ich hole so tief Luft, dass meine Lungenflügel fast platzen, dann balle ich die Hände zu Fäusten, recke das Kinn und konzentriere mich darauf, die maximale Lautstärke aus meinen Stimmbändern herauszuholen. Beleuchtung, Kamera –

»DAS IST NICHT F–«

Aber da ist die Tür schon vor meiner Nase ins Schloss gefallen.

9

Setting: Das Klassenzimmer

Zwei Stunden später sitze ich mit meinen Freundinnen in der hintersten Reihe. Wir schieben uns empört Zettel mit Wutbotschaften hin und her und regen uns über die himmelschreiende Ungerechtigkeit auf. Olivia kann es nicht fassen, und Sophia ist voller Mitgefühl. Madison schlägt eine Racheaktion vor, aber sie übertreibt wieder mal, daher gehen wir gar nicht darauf ein.

Irgendwann beruhigen wir uns und gehen zu den üblichen Gesprächsthemen über: Partys, Klamotten, Lehrer und der Junge, der neu an der Schule ist. Er wird hier einiges aufmischen, so viel steht fest (das erkennt man schon an seinen stechenden grünen Augen). Er blickt immer wieder quer durchs Klassenzimmer zu mir herüber. Wir vermuten, dass er eine außergewöhnliche Lebensgeschichte hat und sich tief in seinem Inneren ein goldenes Herz verbirgt.

»Hope, wann begreifst du es endlich?«, fragt Olivia immer wieder.

»Hope.«

»Ihr beide seid füreinander bestimmt«, beschwört mich Sophia.

»Hope.«

Aber ich habe meine Zweifel, weil –

»HOPE.«

Ich zucke zusammen und blinzle Mr. Gilbert an. »Hm?«

»Hörst du mir überhaupt zu, oder soll ich diese spannende Unterrichtsstunde ins Freie verlegen? Dann besteht vielleicht wenigstens ein Eichhörnchen die bald anstehenden Prüfungen.«

Na, dann viel Spaß dabei, einem Eichhörnchen einen Stift in die Pfoten zu drücken.

»Natürlich höre ich zu«, improvisiere ich. Weltklasse-Schauspielerinnen müssen aus dem Stand kreativ sein können. »Im Jahr … ähm … 1052 hat Wilhelm der Eroberer sich selbst als rechtmäßigen Thronerben eingesetzt, und damit begann die normannische Eroberung.«

»Im Jahr 1052?« Mr. Gilbert runzelt die Stirn.

»1053? 54? 55?«

Seine altmodischen buschigen grauen Augenbrauen klettern bei jedem meiner Vorschläge ein Stückchen höher.

»56 … 57 … 58 … 59 … 60?«

Höher und höher.

»61 … 62 … 63 … 64 … 65 … 66 …?«

Sie verharren.

»Im Jahr 1066!«

»Ausgezeichnet. Ich bin froh, dass wir das geklärt haben, Hope. Schade nur, dass wir heute Vormittag Chemie haben und nicht Geschichte.«

Verwirrt starre ich auf das rote Buch vor mir auf dem Tisch.

Ich wünschte, Sophia oder Olivia oder Madison oder der Neue hätten mich auf dieses winzige Detail hingewiesen. Aber das haben sie nicht. Was hauptsächlich daran liegt, dass ich noch nie in einer Schule war. Ich lerne alleine in unserer Bibliothek mit einem Privatlehrer, und meine Freundinnen existieren in meinem realen Leben nicht. Daher ist es schwierig für sie, mich zu warnen.

»Ah.« Ich nicke.

Was sagt Mum immer, wenn sie nicht zugehört hat?

»So was nennt man *Multitasking*, Darling.«

»Wie wär's, wenn wir uns stattdessen erst einmal auf eine einzige Sache konzentrieren?«, sagt Mr. Gilbert und schließt kurz die Augen. »Unsere Aufmerksamkeit auf mehrere Dinge zu richten, das heben wir uns für später auf. Und bitte nenn mich nicht *Darling*.«

Er sieht müde aus, was mich wundert, denn bis vor zwei Jahren unterrichtete er alle Valentine-Geschwister und jetzt nur noch mich. Man würde doch denken, dass er viel weniger Arbeit hat.

»Wollen wir weitermachen?« Mr. Gilbert räuspert sich. »Wir setzen die Molekülformel der Wiederholeinheit in Klammern und schreiben ein *n* als Variable für –«

Meine Augen wandern durch den Raum.

Ich kann nicht fassen, dass ich hier festsitze, umgeben von Tausenden von Büchern in Braun, Beige und Popelgrün, wo ich gerade in diesem Moment im Salon sein und *Variety* meine ganze Lebensgeschichte erzählen könnte. Wozu braucht ein aufstrebender Filmstar dieses ganze unnütze

Wissen? *Vogue Japan* wird mich wohl kaum nach Wiederholeinheiten fragen, wenn sie mich für die Coverstory interviewen.

Gelangweilt gleitet mein Blick über die kitschige Tapete, Fenster, Tapete, Bücher …

Schließlich bleibt er auf einem kleinen, öligen Gemälde in Dunkelgrau und Dunkelbraun hängen, das mir bisher noch nie aufgefallen ist, denn als es gemalt wurde, hatte anscheinend noch niemand ordentliche Malfarben erfunden.

»Ist sie tot?«, frage ich abrupt. »Oder schläft sie?«

Mr. Gilbert hört auf, von Polyirgendwas zu reden, und reibt sich das Gesicht. »Wer?«

»Die Frau in dem Boot.«

Ich schaue genauer hin. Sie hat lange blonde Haare, ihre Augen sind geschlossen, ihr Körper ist mit Blumen bedeckt, und die Leute weinen … okay, vielleicht hat meine Frage sich damit erledigt.

»Das ist Elaine«, antwortet Mr. Gilbert matt. »Sie hat sich in Ritter Lancelot verliebt, aber der war in Königin Guinevere verliebt, die wiederum mit König Artus verheiratet war.«

Er sagt das mit monotoner Stimme, dabei ist es so ziemlich das Interessanteste, was er mir je erzählt hat.

Ich beuge mich vor. »Und was ist *dann* passiert?«

»Sie wurde in einem Turm gefangen gehalten und durfte die Welt nur durch einen Spiegel betrachten.«

»Und *dann*?«

»Als Lancelot eines Tages am Turm vorüberritt, drehte Elaine sich um.«

Mr. Gilbert schafft es nicht mal, die einfachste Geschichte gut zu erzählen. »Und *dann*?«

»Der Spiegel zersprang, und sie starb.«

Mir wird furchtbar schwer ums Herz, vor meinen Augen verschwimmt alles. »Das ist … der schönste … und romantischste Film … den ich je …«

»Das ist kein Film, Hope. Das ist *Die Lady von Shalott* von Alfred Lord Tennyson – wir haben die Ballade letzten Monat durchgenommen. Hörst du mir eigentlich *jemals* zu?«

Ähm, nein.

Ganz im Ernst, in meiner Erinnerung ging es bei dieser Ballade ständig um Gerste und Roggen, daher dachte ich, es handelt sich um ein von Gemüse inspiriertes Gedicht über Frühlingszwiebeln. Was wieder einmal beweist, wie wichtig Titel und Bebilderung sind.

Ich persönlich hätte das Gedicht *Lancelots Geliebte ist tot* genannt, und es wäre ein Riesenerfolg geworden.

»Also gut.« Mein Lehrer schüttelt seufzend den Kopf. »Wo waren wir gerade? Ach ja, Wasserstoffatome. Wie viele Elektronen besitzt ein Wasserstoffatom, Hope?«

Kann mich bitte jemand erschießen? »Fünf?«

Mr. Gilbert und ich sind ausnahmsweise einer Meinung: Ihm wäre es ganz offenkundig auch lieber, wenn mich jemand erschießt.

»Eines. Und weil das Wasserstoffatom nur noch ein zusätzliches Teilchen braucht, um die erste Schale voll zu besetzen, sucht es andere, leicht verfügbare Atome, mit denen es sich verbinden kann. Das heißt, sie sind schwächer und instabiler …«

»Aber … wer sagt denn, dass sie das sind?« Ich deute energisch mit dem Finger auf die aufgeschlagene Buchseite. »Was, wenn es ihre *Bestimmung* ist, sich mit anderen Atomen zu verbinden, Mr. Gilbert? Was, wenn sie sich genau das *wünschen*? Was, wenn es ihr *atomisches Schicksal* ist?«

»Chemisch gesprochen ist es genau das, Hope.« Mr. Gilbert nickt positiv überrascht. »Gut gemacht!«

Ich freue mich über sein Lob, obwohl ich eigentlich über mich gesprochen habe.

»Also«, fährt er fort. »Wasserstoffperox–«

Es klopft leise an der Tür.

»O NEIN!«, rufe ich und springe auf. »Das ist bestimmt jemand von *Variety*, der meinen lebenswichtigen Unterricht stört! Sie haben eingesehen, dass ich ein unverzichtbarer Interviewpartner bin und dass sie ohne mich nicht weitermachen können. Was für eine unerwartete Wendung! Wie geht es jetzt weiter?«

Effie streckt den Kopf durch die Tür. »Entschuldigen Sie die Störung, Mr. Gilbert.« Sie schaut mich an und zieht eine Grimasse. »Tut mir leid, Pudel. Ich habe alles versucht, um Grandma umzustimmen, aber … du weißt, wie sie ist. Falls dich das tröstet, ich kann keinen Satz zu Ende sprechen, ohne von Mercy oder Max unterbrochen zu werden.«

Seufzend setze ich mich wieder hin. »Zumindest wirst du nicht von deiner eigenen Familie botoxiert!«

Faith blinzelt verständnislos. »Botoxiert?«

»Ja.« Ich nicke traurig. »Ich werde von meiner eigenen Familie botoxiert.«

»Meinst du boykottiert?«

»Sag ich doch.«

Lachend stößt Faith die Tür ganz auf. Sie schwebt herein – ein Traum in Gold – und küsst mich auf den Scheitel. »Du bist meine Lieblingsschwester«, flüstert sie in mein Haar.

»Seid ihr fertig?«, fragte ich hoffnungsvoll und streiche meinen Pferdeschwanz glatt. »Kann ich rauskommen? Ist der Fotoassistent noch da? Ich dachte … vielleicht braucht er Hilfe. Mit dieser kleinen schwarzen Kiste … oder irgendwelchen Fotorequisiten.«

Nach längerer Überlegung habe ich beschlossen, ihm eine zweite Chance zu geben.

Nicht *jeder* überzeugt gleich beim ersten Auftritt.

»Nein, wir sind noch nicht fertig«, sagt Faith und verzieht leicht den Mund. »Es ist nur, sie … ähm.« Sie drückt mir meine zerknitterte Jeans und mein T-Shirt in die Hand. »Sie wollen das Kleid zurück, Liebes.«

Enttäuscht blicke ich an meinem schönen violetten Kleid von Vera Wang hinab.

Ist es mir noch nicht einmal vergönnt, stilvoll Chemie zu lernen?

Mit einem Seufzer verschwinde ich hinter einem vollgestopften Bücherregal und schlüpfe wieder in Jeans und T-Shirt. *Vier Monate, nur noch vier kurze Monate! Wenn meine Familie allerdings so weitermacht und alle Aufmerksamkeit aufbraucht, wird für mich nichts mehr übrig bleiben.*

Ich reiche meiner Schwester das Kleid.

»Hast du Lust, heute Abend etwas zusammen zu machen?«, frage ich Faith, die schon auf dem Weg zur Tür ist. »Wie wär's, wenn wir *Wellen der Zeit* anschauen? Dann können wir Dad ausquetschen, damit er uns Geschichten vom Set erzählt. Vielleicht verrät er uns sogar, warum es im ganzen Film keinen einzigen Kuss gibt.«

»Liebend gerne.« Effie lächelt vage. »Aber Noah kocht heute Abend für mich. Ich muss mich bei ihm blicken lassen, bevor die neugierigen Reporter seine Mülltonnen durchwühlen, um etwas herauszupicken, was auf eine Trennung hindeuten könnte.«

Ich nicke schicksalsergeben. Max wird heute Abend im Theater sein, und Mercy geht aus.

»Okay«, sage ich, als die Tür hinter meiner Schwester zufällt. »Macht nichts.«

In Momenten wie diesem vermisse ich Rocket.

»Na schön«, sagt Mr. Gilbert und tippt auf sein Buch. »Wo waren wir stehengeblieben? Wasserstoffperoxid.«

10

♋ Krebs: 22. Juni – 22. Juli

Der Transit von Jupiter bringt Glück und Wachstum. Aber als Wasserzeichen mit Aszendent Fische kann es sein, dass du diese Woche besonders sensibel reagierst, daher solltest du unnötige Konfrontationen vermeiden und nach Harmonie streben.

Der Rest der Woche ist nicht gerade ein Klassiker. Ehrlich, wenn die Tage Montag bis Donnerstag ein Film wären, hätten sie von mir höchstens einen Stern bekommen – *Wo ist der Spannungsbogen? Wohin führt das Ganze?* –, und inzwischen hätte ich wahrscheinlich längst abgeschaltet.

Nur der Ausblick auf Freitagabend lässt mich optimistisch bleiben – es ist der Premierenabend von Mums neuem Film (der drittteuersten Produktion aller Zeiten).

Am Dienstagmorgen mischen sich Mars und Saturn ein und bescheren mir endlich die *angenehme Überraschung*:

Sorry, bin total im Arbeitsstress! Wir sprechen am Wochenende! Hab dich lieb. Dad xx

Endlich! Okay, fast zwei Tage zu spät, aber ich will mal nicht so sein. Das Universum hat täglich viel zu tun, schließlich muss es ja ständig in Bewegung bleiben.

Aber egal, mein Vater wird am späten Freitagnachmittag mit einem Erste-Klasse-Flug aus Amerika kommen, genau rechtzeitig, um Mum in der Rehaklinik abzuholen, mit ihr ein neues Kleid kaufen zu gehen und dann im Ivy, ihrem Lieblingsrestaurant, einen Happen zu essen, bevor sie gemeinsam zur Premiere fahren. Dort wird es ein großes Familienwiedersehen mit Fototermin und Presseerklärung geben, um die Paparazzi und ihre Gerüchte verstummen zu lassen.

Es versteht sich von selbst, dass ich mit von der Partie sein werde.

Mum war dreizehn, als sie ihre erste Premiere besuchen durfte. Auf ihrem Nachttisch hat sie ein Foto von diesem denkwürdigen Abend. Sie steht neben Grandma auf dem roten Teppich – dünn, mit glänzendem Gesicht und breitem Lächeln. Und sie ist zwei Jahre jünger als ich! Wenn das kein Beweis ist, dass man von einer einzigen rauschenden Promiparty keinen Schaden fürs Leben davonträgt, dann weiß ich auch nicht.

»Nein«, sagt Max, als ich ihm am Freitagabend auflauere. Er war fast die ganze Woche außer Haus, auch wenn ich mir nicht vorstellen kann, was er gemacht hat, denn seine Bühnenrolle dauert gerade mal sechsundzwanzig Sekunden. »Kommt nicht in Frage.«

Ich öffne den Mund.

»Vergiss es.«

»Aber –«

»Nöhö.«

»Er müsste nur –«

»Kommt nicht in Frage.«

»Ich möchte einfach –«

»NEIN.«

Lachend nascht Max Erdnussbutter aus dem Glas. Er fuchtelt mit dem Löffel vor meiner Nase herum wie ein Dirigent vor dem Orchester.

»DU WEISST DOCH GAR NICHT, WAS ICH SAGEN WILL.«

»Doch, Pudel, das weiß ich. Schließlich hast du die ganze Woche Andeutungen gemacht, die ungefähr so subtil waren wie ein Vorschlaghammer. Jetzt willst du dein Recht einfordern, heute Abend auf die Party zu gehen, nur für eine klitzekleine Sekunde, weil du ja fast schon sechzehn bist und Mum damals erst dreizehn war und wir alle hingehen, nur du sollst zu Hause bleiben, und das ist nicht fair – so was von nicht fair, nicht fair, nicht fair.«

»Pffft!«, schnaube ich beleidigt und schreite würdevoll zur Küchentür. »Ich hätte nur zweimal *nicht fair* gesagt, Blödmann.«

Entschlossen renne ich die Treppe hinauf und bleibe vor Mers Zimmertür stehen.

Für den Bruchteil einer Sekunde sehe ich ein viel kleineres Mädchen vor mir, das albern grinst, mit wild zerzausten

Locken und nur einem Strumpf am Fuß. Ich blinzle die Erinnerung weg und klopfe laut an die Tür.

»WAS? ICH BIN BESCHÄFTIGT.«

Anscheinend ist meine älteste Schwester zum nachtaktiven Wesen mutiert: Tagsüber schläft sie, und nachts verschwindet sie, um irgendwelchen Aktivitäten nachzugehen, die am nächsten Morgen die Klatschspalten füllen. Wenn man der Überschrift vom Donnerstag glauben darf, hat sie gerade die *Valen-time of her life*.

Ich kratze auch noch das allerletzte bisschen Schauspieltalent zusammen, das ich habe. Wie hat Mum so schön gesagt, als sie sich auf die Rolle der Anne Boleyn im Old Vic vorbereitete? Es reicht nicht, *so zu tun*, als wärst du die dem Untergang geweihte Königin, du musst sie voll und ganz *verkörpern*. Du musst in ihre Haut schlüpfen und mit ihren Füßen durchs Leben gehen. *Sei eine Orange*, nennt Faith diese Schauspieltechnik. Wenn man es schafft, sich selbst einzureden, man sei eine Orange, dann – so behauptet meine Schwester – kann man auch in jeder anderen Rolle überzeugen.

»Aaah«, rufe ich durchs Schlüsselloch. »Machst du dich fertig für heute Abend, Mer? Ich auch! Es ist immer wieder schwierig, das richtige Outfit für eine Premiere auszuwählen. Nichts ist wichtiger, als den richtigen Ton zu treffen.«

Einen Augenblick lang herrscht Stille, dann geht die Tür auf. »Du kommst nicht mit.«

»O doch.« *Sei die Orange, Hope.* »Zufällig habe ich gerade heute Morgen Mums Erlaubnis bekommen, also –«

»Hör auf, dich ständig an Türrahmen zu lehnen.« Mercy blickt mich finster an. »Das sieht alles andere als lässig aus. Und du hast keine Erlaubnis bekommen, denn Freitag ist in der Klinik Schweigetag, du kleine Lügenkröte. Wenn du glaubst, ich würde dich heute Abend wieder in meinen Pullover rotzen lassen, hast du dich getäuscht, Desperado. Heul jemand anderem die Ohren voll.«

Die Tür kracht zu. Ich klopfe wieder.

»ZIEH LEINE!«

Ungerührt – das lief genau wie erwartet – gehe ich den Gang entlang und klopfe an Faiths Tür. Mercy war die Generalprobe, jetzt kommt die Premiere.

SZENE WIRD EINGEBLENDET: HOPE, FÜNFZEHN –

»Hey«, sage ich und lehne mich lässig gegen den Türrahmen. »Wie wollen wir uns für die große Glamourparty vorbereiten, die wir zufällig beide besuch… Moment mal, du hast dich ja noch gar nicht umgezogen?«

Effie blickt an ihrem formlosen limettengrünen T-Shirt-Kleid hinab. »Stimmt mit dem Kleid was nicht?«

»Ob etwas nicht stimmt? Du siehst aus wie ein explodierter Frosch.« Kopfschüttelnd marschiere ich in ihr Zimmer und stemme die Hände in die Hüften. »Ach, Faith. Faith, Faith, Faith. *Sooo* viel ungenutztes Potenzial, *sooo* viel natürliche Schönheit, und trotzdem machst du nie das Beste aus dir. Was in ALLER WELT sollen die Leute nur von uns DENKEN?«

Effie blinzelt ein paarmal verwirrt, dann fängt sie an zu lachen. »Was für eine Darbietung, Mausebärchen. Du hast sie täuschend echt nachgemacht, genial.«

Keine Ahnung, wen ich nachgemacht haben soll, aber ich nicke zustimmend.

»Danke«, sage ich stolz und werfe dabei einen Blick auf meine Uhr. Es ist sieben, die Party beginnt um acht. »Wir haben jetzt keine Zeit für Komplimente, Eff. Welche Outfits stehen noch zur Auswahl? Lass mich dein Fashion-Guru sein.«

Meine Schwester deutet schuldbewusst auf ihr Bett, auf dem wahllos verstreut glitzernde Kleider von Valentino, Armani, Dior, Givenchy und Chanel liegen, in allen Nuancen von Blau über Pink bis Lila. Kleider im Wert von Tausenden von Pfund, kostenlos für diesen Abend zur Verfügung gestellt. Aber wie üblich hat meine schöne Schwester sich ausgerechnet für ein Teil entschieden, das aussieht wie ein ausrangiertes Nachthemd.

»Zieh den Fetzen aus«, befehle ich ihr. »Du bist nicht Shrek. Wie wär's stattdessen mit …« Ich zeige auf ein schickes hellgelbes Neckholder-Maxikleid von Elie Saab mit tiefem Ausschnitt. »Das hier. Bring dein Haar in Ordnung. Und ich will keine frechen Widerworte hören, Faith Valentine.«

Effie nickt und bläht die Nasenflügel. »Ich würde im Traum nicht daran denken, Granny.«

Nachdem sie sich umgezogen hat, schleppe ich meine umfangreiche Sammlung von aussortierten Make-up-Artikeln heran (alles, worauf Mercy keine Lust mehr hat und achtlos überall im Haus rumliegen lässt). Dann lege ich los: Primer und Foundation, Puder und Highlighter, etwas Contouring, ein Hauch von Rouge. Ich schattiere und tupfe und verblende. Ich verpasse Eff verführerische Smokey Eyes und pinke Lippen und riesige falsche Wimpern und Augenbrauen mit Cut-ins, die viel besser zu ihrer Gesichtsform passen als diejenigen, die die Natur für sie vorgesehen hat.

Und weil ich gerade so im Schwung bin, zähme ich ihre dichten Minilocken mit einem Glättungsserum und statte Faith mit einer Diamanthaarspange, sechs Ringen, acht Armreifen, einem Fußkettchen, einer Halskette, baumelnden Ohrringen und einem kleinen goldenen Gürtel aus. Dazu ein Paar leuchtend blaue High Heels, hier und da ein bisschen Glitzerspray und drei aufgeklebte Edelsteinchen an jeder Wange – fertig ist der Look.

Stolz führe ich sie wie ein preisgekröntes Pony die Treppe hinunter in die Empfangshalle.

»O mein Gott!«, ruft Mercy, die im schwarzen Smoking und mit burgunderroten Lippen aus der Küche kommt. »Wie siehst *du* denn aus?«

»Ja«, sagt Effie laut und deutlich. Sie zieht ihre wunderschönen brandneuen Augenbrauen hoch. »Schau nur, wie aufwändig unsere kleine Schwester mich zurechtgemacht hat – mit so viel Mühe und Geduld.«

Mercy schaut mich an. Sie zögert kurz, dann nickt sie. »Gut gemacht, Pudel.«

Ehrlich, ich könnte platzen vor Stolz.

Meine Schwestern sehen aus wie *Engel* – die eine wie der Engel des Lichts und der Freude, die andere wie der Engel von Finsternis und Leid (es würde mich nicht wundern, wenn Mercy in ihren schwarzen, mit Stachelnieten besetzten Stiefeln eine Dose Pfefferspray versteckt hätte).

»Okey-dokey«, ruft Max, der gerade in einer schwarzen Hose und einem weißen Hemd aus seinem Zimmer kommt und sich auf der Treppe die Fliege zubindet. »Wir sehen uns in –« Er bleibt abrupt stehen. »Hilfe, was ist denn mit *diiir* passiert –« Faith blickt ihn durchdringend an. »Mit deiner, ähm, *Handtasche*, meine ich. Pudel, sie braucht unbedingt noch die passende Handtasche für dieses Wahnsinnsoutfit.«

Er hat recht! Wie konnte ich das vergessen! Ich renne hoch in Mums Zimmer, schnappe mir die goldene Gucci-Tasche mit der silbernen Schnalle und bin sofort wieder unten.

»Musst du heute Abend nicht arbeiten, Max?«, frage ich ihn und reiche Faith die Handtasche. »Was ist mit dem Shakespeare-Stück? Du weißt schon, dein Job?«

»Oh.« Er hustet laut und legt eine Hand an die Stirn. »Ja. Leider bin ich für die nächsten sechseinhalb Stunden sehr krank. Wahrscheinlich liege ich im Sterben. Womöglich bin ich schon tot. Wenn ich Glück habe, kann ich morgen als echter Geist auftreten.«

»Kein Wunder, dass du keine Textrolle bekommst, Max«, sage ich mitfühlend. »Du bist ein schrecklicher Schauspieler. Wenn du willst, kann ich dir helfen. Ich habe ein paar hervorragende Professionalistentipps auf Lager.«

Max kneift mich lachend in die Wange. »Lieb von dir, Kleine.«

»Danke für deine Hilfe, Schwesterchen«, sagt Effie. Sie knippst einen unauffälligen Fitnesstracker am Taillenbund ihres Kleides fest, steckt rasch noch ein paar Sachen aus ihrem Sportrucksack in die Handtasche und gibt mir dann einen knallpinken Kuss. »Kein Mausebärchen der Welt ist so hilfsbereit wie du.«

Meine glamourösen Geschwister eilen zur Haustür hinaus, plaudernd und glitzernd und duftend wie Weihnachten.

Erst da fällt mir auf, dass ich in all der Aufregung über Faiths Verschönerungsaktion gar nicht mehr an *mich* gedacht habe.

»Leute!«, rufe ich ihnen hinterher. »Wenn ihr nur eine Minute wartet, dann –«

Aber da sind sie schon weg.

11

Okay, überraschender Abgang am Ende der Szene.

Ein paar Sekunden, um mich auf die neue Situation einzustellen, mehr brauche ich nicht. Positiv auf veränderte Regieanweisungen reagieren zu können ist eine meiner Stärken. In dieser Version der Ereignisse kann ich mich für die Party zurechtmachen, ohne gestört zu werden. Ich kann mich in meinem eigenen Tempo auf die Premierenfeier vorbereiten und genau so spät dort erscheinen, dass mir ein aufsehenerregender Auftritt sicher ist.

Diese Stümper kommen allen Ernstes pünktlich in einer Limo an.

Ha! Anfänger!

»Ich frage mich, ob Mercy ihre Zimmertür verschlossen hat?«, überlege ich laut, während ich die Tischsets im Esszimmer auslege. »Wenn ja, muss ich auf das Dach des Wintergartens klettern und durch das Fenster einsteigen, das nicht ganz dicht schließt.«

Ich hauche zwei Champagnergläser an und reibe sie mit meinem Pullover trocken.

»Falls nicht, genügt eine Haarnadel.«

In der Mitte des Tisches stehen fünf weiße Kerzen.

»Ich schwanke noch zwischen dem langen Schwarzen von

Prada und dem kurzen von Calvin Klein. Und *definitiv* ihre geliebten High Heels von McQueen.«

Zwei Gläser mit frischem Orangensaft stehen schon bereit, jetzt lege ich noch Croissants auf die Teller.

»Vielleicht hat sie was in der Wäsche liegen lassen, obwohl mir ehrlich gesagt ein Kleid ohne Deodorantflecken lieber ist.«

»Hope? Mit wem sprichst du?«

Überrascht drehe ich mich zu Maggie um, die an der Tür steht.

»Oh.« Ich lasse den Blick durch den leeren Raum schweifen. »Ähm. Monologe kann man gar nicht oft genug üben, Mags. Nur indem man *Nuancen* austestet, entwickelt man eine perfekte Filmstimme. Ich möchte vorbereitet sein auf die Dankesreden bei Preisverleihungen, Interviews, Wohltätigkeitsveranstaltungen und so weiter.«

Mit meinen erfundenen Freundinnen wäre die richtige Antwort, aber das käme ziemlich schräg rüber.

Maggie zieht die Augenbrauen fast bis zum Haaransatz hoch, als sie meine Frühstücksvorbereitungen sieht. Es soll eine Riesenüberraschung für Mum und Dad sein, ein schöner, romantischer Start in den Morgen, nachdem sie sich doch so lange nicht gesehen haben.

Voller Enthusiasmus dekoriere ich die Mitte des Tischs mit einem großen Herzen aus pinkfarbenen Blüten, dann schnappe ich mir unter Maggies forschenden Blicken sämtliche Zeitungen dieser Woche und verziehe mich in mein Zimmer. Es gibt viel aufzuholen, und ich muss mich beeilen.

Am Montag tritt der Mond in das Sternzeichen Zwillinge, und der Energiefluss richtet sich nach innen (ich habe den ganzen Montag gegrübelt), *Dienstag wird beherrscht vom Jupiterwechsel und der Stellung im sechsten Haus, was sich auf die Gesundheit auswirkt* (ich habe geniest, gleich dreimal), *Mittwoch steht im Zeichen der Konjunktion von Saturn und Merkur* – das erklärt, wieso ich durch die Matheprüfung gerasselt bin –, und der *Transit* gestern ist verantwortlich für die Heißhungerattacke auf Schokolade.

Natürlich glaube ich nicht jedes Wort, das in den Horoskopen steht. Dass es nur zwölf verschiedene Persönlichkeiten auf diesem Planeten geben soll und alles von dem Zeitpunkt abhängt, den deine Eltern sich für ihre Fortpflanzung ausgesucht haben, ist sehr unwahrscheinlich, sagt Max.

Aber genau das ist typisch für einen *Löwen*.

Nach einem Blick auf die Uhr – ich habe immer noch anderthalb Stunden, bevor ich aufbrechen muss, um pünktlich zu spät zu kommen – überfliege ich rasch Max' Horoskope der vergangenen Tage, dann Mercys (Wassermann) und Faiths (Fische). Sie haben eine nette Woche hinter sich, was mich freut. Anschließend schneide ich meine eigenen Horoskope aus und stecke sie hinter die kleinen Glühbirnen an meinem Spiegel der Erkenntnis, damit ich mein Schicksal immer gut im Blick habe.

Es versteht sich von selbst, dass ich Krebs bin: phantasievoll, loyal, emotional, mitfühlend, intuitiv, anhänglich und sentimental. Eine Krabbe mit sehr viel Gefühl. Daneben gibt es auch noch andere Eigenschaften, die nicht ganz so nett sind, wie zum Beispiel sprunghaft und verschlossen, aber die treffen bei mir nicht zu, also sind sie auch nicht wichtig. Mein Aszendent ist Fische, ein weiteres Wasserzeichen. Demnach dürfte ich keinen Liebling unter meinen Geschwistern haben, aber ich habe einen Liebling, und das ist Effie.

»Hope?« Es klopft an der Tür. »Ich habe eine Tasse Tee für dich.«

»Die Tür ist offen.«

Rasch blättere ich die letzte Zeitung des Stapels durch, fast hätte ich die Vorhersagen für heute vergessen. Manchmal lese ich mein Horoskop online, manchmal greife ich zur Zeitung, kommt ganz darauf an, welche Vorhersage mir besser gefällt. »Danke!«

Maggie kommt herein und stellt meine Tasse mit der Aufschrift ZUKÜNFTIGE OSCARGEWINNERIN auf den Schminktisch. Dann geht sie automatisch zum Fenster und klopft die langen roten Samtvorhänge aus. Sie sind echte Staubfänger, aber was nimmt man nicht alles in Kauf, wenn man dafür das ganze Jahr über Hollywoodglamour in den eigenen vier Wänden hat.

»*Casablanca* hängt schief«, sagt Mags und rückt seufzend das gerahmte Wandposter mit dem sich küssenden Liebespaar wieder gerade. »So stürmisch wie die beiden sind, ist es kein Wunder, dass sie sich gegenseitig fast aus dem Rahmen schubsen.«

Ich hüstle und nicke zustimmend. Entweder das oder …

Kann sein, dass ich manchmal ein Foto von mir über das Gesicht von Ingrid Bergman klebe, um herauszufinden, wie ich in einer heißen Knutschszene aussehe.

Sehr romantisch, nur damit das klar ist.

Zufrieden lächelnd blättere ich die Zeitung durch, überfliege kurz die Seite sechs, die fast vollständig Mercy gewidmet ist und sie zeigt, wie sie aus einem Taxi fällt, und ignoriere demonstrativ eine herangezoomte, undeutliche Aufnahme von Dad, auf der er und eine Brünette zu sehen sind, wie sie gemeinsam joggen, dazu die Überschrift: *Hat Rivers schon wieder was am Laufen?*

Maggie blickt versonnen auf mein Marilyn-Poster. »Ich nehme an, es ist nicht immer leicht, allein zu Hause bleiben zu müssen.«

»Das macht mir nichts aus«, sage ich fröhlich und gehe die Reihe der Sternzeichen durch. *Stier, Waage, Skorpion, Schütze* … »Ich bin rundum zufrieden. Es gibt jede Menge zu tun. In vier Monaten werde ich ständig unterwegs sein, daher nutze ich die Zeit, um mich vorzubereiten.«

Steinbock, Löwe, Zwillinge, Wassermann …

»Trotzdem musst du dich gelegentlich einsam fühlen«, fährt Mags fort.

»Ach nein.« *Stier, Jungfrau, Fische* … »Ich kann einen Film anschauen oder Horoskope lesen und –«

Krebs!

Wenn Venus wechselt, wechselt auch das Liebesschicksal. Ein ganz besonderer Mensch hat sich auf den Weg gemacht. Krebsgeborene, haltet die Augen offen, sonst verpasst ihr ihn. Eine Romanze erwartet euch!

Mein Herz scheint stillzustehen.

Ich lese das Horoskop noch einmal: *ein ganz besonderer Mensch, ein ganz besonderer Mensch.*

Ein. Ganz. Besonderer. Mensch.

Die Härchen auf meinen Armen stellen sich auf. Tief drin wusste ich es schon lange. Ich konnte es fühlen, Veränderung lag in der Luft. Die Konstellation der Planeten, der Stand der Sterne, die sich langsam aufbauende Spannung – ich hatte RECHT.

Es ist so weit.

Mal ehrlich, wer schert sich darum, was Saturn und Pluto machen? Nein, es dreht sich alles um *Venus*, die Göttin der Liebe. Geduldig habe ich auf sie gewartet.

Und jetzt ist sie *da*.

»… schwierige Phase … du hast so viel durchgemacht … kein Wunder, dass du dich …«

Die Zeitung in der Hand, renne ich zum Fenster.

Wo ist er? *Wer* ist er? Vielleicht ein Blumenbote, der einen Strauß liefert? Der Milchmann oder der Zeitungsjunge? Vielleicht hat er meinen Ellbogen auf dem Foto gesehen, sich sofort in mich verliebt und die ganze Woche nach mir gesucht. Ich frage mich, wie er aussieht und was er anhat und was er sagen wird und was ich ihm antworten werde …

»… irgendwann wird es besser … deine Zeit wird kommen … du bist noch so …«

Es sei denn … Natürlich! Er ist heute Abend bei der Premiere, wo sonst?

Halte die Augen offen, sonst verpasst du ihn.

Hektisch blicke ich auf meine Armbanduhr – fast halb zehn. Die anderen Krebse hatten den ganzen Tag Zeit, sich in ihren eigenen besonderen Menschen zu verlieben. Was, wenn mir jemand meinen wegschnappt, während ich hier warte und mich verspäte, um möglichst cool zu sein?

Was, wenn – *o nein!* – es vielleicht schon zu spät ist?

Panik steigt in mir auf. Womöglich verpasse ich meinen Seelenverwandten, weil ich meine Zeit damit verplempere, einen dramatischen Auftritt zu planen.

»… daher habe ich Ben eine Nachricht geschrieben, und jetzt will er kurz vorbeikommen und dir ein bisschen Gesellschaft leisten. Wie wär's, wenn ihr gemeinsam einen Film anschaut?«

Verunsichert starre ich in meinen Spiegel der Erkenntnis.

Jeder hat nur eine Chance für die wahre Liebe. Was, wenn derjenige auf mich gewartet hat und ich nicht gekommen bin?

Was, wenn Venus sich gelangweilt hat und erst wiederkommt, wenn ich sechsunddreißig bin und es endgültig zu spät ist?

Was, wenn ich mich wegen ein paar mickriger Stunden mit einem zweitklassigen Freund zufriedengeben muss oder – noch schlimmer – für immer Single bleibe?

Wenn Sterne zornig werden, weil man ihre Pläne durchkreuzt, können sie sehr nachtragend sein. Die Zeit drängt, ich darf keine Sekunde mehr verlieren.

Ich flitze los und suche in meinem begehbaren Kleiderschrank das Kleid heraus, das Mum in der Schlussszene von *Anker unserer Herzen* trägt, bevor sie (Spoiler!) mit einer Handgranate in die Luft gejagt wird. Es ist ein hübsches, knielanges silbergraues Vintage-Kleid. Ich ziehe es an, schließe den Satingürtel und stopfe rasch noch einige Baumwollbäuschchen in meinen BH.

Nachdem ich noch etwas Lipgloss aufgetragen habe, eile ich zur Tür. Zum Schminken bleibt keine Zeit. Mein Auserwählter wird nur Augen für meine natürliche Schönheit haben, so läuft das immer.

»… in einer halben Stunde, er muss erst noch … Hope? Wohin gehst du?«

Ich drehe mich zu Maggie um.

»Zu Mums Premiere«, antworte ich und schlüpfe in ein Paar von Effies sportlichen Schuhen. Ich muss rennen, um mein Schicksal einzuholen, hohe Absätze sind da fehl am Platz. »Dort ist jemand, der auf mich wartet.«

Nun ist es also offiziell: Die Liebe ruft mich.

Und ich werde antworten.

12

HOPE eilt das Ufer der Themse entlang. Die Nacht ist lau, ein zarter Duft liegt in der Luft, die Sterne funkeln. Ein unglaublich süßer Junge –

Okay, kann sein, dass ich in die falsche Richtung laufe.

Szene, die zweite.

Hope eilt am Ufer der Themse in die entgegengesetzte Richtung. Ein unglaublich süßer Junge mit einer sehr poetischen Seele ist so mit Sternegucken beschäftigt, dass er Hope beinahe über den Haufen rennt.

JUNGE (blinzelt überrascht) Ich glaubte, alle Schönheit des Universums am Himmel zu finden, doch nun steht dieses Wunder vor mir –

Nein, nicht so schnell, er muss ein klitzekleines bisschen Widerstand leisten.

JUNGE (verärgert) Hey! Kannst du nicht aufpassen, wohin du –

Nein, zu grob.

JUNGE (verlegen) Tut mir schrecklich leid! Wie kann ich das wiedergutmachen? Wie wär's mit einem langen, bedeutungsvollen Spaziergang im Mondschein?

Ah, *das* gefällt mir.

Natürlich ist diese Szene völliger Quatsch, ich werde IHN auf der Party treffen, nicht irgendwo auf dem Weg von der Waterloo-Station dorthin. Trotzdem ist es ratsam, schon einmal den passenden Gesichtsausdruck zu üben. Eine Mischung aus *Was fällt dir ein!* und *Nie hätte ich geglaubt, dass mir das passiert!*.

Nachdem ich IHN kennengelernt habe, muss ich mich vermutlich erst einmal hinsetzen und einen Energy-Drink trinken.

Aber das Setting ist phantastisch.

Funkelnde Sterne, die sich im Fluss spiegeln, ein Straßenmusikant, der Geige spielt, dazu alle paar Meter wie Rosenblätter verstreute Pärchen, die sich küssen. Meine atemberaubende Romanze ist zum Greifen nahe, das spüre ich. Spätestens morgen werde ich die Hälfte eines dieser Liebespaare sein.

Kribbelig vor Aufregung erreiche ich die Partylocation: Die Tate Modern ist ein beeindruckendes Gebäude – groß, gedrungen, mit schmalen Fenstern und einem hohen Kamin in der Mitte, der wie eine Nase in den Himmel ragt. Es ist zehn Uhr abends, die Party ist in vollem Gang. Alles erstrahlt in Blau: Die Bäume auf dem Vorplatz sind in blaues

Licht getaucht, dazu gibt es die farblich passende Lasershow, und die Gäste schreiten über einen eisblauen Teppich zum Eingang. Überall sind Schaulustige, sie stehen dicht gedrängt und johlen und rufen und klatschen. Eine Fangemeinde, die zukünftig auch auf mich warten wird.

Irgendwo da drinnen sind Mum, Dad, Mercy, Max, Faith …

Und ER.

Außer Atem und leicht verschwitzt zwänge ich mich durch die Reihen, nehme im Gehen lässig Mercys Mantel ab und reiche ihn an einen Türsteher weiter.

»Würden Sie bitte darauf aufpassen?«

Ich straffe meine Schultern. Haltung: makellos.

»Bitte, verknittern Sie ihn nicht. Er ist von Prada und gehört mir nicht. Danke sehr.«

Der Türsteher glotzt mich mit offenem Mund an.

Ich schlüpfe unter dem blauen Seil hindurch, winke und nicke und bleibe, die Hand leicht auf die Hüfte gestützt, ein- oder zweimal stehen, damit die Leute Fotos machen können. Wenn Mum und Dad mich erwischen, sitze ich ganz schön in der Tinte, aber bis dahin kann ich die Augenblicke des Ruhms noch genießen.

»WER BIST DU DENN?«, ruft jemand.

»Das ist streng geheim!«, rufe ich zurück und hauche Küsschen in die Runde. »Lest in vier Monaten Zeitung, dann wird das Geheimnis gelüftet.«

Mit einem letzten hinreißenden Lächeln husche ich durch die Glastür.

Die Fenster sind dunkel, und es wartet schon der nächste Türsteher auf mich. Er hat ein Klemmbrett mit einer Namensliste. Denk dran, Hope: *Sei die Orange!* Ich recke die Brust vor, hebe das Kinn und *verkörpere* meine Rolle als geladener und überall gern gesehener Partygast.

Lässig stütze ich mich mit der Hand am Türrahmen ab.

»Oh, hallo«, stoße ich noch immer atemlos hervor, als neben mir ein glamouröses Paar dem Türsteher zunickt und sofort durchgewunken wird. »Tut mir leid, aber ich kann Ihnen meinen richtigen Namen nicht preisgeben« – ein weiteres Glitzerpärchen schwebt an mir vorbei, gefolgt von einem alten Mann, den ich aus Actionfilmen kenne –, »aber ich kann Ihnen versichern« – ein Mädchen, das nur ein paar Jahre älter ist als ich, drängt mich zur Seite –, »dass es mir nicht verboten ist, auf diese Party zu gehen. Sie können also ganz beruhigt sein und mich –«

Hinter mir fängt jemand an zu lachen. »Du freches kleines Mausebärchen.«

Ich erstarre.

»Warum schnaufst du so?« Max tritt aus einer dunklen Ecke heraus und steckt sein Handy in die Hosentasche. »Bist du etwa hinter uns hergerannt, Pudel? Mit flatternden Ohren und heraushängender Zunge?«

Ein heißer Typ mit Irokesenfrisur zwinkert mir im Vorbeigehen zu, bevor er hinter der Tür verschwindet.

Beinahe automatisch recke ich den Hals und schaue ihm hinterher – *Er hat gezwinkert! Ist er etwa derjenige?* –, da werde ich grob an den Schultern zurückgezerrt.

Max trägt einen neuen schwarzen Filzhut. Das Ding sieht doof aus. Der Hut ist doof, und mein Bruder ist doof, und ich hasse sie beide!

»Die Sache ist die …«, erkläre ich dem Türsteher verzweifelt, während ich gleichzeitig Max einen Schubs versetze, »dieser junge Mann ist ein leidenschaftlicher Fan von mir, der mir das Leben zur Hölle macht. Ich habe eine einstweilige Verfügung gegen ihn erwirkt, könnten Sie ihn also bitte hinausführen und in den Fluss werfen, vielen Dank.«

»Werden Sie von ihr belästigt, Mr. Valentine?«, fragt der Türsteher.

»Meistens«, sagt Max grinsend und zieht mich am Arm Richtung Ausgang. »Eigentlich fast immer.«

Ein weiteres A-Promi-Paar rauscht an uns vorbei und betritt das magische Party-Königreich, in dem es vor süßen Prinzen nur so wimmelt. Der Gedanke versetzt mich in höchste Alarmbereitschaft.

Zur Liebe meines Lebens geht es genau in die entgegengesetzte Richtung!

»*Bitte.*« Ich stemme meine Füße in den Boden, spanne die Beinmuskeln an und greife haltsuchend nach einer mit Schneeflocken dekorierten Stoffbahn an der Wand. »*Bitte*, Max, du verstehst das nicht. Dieser Abend ist wichtig für mich. Ich bin schon viel zu spät dran! Es steht in meinen Sternen, Max – heute erfüllt sich mein *Schicksal. Das Universum will, dass ich hier bin. Das hat es mir selbst gesagt.* VENUS IST IN BEWEGUNG.«

Links von uns sind lautes Stimmengewirr und Musik zu hören.

Gläser werden aneinandergestoßen, durch die Türritzen sind Lichtblitze zu sehen, und wenn die Tür aufgeht, erhasche ich kurze Blicke auf das Leben: wundervolle Kleider, wundervolles Essen, wundervolle Menschen, wundervolle Gespräche. Mum ist da drin und sieht bestimmt ganz wundervoll aus neben Dad. Hinter der Tür sind Faith und Mercy und Grandma und Fotografen und aufgespießte Oliven und massenweise Jungs, in die ich mich verlieben kann.

Sehnsüchtig strecke ich die Hand nach der Tür aus.

»Das Universum will, dass du da drin bist?« Max runzelt die Stirn. »Hope, du musst aufhören, dich von Horoskopen beeinflussen zu lassen. Sie sind keine Handlungsanweisungen, sondern willkürliches Gelaber, ausgedacht von einem Loser irgendwo in einem Schrank.«

»Ohne den Loser im Schrank würde es dich gar nicht geben.«

»Was redest du da für einen Blödsinn? Hast du eine Ahnung, in welche Schwierigkeiten ich gerate, wenn ich dich durch diese Tür lasse, Pudel? Ich spiele schon jetzt jeden Abend einen Toten.«

Links von uns klirren Champagnergläser.

»*Bitte*, Max.« Meine Stimme zittert, obwohl ich ihr befehle, selbstbewusst und fest zu sein. »*Bitte*. Da drin findet das Leben statt, aber ich muss immer draußen bleiben. Ich kann nicht länger warten. Ich habe es satt, immer, immer und immer allein zu sein.«

Mein Bruder blinzelt. »Ja, du hast recht, das bist du …«

»Der Punkt ist … Max?«

Den Blick auf meine Stirn gerichtet, starrt Max mich gedankenverloren an.

»Max?« Ich ziehe am Ärmel seines Smokings. *»Hallo? Hör mir zu! Ich rede mit dir, Max.«*

»Reg dich ab, Pudel. Ich denke nach.«

Bevor ich weiß, wie mir geschieht, habe ich plötzlich seinen Hut auf dem Kopf.

»Was soll das?«, fauche ich verärgert und nehme den Hut wieder ab. »Wenn du wie ein Idiot ohne einen Funken Geschmack aussehen willst, dann ist das deine Sache, aber mach bitte meinen Look nicht kaputt.«

»Wenn du auf die Party willst, wird dir nichts anderes übrigbleiben, als selbst wie ein Idiot auszusehen.«

Ich starre ihn an. Was zur Hölle … »O mein Gott, wirklich? Wenn ich den Hut aufsetze, nimmst du mich mit? Meinst du das ernst? Wirklich, wirklich ernst? Ist das dezimiert?«

»Meinst du dezidiert? Ja.« Max lächelt. »Du brauchst dringend Abwechslung. Vielleicht eine Mediations-App. Und definitiv ein Fremdwörterbuch.«

Vor Glück quietschend, drehe ich mich im Kreis.

Ich *liebe* meinen Bruder! Er ist der beste große Bruder, den man sich vorstellen kann, und ich nehme *alles* zurück, was ich gerade über ihn gedacht habe.

»Tu mir bitte einen Gefallen«, sagt Max und packt mich an den Schultern. »Halte dich zurück und hör auf herumzuwirbeln. Wenn du jemanden kennenlernst, stellst du ihn zuerst mir vor, okay? Egal wer es ist. Geh Granny, Mer und Faith aus dem Weg, zieh den Kopf ein, sei still und halte dich nur am Rand der Party auf. Heute Abend bist du ein Phantom, kapiert?«

»Absolut.« Ich nicke heftig und hebe beteuernd die Hand. »Niemand wird mich sehen. Ich werde unsichtbar sein. Ein Geist. Ich werde eine *Schimäre* sein. Ich werde noch nicht einmal zu Mum und Dad Hallo sagen, wenn ich sie sehe, das verspreche ich dir.«

»Du meinst *Schemen*, Mausebärchen«, erwidert Max und legt den Arm um mich. »Vergiss nicht, Pudel, dein Schicksal hast allein du in der Hand, okay?«

Ich verdrehe die Augen. Was denkt er, was ich vorhabe?

»Sie ist in meiner Begleitung«, sagt Max grinsend zum Türsteher und stülpt seinen breitkrempigen Hut über meinen Kopf. »So ein bisschen Nervenkitzel macht das Leben doch erst interessant, hm?«

Mit einer übertrieben tiefen Verbeugung stößt er die Tür auf und macht mir mit viel Getue den Weg frei.

»Auf zur Party.«

13

Die Jagd ist eröffnet.

»Hi!« Ich strahle den süßen schlanken Jungen an, der mir einen Willkommensdrink serviert, und schiebe Max' Hut zurück, damit mein Gesicht möglichst gut zur Geltung kommt. »Verrätst du mir dein Sternzei–«

»Willst du nicht erst mal durch die Tür gehen?«, fragt Max lachend. Er reicht mir ein schimmerndes Glas mit blauem Crushed Ice und schiebt mich in den Raum. »Okay, Schwesterherz, und jetzt versuch wenigstens, nicht sofort auszuflippen.«

Mein Bruder ist so klug. Ich will nicht den erstbesten Seelenverwandten aufgabeln, der sich im Nachhinein als Niete herausstellt, auch wenn seine Getränke – ich nippe an dem Glas – zugegebenermaßen köstlich sind.

Mit einem erwartungsvollen Lächeln schaue ich mich im Raum um.

Das Erdgeschoss der Tate Modern ist nicht nur weitläufig, sondern auch hoch, es sind bestimmt an die hundert Meter bis zur Decke, von der gigantische Eiszapfen herabhängen. Auf dem Boden glitzern täuschend echt aussehende Schneekristalle, weich gepolsterte weiße Ledersofas laden zum Sitzen ein, und über unseren Köpfen rasen blaue Laserstrahlen kreuz und quer durch den Raum. Auf dieser Seite des Saals befindet sich eine kreisförmige Bar mit indirekter blauer Beleuchtung unter gefrostetem Glas, und auf der anderen Seite legt ein DJ auf. Die Hand an den überdimensionalen Kopfhörer gelegt, springt er hin und her.

IMAX-große Fotos von Berggipfeln sind auf die Wände projiziert, dazu kurze Filmsequenzen von Mum: ein anmutig ausgestreckter Arm, eine blonde Haarsträhne, funkelnde graue Augen.

Obwohl es schon ziemlich spät ist, kann ich Mum und Dad nirgendwo entdecken.

Hab ich's nicht gesagt? Die beiden sind eben *Professionalisten.*

»Max!« Ein Mann stellt sich uns in den Weg, und eine Kamera blitzt. »Max Valentine! Würden Sie uns ein paar Fragen beantworten? Max, hierher!«

»Geh«, raunt mein Bruder und zieht meine Hutkrempe tiefer ins Gesicht. »Das hier war früher einmal eine Turbinenhalle, also lauf wie der Wind, Pudel. Du bist *freiii* …«

Den geeisten Drink in der Hand, stürze ich mich in die Menge, dort wo sie am dichtesten und daher auch am interessantesten ist. Um mich herum sind wundervolle Menschen, die ich kenne, aber noch nie persönlich getroffen habe. Sie glänzen und lachen und trinken und plaudern – strahlende Erscheinungen, in einen Hauch von Blau getaucht.

Beim Anblick der vielen gut aussehenden Jungs wird mir ganz schwindlig.

»Wenn du mich fragst, ist das alles etwas zu dick aufgetragen«, sagt eine Frau mit südafrikanischem Akzent laut. Sie hebt den Fuß an und betrachtet angewidert ihren Absatz. »So ein Kitsch! Der Kunstschnee ruiniert meine Schuhe.«

Ihre Freundin lacht. »Was hast du von *Juliet Valentine* anderes erwartet? Raffiniertes Understatement?«

»Du hast recht. Aber so ist das, wenn man als romantische Heldin in die Jahre gekommen ist. Dann muss man die Filme eben selbst produzieren. Ich habe den Schmachtfetzen zwar noch nicht gesehen, aber ich wette, *Gipfelhöhen* wird ein Flop.«

Ich schlucke schwer. Meine Mum ist der Inbegriff einer romantischen Heldin, und *Gipfelhöhen* wird der Inbegriff eines romantischen Films sein. Aber die Valentines zeigen in jeder Situation Klasse, daher werde ich, als zukünftige Ikone, auch jetzt über den Dingen stehen.

Sei die Orange, Hope.

»Hey«, sage ich zu einem gut aussehenden Kellner mit großen braunen Augen und braunen zotteligen Haaren, der mir ein Ziegenkäse-Oh-döhfre anbietet. »Also … was ist dein Sternzeichen?«

Er starrt mich an. »… Widder.«

»Ah«, murmle ich bedeutungsvoll. »Ein Ziegenbock. Das hätte ich wissen können, man erkennt es sofort an deinen Haaren und an den Snacks.«

Zugegeben, es ist nicht gerade eine Traumkombination – Widder sind bisweilen aggressiv, überehrgeizig und tendieren dazu, mit dem Kopf durch die Wand zu gehen –, aber an diesen Schwächen können wir noch arbeiten. »Und … kommst du oft hierher?«

»… jeden Freitagabend. Ich arbeite hier.«

»Wie nett.« Ich nehme mir ein Oh-döhfre und stecke es in den Mund. Schade, dann können wir freitags nicht ausgehen, obwohl das doch der klassische Tag für ein Date ist. »Arbeitest du auch samstagabends, am Valentinstag, Weihnachten, Silvester oder am zweiten Juli, der zufälligerweise mein Geburts–«

Aus dem Augenwinkel sehe ich Faith und Grandma in meine Richtung kommen.

Seltsam, Faith trägt ein schlichtes weißes Kleid und ist völlig ungeschminkt. Vielleicht ist sie hingefallen und musste sich umziehen, weil ihr Kleid schmutzig geworden ist. Die Arme, es hat ihr bestimmt leidgetan um mein tolles Styling.

Ich ziehe Max' Hut tief ins Gesicht, damit die beiden mich nicht entdecken, und drücke dem Kellner rasch noch ein signiertes Foto in die Hand. »Ich würde dieses faszinierende Gespräch gerne zu einem anderen Zeitpunkt fortsetzen. Ich schlage vor, du schaust in deinem Horoskop nach, wann die Sterne günstig stehen.«

Dann tauche ich hinter einer Säule ab.

Wo schon der nächste gut aussehende Junge auf mich wartet. Er steht hinter mir, hat glänzendes schwarzes Haar, grüne Augen und riecht nach Kokos. Ich kenne ihn von einer TV-Serie über … Wölfe? Vampire? Engel? Egal, ist eh alles das Gleiche.

»Hoppla« Er schaut von seinem Handy hoch und strahlt mich an. »Wo kommst du denn her?«

»Richmond?«, sage ich und strahle zurück. »Und du?«

Er lacht. »Stevenage. Und wo gehst du hin?«

»Eine *sehr gute* Frage.« Kokett schiebe ich den Hut zur Seite. »Irgendwann geht es nach Hollywood, das steht fest. Vorerst bleibe ich hier. Meine Mum sagt, es ist wichtig, sich zuerst in England eine Bühnenkarriere aufzubauen, um sich den Ruf einer ernstzunehmenden Schauspielerin zu erwerben – vielleicht mit einer bedeutenden Rolle im West End und danach mit einem preisgekrönten britischen Indie-Film. Dann der Sprung nach Los Angeles, wo ich –«

Jemand packt mich am Arm und zieht mich fort.

»Schluss damit.«

»Hey, Max«, sagt der Wolfvampirengel lachend. »Was geht ab?«

»Du gehst ab, falls du das noch einmal versuchen solltest. Das ist meine kleine Schwester, sie ist fünfzehn, und ich lese Zeitung, also zieh Leine.« Max dreht mich um, drückt mir den Hut über die Augen und dirigiert mich zurück zu den anderen Gästen. »Neuer Versuch, Pudel. Das kannst du besser.«

Desorientiert und fast blind stakse ich durch die Menge.

Von meinen Eltern ist immer noch nichts zu sehen – ihre Coolness ist faszinierend. Aber ich denke nicht lange darüber nach, denn da steht schon der nächste schnuckelige Kandidat, der –

»HUHUUU! WER MACHT P – A – R – T – Y? WARUM SEID IHR ALLE SO BRAV UND LAAANGWEILIG?«

Alle Köpfe drehen sich, und es wird schlagartig still im Raum. Die Gäste blicken zur gegenüberliegenden Seite des Saals. Mir wird ganz kalt. Langsam drehe auch ich mich um.

»Ach, kommt schon, Leute, MACHT EUCH LOCKER!«, kreischt meine große Schwester in das Mikrophon des DJs. »Wir sind reich und berühmt und fröhlich, schon vergessen? Wir sind die glücklichsten Menschen auf der Welt! Wir haben ja so viel GLÜCK, GLÜCK, GLÜCK! Also warum genießen wir es nicht?«

Gefährlich schwankend klettert sie auf das Pult des DJs.

»Verpiss dich …«, zischt sie und versetzt dem armen Kerl mit der Spitze ihrer hochhackigen Lederstiefel einen Tritt. »Kein Mensch käme auf die Idee, dass du hier zehnmal so viel verdienst wie bei McDonald's.« Sie klopft mit der Hand gegen das Mikro, die Ringe an ihren Fingern machen ein schrilles Geräusch. »Na los, tanzt endlich!«

Stille.

»Ich sagte: TANZT!!!«

Mer beugt sich über die Musikanlage und schiebt einen Regler hoch. Ein tiefer Bass fängt an zu wummern.

»Huhuuu!« Einige ihrer Freunde – zumindest nehme ich an, dass sie das sind – johlen und winken. »Ja! Zeig's uns!«

»Die armen Valentine-Kinder«, murmelt jemand und schüttelt den Kopf. »Diese Familie ist ein einziger Scherbenhaufen.«

Max' Hut tiefer ins Gesicht ziehend, schlängle ich mich am Rand des Saals entlang zur Musikanlage. Mercy hat die Arme hochgestreckt und wackelt hemmungslos mit dem

Hintern, ihre glattgeföhnten Haare fliegen in alle Richtungen.

Kein Wunder, dass Grandma sie nirgendwohin einlädt.

»Was machst du da?« Wie aus dem Nichts taucht Effie auf. Sie blickt hoch zu Mercy und zerrt an ihrem Hosensaum. »Mercy, komm runter.«

»Das tue ich doch«, kreischt meine große Schwester hemmungslos. »Schau mich an, ich bin am Runterkommen, ich feiere so richtig ab …«

»Heute Abend wirst du dich zusammenreißen«, sagt Faith streng. »Komm runter. Sofort.«

Mercy will sie mit dem Fuß wegstoßen, aber Effie weicht geschickt aus und schlüpft schnell aus den Schuhen, die ich für sie ausgesucht hatte. Mit bloßen Füßen steigt sie auf das Pult, packt Mercy an der Hüfte und wuchtet sie nach unten. Meine wunderschöne Schwester ist erstaunlich stark.

»Entschuldigung«, haucht Faith ins Mikrophon, während sie Mercy mühelos im Schwitzkasten hält. »Es fehlte noch Stoff für Seite sechs der morgigen Ausgaben, und meine selbstlose Schwester springt immer gerne ein.«

Ein paar Leute kichern verlegen.

Der DJ räuspert sich kurz, setzt seine Kopfhörer auf und lässt Musik laufen, während Effie die sich heftig wehrende Mercy in ein privates Nebenzimmer zerrt.

Leise folge ich ihnen unbemerkt bis zur Tür.

14

Während in dem einen Raum die große, langersehnte Szene auf dem Programm steht, spielt sich im Nebenzimmer das Leben der anderen ab. Das vergisst man gern. Man nimmt es erst dann wahr, wenn die beiden Geschichten sich kreuzen.

Besonders wenn das eigentlich gar nicht vorgesehen ist.

Mucksmäuschenstill lehne ich mich gegen die Tür und lausche.

»Was fällt dir ein?«, höre ich Mercy wütend zischen. »Wer gibt dir das Recht, du dumme, eingebildete –«

»Es reicht.« Faiths Stimme ist kaum wiederzuerkennen. »Es reicht jetzt, Mercy. Jedes Mal ziehst du diese Show ab, und mittlerweile habe ich die Nase voll.«

Mercy lacht hämisch. »O nein, hast du dich etwa für mich geschämt, Eff? Habe ich deine perfekte Zukunft ruiniert und deinen makellosen Ruf geschädigt? Bitte, darf ich mich hinlegen und lautlos im Teppich verschwinden, damit ich dir auf deinem Weg zum Ruhm nicht länger im Weg stehe?«

»Du stehst dir selbst im Weg, Mercy. Du bist ein egoistisches, selbstzerstörerisches Wrack. Du bist auf dem besten Weg, dein Leben zu ruinieren, und ehrlich gesagt ist mir das schnurzpiepegal.«

Natürlich hat Faith nicht *schnurzpiep* gesagt. Ich reiße die Augen auf, denn so etwas kenne ich von Faith gar nicht.

»Als hätte dich das je interessiert, Effie. Du tust immer so süß und nett und freundlich – oh, ich bin *Faith*, schaut euch dieses wunderschöne *Gesicht* an! Ich bin so perfekt und so schlank, dass ich übergroße Pullover und ausgeleierte Leggings anziehe, damit nicht jeder sofort sieht, wie hübsch ich bin. Achtet nicht auf mich, ich bin ja so unscheinbar. Weißt du, was du bist? Du bist eine Heuchlerin. Eine Lügnerin. Aber ich habe dich durchschaut, und das passt dir nicht.«

»Und was bist du? Eine zornige, verbitterte *Flitsch*, die es nicht erträgt, wenn sie einmal nicht im Mittelpunkt steht? Wenn die Leute dich nicht ständig bewundern, bist du ein Häufchen Elend, Mercy. Oh, bitte, schaut mich an, hört mir zu, beachtet mich. Mich, mich, mich, mich, MICH.«

Und auch diesmal hat Faith nicht *Flitsch* gesagt.

Mein Herz hämmert, und meine Hände sind feucht. Woher kommt dieser Hass? Seit wann ist er da? Warum ist er mir noch nie aufgefallen? Wir sind *Schwestern*. Wir *lieben* uns. Wir gehören doch alle zum selben Team, oder?

»Also bitte«, knurrt Mercy. »Im Gegensatz zu dir biete ich den Leuten wenigstens etwas. Du hingegen bist so langweilig, dass ich losheulen könnte, sobald du auch nur den Mund aufmachst. *Ja, Grandma, nein, Grandma, aber gerne doch, Grandma* … Außer deinem hübschen Gesicht, wofür du selbst nicht einmal etwas kannst, hast du nichts vorzuweisen, und wenn deine Schönheit irgendwann verwelkt ist, bist du ein Niemand.«

»Wenigstens bin ich kein Möchtegern-It-Girl mit einer *viel zu großen Nase*!«

»Du DUMME KUH!«, kreischt Mercy. »Du hast keinen Funken Schauspieltalent!«

»Und du bist ein egozentrischer ALBTRAUM AUF ZWEI BEINEN!«

Leise weiche ich einige Schritte zurück.

Da drin findet gerade ein Vulkanausbruch statt, und ich stehe am Rand des Kraters. Ich habe Angst, mit in den Abgrund hineingezogen zu werden. Warum können meine Schwestern nicht einfach glücklich sein? Gerade als ich zu dem Kellner mit den zotteligen Haaren und den Oh-döhfre zurückgehen will, höre ich …

»Das sind wir doch alle«, sagt Mercy in die Stille hinein. »Schau dir nur mal Hope an.«

Ich halte mitten in der Bewegung inne. *Hallooo?*

»Lass Hope aus dem Spiel«, sagt Faith mit bebender Stimme. »Das hat nichts mit ihr zu tun. Sie ist noch ein Baby, wir müssen sie –«

»Hope ist kein Baby«, schnaubt Mercy verächtlich. »Sie ist ein Dummchen, zu doof, um auch nur einen einzigen eigenen Gedanken in ihrem kleinen leeren Hirn zu haben. Sie ist ein wandelndes Klischee. Gesteh es dir endlich ein, unsere kleine Schwester würde nicht einmal den Bechdel-Test für *denkende menschliche Wesen* bestehen. Sie ist so dumm, dass sie sich nicht einmal daran erinnert, was –«

»Und das ist auch gut so«, unterbricht Faith sie ruhig. »Du weißt ganz genau, warum sie so ist. Himmel nochmal,

Mercy! Haben wir nicht schon genug Probleme, müssen wir auch noch aufeinander herumhacken? Diese Familie ist am Ende, die Scheidung wird über kurz oder lang in eine Schlammschlacht ausarten –«

»Und das alles nur wegen einer blonden, zwanzigjährigen Möchtegerndiva mit einer süßen kleinen Nase, winzigen Füßen und einem viel zu knappen Bikini, die scharf auf eine Hauptrolle ist, obwohl sie gar nicht das Zeug dazu hat.«

»Das wissen wir nicht mit Sicherheit, Mer. Und ja, mag sein, dass wir alle nur darauf warten, irgendwann unsere Treuhandfonds zu bekommen, damit jeder seiner eigenen Wege gehen kann. Aber bei dieser Party stehst ausnahmsweise mal nicht du im Mittelpunkt. Ist das wirklich so schwer zu begreifen?«

»Du hast recht«, sagt Mercy matt. »Bei dieser Party geht es nicht um mich. Und auch nicht um dich oder Max oder Hope. Es geht nie um uns.«

Darauf folgt eine lange Stille. Ich würde am liebsten wegrennen, aber stattdessen stehe ich mit klopfendem Herzen da und rühre mich nicht vom Fleck. *Ich muss weg, ich muss raus hier, aber ich kann mich nicht bewegen, nicht bewegen, nicht bewegen –*

»Das mit deiner Nase habe ich nicht so gemeint«, sagt Faith leise. »Tut mir leid, Mer. Ich liebe deine Nase, ehrlich. Sie ist einzigartig und schön und würdevoll und passt perfekt zu dir.«

»Ich weiß. Aber du hast trotzdem keinen Funken Schauspieltalent, sorry.«

»Wie du meinst.«

Erneut tritt Stille ein.

Ohne meine Schwestern zu sehen, weiß ich, dass sie beide erschöpft gegen die Wand gesunken sind.

Dann höre ich »Autsch, hör auf, mich zu kneifen!« und »Weg da, du nervst!«.

Plötzlich fangen sie an zu kichern.

»Wir sollten wieder zurück zur Party«, sagt Faith einen Moment später und seufzt. »Was bleibt uns auch anderes übrig, als dieses lächerliche Affentheater weiter mitzuspielen? Aber nach der Show, die du gerade abgezogen hast, wird Grandma uns sowieso umbringen.«

»Sie wird *mich* umbringen«, entgegnet Mercy. »*Dich* wird sie wie üblich als Retterin der Valentines feiern. Aber das ist okay. Grandma wird allen erklären, dass ich leider das schwarze Schaf der Familie bin.«

Effie lacht. »Ach ja, Nanna Val… Oh, dein Make-up ist ganz verschmiert, Mer. So kannst du dich nicht blicken lassen. Warte kurz, ich glaube, ich habe noch ein Feuchttuch in meiner Handtasche.«

»Du bist wirklich eine alte Oma, Eff! *Au*, rubbel nicht so fest. Hast du da drin auch Pfefferminzbonbons? Zerknüllte Taschentücher? Eine kleine getigerte Katze?«

»Nein, nur einen Ersatzkatheter für den Notfall. So, jetzt siehst du wieder besser aus.«

Ich höre, wie die beiden aufstehen, und gleich darauf öffnet sich die Tür einen Spaltbreit. Endlich schaffe ich es, mich aus meiner Erstarrung loszureißen.

Los, los, los.

Mit steifen Bewegungen dränge ich mich zwischen den Partygästen hindurch, vorbei an dem DJ-Pult und dem Kellner und dem Serienschauspieler und dem anderen Kellner und dem Jungen mit den Begrüßungsdrinks und den vielen Lichtern und den Bergen an der Wand und den flimmernden Bildern von Mum.

»Pudel?«, ruft Max hinter mir her, als ich Richtung Ausgang renne. »Alles okay? Was ist passiert? Wo willst du hin?«

Ich reiße mir seinen dämlichen schwarzen Hut vom Kopf und werfe ihn über die Schulter.

»Irgendwohin, Hauptsache, weg von hier.«

15

HOPE rennt durch die –

HOPE wartet am –

HOPE sitzt auf –

»Der Zug nach Hounslow fährt in Kürze auf Gleis sieben ab.«

Doof … kleines leeres Hirn … Dummchen … Dummchen.

»Der Zug hält in Vauxhall, Queenstown Road, Clapham Junction, Wandsworth Town, Putney, Barnes …«

Du weißt ganz genau, warum sie so ist.

»… Barnes Bridge, Chiswick, Kew Bridge, Brentford, Syon Lane, Isleworth …«

Sie ist so dumm, dass sie sich nicht einmal daran erinnert.

»Die Endstation ist Hounslow.«

HOPE sitzt im falschen Zug.

Blinzelnd stehe ich auf.

HOPE springt aus dem –

HOPE lässt die Tasche fallen und –

HOPE hebt die Tasche wieder –

»Der Zug nach Windsor und Eton Riverside fährt in Kürze auf Gleis achtzehn ab.«

HOPE fängt an zu rennen.

Gleis acht, Gleis neun, Gleis zehn … *kleines leeres Hirn* … Gleis elf, Gleis zwölf, Gleis dreizehn, Gleis vierzehn … *würde nicht einmal den Béchamel-Test bestehen* … Gleis fünfzehn, Gleis sechzehn, Gleis siebzehn.

HOPE kann ihr Ticket nicht finden.

»Der Zug auf Gleis achtzehn hält in Vauxhall, Clapham Junction, Putney, Barnes, Richmond …«

Halt die Klappe, halt die Klappe, halt die Klappe.

Ich halte Mercys Kreditkarte vor den Scanner und schiebe mich durchs Drehkreuz. Die Scheinwerfer in meinem Kopf sind zerplatzt, überall liegen Scherben, die Kameras sind kaputt, das Filmset bricht auseinander.

HOPE springt in –

Das Skript ist zerrissen.

Stopp, Stopp, Stopp. Ich will das nicht hören, ich will das nicht hören, ich will das nicht hören.

PIEP, PIEP, PIEP, PIEP.

Die Zugtüren gleiten von beiden Seiten auf HOPE zu.

Autsch!

Ich muss mir das nicht anhören, ich muss mir das –

PIEP, PIEP, PIEP, PIEP.

Die Zugtüren gleiten erneut von beiden Seiten auf HOPE zu.

Autsch!

Weg damit, weg damit, weg damit.

PIEP, PIEP, PIEP, PIEP.

Ich bin glücklich, glücklich, glücklich, glücklich, glücklich, glücklich, glücklich, glücklich.

Zwei Hände drücken die Tür auf.

»Hey«, sagt eine warme Stimme. Jemand zieht mich sanft in den Zug hinein. »Alles okay bei dir?«

Ich schüttle den Kopf und warte, bis wieder alles still ist. Bis die Worte verstummen, die mir in den Ohren hallen und meine Welt zerstören. Als mein Blick etwas klarer wird, sehe ich durch meine Tränen hindurch den hübschesten Jungen, dem ich je begegnet bin.

16

»Ist es schon Mitternacht?«

»Elf Uhr dreiundvierzig.«

»Gerade noch rechtzeitig.«

Blinzelnd starre ich zu dem Jungen hoch, den das Licht im Zug mit einem warmen Schein umgibt.

»Nicht du«, stelle ich hastig klar. »Ich meinte *mich*. Das ist der letzte Zug nach Hause.«

Der Junge lacht. Er hat eine kleine Lücke zwischen den Schneidezähnen.

»Tja, das war knapp. Sicher, dass bei dir alles okay ist? Das hat bestimmt wehgetan.«

Er ist sehr groß. Seine Haut hat einen goldenen Schimmer, und seine Nase und seine Wangen sind mit bronzefarbenen Sommersprossen gesprenkelt. Er hat platinweißes Haar, das ihm in die Stirn fällt, und sein Gesicht ist herzförmig. Mir fällt auf, dass seine Oberlippe eine kleine Vertiefung hat, und sein Kinn und seine Ohren sind ein bisschen spitz, fast wie bei einem Elfenjungen. Seine Augen leuchten blau. Sie haben die Farbe eines klaren, wolkenlosen Winterhimmels.

Ich wusste ja, dass die Sterne mir jemanden schicken würden, aber nicht in meinen kühnsten Träumen hätte ich mir vorgestellt, dass dieser Jemand so besonders, so speziell, so einzigartig ist. Alle anderen Kandidaten zerplatzen in meinem Kopf wie Seifenblasen: Kellner, *plopp*. Fotoassistent, *plopp*. Rezeptionist, TV-Wolf, Junge mit den Willkommensdrinks, *plopp*, *plopp*, *plopp*.

Was habe ich eigentlich jemals an dem Eiscremejungen gefunden?

»N-nein«, stottere ich und verschlucke mich fast dabei. Ich kann mich kaum von seinem Anblick losreißen. »Ich habe es gar nicht gespürt. Wirklich nicht. Ich habe gerade … an etwas anderes gedacht.«

»Du stehst vermutlich unter Schock.« Er führt mich behutsam zu einem Sitzplatz. Der Zug schwenkt von einer Seite auf die andere, als er die kurvigen Gleise der Waterloo-Station hinter sich lässt. »Setz dich. Darf ich mal …?«

Bevor ich auch nur Luft holen kann, hat der Junge sich schon neben mich gesetzt. Er legt seine goldene Hand unter mein Kinn und hebt mit Daumen und Zeigefinger sanft meinen Kopf an. Dann wischt er mit seinem Ärmel vorsichtig über meine Wangen und mustert mein Gesicht.

»Schmieröl«, erklärt er lächelnd. »Von den Türen.«

Ich spüre seinen warmen Atem auf meiner Nase. Wir sind uns so nahe, dass ich seine Augen betrachten kann: feine türkise und himmelblaue Verästelungen, umrahmt von einem dunkleren kobaltblauen Ring, der aussieht wie der Zierrand eines Swimmingpools.

»So«, sagt er und lässt mein Gesicht los. »Viel besser.«

Es ist, als hätte plötzlich die Kameraperspektive gewechselt, denn jetzt sehe ich mich selbst: dunkelbraune Augen, braune Haut, eine Stupsnase, eine volle Unterlippe, ein kleines herzförmiges Muttermal auf der Wange und kleine Locken, die in die Stirn fallen.

Dann fährt die Kamera zurück, und ich sehe wieder uns beide.

Ich höre das *Klick, Klick, Klick* der kaputten Scheinwerfer in meinem Kopf, die wieder anspringen wollen.

»Du bist aus Amerika, oder?«

Er lacht auf. »Ja, stimmt. Aber eigentlich komme ich aus Kalifornien, was ein ganz eigenes Land ist.«

»Mein Dad ist auch aus Amerika!«, sage ich mit breitem Lächeln. Ich hätte wetten können, dass Kalifornien in Amerika liegt, aber wenn er meint … »Er stammt aus New Orleans und ist vor vielen Jahren zu meiner Mum nach London gezogen, deshalb bin ich zur Hälfte Britin. In letzter Zeit war er viel in Los Angeles, wegen …« – *einer blonden Möchtegerndiva mit einer süßen kleinen Nase und winzigen Füßen* – »… seiner Arbeit. Er ist im Filmbusiness.«

»Ach ja?« Der gut aussehende Junge grinst. »Cool. Um ehrlich zu sein, sind Filme nicht so mein Ding. Ich bin lieber draußen in der Sonne und an der frischen Luft. Ein typischer Californian Boy, könnte man sagen.«

Ich schaue ihn an und überlege, was er wohl meint.

Draußen? Was soll das heißen? Was macht er denn da? Draußen sammelt man doch nur die Geschichten, aus denen man dann drinnen Filme macht, oder?

»Ja, es gibt noch so viele andere Dinge«, stimme ich ihm zu. »*Sooo* viele. Wie zum Beispiel …« *Ja, was eigentlich?* »Na ja, da ist zum einen das Frühstück. Dann das Mittagessen. Abendessen. Und alles, was dazwischen passiert.« *Ähm.* »Und Partys, wo jeder fröhlich und glücklich ist und alles glattläuft.«

»Klar.« Er lacht. »Du bist süß. Hey, ist dir kalt? Nimm meine Jacke, ich brauche sie gerade nicht.«

Ich habe gar nicht bemerkt, dass ich am ganzen Körper zittere – danke, liebes Universum! Dass ich Mercys Mantel auf der Party vergessen habe, war offensichtlich kein Zufall, sondern kosmischer Plan, denn nur so kann der hübsche Junge mir jetzt seine Jacke um die Schultern legen.

Ich strahle ihn an. Es ist genau wie im Film. Kein Drehbuchautor hätte die Szene besser schreiben können – ich muss es wissen, schließlich habe ich es oft genug versucht.

Die Sterne *wussten*, dass ich heute Abend mein Horoskop lesen würde. Sie wussten, dass Max mir seinen Hut leihen und mich auf die Party schmuggeln würde, und sie wussten auch, dass ich ein paar Stunden später in die Zugtüren eingeklemmt werden würde. Das Schicksal war von Anfang an auf meiner Seite, genau wie ich es immer geahnt habe.

Das Vorsprechen ist zu Ende, ich habe die Idealbesetzung für meine männliche Hauptrolle gefunden. Alle anderen können nach Hause gehen. Der wichtigste Part ist vergeben.

Danke, Venus! *Ha*, was sagst du jetzt, Max?

»Ich bin Hope.« Lächelnd strecke ich ihm die Hand hin. Mit der anderen Hand schiebe ich unauffällig eines der

Wattebäuschchen zurück, das aus meinem BH geflutscht ist. »Schön, dich kennenzulernen.«

»Jamie«, sagt er ebenfalls lächelnd und schüttelt meine Hand. »Jamie Day.«

»Hi, Jamie.« Ich bin plötzlich so schüchtern wie noch nie zuvor. Meine ganze rechte Seite kribbelt und fühlt sich warm und irgendwie taub an. »Danke, dass du mir ... das Leben gerettet hast und so.«

Es ist nicht einmal übertrieben. Wer weiß, wie oft ich noch zwischen den Zugtüren eingeklemmt worden wäre? Es hätte stundenlang so weitergehen können.

»Gern geschehen«, sagt Jamie grinsend. »Der Zufall hat mich zum Helden gemacht.«

Wir lachen beide los. Die Bremsen quietschen, als der Zug langsamer wird. »Nächster Halt Vauxhall«, dröhnt es aus dem Lautsprecher.

Jamie Day steht auf. »Es war mir ein Vergnügen, dir über den Weg zu laufen, halbamerikanisches Mädchen namens Hope. Und es war mir eine Ehre, dich aus den dämonischen Fängen der Zugtüren von Südlondon zu befreien.«

Ich schaue ihn verständnislos an.

Wieso ist er aufgestanden?

»Ich muss hier raus«, erklärt er, als die Türen sich piepsend öffnen. »Bis dann, Hope. Wer weiß? Vielleicht laufen wir uns eines Tages in der Zukunft wieder über den Weg?«

Die Liebe meines Lebens grinst, winkt mir noch einmal zu, steigt aus dem Zug und verschwindet in der Dunkelheit.

Wie betäubt starre ich mein Spiegelbild im Fenster an.

So war die Szene nicht geplant. Ich habe schon viele romantische Filme gesehen, und nie hat der Held seine Heldin erst vor dem sicheren Tod bewahrt, sie berührt, ihr Gesicht mit seinem Atem gestreift und mit dem Ärmel sauber gewischt und sie *süß* genannt – nur um dann bei der nächsten Station einfach auszusteigen.

Wenn die Sterne das wirklich für mich vorgesehen hätten, würde mein Horoskop ganz anders lauten: DIE GROSSE LIEBE RUFT, ABER FREU DICH NICHT ZU FRÜH, DENN SIE HAT SICH VERWÄHLT! LOL

Vauxhall ist weniger als drei Minuten von Waterloo entfernt. Das ist keine epische Romanze, das ist nicht einmal ein kurzer Trailer!

Vielleicht hat Jamie Day gar nicht gemerkt, dass er für mich bestimmt ist?

Vielleicht hat er das Wattebäuschchen in meinem BH gesehen, und das hat gereicht, um dem Schicksal eine andere Wendung zu geben?

Vielleicht hat er sein heutiges Horoskop nicht gelesen, oder er hat schon einen anderen Krebs getroffen, während ich heute Vormittag noch Unterricht hatte, oder wir hätten uns eigentlich auf dem Weg nach Waterloo treffen sollen, dann hätten wir mehr Zeit gehabt, um uns kennenzulernen …

»Hope?«

Ich wirble herum.

»Weißt du was? Dieser Tag in der Zukunft, von dem ich

gesprochen habe … vielleicht könnten wir uns darauf einigen, wann genau das sein soll?«

Ich blinzle verwirrt. »Was?«

»Wie wär's, wenn wir uns wieder über den Weg laufen?«, sagt Jamie und kratzt sich am Kopf. »Zum Beispiel an einem bestimmten Ort zu einer bestimmten Zeit. Vielleicht Morgen? Gleicher Treffpunkt?«

Was? Ist er …

»Moment mal.« Ich blicke zu Jamie, dann zur Zugtür hinter ihm. Offenbar verspätet sich die Abfahrt, denn die Tür ist noch offen. »Bist du gerade ausgestiegen, zum nächsten Waggon gegangen, wieder eingestiegen und von der anderen Seite zurückgekommen, um mich um ein *Date* zu bitten?«

Jamie lacht. »Klar. Ich hatte plötzlich das Gefühl, eine Gelegenheit zu verpassen, wenn ich dich nicht frage. Aber falls du noch etwas Zeit für die Antwort brauchst, warte ich auch gerne bis zur nächsten Station.«

Ich schaue ihn mit großen Augen an.

Mir hat es die Sprache verschlagen, daher greife ich wortlos in meine Handtasche und ziehe eine meiner Autogrammkarten mit Foto und Handynummer hervor.

»Wie süß.« Jamie grinst und schiebt das Foto lässig in seine Jeanstasche. »Und könnte ich bitte meine Jacke wiederhaben?« Ich schaue an mir herab, nicke stumm und gebe ihm seine Jacke zurück.

»Ich schreibe dir, okay?«

Piep, piep, piep, piep.

»Schon wieder die dämonischen Türen.«

Jamie rennt los und springt aus dem Zug.

Plötzlich erwache ich wieder zum Leben.

»Warte!«, rufe ich panisch. Mit einem Satz bin ich an der Tür. »Ich muss dich noch etwas fragen! Was ist dein Sternzeichen?«

»Zwillinge!«, ruft Jamie und lächelt mich ein letztes Mal an, bevor die Türen sich schließen und der Zug sich wieder in Bewegung setzt.

Und da höre ich es.

Ein leises Klicken.

Als der Zug aus dem Bahnhof in die Dunkelheit gleitet und ich unter mir das Rattern der Räder auf den Gleisen spüre, ertönen wie aus dem Nichts zarte Klavierklänge. Langsam schwillt die Musik an, während nach und nach Flöten, Geigen und Trompeten einstimmen. Kameras surren, und grelle Scheinwerfer flammen auf. Ein Spotlight taucht mich in ein warmes, weiches Licht.

Und da bin ich wieder – *Ton ab, Kamera ab!*

Die Kamera zoomt heraus und schwenkt über ganz London – *Wie groß diese Stadt ist! Und wie klein die Chancen auf eine solche Begegnung! Wie raffiniert das Schicksal in diesem unergründlichen Universum unsere Lebenswege zusammengeführt hat!* –, bevor sie sich wieder auf den Zug richtet, der mich unaufhaltsam durch die Nacht davonträgt.

Dann zoomt die Kamera näher heran und zeigt in Nahaufnahme mein strahlendes, glückliches Gesicht.

Von diesem Moment an wusste HOPE, dass nichts mehr so sein würde wie früher.

Endlich hatte der JUNGE einen Namen.

Ende der Szene.

PARTNERHOROSKOP

Krebs und Zwillinge sind benachbarte Tierkreiszeichen, was zu einer außergewöhnlichen, aber engen Beziehung führen kann. Der extrovertierte, verstandesbetonte und gesellige Zwilling avanciert für den Krebs rasch zum Ritter in schimmernder Rüstung, während der nachdenkliche, romantische und empfindsame Krebs dem Zwilling das Gefühl von Wertschätzung gibt.

Unter dem Einfluss von Merkur stehend, ist der wandelbare und unbekümmerte Zwilling das Kommunikationstalent unter den Sternzeichen – er liebt Wortspiele und scheut keine Diskussionen –, während das vom Mond geleitete Wasserzeichen Krebs ein emotionaler Anker für den Rest des Universums ist. Es fällt ihm manchmal schwer, über seine Gefühle zu sprechen, daher behält der Krebs sie lieber für sich. Die beiden Sternzeichen stellen kosmische Gegensätze dar, können aber ein großartiges Team bilden, wenn es ihnen gelingt, Kompromisse zu finden, ihre Fähigkeiten für ein gemeinsames Ziel einzusetzen und jeweils das Beste am Partner hervorzubringen. Im Großen und Ganzen also keine schlechte Basis für die Liebe.

17

HOPE sitzt unter dem pinkfarbenen Blütenbaldachin eines Baums, auf einer Wiese am Fluss, irgendwo in Richmond. Ihr rotes Kleid ergießt sich anmutig über das Gras. Neben ihr sitzt JAMIE, JAMIE, JAMIE und hält ihre Hand. Sie lachen. Vor ihnen auf der Picknickdecke ist ein Frühstück ausgebreitet.

HOPE Mir ist noch nie aufgefallen, wie schön es hier ist.
JAMIE (mit einem bedeutungsvollen Blick in ihre Augen) Ja, wunderschön.
HOPE (tut so, als hätte er nicht sie, sondern die Landschaft gemeint) Ich wünschte, wir könnten für immer hierbleiben.
JAMIE Ich auch, denn ich habe nichts Besseres oder Interessanteres zu tun.

JAMIE beugt sich zu ihr –

»Hope.«

Ich runzle die Stirn.

JAMIE beugt sich zu ihr –

»Hope.«

Verflixt, kann man hier nicht mal für *eine Sekunde* seine Ruhe haben?

JAMIE beugt sich zu HOPE und –

»Hey, Erde an Pupshirn!«

Mein perfekter Moment ist für immer ruiniert. Ich werde mir eine komplett neue Szene ausdenken müssen. Niemand will ans Pupsen erinnert werden, wenn er an seinen allerersten Kuss zurückdenkt.

»Hmmm?« Verzückt wende ich den Blick von der sonnenbeschienenen Wiese ab – *das Gras ist so saftig! So grün! So hübsch!* – und richte ihn auf Mercy. Ihre von Mascara verschmierten Augen können einem fast Angst einjagen. Sie wedelt mit der Hand vor meinem Gesicht herum. »Sorry, was hast du gesagt?«

Seltsam. Ich dachte bisher, ich würde ein Leben in Farbe leben, aber jetzt weiß ich, dass die Farben stumpf und grau und alle Details verschwommen waren. Als würde ich die Welt durch eine beschlagene Linse sehen.

Aber vielleicht … war ich selbst die beschlagene Linse?

Vielleicht sind wir selbst das getönte Glas, durch das die Welt hereinscheint, und jeden Morgen nimmt das Leben einen neuen Farbton an, je nachdem, wie wir fühlen, wer wir sind und wie wir –

»Sie ist schon wieder weggetreten.« Eine Hand klatscht fünfmal gegen meine Stirn. »Was. Ist. Los. Mit. Dir?«

»Wir wollten wissen, ob du gestern einen schönen Abend hattest.« Als mein Blick wieder auf die Küche scharfstellt, sehe ich Effie vor mir, die mich anlächelt. »Wo doch gestern die Party war und alles.«

Mein Lächeln ist plötzlich weggewischt. Vorwurfsvoll blicke ich Max an.

»Die große Filmpremiere unserer Mutter, die du nicht besucht hast, weil du stattdessen sicher und wohlbehalten zu Hause warst, wie es das Familiengesetz der Valentines vorsieht«, sagt mein Bruder rasch und zwinkert mir von der anderen Seite des Tisches zu. »Schon vergessen?«

»Ach ja.« Ich lächle benommen. »Ich … ähm … habe ein Bad genommen, Filme angeschaut, mein Horoskop gelesen, und dann bin ich ins Bett gegangen. Ein ganz normaler Freitagabend. Keine Abenteuer, keine Aufregung und schon gar keine megaromantischen Treffen mit heißen Jungs.«

Gut gemacht, Hope. Sehr überzeugend.

Ich blicke wieder in den Garten hinaus. Betrachte die zauberhaften Schmetterlinge, die flauschigen Eichhörnchen, die samtigen Blumen, die goldgelben Sonnenstrahlen, die grüne Hecke, zwei Bäume, einen Vogel … Das Leben ist so kostbar, so zerbrechlich, wir alle sind vergänglich, ein kurzes Aufflackern von Schönheit im Strom der Zeit, der –

Eine blaue Tasche landet vor mir auf dem Tisch.

»Goody Bag«, sagt Mercy schroff. »Und hier ist noch eine. Und noch eine. Vier.« Der Stapel vor mir wird immer höher. »Fünf. Sechs. Sieben.« Achtlos kippt sie den Inhalt aus den Taschen: Parfüm, Silberstifte, noch mehr Parfüm, Schokolade. »Wir dachten, es ist eine …« Sie räuspert sich. »Eine Entschädigung, weil du gestern Abend nicht dabei sein konntest.«

Es ist merkwürdig, ein schlechtes Gewissen in Aktion zu

sehen, wenn man den wahren Grund dafür kennt. Falls meine miesen Schwestern glauben, mit ein paar Taschen voller teurer Werbeartikel alles wiedergutmachen zu können und –

Oooh, eine Geldbörse von Fendi!

»Und, wie war der Abend?«, frage ich so unbeteiligt wie möglich, während ich alle sieben Taschen unter meinem Stuhl in Sicherheit bringe. »Hattet ihr viel Spaß?«

Mercy und Faith tauschen Blicke aus.

Wem wollt ihr eigentlich was vormachen? Selbst wenn ich nicht längst Bescheid wüsste, hätte ich inzwischen gemerkt, dass etwas nicht stimmt. Kann sein, dass ich manchmal etwas geistesabwesend bin, aber deshalb bin ich noch lange nicht blind.

»Offen gesagt war es ziemlich langweilig«, antwortet Faith und nippt an ihrem Orangensanft. »Der DJ war eine Katastrophe.«

Mercy zieht eine Augenbraue hoch. »Er wusste nur nicht, wann er aufhören soll.«

»Das weiß er nie.«

Beide kichern los. Ich frage mich, wie viel von den Gesprächen meiner Geschwister mir entgeht. All die Insiderwitze, Lügen und Untertöne, die ich normalerweise gar nicht mitbekomme. Haben meine Geschwister sich schon immer in Geheimsprache unterhalten? Und wenn ja, will ich diese Sprache überhaupt verstehen?

»Wie schön.« Ich lächle vage, als plötzlich die linke Seite meiner Brust zweimal vibriert: *dzz-dzz*. Eine Sekunde lang fürchte ich, einen Mini-Herzanfall zu haben, dann fällt mir ein, dass mein Handy in der Brusttasche meines MAKE LAVA NOT WAR-Shirts steckt.

Rasch greife ich unter meinen Pulli und hole das Handy hervor.

> Habe gestern Abend den ganzen Heimweg an dich denken müssen. Kann es nicht erwarten, dich wiederzusehen. Jamie x

Mein ganzer Körper schmilzt dahin.

Das ist es, worüber Filme geschrieben werden, genau *das*, was ich gerade fühle. Eine milliardenschwere Industrie ist auf diesem einen Moment aufgebaut. Die Wärme, das aufgeregte Kribbeln, das überschäumende Glücksgefühl, das Lächeln, das sich bis in meine Zehenspitzen ausbreitet.

Heimlich tippe ich unter dem Tisch die Antwort:

> Geht mir auch so. Wann sehen wir uns? x

Drei hüpfende Punkte.

> Wenn du mich fragst: So bald wie möglich. x

Ich quietsche unwillkürlich vor Vergnügen und wippe auf meinem Stuhl auf und ab.

»Wer ist das?«, fragt Mercy und beäugt mich misstrauisch. »Wem schreibst du, Pudel? Alle, die du kennst, sitzen hier an diesem Tisch.«

»Ich schreibe nicht«, lüge ich mit preisverdächtiger Überzeugungskraft. *Sei die Orange, Hope Valentine.* »Ich spiele ein Onlinegame, und gerade habe ich …« Was kann man bei so einem Onlinespiel gewinnen? »… drei Ziegen gewonnen. Ich bin so happy über die Ziegen. Ziegen sind toll! Yay, Ziegen!«

Mercy verdreht die Augen. »Du bist so eine Loserin.«

Immer noch grinsend, blicke ich aufs Display. Ich will nicht, dass jetzt schon jeder über mich und Jamie Bescheid weiß. Ich habe keine Lust auf neunmalkluge Kommentare und miese Bewertungen für meine persönliche Liebesromanze.

Noch gehört dieser Film mir allein.

Mittagessen? Oder ist das zu früh? x

Am liebsten sofort!

Es ist nie zu früh – wir treffen uns mittags, Waterloo, unter der Uhr. x

Strahlend wie eine Flutlichtlampe springe ich auf.

Es gibt so viel zu tun: Ich muss meine Haare stylen, ein fürs erste Date passendes *natürliches* Make-up auftragen – was viel länger dauert als das volle Glamour-Programm –, mir ein lässig, aber zugleich schmeichelndes Outfit ausleihen, ein Parfüm klauen, das meine unverwechselbare Persönlichkeit betont … *oh*, und natürlich mein Horoskop für heute lesen. Unser Partnerhoroskop habe ich bereits gecheckt – noch gestern Abend im Zug. Volltreffer.

Jetzt muss ich nur noch in der Zeitung von heute –

Mein Handy vibriert in meiner Hand.

DAD steht auf dem Display.

Ich zögere. Natürlich möchte ich wissen, warum er gestern Abend nicht nach Hause gekommen ist – vermutlich gab es einen Regienotfall oder so –, aber jetzt muss ich Prioritäten setzen. Die Zeit ist so knapp, mehr als eine Gesichtsmaske ist nicht drin.

Rasch leite ich Dads Anruf auf den Anrufbeantworter um. Ich rufe ihn an, sobald ich von meinem *allerersten* Date zurück bin.

Wow, das hört sich so gut an!

»Pudel?«, fragt Max, als ich mit der Zeitung unter dem Arm zur Tür gehe. Heute Morgen ist besonders viel über meine Familie darin zu lesen. Die Fotos von Mercy als DJ füllen Seite sechs, außerdem gibt es ein kleines Foto von Eff und Noah, wie sie mit ausdruckslosen Gesichtern beim Essen sitzen, dazu die Bildunterschrift: STEHT DIE HEISSESTE ROMANZE DES JAHRES VOR DEM AUS? »Warte mal.«

Mein Bruder kommt zu mir und schließt die Tür hinter uns.

»Alles okay?«, fragt er leise. »Mein Agent hat mich aufgehalten, und als ich ihn abschütteln konnte, warst du verschwunden. Ist irgendwas passiert? Ich schwör dir, wenn jemand dich verletzt hat, dann werde ich –«

Ich lasse die schmerzvolle Erinnerung gar nicht erst zu.

»Nein, alles bestens!«, sage ich betont fröhlich und küsse meinen Bruder auf die Wange. »Alles ist genauso gekommen, wie es sollte. Ich musste nur rechtzeitig gehen, das ist alles. Aber danke, dass du mich reingelassen hast, Max.«

»Na, dann ist ja gut.« Max sieht mich prüfend an. »Weißt du was, Pudel? Ich habe heute den Vormittag frei. Wollen wir zusammen … shoppen gehen oder so? Ein bisschen Zeit miteinander verbringen – Little Sis und Big Bro? Wir könnten uns einen schönen Tag machen … damit du mal wieder aus dem Haus kommst?«

Mein Handy summt.

P. S: Ich kann es gar nicht erwarten. J xxx

»Hm?« Ich wippe auf den Zehenspitzen und lächle geistesabwesend. »Ehrlich gesagt habe ich schon Pläne für heute, tut mir leid, Max.«

Dann schicke ich eine Antwort.

Ich auch nicht. x

Mit einem Mal komme ich mir vor wie ein echter Filmstar. Ich stehe in meinem eigenen Rampenlicht.

Das Licht ist warm und hell und holt mich aus der Dunkelheit.

18

♋ Krebs: 22. Juni – 22. Juli

Venus befindet sich jetzt im achten Haus, das für Regeneration und Wandlung steht. Eine leidenschaftliche Begegnung erwartet dich, Krebs. Zusätzlich erreicht der erste Mondzyklus den Wendepunkt. Für den Krebs als eins der wichtigsten Mondzeichen bedeutet dies: Zeit für einen Neuanfang.

Und los geht's.

Schon als ich durch die Schranke der Waterloo-Station gehe, sehe ich Jamie: Die Hände in den Hosentaschen, steht er im dichtesten Gedränge, direkt unter der berühmten historischen Uhr. Seine türkisfarbenen Augen sind auf den Ausgang gerichtet.

Als er mich entdeckt, hellt seine Miene sich auf.

Alle Komparsen – Sicherheitsleute, Pendler, Familien beim Sonntagsausflug, Pärchen – sind plötzlich in Dunkelheit getaucht. Der Rest der Welt ist nur noch Hintergrund.

»Hope«, begrüßt Jamie mich strahlend, als die verschwommene Menge sich teilt, um mir den Weg freizumachen. Mit Schmetterlingen im Bauch gehe ich auf ihn zu. »Tolles Timing. Ich bin etwas früher gekommen, weil ich rasch noch üben wollte, wie ich möglichst gleichgültig herumstehe, als wäre ich kein bisschen aufgeregt, dich wiederzusehen. Na, wie findest du mich?«

»Ich bin begeistert«, antworte ich lachend. »Du wirkst wunderbar gleichgültig.«

So unglaublich es klingt, er ist tatsächlich noch hübscher als vor zwölf Stunden.

»Dann bin ich ebenfalls von mir begeistert«, erwidert Jamie amüsiert. »Eigentlich kann ich diese betont gleichgültigen Typen nicht leiden. Warum soll man so tun als ob? Es ist, als würde man sein Leben mit heruntergedrehter Lautstärke leben. Da fällt mir ein …«

Lächelnd greift er unter seine Jacke und reicht mir eine Papiertüte mit Aufdruck. »Als ich an dem Shop da drüben vorbeigekommen bin, konnte ich einfach nicht widerstehen.«

In der Tüte ist ein kleines Buch mit dem Titel *BRITISCHE ZÜGE*. Auf dem Umschlag ist eine alte schwarze Dampflokomotive abgebildet. Jamie hat mit Kugelschreiber (sehr unordentlich) daruntergeschrieben:

UND WIE MAN DEN KAMPF GEGEN DÄMONISCHE TÜREN GEWINNT.

Ich muss laut lachen.

»Das ist so aufmerksam von dir«, sage ich hingerissen. Zusammen treten wir durch den Bahnhofsausgang in die Frühlingssonne hinaus. »Vielen Dank, Jamie. Ich … ich habe dir nichts mitgebracht. Ich war so in Eile, und bei mir in der Nachbarschaft gibt es keine Geschäfte und –«

»Doch, du hast etwas mitgebracht«, unterbricht Jamie mich. Er streckt mir den Arm hin, damit ich mich unterhaken kann. »Dich selbst – und das ist mehr als genug.«

Mein Herz ist gerade gestolpert und hingefallen.

»Also«, sagt er, während wir Richtung Fluss schlendern. »Meine Pläne für heute werden dir bestimmt wie Touristenkäse vorkommen. Aber egal, möchtest du mit mir diese magische Hauptstadt erkunden?«

Er hätte mich genauso gut fragen können, ob ich Lust habe, mit ihm Spinnen zu essen, und ich hätte ihm geantwortet: *Ja, gerne, aber bitte ein Beinchen nach dem anderen, damit wir länger etwas davon haben.*

»Ja, klar.« Ich grinse übers ganze Gesicht. »Superkitschiger Touristenkäse klingt gut.«

»Ich rede hier von richtigem Touristenkäse, Camembert-Käse, Hope. Schweizer Käse.«

»Parmesan-Käse?«

»Amerikanischer Monterey-Jack-Käse.«

Wir prusten los. Meine Hand liegt auf seinem Arm, und meine Schulter berührt leicht seine Brust. Mein Magen schlägt so wild Purzelbäume, dass es mich nicht wundern würde, wenn er ebenfalls ins Stolpern geriete und hinfiele.

»Aber komm ja nicht auf den Gedanken, *romantische Ideen für einen Tag in London* zu googlen«, fügt Jamie mit einem schiefen Grinsen hinzu. »Denn dann kennst du alle meine Pläne für unsere nächsten Dates.«

Vor Überraschung wird mir ganz schwindelig.

Wir sind erst neun Minuten zusammen, und er plant bereits unsere nächsten Treffen? Anscheinend bin ich ein echtes Dating-Ass. Was keine Überraschung ist, denn ich übe ja schon sehr lange.

»Eines kann ich dir versprechen«, fährt Jamie fort. »Wir werden kein Pärchen-Tretbootrennen im Hyde Park veranstalten oder im Londoner Zoo ein Selfie mit den Löwen schießen.«

»Awww.« Ich lache. »Also machen wir auch keine Bootsfahrt auf der Themse und füttern keine Schwäne?«

»Nein, und wir gehen auch nicht in die Oper oder ins Ballett oder zum Pferderennen und machen auch keine Gespenstertour mit dem Bus – was vor allem daran liegt, dass es Samstagmittag ist und die Geister alle schlafen.«

Ich kichere, obwohl ich zugeben muss, dass das nach einem perfekten Date klingt. Ich wäre zur schauspielerischen Höchstform aufgelaufen und hätte so getan, als würde ich mich schrecklich fürchten. Erschrocken hätte ich nach seiner Hand greifen können (»Hilfe! Was war das gerade?«), daher tut es mir ein bisschen leid um die verpasste Gelegenheit.

»In Clerkenwell gibt es ein Restaurant, in dem es total dunkel ist«, schlage ich unverdrossen vor. »Es heißt *Dan's Lenuah,* und man sieht überhaupt nicht, was man isst.«

Jamie lacht. »Sorry, wie heißt es?«

»Dan's Lenuah«, wiederhole ich, nicht mehr ganz so überzeugt. »Vermutlich gehört es einem Mann namens Dan, und

Lenuah ist das portugiesische oder russische Wort für Restaurant.«

»Es heißt *Dans le Noir*«, sagt Jamie amüsiert und drückt meinen Arm. »Das ist Französisch für *im Dunkeln*. Hope, du bist *so lustig*.«

Ich freue mich, auch wenn ich es nicht als Witz gemeint habe.

»Lieber nicht«, sagt Jamie, als wir die Stufen am Fluss hinaufgehen. »Das klingt vielleicht seltsam, aber ich sehe gerne das Gesicht des Mädchens, mit dem ich ausgehe. Besonders wenn es ein so hübsches Gesicht ist wie deines.« Er zieht eine Grimasse. »Puh, das war superkitschig. Können wir bitte vergessen, dass ich das gesagt habe?«

Das wird nie, nie passieren.

Selbst wenn ein Meteor auf die Erde zurast und die Flammen wüten und die Zombies aus den Gräbern kriechen, werde ich immer noch hier sein, mich an einen Laternenpfahl klammern und rufen: ER FINDET, ICH HABE EIN HÜBSCHES GESICHT!

»Ach, das macht mir nichts aus.« Ich spüre, wie ich rot werde. »Kein bisschen.«

»Gut.« Jamie drückt meinen Arm und hindert mich sanft am Weitergehen. »Denn ich glaube nicht, dass ich bei dir einen auf cool machen kann, Hope. Es passiert mir nicht oft, dass ich ein Mädchen auf den ersten Blick so mag wie dich …« Er grinst beinahe schüchtern. »Aber wenn es passiert, dann kann ich mich einfach nicht zurückhalten. Ich bin wohl doch ein altmodischer Romantiker.«

Ich kann nur noch staunen.

Er ist wie *ich*.

Dieser hübsche Junge, der am Ufer der Themse steht, ist genau wie *ich* – nur größer und Sternzeichen Zwillinge und ein echter Amerikaner und männlich.

Als wir so dastehen und uns in die Augen schauen – leuchtend blaue und dunkelbraune –, spüre ich, wie es leise *Klick* macht. Als ob etwas tief in uns sich im anderen wiederfinden und ihm zuwinken würde. *Oh, hallo, wir kennen uns ja.*

»Ich bin genauso wie du«, platze ich aufgeregt heraus. »Ganz genauso. Ich versuche immer, cool zu wirken, aber dann –« Ich werfe die Arme hoch. »*Kawumm!* Ich könnte explodieren. Alles ist viel zu … wundervoll. Das Leben ist ein einziger langer Film, und ich möchte, dass es der schönste, romantischste, *glücklichste* Film ist, den man sich vorstellen kann.«

Lächelnd streicht Jamie mir eine Locke hinters Ohr.

»Ja, wir sind uns ähnlich, du und ich.« Er ergreift meine Hände, und sofort breitet sich die Wärme von meinen Fingerspitzen über meine Arme bis zu meinen Schultern aus. »Also keine falsche Zurückhaltung, okay? Es gibt kein Richtig und kein Falsch. Keine Regeln. Wir sind so, wie wir sein wollen. Wir leben das Leben, ohne die Lautstärke herunterzudrehen. Einverstanden?«

Ich versuche, gleichmäßig zu atmen, aber das ist unmöglich.

In meinem Director's Cut würde ich diese Szene unendlich ausdehnen, damit sie niemals endet.

»Einverstanden«, flüstere ich.

Und all die Momente des Lebens, die ich nicht mag – die traurigen und die schmerzhaften und diejenigen, die es nie hätte geben dürfen –, würde ich herausschneiden, ohne auch nur einen Blick darauf zu werfen. Die Leinwandzeit, die ich auf diese Weise hinzugewönne, würde ich hier und jetzt mit ihm verbringen.

»Also gut.« Jamie legt die Hände auf meine Schultern und dreht mich um, so dass wir beide das London Eye vor uns sehen. »Dies ist der Beginn unseres unvergesslichen ersten Dates. Kann sein, dass es sich dabei ganz zufällig um die Nummer eins im Ranking der romantischsten Touristenattraktionen Londons handelt. Was hältst du davon?«

Ehrlich, mir ist völlig egal, wo wir sind und was wir tun. In meinem Kopf hat bereits der Soundtrack eingesetzt: gefühlvolle Klavierakkorde, beschwingte Violinen und die federleichten romantischen Klänge eines Percussioninstruments. Die Sonne scheint, mein Herz quillt über, und die ganze Welt ist mein persönlicher Filmset.

»Ich liebe es«, sage ich überglücklich.

»Gut.« Lächelnd nimmt Jamie meine Hand. »Denn dies ist nur der Anfang.«

19

HOPE und JAMIE stehen in der Schlange vor dem London Eye. Die Sonne scheint, das Wasser der Themse glitzert im Licht. JAMIE ist umwerfend hübsch. Er trägt Jeans und ein T-Shirt mit einem Waldlogo darauf. HOPE ist unfassbar schön. Sie trägt einen schwarzen Jumpsuit von Chloé, der natürlich ihr gehört und perfekt passt.

Ein ROMANTISCHER SOUNDTRACK unterlegt die Szene.

Jedes Mal, wenn die Warteschlange sich vorwärtsbewegt, stoßen JAMIE und HOPE aneinander, und seine Hand berührt ihre, und/oder ihre Schulter streift seine Brust. Die Musik wird lauter.

HOPES Wangen glühen. Ihr Herz pocht wie verrückt. Ihr Magen schlägt Purzelbäume. Jedes Mal, wenn sie Luft holt, kann sie ihn riechen: Er duftet nach Pfefferminze und süß und irgendwie blau.

»... es war der totale Wahnsinn, er ist einfach umgekippt und reingefallen. Ich war zu dem Zeitpunkt im Haus, aber dann hat irgendein Urinstinkt die Kontrolle über mich übernommen. Ich bin sofort rausgerannt, reingesprungen und habe ihn auf den Rasen gewuchtet –«

Die Warteschlange bewegt sich. HOPE wird wieder gegen JAMIE geschubst.

Seine Sommersprossen sind so süß. HOPE schwirrt der Kopf, ihr Atem wird schneller.

»… es war echt knapp. Verdammt knapp. Zum Glück war ich da. Später hieß es, er hätte einen Herzanfall gehabt.«

HOPE fragt sich, wie seine Lippen wohl schmecken. Weich, süß, nach Eiscreme oder Mango oder …

»Was?« Ich blinzle verwirrt. »Wer hatte einen Herzanfall?«

»Mein Boss.« Ein Lächeln huscht über Jamies Gesicht. »Ich helfe manchmal bei dieser Charity-Organisation aus. Wir bauen Häuser für benachteiligte Menschen. Der Geschäftsführer – großartiger Typ, total inspirierend – ist ohne Vorwarnung in den Pool gefallen, also habe ich …« Er zuckt mit den Schultern. »Schicksal, weißt du? Es lässt uns zur rechten Zeit am rechten Ort sein.«

Ich starre ihn bewundernd an. *Wohltätige Arbeit. Benachteiligte Menschen. Häuser bauen. Leben retten.* Während er all das gemacht hat, habe ich wahrscheinlich Hundefotos auf Instagram gelikt. »Du bist ein echter Held.«

»Ich habe nur getan, was jeder getan hätte«, antwortet er lachend. »Obwohl mein Boss mir ziemlich dankbar war. Keiner sagt es einem vorher, aber Ertrinkende können ziemlich schwer sein.«

Die Menge bewegt sich ein paar Meter vorwärts. HOPE wird wieder gegen JAMIES Brust gedrückt. Der Backgroundchor hat Jamies offiziellen Song angestimmt: JAMIE, da-da-da-da, JAMIE, uhh-uhh-uhh-uhh, JAMIE, la-la-

HOPEs Atem wird immer abgehackter. Ihr Herz hämmert, ihre Hände zittern leicht. Sie stehen jetzt fast ganz vorne in der Schlange.

JAMIE Ich kann nicht länger warten. Aus irgendeinem Grund verspüre ich das unbändige Verlangen, dich zu küss-

»Hast du Brüder oder Schwestern?«, fragt Jamie.

»Ähm.« Ich presse meine gespitzten Lippen zusammen. »W-wir sind zu viert. Zwei Schwestern, ein Bruder. Alle älter als ich. Und du?«

»Einzelkind.«

Traurigkeit überkommt mich, und ich drücke mitfühlend Jamies Arm: Nicht auszudenken, wenn man *ganz alleine* ist.

Die Schlange rückt ein weiteres Mal auf, und JAMIE zeigt zwei Tickets vor. HOPE begreift, dass er sie online gekauft hat, und ist ÜBERWÄLTIGT von seiner romantischen Vorausplanung.

TICKETKONTROLLEURIN Ihr zwei seid ein wunderschönes Paar. Man erkennt sofort, dass ihr gerade euer erstes und alles entscheidendes Date habt, deshalb bekommt ihr von mir eine private VIP-Kabine nur für euch alleine.

»Bewegt euch!«, blafft die Ticketkontrolleurin und wischt sich mit dem Jackenärmel über die Nase. »Ich hab nich' den ganzen Tag Zeit.«

Okay, diese Frau ist *gefeuert*.

»Du hast hoffentlich keine Höhenangst, oder?«, fragt Jamie. Die Kabinentür öffnet sich, jemand hebt das Absperrseil an, und sofort werden wir von einem Pulk von Menschen mitgerissen: Kinder, Pärchen, Rentner, Eltern, Touristen mit neonfarbenen Rucksäcken. »Ich habe ganz vergessen, dich das zu fragen.«

»Nein, überhaupt nicht«, versichere ich ihm, während ein alter Mann mich mit dem Ellbogen zur Seite stößt, um einen Fensterplatz zu ergattern. »Ich liebe Höhen, große und auch kleine. Alles, was irgendwie hoch oder weit oben ist. Das Gleiche gilt natürlich auch für alles, was sich in die Länge oder die Breite erstreckt.«

JAMIE und HOPE finden ungehindert auf der anderen Seite der Kabine Platz, direkt bei den Fenstern mit der besten Aussicht. Sie sind alleine und ganz unter sich.

»MUM!«, kreischt ein Kleinkind und tritt mir auf die Zehen, als es sich einen Weg zur Kabinentür bahnt. »LASS MICH RAUS, LASS MICH RAUS, ICH MUSS MAL PIPI!«

Okay, die Kleine ist ebenfalls gefeuert.

Die Türen schließen sich. Langsam setzt sich das Riesenrad in Bewegung, und die Kabine erhebt sich in die Luft.

Unter ihnen wird LONDON erst größer und dann kleiner, bis es zu einer winzigen Miniaturstadt schrumpft. Zierliche Boote tuckern lautlos über den sich durch London schlängelnden Fluss. Die Bäume sind winzig, die Gebäude sehen aus wie kompakte Würfel. HOPE fallen keine passenden Umschreibungen mehr ein, also ist alles einfach sehr, sehr klein.

Auf der rechten Seite sieht HOPE das Regent Park Theatre und das Globe und das Barbican und das West End und Leicester Square. Links liegt Richmond, ihr Zuhause.

Direkt neben ihr ist JAMIE. Er kommt noch etwas näher, sein Blick verrät ihr, dass …

… es Zeit für den ersten KUSS ist.

Ich halte die Luft an. Wann soll ich einen Fuß nach vorne stellen? Vor, während oder nach dem Kuss? Fahre ich mit beiden Händen durch seine Haare oder nur mit einer? Wird er seine Finger an meine Wangen legen? Muss ich mich ein bisschen zurücklehnen? Fallen wir dann nicht um?

Jamie kommt noch einen kleinen Schritt näher.

»Ich mache das nicht oft«, sagt er leise. Seine Augen sind so blau wie der strahlende Himmel hinter ihm. »Daten ist nicht so mein Ding. Aber ich bin so froh, dass ich den Mut hatte, dich zu fragen.«

»Wirklich?« Das Rad bewegt sich langsam und gleichmäßig nach oben, und auch ich schwebe in ungeahnte Höhen.

»Ehrlich gesagt siehst du aus wie einer, der ständig Dates hat. Andauernd.«

Er zuckt mit den Schultern. Es scheint ihm peinlich zu sein. »Es kommt selten vor, dass ich jemanden treffe, den ich wirklich mag. Jedes Mal, wenn ich mich in ein Mädchen verliebe, stellt sich heraus, dass es …« Er verzieht das Gesicht. »Ich will nicht *verrückt* sagen, aber anscheinend habe ich immer Pech. Vielleicht fühle ich mich zu Menschen hingezogen, die irgendwie einen Knacks haben.«

Ich werde ihm nie sagen, wo meine Mum die letzten drei Monate verbracht hat. »Ach, Jamie, das tut mir so leid für dich.«

»Aber du bist etwas Besonderes«, fährt er fort und macht schon wieder einen kleinen Schritt auf mich zu. »Du bist nicht wie diese Mädchen, Hope. Du wirkst … als wärst du mit dir im Reinen. Glücklich. Als wärst du genau der Mensch, der du sein willst.«

Er ist jetzt so nahe, dass ich seinen Atem auf meiner Nase spüre.

Jetzt ist es so weit!

Ich blicke nach unten und könnte schwören, dass meine Fingerspitzen leuchten. Sehen das auch die anderen?

»Ich habe nicht sehr oft Dates«, platze ich heraus, als plötzlich – *ehrlich, ich denke mir das nicht aus!* – meine Fußspitzen sich vom Boden heben. »Ich meine, eigentlich hatte ich noch nie eines. Ich bin noch nie von jemandem gefragt worden. Das hier ist mein allererstes Date.« Ich hole tief Luft. »Ich … ich habe noch nie jemanden geküsst.«

Jamie lächelt warm. Dann macht er einen letzten Schritt auf mich zu, legt seine Hand unter mein Kinn und zieht mein Gesicht zu sich heran, so wie gestern in der Bahn.

»Und doch …«

Er zögert, aber dieses kurze Innehalten reicht, damit ich dem Universum den Befehl geben kann stillzustehen, damit ich den Augenblick für immer festhalten kann.

JAMIE beugt sich zu mir, und die Welt setzt sich wieder in Bewegung. Der Soundtrack explodiert. HOPE stellt den Fuß vor, und ihr Herz platzt, und alles ist voller Glitzer und Licht und Musik.

Und dann küsst er mich.

20

Die nächste Woche ist eine mitreißende Montage:

HOPE und JAMIE stehen im Regen bei der Wachablösung am Buckingham-Palast rechts und links neben den Wachen. Sie tragen falsche Bärte und lachen.

HOPE und JAMIE schlendern Hand in Hand die Brick Lane entlang. Sie essen Bagels, betrachten Schaufenster und deuten auf interessante Vintage-Angebote.

HOPE und JAMIE hüpfen über die Meridianlinie in Greenwich. Sie küssen sich, während der eine Fuß diesseits, der andere jenseits davon steht.

HOPE und JAMIE sitzen auf dem Bordstein in Covent Garden, schauen einem Akrobaten zu und klatschen.

HOPE, strahlend vor Stolz, sieht zu, wie Jamie sehr geschickt auf einem Einrad fährt.

HOPE und JAMIE spielen die Beatles auf dem Handy ab und tänzeln über den berühmten Zebrastreifen.

Ich gebe jedem Date fünf Sterne.

Wenn das ein Film wäre, dann einer aus der Kategorie *Nicht verpassen!*. Ein von der Kritik gefeiertes Meisterwerk, ein *Must-see* für die ganze Familie.

Tag für Tag ziehen wir kreuz und quer durch London – so wie Mum und Dad in *Anker unserer Herzen* –, bis es nicht mehr nur ein Film ist, ja nicht einmal ein Zweiteiler mit Fortsetzung. Diese Romanze ist ein komplettes *Franchise*-Produkt mit allem Drum und Dran, mit bedruckten T-Shirts und Plastikspielzeugversionen von uns beiden, wie wir uns gerade küssen.

Jeden Morgen macht mein Handy *Pieeep*.

Jeden Morgen wache ich auf und lese –

Guten Morgen, meine Schöne! Hast du gut geschlafen? Heute Tower von London? xx

Oder

Habe beim Aufwachen sofort an dich gedacht! Warst du schon mal am Trafalgar Square? xxx

Oder

Ich sehne mich danach, dich anzuschauen, es ist jetzt zwölf Stunden her :D xxx

Und jeden Morgen bin sich *sooo glücklich.*

Glücklicher als je zuvor, glücklicher, als ich es für möglich gehalten hätte. Es ist, als wäre in mir eine große, warme Quelle, die Freude ausgießt, und zwar so viel, dass sie bei jeder Bewegung überschwappt.

Und die ganze Welt überschwemmt.

»... ja, und er hat diese kleinen goldenen Härchen am Haaransatz, und er trägt nie Socken und spricht Spanisch, und er kann ganz toll küssen, und er mag nur den allerfeinsten kolumbianischen Kaffee, und wenn er niest, dann macht er *haaatschiii,* und er hat Sommersprossen auf den Fingern, und habe ich schon die kleine Lücke zwischen seinen beiden Schneidezähnen erwähnt und –«

»Hol erst mal Luft«, sagt Faith lachend von meinem Bett aus. »Sonst kippst du vornüber und hast auch eine Lücke in den Vorderzähnen.«

Ich habe es genau vier Sekunden ausgehalten, dann musste ich es ihr erzählen.

Nach unserem ersten offiziellen Date war ich so schwindelig vor Glück, dass ich mein Geheimnis nicht länger für mich behalten konnte.

»Hey, wie war dein –«, fragte Faith, und ich explodierte förmlich.

»O MEIN GOTT, EFF, ICH HABE JEMANDEN KENNENGELERNT, UND ER IST PERFEKT, UND ICH BIN SO GLÜCKLICH, DASS ICH GLEICH PLATZE.«

Dann musste sie schwören, niemandem etwas zu sagen.

Eigentlich wollte ich alles für mich behalten, aber Olivia, Madison und Sophia waren einfach nicht begeistert genug, also musste ich es noch jemand anderem anvertrauen.

»Ist Liebe nicht wundervoll?«, sage ich zu Effie und wirble mit dem Lokomotivenbuch im Arm durch mein Zimmer. Ich wirble schon die ganze Woche, ich bin ein menschlicher Kreisel. »Man weiß nie, wann sie einschlägt wie der Blitz. Sie kommt so unerwartet, so transformationalistisch, so – *schau mal.*«

Ich drücke Effie das Buch praktisch ins Gesicht.

»Wow.« Blinzelnd betrachtet sie das Cover. »Ein Buch über alte Dampflokomotiven. Das ist so … nett. Was bedeutet es?«

»Ach, nichts.« Ich strahle sie an. »Nur ein Insider-Joke. Du weißt doch, wie das bei Pärchen ist. Wir haben unsere eigene Sprache, die außer uns niemand versteht. Es ist ein Code.«

Dann schwebe ich durchs Zimmer und ordne die süßen Erinnerungsstücke unserer Dates auf dem Regal: Jamies falscher Schnurrbart, fünf Zugtickets, ein leerer Kaffeebecher, Grashalme, Streusel von meinem Eis, eine kleine Kruste von einem Bagel mit Pökelfleisch.

Mitleidig betrachte ich das Kuss-Poster.

Wo bleibt die Leidenschaft? Wo die Verbindung zweier gleichgesinnter Herzen? Wo das gewisse Etwas? Ich dachte immer, die beiden auf dem Poster wären perfekt, aber jetzt erkenne ich, dass das nur der armselige Versuch eines echten Kusses ist.

»Du glühst ja richtig.« Lächelnd streckt meine Schwester das Bein hoch und zieht an ihren Zehen. »Es ist schön, dich so glücklich zu sehen.«

Ich strahle übers ganze Gesicht. »Ich bin nicht nur glücklich, Eff, ich bin Happy Girl. So haben mich alle genannt. Bisher wusste ich nicht genau, was damit gemeint ist, es gibt ja auch Jungs, die happy sind, aber jetzt beschreibt es mich so, wie ich bin.«

»Das tut es«, sagt Faith lachend. »Und ich bin so froh, Pudel. Okay, es ging alles unglaublich schnell, aber –«

Mein empörter Blick bringt sie ins Stocken.

»Nicht direkt *schnell*«, verbessert sie sich hastig und stellt ihr Bein auf den Boden. »Das wollte ich damit nicht sagen. Es ist … intensiv, weißt du. Wie *Wow, ein Feuerwerk!*. Aber ich schätze, manchmal ist das so. Manchmal weiß man es noch in derselben Sekunde, oder?«

»Das nennt sich *Wirbelwind*-Romanze«, erkläre ich ihr geduldig. Ich setze mich neben sie aufs Bett und tätschle ihre Hand. »Es ist keine *Leichte-Brise*-Romanze, Faith. Nicht umsonst sagt man, jemand ist *wahnsinnig* vor Liebe statt ver*nünftig* vor Liebe. Und wenn du *verrückt* nach jemandem bist, *haut* es dich *um*, *fegt* dich von den Füßen. Genau so ist Liebe. Sie trifft dich wie ein Schlag, und du kippst aus den Latschen.«

»Du wirst nicht nur sanft gestupst«, sagt Effie schmunzelnd. »Oder mit dem Ellbogen geknufft.«

Mitfühlend streichle ich ihren Arm. »Ging es dir mit Noah genauso?«

Faith rümpft ihre hübsche Nase, dann gähnt sie und streckt sich. »*Neiiin*. Ich bezweifle, dass ich der Liebe-auf-den-ersten-Blick-Typ bin. Für mich ist Liebe mehr wie … Schimmel. Er wächst langsam, und es klappt am besten, wenn alle Bedingungen stimmen. Wenn der Ort richtig ist und er bekommt, was er braucht.«

»Zum Beispiel ein feuchtes Bad. Oder ein altes Sandwich.«

Meine Schwester grinst. »Genau. Ich fand Noah anfangs gar nicht so toll. Dann hat er auch noch diesen schrecklichen Song geschrieben. Ich habe ihm gesagt, dass er mir nicht gefällt.« Sie verzieht das Gesicht. »Es war sein erster Nummer-eins-Hit. Auf mein Urteil als Musikkritikerin kann er gut verzichten.«

Ich gebe ihr einen aufmunternden Klaps auf die Schulter. »Keine Angst, Eff. Ich bin sicher, nicht bei *jeder* großen Liebe macht es sofort *Klick*. Aber das bedeutet nicht, dass deine nicht genauso schön sein kann wie meine.«

»Tja.« Faith setzt sich auf und räuspert sich. »Pudel, Baby … ich weiß, du dachtest, Mum und Dad würden letzten Freitag nach der Premiere zusammen nach Hause kommen. Ich hab den gedeckten Frühstückstisch gesehen.«

Ich werde rot. Bei all der Aufregung habe ich total vergessen, ihn abzuräumen.

»Ja, kann sein«, gebe ich zu. »Aber Dad ist mal wieder in Los Angeles aufgehalten worden. Und Mum ist noch nicht bereit für eine große Party – das wäre zu viel für sie. Wie dumm von mir.«

Faith legt den Arm um mich und küsst meine Locken.

»Du bist nicht dumm«, flüstert sie in mein Haar. »Aber letztes Wochenende hast du Mum zum ersten Mal nicht besucht. Ist alles okay?«

Also wirklich, ich habe lediglich versucht, vernünftig zu sein.

Die Zeitungen hatten ein verschwommenes Foto von Mum abgedruckt, wie sie auf dem Gelände der Rehaklinik herumwandert und einfach *schrecklich* aussieht. Offen gesagt, wenn meine Mutter ihre eigene Party verpasst und zum ersten Mal seit Menschengedenken auf Mascara verzichtet, muss sie ziemlich fertig sein. Das Mindeste, was ich tun konnte, war, ihr Zeit zum Ausruhen zu geben.

Allerdings schickte ich Dad am Dienstag eine Nachricht, in der stand:

WO WARST DU? UNFASSBAR, DASS DU DIE PREMIERE VERPASST HAST. KOMM SOFORT NACH HAUSE. BITTE. xxx

Die Antwort lautete:

Haha, das kleine Mausebärchen kommandiert mal wieder. Bin am Set, ruf dich im Lauf der Woche an. Hab dich lieb. xx

Das war nicht gerade das, was ich mir erhofft hatte.

»Mum hatte dringend etwas Schlaf nötig«, erkläre ich Faith. »Ihr Horoskop für diesen pazifischen Tag war eindeutig. Jamie und ich waren stattdessen am King's Cross, um uns Harry Potters Gepäckwagen anzuschauen. Hab ich dir eigentlich schon die Fotos gezeigt, wo wir so tun, als würden unsere Schals hinter uns im Wind flattern?«

Faith lacht. »Ein- bis fünfzehnmal. Ich muss zugeben, er ist wirklich umwerfend.«

»Ja, nicht wahr?« Stolz streiche ich ihr über den Kopf. »Aber mach dir nichts draus, Eff. Noah ist auch ziemlich süß.«

Mein Handy piepst, und ich springe sofort vom Bett hoch.

Zähle die Minuten, bis wir uns sehen. :D xxx

Alarmiert blicke ich auf die Uhr.

Ich war so damit beschäftigt, von Jamie zu erzählen und an Jamie zu denken und von Jamie zu träumen und begeistert von Jamie zu schwärmen, dass ich unser Date in fünfzehn Minuten glatt vergessen habe.

»Wir reden später weiter, Eff!« Eilig schnappe ich Mercys Handtasche und ziehe die neuen neonfarbenen Turnschuhe an, die Faith gerade ausgezogen hat. »Ich leihe sie mir kurz aus, okay? Oh, habe ich dir schon gesagt, wie schnell Jamie rennen kann? Also *superschnell*. Er ist sooo begabt und freundlich und sexy und faszinierend und lustig.«

Voller Vorfreude hüpfe ich die Treppe hinunter.

»Hope?« Mr. Gilbert kommt aus dem Arbeitszimmer, seine Augenbrauen sind sogar noch buschiger als sonst. »Du bist die ganze Woche nicht zum Unterricht erschienen. Ich kann weder deinen Vater noch deine Mutter erreichen, also könnten wir uns bitte zusammensetzen und –«

»Später!«, rufe ich über die Schulter. »Ich lerne später!«

Denn das Leben passiert hier und jetzt und YOLO – man lebt nur einmal!

Deshalb werde ich so viel wie möglich aus diesem Leben rausholen!

21

♋ Krebs: 22. Juni – 22. Juli

Der Mond steht im Skorpion und schenkt dir einen Tag von großer emotionaler Intensität. Er schärft deine Sinne, also genieße die Klarheit deiner Beobachtungen und die Unbestechlichkeit deiner Wahrnehmung!

Das ist unser achtes Date.

Die drei Minuten nicht mitgezählt, als Jamie und ich uns kennengelernt haben, wobei sie eigentlich dazugehören, denn ohne sie hätte sich unser beider Leben nicht von Grund auf geändert. Also sind es sogar neun Dates. Plus die abendlichen Stunden am Handy, die vielen Dutzend Textnachrichten täglich, dazu die Gutenmorgen- und die Gutenachtfotos … macht alles zusammen noch einen Extratag. Also zehn Dates.

Damit ist klar, was als Nächstes kommt.

Ich habe mich die ganze Woche darauf vorbereitet, habe jede Szene immer wieder durchgespielt, überarbeitet, korrigiert, gestrichen, neu geschrieben, mit einem mutigen Auge für eine frische, verheißungsvolle Perspektive.

Eigentlich sind *alle* wunderschön. Vielleicht werde ich die rausgeschnittenen Szenen an den Schluss anhängen, unterlegt mit den humorvollen Kommentaren eines Insiders.

JAMIE Hope, wir kennen uns erst seit acht Tagen, aber es kommt mir vor, als würden wir uns schon immer kennen. Also –

HOPE Schhh –

Sie legt ihren Finger auf seine Lippen.

HOPE (Forts.) Du musst nichts sagen, Jamie. Ich weiß, was in deinem Herzen vorgeht.

JAMIE Aber ich möchte es sagen. Ich muss es sagen.

HOPE (nimmt folgsam ihren Finger weg) Okay, dann sag es.

JAMIE Willst du meine Freundin sein?

Eine Welle des Glücks erfasst mich – ich liebe dieses Gefühl! –, doch dann komme ich ins Grübeln.

Ist es … *ikonisch* genug?

Das ist eine One-Shot-Aufnahme, die sich nicht beliebig wiederholen lässt, das heißt, sie muss unsere nachfolgende Liebesgeschichte begründen und für alle Zeiten unsterblich machen. Schade, dass wir uns im Richmond Park treffen und nicht auf einer mondbeschienenen Brücke im Jahr 1943, aber vielleicht kann ich den Background später ein kleines bisschen korrigieren.

Also noch mal von vorn.

JAMIE Hope, vielleicht ist es noch zu früh …

HOPE (entschlossen) Das ist es nicht.

JAMIE Da gibt es etwas, das ich dich fragen möchte. Willst du meine –

Noch etwas direkter?

JAMIE Bitte, Hope. Sei meine Freundin. Ich kann sonst nicht weiterleben.

Zu rührselig. Das muss spontaner sein.

HOPE (macht eine witzige Bemerkung)
JAMIE Hahahahaha! Ich glaub's nicht, meine Freundin ist ein Scherzkeks.
HOPE Wie hast du mich gerade genannt ...
JAMIE (lächelnd) Stimmt doch, oder?

Bingo.

Dann machen wir eine Schneeballschlacht, und er drückt mir ganz sanft einen Schneeball ins Gesicht. Ich tue so, als wäre ich sauer, und räche mich an ihm. Dann lachen wir uns schlapp, und er wischt den Schnee aus meinem Gesicht und küsst mich zärtlich.

Leider schneit es nicht, also müssen mal wieder Special Effects zum Einsatz kommen.

Mit einem zufriedenen Grinsen hüpfe ich den Weg entlang.

Sobald das mit Jamie und mir offiziell ist, lade ich Mercy zu einer Exklusivvorstellung von *Der weltbeste und total perfekte Freund* ein. Ich kann es gar nicht erwarten, ihr fassungsloses Gesicht zu sehen. Das wird großartig!

»Guten Morgen!« Jamie steht am Eingang des Parks und starrt auf sein Handy. Er sieht so hinreißend aus in seinem *STOPPT DEN KLIMAWANDEL*-Sweatshirt, dass ich die letzten Stufen hinaufrenne und mich an seinen Hals werfe.

»Tut mir leid, dass du warten musstest. Ich habe meiner Schwester von dir erzählt und darüber die Zeit vergessen. Sie freut sich so für uns. Du musst sie ganz bald kennenlernen.«

Ich küsse ihn fest auf die Lippen.

Als ich mich von ihm löse, schlägt mein Magen triumphierend Purzelbäume. Jamie ist geistesabwesend und abgelenkt, offensichtlich denkt auch er über unsere nächste große Szene nach. Sie ist unglaublich bedeutsam, ein Schlüsselmoment für die gesamte Handlung, würden manche behaupten.

Vielleicht kann ich ihn behutsam in die richtige Richtung lenken.

»Soll ich dir einen guten Witz erzählen, den ich vor kurzem gehört habe?«, zirpe ich und stupse ihn mit dem Ellbogen. »Wie nennt man einen Pinguin auf einer Schaukel? Einen Schwinguin, hahahahaha.«

JAMIE Hahahahaha! Ich glaub's nicht, meine Freundin ist ein Scherzkeks.

Jamie lächelt flüchtig.

»Ja, sehr witzig.« Dann nimmt er meine Hand und küsst meine Fingerknöchel. »Du siehst heute besonders hübsch aus, Hope. Sogar noch hübscher als sonst.«

Wir schlendern einen mit Blumen gesäumten Weg entlang. Überall blühen gelbe Narzissen und weiße Schneeglöckchen und lange, im Wind wogende Gräser. Vielleicht muss ich die Szene gar nicht so sehr nachbearbeiten. Ein paar zwitschernde Vögel hier, ein paar Enten da, und schon passt das Setting, vielen Dank.

»Das liegt an der luxuriösen Feuchtigkeitscreme«, erkläre ich ihm ernst. »Sie ist heiß begehrt und kostet Hunderte von Pfund, weil sie tatsächlich *echtes* Silber und *echtes* Platin enthält.« Die Creme gehört außerdem Mercy, aber solange sie es nicht schafft, ihr Fenster richtig zu verriegeln, steht alles, was sich in ihrem Zimmer befindet, zu meiner freien Verfügung.

Jamie lacht. »Dein Gesicht ist also unbezahlbar.«

»Mein Gesicht ist immer unbezahlbar.« Ich schenke ihm ein hinreißendes Lächeln und werfe meine Locken über die Schulter. »Gefällt dir mein Outfit?«

Es besteht aus Mercys knielangem schwarzen Bleistiftrock, einer neongelben Weste und den pinkfarbenen Turnschuhen von Effie, dazu eine Halskette von Cartier und Ohrringen von Mum. Man könnte meinen, das passt nicht zusammen, aber irgendwie habe ich geschafft, dass es funktioniert. Was wieder einmal beweist, dass ich ein Händchen dafür habe.

»Es ist phantastisch«, sagt Jamie lächelnd. »Wie immer.«

Dann tritt eine lange Stille ein.

»Oooh!«, sage ich unvermittelt und greife in meine Handtasche. »Fast hätte ich es vergessen! Ich habe dir etwas mitgebracht …«

Stolz reiche ich ihm ein rechteckiges orangefarbenes Stück Pappe. Darauf habe ich in den vergangenen Tagen, wenn ich abends von unseren Dates nach Hause kam, kleine Bildchen gezeichnet: einen Bagel, einen Jongleur, einen Schnurrbart, einen Schirm. Ich bin keine Künstlerin, aber ich glaube, man erkennt, was es sein soll, vom Einrad einmal abgesehen.

»Hope.« Jamie dreht das Stück Pappe hin und her. »Ist das die Zugfahrkarte vom Abend, an dem wir uns kennengelernt haben?«

»Jep. Ich habe deine Jacke in eine Ecke gemalt, siehst du?«

»Unglaublich.« Er schließt kurz seine türkisfarbenen Augen. »Das ist das Süßeste, was je ein Mädchen für mich getan hat. Wie viele Gedanken du dir gemacht hast. Hope, ich bin dabei, mich in dich zu verlieben.«

Mir bleibt die Luft weg.

Er ist … *was*?

In meinen kühnsten Träumen hatte ich mir den offiziellen Freundinnenstatus erhofft, aber das hier … ich hätte nie … ich weiß nicht, ob ich …

Nachdem ich tief Luft geholt habe, schaue ich mich rasch um und versuche, die Szene neu zu arrangieren.

»Mir geht es genauso«, hauche ich, denn das ist mein neuer Text.

Jamie beugt sich lächelnd zu mir und gibt mir einen zarten Kuss auf den Mund. Er verharrt in dieser Stellung, bis mein Scheinwerfer so hell leuchtet, dass der ganze Park um uns herum verschwindet.

»Deshalb fällt es mir umso schwerer, dir das jetzt zu sagen.«

»Frag nur …«, fordere ich ihn auf, während das Licht sich immer weiter ausbreitet, über die Bäume, die Straße, durch ganz London. »Du meinst, es fällt dir schwer, mich zu *fragen*. Ich habe noch nicht *Ja* gesagt. Man kann nicht alles für gratiniert nehmen, auch mich nicht.«

»Was ich sagen will …«, fährt Jamie leicht irritiert fort. »Es war von Anfang an klar, daher mussten wir kein Wort darüber verlieren. Außerdem war nie der richtige Moment. Es war alles so magisch. Ich wollte den Zauber nicht zerstören.«

Ich halte den Atem an. »Genau das ist es: *magisch*.«

»Ich wollte alles seinen Lauf nehmen lassen, weißt du? Aber jetzt kann ich es nicht länger aufschieben –«

Das muss so schwer für ihn sein.

»Keine Angst«, spreche ich ihm Mut zu. Ich ergreife seine Hände und drücke sie. »Es ist nicht leicht, die richtigen Worte zu finden, also sag's einfach, wie es dir über die Lippen kommt, und ich höre dir in aller Ruhe zu.«

JAMIE Hope –

HOPE JA! JA, ich will mit dir zusammen sein! JA, JA, JA, DU DUMMKOPF, DU!«

So in etwa.

»Wow«, stößt Jamie erleichtert hervor. »Du bist wirklich etwas Besonderes, weißt du das? Ich habe noch nie jemanden wie dich kennengelernt. Du bist so ausgeglichen, so gut gelaunt, so gechillt. Ich hätte nie gedacht, dass ich mich jemandem so schnell verbunden fühlen könnte.«

»Ich auch nicht«, lüge ich zufrieden. »Wer hätte das gedacht? Ich jedenfalls nicht.«

Jamie berührt mein Gesicht. Jetzt ist es so weit, jetzt ist es so weit, jetzt ist es so weit –

»Hope …«

»JA!« Ich kneife die Augen zusammen, lege die Arme um ihn, und jetzt der Fuß, der Fuß, er kommt nach vorn, der Fuß … Pop. »JA, ICH BIN JA SCHON LÄNGST MIT DIR ZUSAMMEN. JA, JA, JA, DU DUMMKOPF!«

»Ich werde dich schrecklich vermissen.«

Unvermittelt tritt Stille ein. Wir haben gleichzeitig geredet. Jamie und ich lösen uns voneinander, die Szene bricht ab.

Moment mal.

WIE BITTE?

22

Schnitt.

Schnitt, Schnitt, Schnitt, Schnitt, Schnitt, Schnitt –

»Moment mal. Wie bitte? Ich geh doch gar nicht weg.«

»Nicht du.« Jamie blinzelt zweimal. »Ich. Nach Hause, nach Kalifornien. Wo ich wohne. Das weißt du doch, Hope. Das hast du *immer* gewusst.«

Schnitt. Schnitt. Schnitt, *verdammt nochmal.*

Ich starre ihn entgeistert an. »Nein, hab ich nicht.«

»Doch, natürlich. Ich hab dir gesagt, dass ich aus Kalifornien komme, im Zug, bei unserem allerersten Gespräch. Ich muss wieder zurück in die Schule. Ich bin hier nur im Urlaub mit meinen Eltern. Was hast du denn gedacht, wieso ich hier bin?«

Ganz ehrlich, ich habe gar nichts gedacht.

Ich war viel zu sehr damit beschäftigt, mich in ihn zu verlieben, um mich mit solchen Fragen abzugeben. Irgendwie hatte ich angenommen, dass ich vorgewarnt werden würde, bevor der Abspann läuft.

Worum ging es denn dann in dieser Woche?

Was haben wir die ganze Zeit über gemacht?

»Ich dachte, du gehst nicht mehr zur Schule«, sage ich mit einer merkwürdig dünnen Stimme. »Mit sechzehn ist das hier in England möglich. Ich dachte, du arbeitest für diesen

Wohltätigkeitsverein, den mit den Häusern und dem Pool, und bist vielleicht hierhergezogen, um in England die Niederlassung zu leiten. Es hätte auch sein können, dass deine Großeltern krank geworden sind, die, wie der Zufall es will, in London leben und irgendwann sterben werden. Dann würde ich dir zur Seite stehen, und du könntest dein Erbe antreten, und wir wären glücklich bis an unser Lebensende.«

»Du hast dir reiche englische Großeltern für mich ausgedacht? Wie wahrscheinlich ist das denn?«

»Genauso wahrscheinlich, wie den ganzen weiten Weg nach England zu fliegen, nur um Urlaub zu machen«, verteidige ich mich. »Wer kommt auf die Idee, freiwillig nach England zu reisen? Hier ist es langweilig und regnerisch, und außerdem sind nicht mal Ferien.«

»Aber in Amerika sind Ferien.«

»Oh.«

»Mann.« Jamie atmet aus. »Hope, ich hatte eine tolle Zeit mit dir. Wenn ich hierbleiben würde oder du in Kalifornien wärst, sähe die Sache völlig anders aus. Natürlich würde ich mit dir zusammen sein wollen. Du wärst so blitzschnell meine Freundin, dass du gar nicht wüsstest, wo dir der Kopf steht. Du bist quasi das perfekte Mädchen für mich. Ich bete dich an.«

Er lächelt, aber ich weiß schon jetzt nicht mehr, wo mir der Kopf steht.

Ich versuche, mich an die Tatsache zu klammern, dass er mich gerade für perfekt erklärt hat, aber ich muss immer nur an eines denken: Ich hätte klügere Fragen stellen müssen.

Egal welche. Wie hätte ich *erraten* sollen, dass unsere Beziehung ein Verfallsdatum hat?

»Also bist du nicht mein Freund?«

Vielleicht ist das nur eine Traumsequenz. Vielleicht liege ich im Koma, oder ich bin in eine andere Zeitebene geraten oder … oder …

»Und ich bin auch nicht deine Freundin? Wir sind praktisch … nichts?«

Meine Brust tut so weh. *Nein, nein, nein, nein.*

»Hope, hör zu.« Jamie umfasst mit beiden Händen sanft mein Gesicht. »Wir werden nie *nichts* sein. *Niemals.* Was wir zusammen erlebt haben, unsere besondere Verbindung, die gemeinsamen Augenblicke … das kann uns keiner nehmen. Ich werde dich nie vergessen. Nie.«

Mein Kinn fängt an zu zittern. »Werde ich dich jemals wiedersehen?«

»Natürlich. Ich weiß zwar nicht genau, wann und wie – ich bezweifle, dass ich in nächster Zeit wieder nach England kommen werde, der Urlaub ist vorbei, und in London habe ich jetzt alles gesehen –, aber wenn du jemals nach Amerika und nach Los Angeles kommst, dann melde dich bei mir, okay?« Er streichelt meine Wange. »Ich will einfach nicht glauben, dass ich dieses hübsche Gesicht nie mehr sehen werde.«

Mein Hals macht wie von selbst ein merkwürdiges, kleines Wimmergeräusch.

»Vielleicht«, platze ich heraus, während Jamie mich unverwandt mit seinen leuchtend blauen Augen ansieht, »vielleicht gibt es ein Paralleluniversum, in dem ein Mädchen namens Hope und ein Junge namens Jamie am selben Ort leben. Und jedes Mal, wenn wir zu den Sternen schauen, sehen wir sie, wie sie miteinander glücklich sind?«

Lächelnd küsst er meine zitternde Oberlippe. »Genau.«

»Und vielleicht hat das Universum noch etwas mit uns vor, und wir wissen nur noch nichts davon. Es bringt uns wieder zusammen, wenn der richtige Zeitpunkt gekommen ist. Wir werden uns zufällig über den Weg laufen, zum Beispiel auf einer Party, und dann werden wir uns daran erinnern, wie viel wir einander bedeutet haben, und es wird sein, als wären wir nie voneinander getrennt gewesen.«

»Ja.« Jamie gibt mir einen Kuss auf die Nase.

»Und wir können uns trotzdem schreiben und anrufen und vielleicht ab und zu kleine Geschenke schicken, oder?«

»Natürlich. Ich freue mich immer, von dir zu hören, Baby.«

»Aber deine Freundin bin ich trotzdem nicht.«

»Na ja.« Jamie verzieht das Gesicht. »Wie soll das gehen? Die Entfernung und so?« Er streicht mir übers Haar und lächelt. »Aber wer weiß, was die Zukunft uns bringt? Ich kann mir nicht vorstellen, dich nie wiederzusehen, Hope. Was für ein sinnloses Leben wäre das?«

Mehr brauche ich nicht. Nur ein bisschen Hoffnung.

Genug, um mein Herz dranzuhängen.

»Sei nicht traurig«, flüstert Jamie, als ich meine Augen schließe. »Ich könnte es nicht ertragen, dich weinen zu sehen.«

Er streckt die Hand aus und wischt mit seinem Ärmel behutsam meine Wange trocken.

Ich habe das Gefühl zu schmelzen. Was, wenn ich es mir recht überlege, nicht sehr erstrebenswert ist. Es tut bestimmt weh, und man weiß gar nicht, wie einem geschieht, und danach ist nichts mehr von einem übrig.

Valentines zeigen immer Klasse, Valentines zeigen immer Klasse, Valentines zeigen immer –

»Also gut«, sage ich und hebe tapfer das Kinn. »Wann reist du ab? Wie viel Zeit bleibt uns noch?«

»Keine. Ich muss jetzt gleich zum Flieger.«

23

Das war's.

Der Vorhang fällt, der Film ist abgespult, die Lichter sind erloschen, die Kinoreihen leeren sich.

Meine einzigartige Romanze ist vorbei.

»Hope?«

Ich gehe weiter.

»Hope?«

Und weiter.

»Hope Valentine, es ist zwar Samstag, aber ich bestehe darauf, dass du irgendwann zum wöchentlichen Unterricht kommst. Deine Eltern bezahlen mich, die Prüfungen stehen an, und ich kann dir gar nicht nachdrücklich genug versichern, wie wichtig eine gute Bildung ist. Sie bereitet dich für eine vielversprechende Zukunft vor, stattet dich mit Wissen aus und vermittelt Fertigkeiten, die –«

Ich blinzle verwirrt und gehe langsam Richtung Bibliothek.

Irgendwann muss ich mich wohl von Jamie verabschiedet haben, durch den Park gegangen sein, die Straße entlang, durch die elektrisch gesteuerten Tore, die Auffahrt hoch, durch den Eingang in die Empfangshalle. Mr. Gilbert steht im Türrahmen – graue, abstehende Haare, buschig besorgte Augenbrauen – und wartet auf meine Antwort.

»Ja, sicher«, sage ich benommen. »Warum nicht? Machen wir Unterricht.«

Ohne ein weiteres Wort gehe ich in die Bibliothek und setze mich hin.

»Ah …« Mr. Gilbert sieht mich verdattert an. »Oh. Jetzt sofort? Also gut. Lass mich nur rasch … ah.« Er sucht in einem hohen Stapel Bücher auf seinem Schreibtisch. »Mathe? Geschichte? Biologie? Physik? Was hättest du denn gern, Hope? Wir haben ziemlich viel aufzuholen, also …«

Ich blicke auf meine Schulbücher: langweilig und sinnlos.

Dann blicke ich zu Sophia und Olivia und Madison, aber ihre Stühle sind leer. Auf ihren Plätzen sitzt niemand, denn sie sind nie hier gewesen.

»Ist mir egal.« Meine Stimme klingt flach. »Entscheiden Sie.«

»Oh.« Mr. Gilbert blinzelt, als er meine ausdruckslose Miene sieht. Er betrachtet wieder den Bücherstapel. »Nun ja, letztes Mal schien es dir die arme alte Elaine angetan zu haben. Also warum lesen wir nicht …« Vor sich hin murmelnd, nimmt er eine Gedichtsammlung aus dem Regal.

»Ah …« Er schlägt das Buch auf und fährt mit dem Finger über die Seite. »Wie wär's, wenn ich zur Einstimmung das Gedicht laut vorlese?«

Mr. Gilbert blickt mich unsicher an. Ich zucke mit den Schultern. »Ja, klar.«

»Nun denn.« Er räuspert sich. »Ähm. Die *Lady von Shalott* von Alfred Lord Tennyson. *Zu Seiten des Flusses am*

Uferrand kleiden Gerstenfelder und Roggen das Land. Sie strecken sich zum Himmel hin …«

Meine Augen gleiten über seine Schulter hin zu dem dunklen, öligen Gemälde: ihr blasses, verschlossenes Gesicht, die lockigen blonden Haare, die verstreuten Blumen.

Was zum Teufel soll ich jetzt tun, Elaine?

»… *dort webt sie Tag und Nacht ein Zaubertuch von bunter Pracht* …«

Jamie ist weg.

»… *und blickt sie in den Spiegel klar, der vor ihr hängt das ganze Jahr, erscheint ihr dort die Welt in Schatten* …«

In der einen Minute hat er mich geküsst, und in der nächsten war er verschwunden.

In der einen Minute war ich glücklich, und dreißig Sekunden später erfahre ich, dass ich ihn vielleicht nie wiedersehen werde.

»… *und immer noch findet sie daran Entzücken, mit den Bildern des Spiegels ihr Tuch zu schmücken.*«

Obwohl … vielleicht ist mir eine *andere* Art von Romanze vorherbestimmt. Die tragische Art, die von vornherein unter einem schlechten Stern steht. Von Umständen auseinandergerissen, für die wir beide nichts können, bleiben wir für immer verbunden; durch Ozeane getrennt, verbringen wir voller Sehnsucht unsere Leben, in denen niemand je an die Stelle der einen großen Liebe treten kann.

»*Und manchmal, in der stillen Nacht* …«

Diese Geschichte gefällt mir nicht.

Ich will einen Film, der glücklich macht. Einen Jungen,

der in derselben Stadt wohnt und mit mir am Wochenende ins Kino geht. Der mich mit Küssen überhäuft und mir Suppe kocht, wenn es mir schlecht geht. Der lacht, wenn ich Witze erzähle, und für den ich das hübscheste Mädchen der Welt bin.

»*… und als der Mond am Himmel stand, ein Paar mit frisch geschlung'nem Liebesband …*«

Aber jetzt soll plötzlich alles so sein wie vorher? Ich sitze wieder hier und warte darauf, dass mein Leben endlich anfängt.

»*Ich bin die Schatten leid, sprach die Lady von Shal-*«

Manchen scheint die große Liebe vergönnt zu sein, während alle anderen dasitzen und zuschauen müssen.

»Stopp!« Abrupt stehe ich auf. »Aufhören bitte!«

Mr. Gilbert hält inne. »Ist alles –«

»Nein, ist es nicht.« Meine Brust tut weh, tief innendrin. »Ich will das nicht hören. Ich will kein trauriges Gedicht hören von einem traurigen Bild einer traurigen Lady mit einer traurigen Geschichte, die ein trauriges Ende hat, das alle traurig macht. Warum können wir nicht zur Abwechslung einmal etwas Nettes lesen? Etwas, das die Laune hebt? Ist das zu viel verlangt?«

Ich blicke auf die Bücher und dann auf die arme Elaine in ihrem düsteren Gemälde.

»Diese Statisten«, sage ich und deute auf das Gedicht. »Diese Ritter und Prinzen und was weiß ich noch alles … Sie gehen und reiten ständig vor dem Turm auf und ab. Hätte sie nicht mit einem von ihnen mitgehen können?

Einfach so? Wäre das wirklich so eine große Sache gewesen?«

Mr. Gilbert öffnet den Mund, um etwas zu erwidern.

»Aber *nein*, sie darf nur in dieses kleine Todesboot steigen. Weil Leute wie Sie ihr *kein Happy End gönnen*.«

Ich nehme das Buch und klatsche es auf den Tisch.

»Hope«, ruft Mr. Gilbert, als ich fast schon an der Tür bin. »Ich bin nicht sicher, ob ich dich richtig verstanden habe, aber –«

»Mir reicht's«, sage ich über die Schulter hinweg. »Danke für die Mühe und alles, aber ich bin raus.«

Ohne ein weiteres Wort verlasse ich die Bibliothek und stapfe die Treppe hinauf.

Mein Handy klingelt – wieder mal Dad –, aber ich drücke ihn weg und stecke das Telefon in meine Hosentasche.

»Pu? Baby? Was ist los?«

»Ist alles okay? Pudel? Pudel?«

»Wenigstens hat sie aufgehört, durchs Haus zu hüpfen und auf dem Treppengeländer zu rutschen, das ist doch schon mal was, wenn ihr mich fragt.«

Blinzelnd zwänge ich mich an meinen Geschwistern vorbei.

Im Ernst. Monate, Jahre – *eineinhalb Jahrzehnte* – habe ich darum gebettelt, mit ihnen abhängen zu dürfen, aber wenn ich ein einziges Mal meine Ruhe haben möchte, dann belagern sie mich. Warten vor meinem Zimmer und wollen plötzlich mit mir reden.

Schauspielerpack.

»Ich heiße nicht *Pudel*«, sage ich und reiße meine Zimmertür auf. »Und auch nicht *Pu*, *Pups* oder *Baby*. Ich bin kein Kind, und ich bin auch nicht eure kleine Puppe, die ihr nehmen und wieder weglegen könnt, wie ihr gerade Lust habt.«

Meine Geschwister starren mich an.

»Ihr denkt, nur weil ich versuche, glücklich zu sein, bin ich nicht traurig. Ihr denkt, weil ich über etwas Bestimmtes nicht rede, *erinnere* ich mich nicht. Aber ihr irrt euch. Also tut mir bitte den Gefallen und steckt euch euren blöden *Pudel* sonst wohin. Zusammen mit euren dummen Köpfen.«

Dann schlage ich ihnen die Tür vor der Nase zu.

24

Kann die letzte Szene bitte rausgeschnitten werden?

Ich weiß selbst nicht so genau, was da gerade passiert ist.

Ich verliere so gut wie nie meine Nerven, deshalb passt die Szene nicht zu mir und meiner Charakterentwicklung. Außerdem habe ich mich ganz sicher nicht kopfüber auf mein Bett fallen lassen und laut ins Kissen geschrien.

Kann man den Teil bitte ebenfalls streichen?

»Hope?« Zehn Minuten später öffnet sich quietschend die Tür. »Bab- ähm. Wie sollen wir dich denn jetzt nennen? Hoppla? Hula-Hoop?«

Ich lege das Kissen über meinen Kopf. »LASST. MICH. VERDAMMT. NOCHMAL. IN. RUHE.«

»Das würden wir ja gerne, aber du hast deine Tür nicht abgeschlossen, also können wir dich auf keinen Fall in Ruhe lassen, so will es das Geschwistergesetz. Du weißt doch, was in dem Handbuch steht, das wir alle zu unserer Geburt bekommen haben: kein Schloss, kein Ausschluss.«

»Kein Riegel, keine Prügel.«

»Keine Barrikade, keine … Limonade?« Sie lachen.

»Hey«, verteidigt sich Faith. »Wenigstens hat es sich gereimt.«

Mein Queen-Size-Bett wippt, einmal, zweimal und

noch ein drittes Mal. Nach einer Schmollminute hebe ich den Kopf. Mir ist heiß, und ich fühle mich total zerknittert. Mein Bruder hat sich quer über meine Füße geworfen wie ein großer, tapsiger Hund, Mercy liegt diagonal im Bett und hat die Füße übereinandergeschlagen, und Effie hat sich links von mir zusammengerollt und nutzt meinen Rücken als Kissen für ihren hübschen Kopf.

Seufzend rolle ich mich zur Seite, bis ihr Kopf auf meinem Bauch liegt.

Stumm starren wir zu viert an die Decke.

»Also«, sagt Mer nach einer Weile. »Der Amerikaner hat dich abserviert, hm?«

Ich knuffe Faith richtig fest.

»Ich habe nichts gesagt!« Sie sieht mich mit ihren großen haselnussbraunen Augen ernst an. »Ehrenwort, Pu, kein Sterbenswörtchen. Hand aufs Herz.«

»Man muss kein Genie sein, um darauf zu kommen«, sagt Mercy seufzend. »Du wanderst durchs Haus, hältst endlose Reden über die Liebe, verschwindest jeden Tag, kicherst albern in dein Handy und führst Dauergespräche mit jemandem namens Jamie.«

»Irgendwann hast du angefangen, die amerikanische Nationalhymne zu summen, und dabei eine Frühstückswaffel in Herzform geschnitten und mit kleinen Erdbeeren dekoriert«, ergänzt Max. »Letztere ebenfalls in Herzform.«

»Und als Handy-Screensaver hast du ein Bild von dir mit einem blonden Jungen.«

»In einem Hoodie der Lakers.«

»Und darunter steht in Großbuchstaben *ICH UND JAMIE <3 <3.*«

»Oh«, sage ich leise und starre weiter an die Decke. »Ach.« *Merkwürdig, normalerweise gehe ich subtiler vor.* »Ja, es ist aus, aber Jamie hat mich nicht *abserviert*. Er muss zurück nach Amerika, was er mir gleich am Anfang gesagt hat. Ich habe nur nicht richtig zugehört, also ist es meine Schuld. Kein Grund, ihm Vorwürfe zu machen.«

Faith nimmt meine Hand und drückt sie. »Das tut mir leid, Pu. Er schien sehr nett zu sein, aber es werden andere Jungs kommen, das verspreche ich dir. Auf lange Sicht macht dich diese Erfahrung nur stärker.«

Ich werfe ihr einen finsteren Blick zu. Wie kann man nur so etwas Schreckliches sagen? »Ich will aber nicht stärker sein. Ich will *Jamie*.«

Meine Unterlippe schiebt sich wie von selbst vor.

»Das wird schon wieder, Baby.« Effie drückt einen Kuss auf meine Hand. »Es ist deine erste Trennung, und die tut weh, aber mit jedem neuen Tag wird es ein bisschen leichter, und ehe du dich's versiehst –«

»Meine Güte, sie waren gerade mal eine Woche zusammen«, stöhnt Mercy entnervt. »Können wir bitte mal alle Instagram-Mantras weglassen und das Ganze mit normalen Augen betrachten? Sie hat ihn vor *einer* Woche kennengelernt. Es ist ja nicht so, als wären die beiden *Romeo und Julia*.«

»Nein, sind sie nicht«, sagt Max ruhig. »Weil Romeo und Julia sich weniger als vier Tage kannten und trotzdem als das berühmteste Liebespaar aller Zeiten gelten. Wie wär's, wenn du die Sache mal mit Hopes Augen betrachtest, Meerhexe?«

»Müsstest du nicht arbeiten?«, knurrt Mer zurück und blickt vielsagend auf ihre Uhr. »Also genau *jetzt*?«

Max grinst und gähnt ausgiebig. »Müsstest du nicht total platt sein von gestern Abend, als du die Paparazzi mit Schuhen beworfen hast, wenn man Seite sechs glauben will?«

»Es stand auf Seite sieben.«

»Oh, du lässt nach.«

Ich blinzle dreimal zur Decke hoch.

Dann setze ich mich ruckartig auf. »Max, du hast recht! Das ist es.«

»Was ist was? Was habe ich denn gesagt? Und natürlich habe ich recht, egal womit.«

»Dass man die Sache mal mit meinen Augen sehen soll.«

Ich betrachte die Poster an meinen Wänden: das mit dem Kuss, das, auf dem die Liebenden tanzen, und auch das, wo die Heldin bewusstlos durch die Flammen getragen wird. Ich betrachte meine roten Samtvorhänge und die Handschuhe und das Schwert und die Aufnahmeklappe. Vor mir sehe ich ein ganzes Jahrhundert romantischer Filme.

Das ist ein Test.

Ich habe mich so darauf konzentriert, die männliche Hauptrolle zu casten, dass ich vergessen habe, selbst für die Rolle der Heldin vorzusprechen. Das Universum möchte herausfinden, was in mir steckt und ob ich bereit bin, für das zu kämpfen, was mir wichtig ist. Ob ich stark genug bin und mir selbst treu bleiben kann.

Denn ich bin *Hope Valentine.*

Ich bin eine zukünftige Legende, und ich lasse mich von nichts unterkriegen: nicht von der Entfernung, nicht vom Schicksal oder von den Umständen, nicht von der Liebe oder dem Liebeskummer und schon gar nicht von mir selbst.

Die Frage ist doch: Was für eine Schauspielerin bin ich?

Die Antwort lautet: eine *vielseitige.*

»Es ist noch nicht vorbei!« Ich springe vom Bett hoch und breite die Arme aus. »Ich weiß, vor ein paar Minuten habe ich noch gesagt, es ist aus, aber das war ein Fehler im Skript. Es ist nur eine unerwartete Wendung in der Handlung, und natürlich werde ich sie meistern, denn ich bin eine Professionalistin.«

Meine Geschwister schauen mich mit großen Augen an.

»Jamie liebt mich«, erkläre ich ihnen glücklich. »Das hat er mir selbst gesagt. Und Liebe triumphiert am Ende, das wissen wir ja. Sie hört nicht auf, nur weil ein bisschen Wasser oder ein paar Meilen zwischen den Liebenden liegen.«

Max hustet. »Deine Vorstellung von der Größe des Atlantischen Ozeans beunruhigt mich, Pudel. Du planst doch hoffentlich nicht, aus Müslischachteln ein Floß zu bauen?«

Ich renne zum Fenster.

Das ist das *klassische* Szenario einer Romanze – wieso ist mir das nicht sofort aufgefallen? Wir werden einen Weg finden. Unsere Trennung ist das unausweichliche Hindernis, das wir aus Gründen der Spannung überwinden müssen. Die Sonne scheint immer noch warm, die Blumen blühen, das Gras ist grün, und das Leben hält noch viele Happy Ends bereit.

»Es ist eine Doggy-dog-Welt«, rufe ich dem Garten zu. »Was uns daran erinnern soll, dass es immer Hunde gibt, egal wie mies die Lage ist. Wenn du die Liebe hast, kämpfst du für sie. Du vertraust ihr. Du findest einen Weg.«

»Hope …«, sagt Faith leise hinter mir.

»Das ist der springende Punkt.« Ich drehe mich zu ihnen um. »Hoffnung gibt es immer. Ich bin Hope. Ich bin die Hoffnung in Person.«

Kann sein, dass ich es zwischendurch einmal vergessen habe, aber jetzt erinnere ich mich wieder. Hoffnung – dafür stehe ich. Sie ist tief in mir drin, war sie schon immer.

»Keine Sorge, Leute.« Ich lasse mich aufs Bett fallen und forme mit den Händen ein Rechteck. »Wir schlagen eine andere Richtung ein. Der Vorhang geht auf, die Kamera läuft. Alles wird wunderbar.«

25

♋ Krebs 22. Juni – 22. Juli

Eine Tripel-Konjunktion von Sonne, Venus und Pluto legt nahe, dass es Zeit für eine Entscheidung ist, die einen lang gehegten Wunsch Wirklichkeit werden lässt. Wage den Sprung und mache es offiziell.

MITTWOCHMORGEN: HOPE sitzt auf dem Rücksitz eines großen silbernen Autos und fährt eine kurvige Straße entlang, vorbei an grünen Wiesen. Sie hat Kopfhörer in den Ohren und schaut auf ihrem Handy ein Video an.

Die Kamera zoomt auf das Display. JAMIE und HOPE liegen auf dem Rasen im Park, ihr Kopf ruht auf seiner Brust. JAMIE blickt direkt in die Kamera, dann gibt er HOPE einen Kuss auf die Nase. Er verharrt einige Sekunden.

HOPE (stupst ihn und lacht) Es ist ein Video.
JAMIE Mein Fehler.

Er grinst und winkt.

JAMIE (Forts.) Hey – mein erstes großes Interview!
HOPE (hält die Hand hoch, als hätte sie ein Mikrophon) Jamie Day, erzähl uns doch, wie dir das Käsefestival in der großartigen Hauptstadt dieses Landes gefällt.

JAMIE Es ist phantastisch. Aber das liegt an dem Star, der mich begleitet. Gibt es etwas Tolleres als dieses Mädchen? Schaut euch nur dieses GESICHT an!

HOPE strahlt ihn an, ihre Bewunderung steht ihr wie Untertitel ins Gesicht geschrieben.

HOPE Heißt das, es gefällt dir?
JAMIE (sieht sie an) Nein. Das heißt, ich liebe es.

Entzückt schiebe ich den Videoregler zum sechzigmillionstenmal zurück.

JAMIE Gibt es etwas Tolleres als dieses Mädchen? Schaut euch nur dieses GESICHT an!

Dann wieder vorwärts.

JAMIE Nein. Das heißt, ich liebe es.

Und wieder zurück.

JAMIE ... ich liebe es.

Zurück.

JAMIE ... ich liebe ... liebe ... liebe

»Das ist keine sinnvolle Nutzung unserer ohnehin sehr beschränkten Zeit«, sagt Grandma, die neben mir sitzt. »Leg dieses Mobilgerät weg, Hope. Wann lernst du endlich, dich in Gesellschaft angemessen zu verhalten?«

Ich blicke hoch, immer noch übers ganze Gesicht strahlend.

Das Video hilft mir, wenn ich einen Gute-Laune-Schub nötig habe. Ich schaue es jeden Tag an, ebenso die Fotos von Jamie und mir. Die schönsten habe ich ausgedruckt und neben meinem Bett an die Wand gepinnt. Jamie hat schon ein paarmal geschrieben – natürlich vergeht er vor Sehnsucht nach mir –, und auch das hat geholfen.

Der unerwartete Besuch von Großmutter und Genevieve, beide in voller Kampfausrüstung, hat meinen Plan, ein zweites kleines Video für ihn aufzunehmen, zunichtegemacht und führte schließlich dazu, dass Eff und ich folgsam zu ihr ins Auto einstiegen. Eigentlich sollten wir zu viert sein, aber Mer und Max ist es gelungen, sich bis zur Abfahrt im Waschraum zu verstecken.

»Ich schaue mir einen Kurzfilm an, den ich letzte Woche gedreht habe«, erkläre ich meiner Großmutter gut gelaunt und halte mein Handy hoch. »Ich übe schon für meine Zukunft.«

»Valentines *machen* keine Filme, mein Schatz.« Ihre Augen verengen sich. »Valentines *sind* die Filme.«

Ich blicke zu Effie. Sie bläht ihre Nasenflügel und wackelt mit den Ohren. Kichernd schaue ich wieder auf mein Handy.

Nach reiflicher Überlegung habe ich mein absolutes Lieblingsfoto von Jamie und mir gefunden. Wir sind am Trafalgar Square und schmiegen uns unter einem Red-Bus-Regenschirm aneinander. Wir lachen, weil ich gerade eine witzige Bemerkung gemacht habe, aber unsere Augen sind geschlossen.

Ich habe das Bild gleich als meinen neuen Screensaver eingestellt, das versteht sich ja von selbst. Wobei ich mit dem Gedanken spiele, es durch ein Foto zu ersetzen, auf dem wir uns am Covent Garden küssen. Oder durch das Bild, auf dem Jamie so niedlich die Zunge rausstreckt. Oder …

»Leg. Es. Weg.« Grandma klopft dreimal mit ihrem Stock neben meinen Fuß. »Und sitz aufrecht, Hope. Ich erwarte ungeteilte Aufmerksamkeit, und zwar von euch beiden. Diese lächerliche Situation muss ein Ende haben. Eure Mutter verkriecht sich hier und lässt euch zu Hause alleine, aber damit ist jetzt Schluss.«

Die Limousine rollt langsam aus und kommt vor den mittlerweile nur allzu vertrauten elektrischen Toren zum Stehen. Ich blicke Faith überrascht an. Sie macht ein *Keine-Ahnung*-Gesicht. Ich war so mit meinem Handy beschäftigt, dass ich gar nicht bemerkt habe, wohin wir gefahren sind.

Aber … es ist doch gar nicht Sonntag.

»Wagen Sie es nicht, nach meinem Ausweis zu fragen«, blafft meine Großmutter, als das getönte Fenster herunterfährt und der Mann von der Security den Mund aufmacht. »Ich bin Dame Sylvia Valentine, und Sie sind nicht Spanien höchstpersönlich.«

Die Tore der Rehaklinik öffnen sich, als hätten sie nur auf diesen Befehl gewartet.

Wir parken direkt vor der Rezeption. Grandma steigt aus, noch ehe der Fahrer die Chance hat, die Tür für sie aufzuhalten. »Ich habe keine Zeit für *Laissez-faire*«, erklärt sie ihm. »Warten Sie bitte im Wagen, Genevieve. Das ist eine private Angelegenheit. Ich möchte sicherstellen, dass hier keine Medienleute lauern. Mädchen, kommt mit.«

Faith und ich steigen eilig aus und werfen uns immer noch gegenseitig verblüffte Blicke zu, während Großmutter bereits mit ihrem Gehstock gegen die Cottagetür hämmert.

Die Tür schwingt geräuschlos auf. »Guten Mor–«

»Das ist er ganz sicher nicht. Ein guter Morgen wäre es, wenn ich einen frisch gepressten Orangensaft trinken und in aller Ruhe über ein Skript zu Henry James nachsinnen könnte, statt eine Einrichtung aufsuchen zu müssen, die all jene ausbeutet, die verzweifelt genug sind, sich auf ihre Versprechungen einzulassen.«

Die Rezeptionistin blinzelt. »Entschuldigen Sie, falls ich –«

»Entschuldigen Sie sich nicht bei mir.« Grandma marschiert schnurstracks an ihr vorbei. Faith und ich huschen lautlos hinterher. »Wie Sie unschwer erkennen können, bin ich sehr wohl Herrin meiner eigenen Entscheidungen. Ich bin nicht diejenige, die sich schamlos ausnehmen lässt.« Sie schlägt mit ihrem Stock gegen Mums Tür. »Juliet? Hier ist deine Mutter. Mach auf.«

Sie wartet, während Effie und ich uns entsetzt anstarren.

Schließlich geht die Tür mit einem leisen Quietschen langsam auf.

»Mutter? Was machst du –«

»Ich bin hier, um diesen Unsinn zu beenden.« Grandma schwebt hinein und nimmt, mit beiden Händen auf den Gehstock gestützt, auf der Chaiselongue Platz. »Es reicht. Du bist immer noch eine Mutter, Juliet. Diese Rolle kannst du nicht einfach an die zweite Besetzung abgeben, wenn es dir zu viel wird.«

Mum blinzelt. Sie sieht blass und abwesend aus.

Entschlossen hebt sie das Kinn und blickt aus dem Fenster. »Ich gönne mir eine dringend nötige Auszeit, Mutter. Die Arbeit in den vergangenen zwei Jahren hat mir alles abverlangt. Mein letzter Film hat mich viel Kraft gekostet. Ich weiß also nicht, was du von mir willst.«

»O doch, das weißt du. Du wirst mit uns nach Hause fahren. Jetzt sofort. Deine kleine Inszenierung hier ist beendet.«

Mein Handy summt. Verstohlen drehe ich mich zur Seite – dass Effie und ich auch da sind, scheint ohnehin niemand bemerkt zu haben – und ziehe mein Handy aus dem Ärmel.

Ich vermisse dich :(xxx

Mein Herz fängt an zu hüpfen, ein beschwingtes Piano-Solo setzt ein: *Jamie da-da-da, Jamie da-da-da, Jamie –*

Nach einem raschen Blick über die Schulter schreibe ich:

Ich vermisse dich auch. Aber es wird alles gut, das weiß ich. xxx

Ich drehe mich wieder um.

»Juliet –«

»Mein Tagesplan steht fest«, sagt Mum gedankenverloren. »Ich habe heute Abend einen Termin beim Chiropraktiker, er vollbringt wahre Wunder für meinen Rücken. All diese langen, anstrengenden Nächte am Set … da können nur professionelle Hände Abhilfe schaffen …«

»Juliet.«

»Und dann ist da noch die Musiktherapie. Ich habe einen Kurs angefangen, der sich als sehr –«

»JULIET. SCHLUSS DAMIT.«

Man kann über Dame Sylvia Valentine sagen, was man will, aber sie weiß, wie man sich Gehör verschafft.

Grandma steht langsam auf.

»Mein Liebes, niemand hat behauptet, dass es leicht sein würde. Weiß Gott, es ist vielleicht das Schwerste im Leben. Aber du musst *Stärke* beweisen. Wenn schon nicht für dich, dann für –«

Schon wieder mein Handy. Ich gehe hinter einer riesigen Vase mit weißen Blumen in Deckung und klicke auf den Button.

Ich wünschte, du wärst hier in L.A. bei mir. xxx

Ich küsse mein Handy. Dann … *Moment mal* … Ich spähe hinter der Vase hervor. Grandma hält einen Monolog, ich habe also noch Zeit. Mit fliegenden Fingern rufe ich die Horoskop-App auf und lese mein Tageshoroskop noch einmal aufmerksam durch.

Triple-Konjunktion, blabla, Entscheidung, blabla, lang gehegter Wunsch in Erfüllung.

Wage den Sprung und mache es offiziell!

Effie neigt fragend den Kopf. Ich strecke einen Finger hoch. Dann klicke ich spontan auf die Sprachnachricht, die Dad mir irgendwann letzte Woche auf den Anrufbeantworter gesprochen hat. Ich habe sie nicht abgehört, weil ich damit beschäftigt war, meinen Seelenverwandten zu finden und ihn wieder zu verlieren. Es war eine anstrengende Woche.

»Hallo, mein Liebling.« Dad klingt, als wäre er sehr in Eile. »Ich habe versucht, dich zu erreichen. Anscheinend verpassen wir uns immer wieder. Ruf an, wenn du kannst.« Jemand im Hintergrund fragt ihn etwas. »Sag ihm, entweder er nimmt den Scheck oder er kann gehen. Ich habe keine Zeit für diesen Bull– sorry, Pu. L.A. ist der reine Wahnsinn. Ich muss los. Liebe dich.«

Stirnrunzelnd hole ich mir Jamies letzte Nachricht her.

Ich wünschte, du wärst hier in L.A. bei mir. xxx

»Ich muss mir das nicht anhören«, sagt Mum gerade und blickt stur aus dem Fenster. »In zwanzig Minuten beginnt meine Shiatsu-Massage. Ich habe Verspannungsknoten im Nacken, und du machst alles nur noch schlimmer.«

Grandma presst die Lippen zusammen.

»Wenn dich meine Argumente nicht überzeugen, Juliet, dann denk doch bitte an deine Karriere und an den Ruf der Valentines, der ohnehin schon schwer gelitten hat. Und wenn dir selbst *das* nichts mehr bedeutet, dann bedenke, dass ich nicht länger gewillt bin, dein Verhalten zu *unterstützen*.«

»Wie du meinst«, faucht Mum, ohne sich umzudrehen. »Dann lass es eben.«

Ich sehe Faith an, die mit rotem Gesicht und großen Augen den Streit verfolgt, und dann Grandma, ganz Stahl und Feuer. Zuletzt fällt mein Blick auf Mum, auf ihren schmalen, zierlichen Rücken – zerbrechlich, blass, ein Bild des Jammers.

So kann es nicht weitergehen. Weder Massagen noch Akupunktur, weder Yoga noch Augenbewegungsdesensibilisierung zeigen Wirkung, obwohl alle das Gegenteil behauptet haben. Inzwischen sind vierzehn Wochen vergangen, und nichts hat sich getan.

Mum bekommt nicht das, was sie braucht, weil der Mann, den sie liebt und der seit mehr als zwanzig Jahren ihr Partner in der Verfilmung ihres Lebens ist, nicht bei ihr sein kann. Sie braucht *Liebe*. Und je länger die vorübergehende Trennung andauert, desto schlimmer wird es.

Mum besitzt nicht die unerschütterliche Hoffnung, mit der ich auf die Welt gekommen bin.

Sie hat nicht die Kraft.

»Alles wird gut«, höre ich mich sagen. Ich renne zu ihr und schlinge die Arme um ihre Taille. »Ich werde dafür sorgen, dass es dir wieder besser geht, Mum. Hab nur noch ein bisschen Geduld. Ich bringe alles wieder in Ordnung.«

Mum blinzelt, dann legt sie mir ihre blasse Hand auf den Kopf und küsst sanft mein Haar. »Das kannst du nicht, meine Kleine.«

Sie strafft die Schultern und löst sich aus meiner Umarmung, um wieder ihren Platz am Fenster einzunehmen.

»Ich habe mich sehr über euren Besuch gefreut«, verkündet sie, nachdem sie sich geräuspert hat. »Leider habe ich in wenigen Minuten Akupunktur, und es ist zu spät, um den Termin jetzt noch abzusagen. Es wäre schrecklich unhöflich, das versteht ihr doch sicher.«

Grandmas Gesicht nimmt eine dunkelrote Färbung an. Wortlos verlässt sie das Zimmer. Ihr Gehstock gibt den Takt an, als sie unüberhörbar den Gang entlangmarschiert.

»Wir sehen uns am Sonntag«, haucht Faith und gibt Mum, die mit versteinerter Miene dasteht, einen Kuss auf die Wange. Sie sieht mich mit großen, schmerzerfüllten Augen an und geht hinaus. Einige Sekunden lang betrachte ich schweigend Mums angespannten Rücken.

Dann treffe ich eine Entscheidung.

»Bis bald«, flüstere ich, denn jetzt weiß ich, was ich tun muss. Für sie und auch für mich.

Ich habe genug Hoffnung für uns beide.

26

»Hey, hier Michael Rivers. Falls Ihr Anruf beruflich ist, versuchen Sie es bitte bei meinem Agenten von First Films. Falls nicht, sprechen Sie nach dem Piepston.«

Pieps.

»Hey, hier Michael Rivers. Falls Ihr Anruf beruflich ist, versuchen Sie es bitte bei meinem Agenten von First Films. Falls nicht, sprechen Sie –«

»Hey, hier Michael Rivers. Falls Ihr Anruf beruflich ist, versuchen Sie es bitte bei meinem Agenten –«

»Hey, hier Michael Rivers. Falls Ihr –«

»Hey, hier Mi–«

»Hey, hier –«

»Hey –«

»Hallo? Hallo? *Hope*?«

Ich zögere … Moment mal. »Dad? Bist du das?«

»Ja, natürlich, wer denn sonst, mein Schatz? Du hast gerade achtmal hintereinander angerufen. Was ist los? Geht es dir gut? Ist etwas passiert? Alles in Ordnung mit dir? Mit deinen Schwestern, deinem Bruder –«

Wow, Eltern können manchmal so dramatisch sein.

»Nein, nein«, sage ich schnell. »Alles bestens. Ich wollte nur mit dir reden, Dad.«

Am anderen Ende herrscht Stille.

»Hope«, sagt Dad mit sehr ruhiger Stimme. »Baby, ich liebe dich sehr, aber ich habe gerade einen Dreh abgebrochen, um deinen Anruf entgegenzunehmen. Ich habe den Schauspieler mitten in der Szene abgewürgt. Weißt du, was das kostet?«

»Oooh.« Ich denke ein paar Sekunden nach. »Hundert Pfund? Nein, du bist ja in Amerika. Dreihundert Dollar. Pro Sekunde oder pro Minute? Wie lange reden wir schon? Warte, ich schalte die Stoppuhr ein.«

Dad lacht. »Es ist auf alle Fälle sehr viel Geld, Pu. Wenn es also nicht dringend ist, und damit meine ich *wirklich* dringend, würdest du dann in Zukunft bitte eine Nachricht auf den Anrufbeantworter sprechen, damit ich dich zurückrufen kann, okay?«

»Okay.« Ich nicke zufrieden. »Das klingt vernünftig.«

Gedankenverloren schaue ich mich in meinem Zimmer um.

Nachdem Grandma uns zu Hause abgesetzt hat – immer noch schäumend vor Wut –, ist Effie sofort verschwunden, um Noah zu treffen, und ich bin nach oben gerannt, habe mich in Dads Regiestuhl gesetzt und die Nummer gewählt.

Mehrmals.

Achtmal, um genau zu sein.

Jetzt ist nicht die Zeit für vornehme Zurückhaltung, wie man sie sonst von mir kennt.

»Dir ist schon klar, dass ich die ganze Woche versucht habe, dich zu erreichen?«, sagt Dad mit seiner warmen, tiefen Stimme. »Was macht der Unterricht, Kleines? Lernst du fleißig? Und wie geht es deinen Geschwistern? Benehmen sie sich?«

»Ähm …« *Ich habe meinen Lehrer davongejagt, Max schwänzt die Arbeit, und Mercy füllt sämtliche Klatschspalten.* »Faith ist perfekt wie immer.«

»Natürlich ist sie das. Und Mer? Geht es ihr gut? Ihr passt alle auf sie auf, oder?«

Die Berichterstattung der britischen Regenbogenpresse ist offensichtlich noch nicht bis Amerika durchgedrungen. Wenn überhaupt, dann sollte man lieber auf diejenigen aufpassen, die Mercy sich als Zielscheibe aussucht. »Hmmm-hmmm.«

»Und deine Mom? Wie geht es ihr?«

Triumphierend zwinkere ich dem Tanzpaar auf meinem Poster zu. »Es geht ihr sicher bald wieder besser, Dad. Mach dir keine Sorgen. Sie ist nur sehr müde. Und sie braucht dich. Wann bist du endlich mit dem blöden Film fertig?«

»Hope.« Eine lange Pause tritt ein. »Es wird noch etwas dauern, mein Liebling. Das Ganze ist schwieriger als gedacht. Das Budget ist völlig außer Kontrolle geraten, meine Hauptdarstellerin ist der reinste Albtraum … Ich werde am Set gebraucht, tut mir leid.«

Ich nicke. Genau wie erwartet.

Zeit, die Rolle zu wechseln. Es ist weder Manipulation noch Lüge, denn ich bin Künstlerin. Ich schmücke die Wahrheit mit kreativen Einfällen aus.

»Mike!«, brüllt jemand im Hintergrund. *»Du wirst hier dringend gebraucht! Wenn du nicht bald kommst, nimmt sich Du-weißt-schon-wer eine gemütliche Auszeit!«*

»Hope«, sagt Dad schnell. »Sei nicht enttäuscht, aber ich muss jetzt wirklich ge–«

Ich hole tief Luft und konzentriere mich ganz darauf, mit bebender Stimme zu sprechen. Tränen sind unnötig, er kann mich ja nicht sehen.

»Ich *vermisse* dich so sehr.«

»Ich vermisse dich auch, Baby, aber –«

»*Bitte*, Daddy.« Ein bisschen mehr Zittern in die Stimme. *Bitte, komm nach Hause.*«

»*Michael, wo bleibst du denn?*«

»Bin gleich da!«, ruft Dad. »Reg dich ab!« Dann sagt er geduldig: »Pu. Hör mal, ich bin bis über beide Ohren mit Arbeit eingedeckt. Aber egal, wo ich bin, dort ist auch *dein* Zuhause, okay? Wenn du deine Prüfungen hinter dich gebracht hast und die Lage sich wieder etwas entspannt hat, dann –«

Jackpot.

»Großartig«, sage ich begeistert und ohne jedes Zittern in der Stimme. »Dann komme ich jetzt.«

»Was?«

»Jetzt sofort. Ich möchte dich besuchen. Heute noch.«

»Was?«

»Mein Besuch. Ich nehme dein freundliches Angebot an. Und zwar jetzt. Die Zeitdifferenz eingerechnet, kann ich praktisch gestern bei dir sein. Allerdings muss ich mich beeilen, damit ich es bis morgen schaffe.«

Zugegeben, mit internationalen Zeitzonen kenne ich mich nicht so gut aus.

»Hope«, sagt Dad zögernd. »Ich meinte damit nicht, dass –«

»Du hast gesagt, dein Zuhause ist auch mein Zuhause. Also komme ich zu dir. Pech gehabt. Außerdem habe ich gerade Ferien, das passt hervorragend. Sonst habe ich viel zu viel freie Zeit. Das geht ja sonst affentum weiter.«

»Wie bitte?«

»Affentum. Wenn alles endlos weiterläuft und nie aufhört. Wie eine ganz Nacht lang Mathe lernen oder so. Keine Ahnung, wer sich dieses Wort ausgedacht hat, aber ich schätze, die Leute haben früher so geredet.«

Er lacht dröhnend. »Du meinst *ad infinitum*. Das ist Lateinisch und bedeutet *bis ins Unendliche*. Was um alles in der Welt bringt Mr. Gilbert dir eigentlich bei?«

Seit gestern nichts mehr. »Tja, Latein kann ich natürlich nicht. Ich war ja noch nie in Italien.«

»In Italien spricht man *italienisch*.«

»Italienisch, Latein, olé, olé.«

»Hope«, sagt Dad, als er zu glucksen aufgehört hat. »Kleines, hier ist es todlangweilig für dich. Hier gibt es nichts, was einen Teenager interessieren könnte. Es ist L.A. Du darfst noch nicht selbst mit dem Auto fahren, also steckst du mitten im Niemandsland fest, ohne Freunde, ohne irgendetwas zu tun.«

»Genau das Richtige für mich«, zirpe ich. »Schickst du mir das Flugticket? In etwa einer halben Stunde, okay? Ich bin superaufgeregt, ich kann es kaum erwarten.«

»Hope –«

»Du bist der Beste. Danke, Dad.«

»Hope.«

»Gute Frage, danke. Ich denke, ein Nachtflug wäre am besten. Dann könnte ich mich unterwegs noch etwas ausruhen.«

Einen Augenblick lang herrscht Stille, dann atmet Dad tief aus.

»Also gut. Du hast gewonnen. Ich maile dir die Einzelheiten, sobald ich den Flug gebucht habe.«

»Privatjet oder Erster Klasse?«

Dad lacht. »Überspann den Bogen nicht. Du hast dein Glück bereits überstrapaziert, mein Kind.«

Nachdem er aufgelegt hat, strecke ich mich genüsslich.

Das ist das Tolle daran, eine erstklassige Schauspielerin zu sein: Man kann von einer Sekunde zur anderen sein Talent zum Einsatz bringen.

Wenn Dad nicht zu Mum kommt, muss ich eben nach Los Angeles fliegen und ihn herbringen. Wir werden Mum aus der Reha abholen und der Klatschpresse beweisen, dass sie nur Lügen verbreitet. Dann wird alles wieder so sein wie früher.

In der Zwischenzeit werde ich Jamie zeigen, dass ich total Jetset sein kann. Mal eben kurz einen Langstreckenflug, und *zack!*, bin ich da.

Wenn er erst einmal begriffen hat, wie wenige Meilen uns trennen und wie viel wir einander bedeuten, hat er keine andere Wahl, als mich zu seiner offiziellen Freundin zu machen. Unsere Liebe wird triumphieren, denn so ist das immer. Ich muss lediglich meinen Sternen folgen und den Sprung wagen.

Damit schlage ich zwei Vögel mit einer Fliegenklatsche und so weiter.

Auf diese Weise bekommen wir schließlich alle noch unser Happy End.

Überglücklich schreibe ich:

Ich wünschte, ich wäre bei dir. :) xxx

Dann drücke ich auf SENDEN und nehme einen Stift.

Effie, wir haben eine Dreier-Konjunktion von Sonne, Venus und Pluto, daher bin ich nach L. A. geflogen, um Dad und Jamie zu besuchen. Pass auf Mum auf, und lass Mercy nicht in mein Zimmer, solange ich weg bin - ICH MERKE ES SOFORT!
Hab dich lieb, Pu xxx

Ich schiebe den Zettel unter ihrer Tür hindurch.

Dann kehre ich in mein Zimmer zurück und lasse mich mit einem zufriedenen Grinsen in den Regiestuhl fallen. Eines darf man wohl sagen: Ich bin meinem Schicksal gefolgt, habe Hindernisse überwunden und meine Erzählung bestens im Griff. Jetzt kann ich die Herausforderung annehmen und – mit Hilfe von Dads Kreditkarte – zu der Heldin werden, auf die alle gewartet haben.

Hollywood, ich komme.

27

HOPE schlendert durch die Ankunftshalle des LAX Airport. Obwohl sie gerade einen elfeinhalbstündigen Flug hinter sich hat, sieht sie beneidenswert frisch und ausgeruht aus.

JAMIE steht an der Absperrung. Er hält Blumen in der Hand. Er ist nervös, aber auch voller Vorfreude.

Als HOPE ihn entdeckt, hellt ihre Miene sich auf. Sie lässt ihren kleinen, aber raffiniert gepackten Koffer stehen, rennt auf Jamie zu und wirft sich in seine geöffneten Arme.

JAMIE wirbelt HOPE im Kreis herum und lacht.

HOPE Was machst du hier? Ich dachte, ich würde dich erst morgen sehen.
JAMIE Als würde ich auch nur eine Sekunde mit dir verpassen wollen.
HOPE (lacht und legt die Hände über seine Augen) So zum Beispiel?
JAMIE Nein, keine einzige Sekunde.

Sie KÜSSEN sich.

Moment, das geht noch besser.

Klappe, die zweite:

HOPE zieht einen vollgepackten Koffer durch die Ankunftshalle von LAX. Trotz der langen Reise sieht sie umwerfend gut aus. Plötzlich hört sie laute RUFE.

SECURITY 1 Wo bist du ... was machst du ... HALTET DEN JUNGEN FEST!
SECURITY 2 Das ist ein Verstoß gegen die Bestimmungen! Sir, Sie dürfen diese Linie nicht überqueren! So lauten die offiziellen Regeln auf unseren amerikanischen Airports!

(Geräusche, die einen Aufruhr andeuten)

JAMIE Hope! Hope! Wo bist du, Hope?
HOPE (schockiert) Jamie? Bist du das?

JAMIE springt über eine Barriere hinweg, hechtet durch die elektronische Sicherheitskontrolle, schlittert um einen Wachmann herum und läuft mit ausgebreiteten Armen auf HOPE zu. ER PACKT SIE UND WIRBELT SIE IM KREIS HERUM.

JAMIE Ich konnte keine Sekunde länger warten, ich musste endlich meine wunderschöne Freundin sehen.
HOPE (erstaunt) Deine ... Freundin?
JAMIE (lächelt) Dachtest du wirklich, ich könnte dich gehen lassen?
SECURITY 1 Oooh, wir wären Monster, wenn wir diesen unvergesslichen Moment zerstören würden.

SECURITY 2 (wehmütig) Ich kann mich noch gut daran erinnern, als ich jung und verliebt war ...

Okay, das ist zum *Dahinschmelzen.*

Vielleicht kann ich den zweiten Wachmann zu einer wichtigen Nebenrolle machen und ihm eine Hintergrundgeschichte geben, zum Beispiel eine schmerzhafte Scheidung. Er hat den Glauben an die Liebe verloren, aber als er uns beide zusammen sieht, wird er wieder –

Ein lautes Krachen ist zu hören.

Der Mann vom Gepäckservice mit der kleinen schwarzen Kappe auf dem Kopf müht sich mit dem Trolley ab, auf dem sich fünf riesige Koffer, eine Laptoptasche, ein Make-up-Köfferchen sowie mehrere kleine Taschen für Schuhe und diverse Sonnenbrillen stapeln. Ich hatte für die Zusammenstellung von Kleidung und Requisiten nur einen Abend Zeit, daher habe ich alles, was mir zwischen die Finger kam, eingepackt und mir ein Upgrade für die Erste Klasse gegönnt, damit ich das gesamte Gepäck mitnehmen durfte.

Ein Film steht und fällt mit dem Styling, das weiß jeder.

»Ups«, sage ich und helfe dem Gepäckmann, die herabgefallenen Taschen aufzuheben. »Es ist gar nicht so leicht, das Richtige für eine einzigartige Romanze einzupacken, finden Sie nicht auch?«

Auch eine dicke neonfarbene Steppjacke ist vom Kofferberg gerutscht.

»Skiausrüstung«, erkläre ich fröhlich. »Und Stiefel. Falls eine Szene im Chalet vorgesehen ist, wissen Sie?«

Gut gelaunt hüpfe ich neben dem Trolley her.

Jamie weiß noch nicht, dass ich komme. Ich habe sämtliche Optionen durchgespielt, umgeschrieben und wieder gestrichen, bis ich begriffen habe, dass die romantischsten Gesten immer die sind, mit denen man nicht rechnet.

Daher habe ich angefangen, ihm raffinierte Textnachrichten zu schicken wie diese:

> Es ist sehr regnerisch in London! Bin auf dem Weg zur ersten Unterrichtsstunde in London :(xx

Und

> Ich hasse es, in England festzusitzen und nirgendwo anders hinzukönnen. xx

Leider zerschlagen sich damit auch meine Airport-Phantasien, es sei denn, Jamie hält sich zufällig aus irgendeinem Grund genau zu dieser Zeit dort auf.

JAMIE (erstaunt) Bist du das, Hope? Ich stand gerade zufällig in der Ankunftshalle des Airports herum und dachte darüber nach, wie sehr ich meine Freundin vermisse –
HOPE Deine … Freundin?
JAMIE (lächelt) Was denn sonst? Ich könnte dich niemals aufgeben.

Ich habe roten Lippenstift aufgetragen, nur für den Fall.

»Hope?« Eine zierliche Frau an der Absperrung lächelt mich beinahe schüchtern an. »Bist du Hope? Ich bin Ruth.«

Ruth ist Dads Assistentin; sie hat mir gestern Abend die Einzelheiten zu meinem Flug gemailt. Außerdem habe ich eine extrem lange Mail von Dad bekommen, in der er mir praktischerweise seine Kreditkartennummer für den Notfall genannt hat. Natürlich habe ich sie sofort benutzt.

»Hallo«, sage ich und strecke die Hand aus. »Ich bin Hope Valentine. Danke, dass Sie so kurzfristig alles für mich geregelt haben, Ruth. Das war vermutlich ein bisschen so, als würde man die Panda-Büchse öffnen, die einem nichts als Probleme bereitet.«

Ruth lacht und schüttelt meine Hand. »Ein bisschen, aber es hat ja alles gut geklappt. Ich hatte ganz vergessen, dass man in England Hände schüttelt. Und, wie mache ich mich?«

»Perfekt!« Ich fürchte, sie hat mir gerade die Finger zerquetscht. »Sie sind ein Naturtalent.«

Sie hat rosige, runde Wangen und trägt eine Brille. Ich mag sie schon jetzt.

»Dann schreibe ich das ab sofort in meinen Lebenslauf«, erwidert Ruth lächelnd. Sie reicht dem Gepäckmann zwanzig Dollar. »Ich übernehme jetzt. Danke für Ihre Hilfe.« Sie schiebt mit dem Finger die Brille hoch und manövriert unter Einsatz aller Kräfte den überladenen Trolley durch die Ausgangstür. »Hope, ich habe schon *so* viel von dir gehört. Dein Vater spricht nonstop von dir.«

Ich strahle sie an. »Tatsächlich? Sogar am Set?«

»Natürlich! Ich freue mich sehr, dass du da bist. Dein Vater arbeitet viel zu viel, vielleicht macht er wenigstens jetzt eine kleine Pause.«

»Ja, genau!« Unterwegs habe ich alles genau geplant. Ich schätze, Ende der Woche habe ich ihn so weit, dass er nach Hause fliegt und alles wieder in Ordnung bringt. Allerhöchstens zehn Tage, mehr werde ich nicht brauchen. »Und was genau machen Sie, Ruth?«

Wir treten ins Freie, wo uns dicke, warme Luft entgegenschlägt. Ich halte mein Gesicht in die kalifornische Sonne und schäume fast über vor Glück.

»Na ja.« Ruth schiebt den Trolley über die Straße. »Du weißt ja, wie das ist, Hope. Ich höre hauptsächlich anderen Menschen beim Reden zu und schreibe alles auf.«

»Waren Sie in Dads Studio? Haben Sie beim Dreh zugesehen? Sind Sie großen Stars begegnet? Was haben die gesagt? Haben sie irgendwann erwähnt, dass sie eine Zweitbesetzung brauchen, vielleicht so in vier, fünf Jahren?«

Bis dahin dürfte ich meine Schauspielausbildung abgeschlossen haben.

»Nein, in die Studios gehe ich nicht.« Ruth lacht. »Und was die Stars sagen, darf ich dir nicht verraten. Das ist streng geheim.«

Ich nicke. Eine erstklassige Assistentin, ganz klar. Dann werde ich also irgendwann einmal jeden Morgen vor den Toren warten und Kaffee verteilen, den niemand bestellt hat, und dabei Skripts aus Handtaschen fischen, um die perfekte Rolle für mich zu finden.

»Was hast du für Pläne?« Ruth sieht mich von der Seite an. »Dein Vater sagte mir, dass du zum ersten Mal in Los Angeles bist. Gibt es etwas, das du anschauen möchtest? Etwas, das auf deiner Wunschliste steht?«

Mit einem heimlichen Lächeln schalte ich mein Handy ein. Innerhalb von Sekunden piepst es, und ein Video von Jamie ploppt auf. Er winkt in die Kamera und sieht in seinem Sportdress zum Anbeißen aus.

Plötzlich ist mir ganz warm. Er ist einfach *anbetungswürdig*.

»Mmm?«, murmle ich und stecke zufrieden mein Handy in die Tasche zurück. »Oh, ich habe mir schon das eine oder andere überlegt, ja.«

»Darf dein alter Papa trotzdem noch auf eine dicke Umarmung hoffen?«, höre ich eine tiefe Stimme hinter mir. »Oder ist dein Terminkalender zu voll?«

Das Glück kribbelt und knistert in mir.

»Dad!« Ich wirble herum und hüpfe, so hoch ich kann, schaffe es aber gerade mal, die Arme um seine Schultern zu legen. Ich habe ganz vergessen, wie groß er ist. *»Du bist da, du bist da, du bist da –«*

Mein Vater lacht sein lautes, dröhnendes Lachen.

»Baby, wo sollte ich denn sonst sein?«

28

Endlich bin ich da, wo ich hingehöre.

In Richmond bin ich aufgewachsen, aber mein Herz gehört Los Angeles. Diese Stadt rinnt durch meine Adern, sie ist über Generationen an mich weitergegeben worden, sie ist der Ort meiner Zukunft. Untrennbar verwoben mit meinem Schicksal eröffnet sie mir den Weg für –

»Schau! Schau! Jemand Berühmtes!«

Ein knallrotes Sportauto mit zurückgeklapptem Verdeck fährt an uns vorbei. Der Fahrer trägt eine verspiegelte Sonnenbrille. Seine silbernen Haare wehen im Wind, er hat einen tieforangen Teint und eine –

»Nope«, sagt Dad spöttisch, nachdem er einen Blick auf das Auto geworfen hat. »Tut mir leid, mein Schatz. Das ist ein Buchhalter oder ein Anwalt, vielleicht auch ein Restaurantbesitzer. Wir im Business fahren keine derart auffälligen Autos, das machen nur Angeber.«

Angesichts unseres enttäuschenden großen schwarzen Sedans kann ich nur nicken. Ein kleines bisschen mehr Show hier und da würde nicht schaden. Aber ich liebe es, wenn Dad einfach vom *Business* spricht. So als wäre Filmemachen der einzige Beruf auf der ganzen Welt. Grinsend stütze ich meine Füße am Armaturenbrett ab.

Auf den Straßen herrscht Chaos: sechs Fahrspuren für

wichtige, berühmte Leute, die ganz dringend zu wichtigen, berühmten Orten fahren müssen. Es piepst und hupt, die Autos beschleunigen und bremsen scharf ab, überall vibriert es vor Ungeduld. Alle fünf Minuten seufzt Dad: »Was hat dieser Idiot denn vor?«, und als ein blitzendes silbernes Auto vor uns einschert: »Nur weil du dich wie ein Arsch verhältst, geht es auch nicht schneller voran!«

Seit einer Stunde stecken wir in einer sich vorwärtsbewegenden Verkehrslawine.

Ich hatte Zeit, die neue Umgebung in Augenschein zu nehmen: flaches Land, wohin man schaut, gedrungene Gebäude, die sich unter breiten Straßen ducken, der violette Himmel, das glitzernde Meer in der Ferne und die staubigen Hügel zu beiden Seiten. Grüne Palmen säumen in langen Reihen die Straßen – stachlig, tropisch, wie in einem Film. Meine Aufregung wächst.

Die Zukunft liegt in Los Angeles, das *spüre* ich.

Hier haben die Valentines ihren Anfang genommen. Meine Urgroßmutter Pauline legte ihren ursprünglichen Namen Plumb ab, als sie in den 1910er Jahren ihre Heimat York verließ und mit dem Schiff in New York ankam. Sie hat unsere Dynastie begründet.

Wenn ich erst einmal mein Schauspieltalent in England unter Beweis gestellt habe, werde ich nach Amerika gehen und mit meinem britischen Charme die größten Blockbuster an Land ziehen.

Nur noch *drei Monate*, dann stehe ich am Beginn dieser Reise.

»Schatz«, sagt Dad, als wir schließlich den Verkehr hinter uns gelassen haben und über eine ruhige gewundene Bergstraße fahren. Inzwischen ist es stockdunkel, man sieht nur die Lichtkegel der Scheinwerfer, die über die Büsche am Straßenrand gleiten. »Ich fürchte, ich habe sehr viel zu tun. Ich werde mich bemühen, dich möglichst oft zu sehen. Ruth war so freundlich und hat ihre Hilfe angeboten, falls du in der Zwischenzeit etwas brauchst.«

Ich drehe mich zu seiner Sekretärin um. Sie hat die ganze Zeit so still auf der Rückbank gesessen, dass ich sie glatt vergessen habe.

»Danke, Ruth.«

»Gern geschehen«, erwidert sie freundlich und stupst schon wieder ihre Brille hoch. »Wenn du etwas brauchst, ich bin für dich da. Du sollst wunderschöne Ferien haben. Ich weiß noch, wie ich zum ersten Mal von zu Hause weg war – ein einziges großes Abenteuer.«

Dad grinst. »Aber nicht *zu* groß, okay?«

»Natürlich nicht«, erwidert Ruth. »Ein vernünftiges und angemessenes Maß an Abenteuer für eine Sechzehnjährige, die in den nächsten Tagen in meiner Obhut ist.«

Ich setze mich aufrecht hin und strecke die Brust vor.

»Fünfzehn«, korrigiert Dad sie prompt. »Hope wird erst in dreieinhalb Monaten sechzehn.«

Verdammt. Ich dachte, er hätte es vergessen.

Ruth zwinkert mir zu – »Natürlich, Mike« –, und ich zwinkere zurück. Ich *wusste*, dass ich mich mit den Insidern der Filmindustrie auf Anhieb verstehen würde.

Kurz darauf kommt das Auto zum Halten. Dad drückt auf einen Knopf. Ein großes schwarzes Metalltor in einer vier Meter hohen Hecke fängt an zu surren und schwingt langsam auf. Mein Vater fährt hindurch und parkt neben einem gelben Lamborghini, einer leuchtend roten Corvette und einem blauen Porsche.

Ich schaue Dad vielsagend an.

»Die gehören mir nicht«, erklärt mein Vater lachend. Er steigt aus und öffnet den Kofferraum, um mein Gepäck auszuladen. »Meine Güte, Pu, hast du ganz Richmond und die Hälfte der Alpen mitgebracht?« Er hält die Skistiefel hoch, und diesmal wirft *er* mir einen vielsagenden Blick zu. »Eine Sorge weniger. Für den südkalifornischen Schnee bist du bestens ausgerüstet.«

Ich zucke mit den Schultern – irgendwann werde ich meinem Vater erklären, was *Requisiten* sind. Beim Anblick des winzigsten Hauses, das ich je gesehen habe, bekomme ich allerdings Gewissensbisse. Es ist aus grauem Zement, einstöckig, ohne Fenster, und sieht aus wie eine zwischen Büschen verborgene Garage.

»Oh, Dad«, sage ich beschämt und berühre ihn am Ellbogen. »Tut mir leid. Ich … mir war nicht klar … ich habe nicht richtig nachgedacht … ich kann prima auf dem Sofa schlafen. Ein paar Kissen, mehr brauche ich nicht …«

Dad lacht. Irgendetwas leuchtet blau auf, dann ist ein leiser Piepston zu hören. »Wir kommen schon klar, Pu. Du bist ja nicht sehr groß, wir werden ein Plätzchen für dich finden. Notfalls stecken wir dich in den Wäschekorb.«

Die Tür geht auf – und ich komme mir vor wie beim Origami.

Das Haus klappt auseinander. Entfaltet sich wie aus dem Nichts. Vor uns ist eine Eingangshalle aus weißem Marmor mit einem plätschernden Brunnen, dann ein riesiges Wohnzimmer mit einem schwarz glänzenden Flügel, einer goldenen Cocktailbar und cremefarbenen Ledersofas.

Ich lasse Mercys neue Handtasche auf den Boden fallen.

Wenn man ein paar Stufen hinuntergeht, entfaltet sich das Haus weiter. Man kommt in eine riesige Küche mit Kristallleuchtern an der Decke. Aufgeregt renne ich los. Es gibt einen Wintergarten mit Holzofen, ein Schlafzimmer mit eingebautem Fernseher im Bett, ein Bad, bei dem die Wanne im Boden eingelassen ist. Ein weiteres Schlafzimmer. Und noch eines. Einen Sportraum, ein Heimkino, eine Terrasse mit Hof.

»Nicht schlecht, was?« Dad ist mir durchs Haus gefolgt und hat schmunzelnd meine vielen *Oooh*s mitgehört. »Jemand war mir seit langem einen Gefallen schuldig. Den habe ich jetzt eingefordert, und nun wohne ich hier, während ich den Film abdrehe. Ich sage nur so viel: Vor etwa fünfzehn Jahren habe ich beschlossen, so zu tun, als würde ich nicht merken, dass der Besitzer dieses Hauses keinen Funken Schauspieltalent hat. Seither ist der Rest der Welt meinem Beispiel gefolgt.«

Oh, wenn ich das Sophia und Madison und Olivia zeige. Moment mal! Ich muss sie möglichst schnell von England hierher verschiffen.

Jep, da sind sie ja schon.

»Mike?«, zirpt Ruth, während meine Freundinnen bereits ihre Daumen hochhalten und neugierig in alle Küchenschränke spähen. »Ich fahre nach Hause, dann habt ihr ein bisschen Zeit für euch. Hope, möchtest du morgen etwas unternehmen? Ich könnte eine Touristentour für dich arrangieren, ein nettes Frühstück oder –«

Oooh, ein Mini-Spa!

»Nein, danke«, sage ich über die Schulter und drücke auf einen Knopf. Eine Regenwalddusche! »Können Sie mich morgen so gegen Nachmittag abholen? Und bringen Sie Nagelfeilen mit. Vielleicht auch Nagellack? *Blöhtrompör* von Chanel ist meine Lieblingsfarbe.«

Entzückt schraube ich ein kleines Döschen auf. *Schwarze Ohrstöpsel!*

»HOPE!«, donnert Dad los. »SO REDEST DU NICHT MIT RUTH! SIE IST NICHT DEINE PERSÖNLICHE ASSISTENTIN!«

»Oh.« Ich blinzle überrascht. »Ist sie nicht?«

»Sei nicht albern.« Ruth lacht, aber Dad sieht mich wütend an. »Ich freue mich, wenn ich helfen kann. Wie soll man in L.A. überleben ohne Maniküre? Natürlich verstehe ich das, ich bin doch kein Monster. Viel Spaß, ihr beiden!«

Sie ist weg, noch ehe ich den Deckel wieder auf die Dose schrauben kann.

Dad schüttelt den Kopf.

»Was ist? Was habe ich getan?«, frage ich ihn.

»Also wirklich.« Immer noch kopfschüttelnd geht er in

den hinteren Teil des Hauses. »Ich möchte meiner Tochter und Mini-Diva zuerst etwas zeigen, bevor ich mir ernsthaft überlege, ob ich sie zu Hausarrest verdonnere, kaum dass sie gelandet ist.«

Schnell hole ich mein Handy hervor und tippe:

> Das Video ist total süß! Richmond, wo ich gerade bin, ist so langweilig ohne dich! xxx

So, das wär's. Alles bereit für die nächste Szene.

Ich folge meinem Vater durch die Lounge zu zwei Glasschiebewänden. Sie führen nach draußen zu einem türkisfarbenen Infinitypool mit dick gepolsterten Sonnenliegen, Palmen und tropischen Blumen.

Mir war nicht klar, wie hoch das Haus liegt. Es befindet sich auf dem Gipfelkamm eines steilen Hügels. Unter uns erstreckt sich meilenweit die Landschaft, auf der einen Seite zu den Bergen, auf der anderen Seite zum Meer. Die sanfte Brise ist warm, der Himmel ist von einem dunklen, etwas diesigen Tintenblau, überzogen von einem Schleier aus funkelnden Sternen. Unter uns glitzert Los Angeles, wo so viele Menschen lachen, reden, tanzen, lieben, träumen und leben.

Ich atme tief ein. *Hallo, Welt. Ich bin's, Hope.*

Eines dieser Lichter ist Jamie. Ich wette, er leuchtet von allen am hellsten.

»Glücklich?«, fragt Dad und legt den Arm um mich.

Lächelnd schaue ich mich um, und wieder habe ich dieses Flattern im Bauch, dieses Gefühl, dass alles möglich ist.

Es wird schwierig werden, meinen Vater von diesem herrlichen Fleckchen Erde wegzulocken, hin zu einem kleinen Ort nahe der Autobahn M3, aber ich werde es trotzdem versuchen.

»Glücklicher geht's nicht«, sage ich strahlend und schmiege mich gegen Dads Arm.

»Willkommen in Hollywood, Kleines.«

29

Es ist der nächste Morgen. HOPE erwacht (Nahaufnahme Gesicht). Verwirrt reißt sie die Augen auf. DIE KAMERA weitet den Blickwinkel, und man sieht, wie sich langsam ein Lächeln auf Hopes Gesicht ausbreitet. Jetzt fällt es ihr wieder ein.

SIE IST IN LOS ANGELES.

HOPE gähnt zufrieden. Sie streckt sich ausgiebig und breitet sich auf dem großen Bett mit den cremefarbenen Seidenlaken aus.

»Computer«, sage ich laut. »Öffne die Jalousien.«

Ein Klicken, und schon fällt warmes gelbes Sonnenlicht herein. »Computer, spiel kalifornische Musik.«

»*Ich schlage* Wouldn't It Be Nice *von den* Beach Boys *vor.*«

Fröhliche Gitarrenklänge setzen ein.

Gut gelaunt schwinge ich die Beine über den Bettrand und wackle mit den Zehen. »Computer, wärme den Fußboden und drehe die Dusche auf.«

Wasser rauscht.

»Computer?« Ich tapse über die Marmorfliesen des Badezimmers. »Warum spricht man eigentlich von einem Bad *on sweet*? Hat das etwas mit *süß* zu tun? Vielleicht weil man nach der Dusche sauberer ist und besser riecht?«

»Suche nach Definition«, erwidert der Computer mit einer melodiösen Frauenstimme. Ich frage mich, welcher Schauspieler oder Sprecher diesen Job bekommen hat.

»En Suite *ist französisch für* danach, dahinter.«

»Das beantwortet zwar nicht meine Frage, aber trotzdem danke.«

Dad hat mir gestern Abend noch gezeigt, wie das Smart House funktioniert, und die Stimmerkennung für mich eingerichtet. Also bin ich heute ein Top-Star vor der Oscar-Nacht, und das Haus ist ein leidenschaftlicher Fan von mir. Ich werde es herumkommandieren und mich von ihm verwöhnen lassen.

»Computer«, sage ich und strecke den Kopf aus der Dusche. »Schalte die Kaffeemaschine ein, wärme Handtücher an und mache mir ein Croissant. Mit Butter und Marmelade. Oooh, und dazu noch ein Glas Orangensaft.«

»Befehl nicht erkannt.«

»Computer, bitte.«

»Befehl nicht erkannt.«

»Toast?«

Sie ignoriert mich.

Also trockne ich mich selbst ab, mache mir selbst Frühstück und ziehe mich auch selbst an. Ich habe heute viel vor, und es hätte einiges an Energie eingespart, die ich auf glamourösere Dinge hätte verwenden können, aber was soll's.

»Computer?«, sage ich, als ich fertig bin. »Tut mir leid, wenn ich vorhin unhöflich war. Kannst du mir den größten UK-Single-Hit von 1997 nennen?«

»Der größte UK-Single-Hit von 1997 war Candle in the Wind *von Elton John.«*

Ich klatsche begeistert in die Hände. »Computer, bitte programmiere *Candle in the Wind* ein, damit es jeden Morgen um sechs in Schlafzimmer 1 spielt.«

»Musik einprogrammiert.«

Was noch? »Computer, ich möchte, dass jeden Abend um neun im Wohnzimmer *Anker unserer Herzen* im Fernsehen läuft.«

»Film einprogrammiert.«

Entschlossen öffne ich den Reißverschluss einer meiner fünf vollgestopften Koffer, hole Mums seidenen Morgenmantel von Liberty hervor und hänge ihn vorsichtig an die Rückseite von Dads Badezimmertür. Mums blauen Lieblingsschal drapiere ich über dem Sofa, ihre weiße Lieblingsseidenbluse auf der Kommode und ihre goldene Halskette mit dem Herzanhänger über den Spiegel.

Ich verteile gerahmte Familienfotos auf dem Klavier, auf dem Wohnzimmertisch, auf der Küchenanrichte und am Pool. Außerdem habe ich zu Hause eine wahnsinnig süße Polaroidaufnahme von Mum und Dad gefunden, wie sie sich küssen. Dieses Bild ziert ab sofort den Kühlschrank.

Zuletzt – ein wahrer Geniestreich – sprühe ich das Parfüm, für das Mum eine Werbekampagne gemacht hat, auf Dads Kopfkissen. Es ist unverkennbar, und Erinnerungen sind angeblich im selben Hirnbereich abgespeichert wie die Geruchswahrnehmung, also wird er bei dem Duft sofort Heimweh bekommen.

Das wäre erledigt.

Jetzt bin ich an der Reihe.

»Computer«, sage ich und lasse mich mit ausgebreiteten Armen und Beinen aufs Bett fallen. »Tageshoroskop für das Sternzeichen Krebs?«

»*Ein Rendezvous zwischen Mars und Jupiter im vierundzwanzigsten Grad von Skorpion führt zu einer äußerst positiven Begegnung. Der Mondschatten verursacht ein kurzes Innehalten, während wir auf die Ankunft eines freundlichen Waage-Monds warten. Hervorragende Neuigkeiten – das Leben meint es gut mit dir!*«

Ich grinse die Zimmerdecke an. Natürlich meint das Leben es gut mit mir.

»Computer, kannst du Jamie Day bitte eine Nachricht schicken?«

»*Ja*«, antwortet die weibliche Stimme, was sehr höflich ist angesichts der Tatsache, dass ich mein Handy in der linken Hand halte. »*Wie soll die Nachricht lauten?*«

Ich bin hier, ich bin hier, ich bin in Los Angeles, und wir werden uns wiedersehen, ist das nicht das Romantischste, was du dir vorstellen kannst, ÜÜÜBERAAASCHUUUNG!

»Ähm …« Ich überlege. »Schreib … nein, noch nicht, ähm. Warte, das bitte noch nicht senden –«

»*Sende* ähm, schreib neinnochnicht, ähm, wartedas bittenochnicht *an Jamie Day.*«

Ach verflixt.

Im nächsten Moment piepst mein Handy.

LOL was soll das? xx

Haha, ups, saß auf meinem Handy, hier in England, wo ich gerade bin! xx

Guten Abend, meine Schöne. Hier ist es früher Morgen. Du bist so weit weg. :(xxxx

Ich strample mit den Beinen und quietsche vor Freude.

Nicht ganz so weit, wie du denkst, Jamie Day.

Was machst du heute? Erzähl's mir, dann kann ich mir vorstellen, ich wäre bei dir und nicht in England, wo ich gerade bin. x

Schule bis um drei, dann gehe ich nach Dogtown. xx

Viel Spaß! Ich schätze, ich bleibe einfach hier, in London, so wie immer. x

Wow, ich bin echt gut im Flunkern. Der arme Kerl hat keinen Schimmer, wo ich mich tatsächlich gerade aufhalte.

Überwältigt rolle ich mich auf den Bauch und juchze in mein Kissen. Dann hüpfe ich aus dem Bett. Haare, Make-up, Styling, Beleuchtung, Soundtrack, Transport, Rollentext … ich habe weniger als drei Stunden, um meinen Star auf die größte romantische Szene seines Lebens vorzubereiten.

Dieser Star bin ich, also sollte ich mich besser beeilen.

30

Szene wird eingeblendet.

Ein WUNDERHÜBSCHES MÄDCHEN IN HIGH HEELS steigt aus einem bananengelben Lamborghini-Cabrio. Einige Statisten im Hintergrund beobachten neugierig ihre Ankunft.

HOPE VALENTINE erscheint, makellos wie immer. Sie trägt eine schwarze Satinhose und ein schwarzes Satinoberteil. Ihr Make-up ist perfekt, und ihre Haltung ist noch tadelloser als sonst, auch wenn man sich das kaum vorstellen kann.

Hinter ihr schimmert Dogtown: glamourös und mondän.

Während das Auto davonfährt, schlendert HOPE durch die elegante Schar von Hollywood-Agenten, die sie alle unter Vertrag nehmen wollen. Aber sie ist so bescheiden und so auf ihr Ziel konzentriert, dass sie nicht bemerkt, was um sie herum vorgeht.

JAMIE ist … er macht irgendetwas in DOGTOWN, vielleicht trinkt er einen Milchshake oder kauft ein oder was auch immer. Er ist ganz in seine Gedanken versunken bei dem, was er da gerade tut.

ETWAS lässt ihn innehalten und sich umdrehen.

HOPE UND JAMIE blicken sich stumm an. Röte flutet in ihre Wangen, zwei Herzen schlagen in völliger Harmonie.

JAMIES MIENE HELLT SICH AUF. Er lässt seinen Milchshake fallen. Wortlos rennen sie aufeinander zu.

Die Musik schwillt an.

HOPE SPRINGT, und JAMIE FÄNGT SIE. Er wirbelt sie durch die Luft, und HOPE lacht. Die Sonne taucht sie in ein weiches Licht. Langsam setzt JAMIE sie wieder ab.

JAMIE (umfasst ihr Gesicht mit den Händen) Bist du es wirklich? Ich dachte, ich sehe dich nie wieder.
HOPE Oh, Jamie, ich habe keine Sekunde daran gezweifelt.
JAMIE Ich hätte nie ... Ich werde nie ...

JAMIE beugt sich zu ihr und streicht zärtlich eine einzelne Strähne aus ihrem Gesicht.

HOPE Ich habe immer an dich gedacht, jede Sekunde, in der wir getrennt waren.
JAMIE Ich war ein Dummkopf. Ein richtiger Dumkopf. Hope, wir werden es gemeinsam schaffen. Das weiß ich ganz bestimmt.
HOPE Die Entfernung spielt keine Rolle, solange unsere Herzen füreinander schlagen.

SIE K–

»Hope?«

SIE KÜ–

»Hope?«

SIE KÜS–

»Hope, ist alles okay? Hast du deine Tage? In meiner Handtasche ist Tylenol gegen die Schmerzen.«

Frustriert blicke ich Ruth an.

Nein, Ruth, wenn mir jemand Schmerzen bereitet, dann sind das Leute, die meine besten Kuss-Szenen mit irgendwelchen Körperfunktionsfragen zerschießen.

»Alles in Ordnung, danke.«

»Ähm … du hast vor dich hin gemurmelt und mit beiden Händen dein Gesicht umklammert.«

Himmel, die Gute hat wirklich keine Ahnung von dramatischen Szenen, und das, obwohl sie im Business ist.

»Ich habe eine intensive Innenwelt«, erkläre ich ihr. »Meine Phantasie ist immer aktiv, rund um die Uhr. Es ist bekannt, dass Kreative anders ticken als normale Menschen.«

Ruth lächelt. »Ja, das ist bekannt.«

Ich versuche wirklich, Ruths staubigen grauen Ford wohlwollend hinzunehmen, aber für meinen großen Auftritt wäre ein Lamborghini eindeutig besser gewesen.

»Also gut.« Ruth biegt in eine schmale Straße ein, an der sich rechts und links bunt angestrichene Häuser reihen. »Bist du dir sicher, dass du nach Dogtown willst, Hope?«, fragt sie stirnrunzelnd. »Ich meine, *Dogtown*? Nicht etwa ein Spa in Santa Monica oder eine Einkaufstour in der Melrose Avenue?«

Ich nicke entschieden.

»Dogtown, bitte. Ich bin ein großer Fan von Hunden. Dalmatiner, Labrador, Boston Terrier, Boxer oder auch kleine flauschige Fellbündel, ich mag sie alle. Wir leben in einer Doggy-dog-Welt und sollten uns darüber freuen.«

Ruth lächelt mich an, dann blickt sie wieder auf die Straße.

»Weißt du was, ich habe eine Idee. Wie wär's, wenn ich mitkomme? Wir könnten uns Fahrräder leihen und –«

»Ähm.«

HOPE und JAMIE und RUTH fahren gemeinsam Rad, der Wind weht romantisch durch ihre Haare.

»Nein, danke, ich möchte heute die Stadt allein als Touristin erleben und ganz sicher nicht irgendjemanden treffen, den ich von früher kenne.«

Ruth schaut mich wieder an.

»Nicht zu vergessen die Hunde«, füge ich hinzu, weil ich ihre Skepsis bemerke.

»*Okaaay*«, sagt sie gedehnt und schiebt mal wieder ihre Brille hoch. »Wenn das so ist, kannst du mir dann bitte einen Gefallen tun? Bleib auf den Gehwegen, rede nicht mit Fremden und wandere nicht allein durch irgendwelche Hinterhofgassen. Ich hole dich um sechs wieder hier ab. Bevor es dunkel wird. Manchmal ist der Name Los Angeles ironisch zu verstehen, wenn du weißt, was ich meine.«

Ich nicke. Los Angeles ist Französisch und bedeutet Stadt der *Angles*, und das wiederum bedeutet Winkel. In Hollywood ist es äußerst wichtig, den richtigen Aufnahmewinkel für einen Dreh zu finden. Und den besten Winkel, in dem man sein Gesicht der Kamera präsentiert. Winkel können in alle Richtungen deuten, da kann man schon mal den Überblick verlieren.

Ach, Ruth. Immer vorsichtig. Immer vernünftig.

Zugegeben, die Straßen sind ziemlich verdreckt, und wo man hinschaut, sind Graffiti. Die Mülltonnen quellen über, und am Straßenrand ist eine Frau mit Alufolie auf dem Kopf, die einen Einkaufswagen vor sich herschiebt, in dem Köpfe von Kleiderpuppen liegen. Vielleicht werde ich Ruths Ratschlag befolgen, mal sehen.

Ruth fährt eine weitere kleine Straße entlang. Als ich endlich den Strand vor mir sehe, seufze ich erleichtert. Hier werden die Hunde sein.

»Und du willst wirklich in diesem hübschen Outfit losziehen?«, fragt Ruth und zieht die grässlich quietschende Handbremse an. »Es ist heute ziemlich heiß. Ich habe frische Sportkleidung im Kofferraum, die könnte ich dir leihen.«

Ich lasse den Blick über meine schwarze Satinhose und

das Oberteil gleiten. Das Outfit gehört Mercy, es ist von Stella McCartney und einfach wunderschön. Mit feiner Spitze besetzt, schmale Träger, weite, luftige Hosenbeine. Ein Schnitt, der schmeichelt.

»Schwarz reflektiert Wärme«, erkläre ich Ruth ungeduldig. »Außerdem muss man das Beste aus seinem Leben machen und immer den richtigen Fuß nach vorne stellen. Für das Leben gibt es nämlich keine Kostümprobe. Und ja, man kann einen Dreh wiederholen, aber das ist sehr teuer für das Produktionsteam, daher ist es besser, wenn man es gleich beim ersten Mal gut hinkriegt.«

Sie lächelt. »Verstehe.«

Mit einem anmutigen Lächeln werfe ich meine Haare über die Schulter und steige aus. Die Hitze trifft mich wie ein Schlag, und innerhalb von Sekunden klebt mein Outfit an mir wie verbrannte Hühnerhaut. Meine High Heels bleiben auf dem glühend heißen Asphalt kleben, aber ich finde schnell wieder mein Gleichgewicht.

Valentines. Zeigen. Immer. Klasse.

»Also, du hast meine Handynummer, wir treffen uns um sechs, okay?« Ruth lehnt sich aus dem Fenster. Sie kaut auf ihrer Unterlippe. »Punkt sechs. Du kannst mich jederzeit anrufen. Halte dich rechts. Lass dir nichts aufschwatzen. Nimm das Geld, das ich dir gegeben habe, um Wasser zu kaufen. Und wenn du einen Hund siehst … fass ihn nicht an.«

»Okay! Danke! Bis später!«

Kribbelig vor Aufregung – Jamie ist nah, ganz nah! – warte

ich, bis der staubige Ford außer Blickweite ist. Dann straffe ich die Schultern, hebe mein Kinn, zupfe meine Haare in Form, trage noch einmal roten Lippenstift auf, rücke meine Sonnenbrille zurecht und versuche, den Kopf so zu drehen, dass die Sonne meine Schokoladenseite zur Geltung bringt.

Das ist *mein* Moment, und ich werde keine einzige Sekunde verschwenden.

Und 5 … 4 … 3 … 2 … 1 –

Action.

31

HOPE VALENTINE geht mit wiegenden Schritten den Fußweg entlang. Links glitzert das blaue Meer, um sie herum scharen sich Agenten, die –

»HEEEYYY, SÜSSE! SCHAU SICH EINER DIE SCHNECKE AN! FANCY-FANCY! WILLST DU EIN BUNNY? ICH HAB JEDE MENGE DAVON. EIN HÄSCHEN FÜRS HÄSCHEN – FÜNF DOLLAR DAS STÜCK.«

Ein Mann in einem pinkfarbenen Overall mit orangefarbenen Gummistiefeln winkt mir zu. In einer Hand hat er einen Sack, mit der anderen hält er ein zappelndes Kaninchen fest.

Verschwinden Sie aus meiner großen Szene, Mister.

»Ähm.« Ich winke zurück. »Vielen Dank, aber ich brauche kein Kaninchen. Vielleicht ein andermal.«

HOPE VALENTINE setzt anmutig ihren Weg fort –

PAUSE.

Die Hose klebt an meinen Beinen, schon nach wenigen Schritten bin ich total verschwitzt. Ich schlage die Hosenbeine hoch, nehme meine Ohrringe ab und stecke den hochgerollten Stoff auf der Innenseite fest. Jetzt trage ich Satinshorts.

Ich richte mich wieder auf: gut gemacht, Garderobenteam.

Und …

Film ab.

HOPE VALENTINE geht mit wiegenden Schritten den Fußweg entlang.

»T-SHIRT, WIE WÄR'S MIT EINEM T-SHIRT?«

Auf der rechten Seite befinden sich ziemlich heruntergekommene Gebäude, bunt angestrichen und aufgehübscht mit Graffiti, merkwürdigen Malereien und kleinen, an Schnüren aufgereihten Gegenständen. Es gibt Tattoo-Studios, Pizza-Schnellimbisse, Ständer mit Sonnenbrillen. Ein Mann mit einem Irokesenschnitt hält ein pinkes *I LOVE VENICE BEACH*-Shirt hoch.

»Nein, danke –«

»Aus dem Weg!« Ein schweißglänzender Fahrradfahrer mit freiem Oberkörper rast haarscharf an mir vorbei. Erschrocken weiche ich einen Schritt zurück.

»Vorsicht!« Ein hübsches Mädchen auf Rollerblades kurvt um mich herum.

»Lady, willst du Kopf? Viele Köpfe, klein, groß, mittel, extra mittel, winzig …«

Links von mir ist ein Mann aufgetaucht und hält bemalte Schädel hoch.

Hinter ihm befindet sich ein Stand, an dem man Bilder von Hamburger essenden Dämonen kaufen kann, ein anderer bietet Bambuspfeifen und Traumfänger an, ein dritter hat Hunderte von Ansteckpins ausgelegt. Es gibt Schlüsselanhänger in Form von Miniaturskateboards, Armbänder, Halsketten aus Federn. Nur ein paar Schritte weiter ist eine Auslage, auf der sich kleine Püppchen und Alienfiguren mit neonfarbenen Bandanas stapeln. Auf einem Schild steht *DEIN NAME AUF EINEM REISKORN.*

Ein Mann mit grellen grünen Haaren spielt Gitarre und singt, während eine Frau mit Glatzkopf neben ihm in einem regenbogenbunten Liegestuhl liegt und schnarcht.

Nur Hunde gibt es nicht. Nirgendwo. Und wo um alles in der Welt ist Jamie?

HOPE VALENTINE bleibt bei einem Skatboard-Park stehen und beobachtet einige Jungs, die Sprünge und Flips machen, aber von JAMIE ist weit und breit nichts zu sehen, daher geht sie weiter.

Sie trifft auf eine Gruppe EXTREM HEISSER JUNGS in Surfanzügen, die ihre Boards unter die Arme geklemmt haben. Leider ist keiner von ihnen JAMIE, daher setzt sie ihren Weg fort.

Sie kommt an einem kleinen Freiluftsportstudio vorbei, wo große muskulöse Männer mit hervortretenden Adern ächzend Gewichte stemmen. Auch hier ist ganz offensichtlich kein Jamie.

Ein gut aussehender, durchtrainierter blonder Junge joggt an ihr vorbei. HOPE dreht sich hoffnungsvoll um, aber wieder ist es nicht JAMIE.

Okay, das wird langsam lächerlich.

Genau aus diesem Grund heuern Filmleute professionelle Scouts an. Ich kann schließlich nicht alles alleine machen.

Schweißperlen sammeln sich auf meiner Oberlippe, als ich mein Handy hervorhole.

Bist du schon in Dogtown? Was machst du denn da? Irgendwas Pazifisches? xxx

Ich drücke auf SENDEN und wische mir übers Gesicht.

Die ganze Szene muss wiederholt werden, mein Make-up läuft, meine Kleider sind durchgeschwitzt. Außerdem rutsche ich immer aus den hohen Schuhen, weshalb ein wiegender Gang sich dramatischer gestaltet als geplant.

Beim nächsten Mal werde ich einen Rechercheassistenten engagieren, damit er Genaueres herausfindet, bevor ich losziehe. Die mangelhafte Vorbereitung ist erschreckend – ich überlege, ob ich mich selbst feuern sollte.

Ich hebe meine Sonnenbrille an und blicke mit zusammengekniffenen Augen den Strand entlang. Es ist der größte, breiteste Strand, den ich je gesehen habe: eine weitläufige Fläche aus goldenem Sand, auf der sich Surfbretter, Sonnenanbeter und hier und da kleine bemalte Wasserwachtstände verteilen. In der Ferne schimmert das Meer dunkelblau. Wenn Jamie hier wäre, hätte er doch sicherlich geschrieben *Gehe an den Strand*, oder? Abgesehen davon würde der Sand meine Schuhe ruinieren.

Ich halte die Hand schützend über die Augen und lasse den Blick schweifen. Der Weg mündet in eine Art Spielplatz mit großen silbern blitzenden Geräten: Klettergerüste mit Reifen, Seilen und waagerechten Stangen. Leicht bekleidete Menschen hängen an den Geräten und schwingen, klettern, hüpfen, balancieren, schaukeln.

Auf der angrenzenden Grasfläche hat sich eine kleine Gruppe zusammengefunden. Einige liegen auf dem Boden oder haben in Hockstellung die Beine angewinkelt, einige stehen auf den Schultern, Oberschenkeln und Rücken der anderen und balancieren haarsträubend gefährlich.

Gegen die Sonne blinzelnd, schaue ich ihnen zu. Was zum heiligen Horoskop treiben diese Leute da?

Plötzlich macht mein Herz einen Satz.

Jamie?

Mit bloßem Oberkörper, die Arme lässig verschränkt, steht er da. Seine Haut glänzt im Sonnenschein. Er trägt rote Surfershorts, und sogar aus dieser Entfernung kann ich seine blendend weißen Zähne sehen, das Glitzern seiner blauen Augen, den platinblonden Schimmer seiner Haare. Nie war er mehr Kalifornier als in diesem Moment.

Eine Welle der Zärtlichkeit überrollt mich. Wie er aussieht – so glücklich und strahlend, ganz er selbst in seinem natürlichen Umfeld.

Wow, ich habe ihn schrecklich vermisst.

Mein Herz hämmert, meine Hände kribbeln, meine

Wangen brennen. Ich renne los, obwohl die Kameras noch gar nicht laufen. Musik, Beleuchtung, Ton, der große Augenblick des Glücks –

Nur noch Sekunden, dann wird er –

ETWAS lässt ihn innehalten und sich umdrehen.

Jetzt –

ETWAS lässt ihn innehalten und sich umdrehen.

Jetzt, Jamie.

Stirnrunzelnd greift er in seine Tasche, holt sein Handy hervor, wirft einen Blick auf das Display und steckt es wieder weg.

ETWAS lässt ihn innehalten und sich –

Ich stehe direkt hinter ihm.

»Jamie?«

»Jamie?«

»Jamie?« Ich tippe ihm an die Schulter.

Jamie zuckt zusammen und wirbelt herum. Ich strahle ihn an, und der Soundtrack explodiert. Jetzt zählen nur noch wir beide, er und ich, wir sind die ganze Welt.

Seine Miene verhärtet sich.

»Hope, was zum Teufel machst du hier?«

32

HOPE und JAMIE blicken sich stumm an. Röte flutet ihre Wangen, zwei Herzen schlagen im Gleichklang.

Es ist gut.

Es ist gut, es ist gut, es ist gut – er freut sich, mich zu sehen, er freut sich, mich zu sehen, er freut sich …

JAMIE (umfasst ihr Gesicht mit beiden Händen) Bist du es wirklich? Ich dachte, ich sehe dich nie wieder.

»Sag schon, was machst du hier in Kalifornien?«

HOPE Oh, Jamie. Ich habe keine Sekunde daran gezweifelt.

»Ich … ähm …« Ich strecke die Hände aus. »Überraschung?«

JAMIE Ich hätte nie … ich werde nie …

»Schon klar.« Jamie blickt zu seinen Freunden, die hinter uns immer noch aufeinander herumbalancieren. »Ich kapier nur nicht … ich dachte, ich würde dich nie wiedersehen.«

Moment mal – der Satz hört sich falsch an. Betont werden sollte nicht *ich dachte,* sondern *nie*. Vielleicht bitte ich Jamie, den Text zu wiederholen.

»Ich … ich besuche meinen Dad. In den Ferien. Er arbeitet hier. Ich habe dich vermisst. Du hast gesagt, wenn ich nach Los Angeles komme, soll ich mich bei dir melden. Hier bin ich.«

Jamies Gesicht ist immer noch verkniffen. Seine Muskeln sind angespannt, sein Kiefer sieht aus wie in Stein gemeißelt.

Stille.

»Ich … ich habe nicht richtig nachgedacht«, sage ich rasch. Plötzlich ist mir ein bisschen flau. »Es … es tut mir leid, Jamie, ich hätte dich vorwarnen sollen. Du bist mit deinen Freunden hier. Ich hätte dich anrufen –«

Jamie fängt an zu grinsen und legt den Arm um mich.

»Hey, ich bin nur total *überrascht*. Du hättest mir Bescheid geben können.«

Meine Muskeln werden schlaff, und ich würde mich am liebsten mit dem Kopf nach unten flach auf den Boden legen, so erleichtert bin ich. »Du … du bist nicht sauer?«

»Warum sollte ich sauer sein?«, Jamie lacht mich an. »Die Überraschung ist dir gelungen. Ich dachte, du bist Tausende von Meilen weg. Wow, und dann dieses Outfit! Niemand außer dir, Hope, bringt es fertig, in schwarzem Satin an den Strand zu gehen. Was ist mit deiner Hose passiert?«

Verlegen blicke ich an mir herab.

»Es ist …« Warum stecken Ohrringe in meinen Hosenbeinen? Wer hat sich so etwas ausgedacht? »Sie sind …

ich wollte … hübsch aussehen … aber ich … mir war heiß und … ich sehe albern aus, stimmt's?«

Ich habe noch nie albern in Mercys Klamotten ausgesehen, bis jetzt.

Jamie lacht amüsiert, als ich mich bücke und meine behelfsmäßigen Sicherheitsnadeln entferne. »Du bist großartig, wie immer.« Er packt mich an der Schulter. »Warum so schüchtern?«

Ich werde rot. »Bin ich doch gar nicht.«

»Es besteht auch kein Grund dazu. Komm, ich stell dich meinen Freunden vor. Wir machen gerade Acro-Yoga oder Y-Basing, wie meistens nach der Schule. Einer ist immer die *Base* – das ist derjenige, der auf dem Boden liegt –, dann gibt es den *Flyer*, der frei in der Luft schwebt, und ich bin der sogenannte *Spotter*, der Anweisungen gibt.«

Allmählich entspanne ich mich. Ich wollte ihn überraschen, und das ist mir gelungen! Lächelnd winke ich seinen Freunden zu. Ein sehr hübsches blondes Mädchen in einem gelben Gymnastikanzug und grauen Leggings zeigt gerade eine beeindruckende Übung. Sie macht eine Brücke, umfasst dabei ihre Fußknöchel – und das, während sie auf den Füßen eines muskulösen Jungen balanciert, der auf dem Boden liegt und die Beine hochstreckt.

»Hey!«, ruft sie. »Jay! Hör auf, Mädchen anzubaggern, und komm her. Ich will noch mal *Plank on Plank* versuchen, und du bist der Einzige, der kräftig genug ist.«

Jamie lacht. »Ich wette, das sagst du zu allen Jungs, Abi.«

»Darauf kannst du deine roten Shorts verwetten.«

Sie prusten beide los, und ich kichere mit. »Kann ich es auch mal versuchen?«, wage ich mich vor. »Sieht nach viel Spaß aus. Ich meine, so schwierig kann das doch nicht sein, oder? Zum Beispiel …« – ich lasse den Blick schweifen – »… *diese* Übung?«

Ein Junge kniet auf dem Boden und balanciert ein Mädchen auf seinen Oberschenkeln, das ein Bein und einen Arm ausstreckt.

Im Prinzip geht es doch nur darum, das Gleichgewicht zu halten, oder?

»Das ist zu gefährlich.« Jamie zieht die Augenbrauen zusammen. »Wir machen das schon sehr lange, und du bist völlig *untrainiert*. Die Übung erfordert eine hohe Muskelspannung in den Beinen. Warum schaust du nicht einfach zu?«

»Oh!« Ich blicke auf meine Beine. »Ja, klar!«

Ich setze mich ins Gras und schaue Jamie zu, wie er einen Liegestütz macht, während Abi in ihrem hautengen Anzug auf seinem Rücken balanciert und ebenfalls einen Liegestütz macht, nur in die entgegengesetzte Richtung.

»Hör auf, so zu zappeln!« Lachend streckt sie den Arm aus. »Du wackelst!«

»Und du tropfst deinen Schweiß auf mich, Waschlappen!«

»Tu ich nicht!«

»Tust du doch.« Ein rothaariger Junge, der einfach daliegt und die Beine hochstreckt, steht auf und kommt zu mir. »Du bist eine neue Bekannte von Jay, stimmt's? Er und ich gehen in dieselbe Klasse. Er ist der Beste, findest du nicht? Ein toller Kerl. Alle *lieben* ihn.«

»O ja.« Ich nicke begeistert und schaue zu, wie Jamie Abi auf seine Schultern hievt. »Er ist toll. Ja, ich bin die neue *Bekannte*, hahaha.« Ich mache kleine Hasenohren mit den Fingern, damit er merkt, dass ich das Wort ironisch meine. »Ich bin Hope.«

Ich sage es in einem bescheidenen Ton, der ausdrückt: *Ja, ich bin DIE Hope, von der er ständig redet, aber lass uns keine große Sache daraus machen, okay?*

»Cool. Jay schleppt ständig neue Leute an. Total beliebt, der Typ, haha. Woher kommst du?«

Ich schaue ihn an. »England.«

»Ich meine, woher kommt deine Familie?«

»... Richmond.«

Während ich etwas ratlos den rothaarigen Jungen anstarre, kommt Jamie herangespurtet. »Na, was sagst du, Hope? Cool, oder?«

Ich blinzle verwirrt, dann nicke ich so fest, dass mein Kopf wehtut. »Megacool.«

Aber eigentlich möchte ich nur eines: mit Jamie bis zum Sonnenuntergang spazieren gehen, Händchen halten, küssen und unsere Beziehung offiziell machen – und vielleicht gemeinsam ein paar Hunde tätscheln. Aber meinem Noch-nicht-ganz-offiziellen-Freund dabei zuzuschauen, wie er ein leicht bekleidetes Mädchen in der Luft schaukelt, kommt dem schon ziemlich nahe.

»Jamie?«, frage ich ihn. »Wo sind eigentlich die Hunde?«

»Hä?« Er winkt einem vorbeischlendernden Mädchen zu. »Wovon redest du? Welche Hunde?«

»Du wolltest heute nach Dogtown. Daher dachte ich –«

Sein Freund lacht. »Wir sind in Santa Monica, du Idiot. Warum erzählst du hübschen Mädchen was von Dogtown? Das ist da, wo die Skater sich treffen. Du kannst doch gar nicht skaten.«

»Kann ich doch.« Jamie sieht ihn erbost an und zieht ein T-Shirt über. »Eigentlich ist hier auch Dogtown.«

»Quatsch. Ist es nicht. Aber netter Versuch.«

Jamies Kiefermuskel zuckt wieder. Höchste Zeit, die Szene ans Drehbuch anzupassen.

HOPE WIRFT SICH IN JAMIES ARME. Er fängt sie auf und wirbelt sie durch die Luft. Die Sonne lässt ihr Haar funkeln, und HOPE lacht glücklich. Langsam setzt Jamie sie wieder ab.

Ich stürze mich auf Jamie, werfe mich an seinen Hals und ziehe meine Füße hoch, damit er mich herumwirbeln kann. Aber Jamie macht keinerlei Anstalten, mich festzuhalten. Wie ein Sack hänge ich an seinem Hals.

Langsam lasse ich ihn los und räuspere mich.

HOPE Ich habe immer an dich gedacht, seit du weg bist.

»Jamie, ich habe immer an dich gedacht, seit du weg bist.«

JAMIE Ich war ein Dummkopf. Ein richtiger Dummkopf. Hope, wir werden es gemeinsam schaffen. Das weiß ich ganz bestimmt.

»Cool.« Jamie nickt. »Wie süß von dir.«

Ich blinzle.

HOPE Entfernung spielt keine Rolle, solange unsere Herzen füreinander schlagen.

»Entfernung spielt keine Rolle …« Okay, das hört sich seltsam an. »Ach, vergiss es.«

Ich stelle mich erwartungsvoll auf die Zehenspitzen.

SIE K–

»Komm«, sagt Jamie und nimmt meine Hand. »Wir gehen zum Klettergerüst.«

33

HOPE und JAMIE sind sofort synchron, ihr großes athletisches Talent auf dem Freiluft-Hüpf-und-Kletterdingsbums bringt alle zum Staunen. Sie sind das ULTIMATIVE PAAR.

Ich stehe unter dem großen, hohen Stahlgestänge und reibe meine Hände. Vielleicht bin ich nicht so sportlich wie Effie, aber ich habe ziemlich viel Kraft und bin sehr gelenkig. Wenn man ein Filmstar werden will, ist es sehr wichtig, die Stunts selbst durchführen zu können, das senkt die Produktionskosten und zeigt, dass man es ernst meint.

Mutig klatsche ich in die Hände und hüpfe aus dem Stand in die Höhe.

Die Griffringe hängen viel zu hoch. Meine Fingerspitzen streifen einen der Ringe und versetzen ihn in Schwingung.

»Jamie, könntest du mir helfen?« Ich gehe leicht in die Hocke und spucke in meine Hände, das macht sie griffiger. »Nur einen kleinen Schubser, den Rest schaffe ich alleine.«

Jamie sieht mich skeptisch an. »Das ist schwieriger, als es aussieht. Schau lieber zu.«

In Sekundenschnelle hängt er an den Ringen. Seine Armmuskeln glänzen in der Sonne, als er selbstbewusst den Körper anspannt. »Siehst du?« Energisch schaukelt er vor und zurück. »Du musst den Schwung ausnutzen. Das ist eine Frage der Dynamik, verstehst du?«

Ich nicke. »Ah, dann werde ich –«

Aber da ist er bereits weg. Kraftvoll hangelt er sich von Ring zu Ring – fast scheint er frei zu fliegen – und greift immer erst im letzten Moment zu, so dass es jedes Mal aussieht, als würde er fallen.

So schwingt er sich von einer Station zur nächsten, bis er zwanzig Meter hinter sich gebracht hat.

Am anderen Ende dreht er sich wie ein Trapezkünstler elegant um die eigene Achse, greift wieder nach den Ringen und kommt auf dem gleichen Weg zu mir zurück. Mein Magen flattert. Jamie ist *sooo süß*. Ich meine, wer hätte gedacht, dass es Klettergerüste für Leute gibt, die älter als sechs sind? Ich jedenfalls nicht. Und wer hätte gedacht, dass es so viel Spaß machen kann, ganz ohne Grund zu hüpfen und zu schwingen und kopfüber zu hängen? In England beschweren die Leute sich schon, wenn sie keinen Sitzplatz im Abteil bekommen.

»Super«, rufe ich und applaudiere. »Du bist toll. Kannst du mir kurz zeigen, wie –«

Fehlanzeige, er ist schon wieder weg.

Ich setze mich bequem hin und schaue zu, wie Jamie sich bis zum Ende des Gerüsts hangelt. Dort angekommen, springt er ab und landet mit hochgestreckten Armen auf dem Boden – nur um sich sofort an die Querstangen zu hängen und dreißig Klimmzüge zu machen. Dann schnappt er sich ein frei schwingendes Seil und klettert schnell wie ein Affe bis ganz nach oben.

Wieder auf dem Boden, geht er sofort dazu über, Liegestütze zu machen. Er klatscht dabei jedes Mal kurz in die Hände und ächzt leise. *Liegestütz, Ächz, Klatsch! Liegestütz, Ächz, Klatsch!* Dann springt er federnd hoch und hüpft wie ein Hampelmann. Da er anscheinend sein gesamtes Trainingsprogramm absolviert, hole ich mein Handy hervor und checke meine Textnachrichten.

ICH
BRING
DICH

Stirnrunzelnd lese ich die Wortfetzen. Oh, da kommt gleich noch einer.

UM

Aaah.

Hey, Mer! Wie läuft's denn so? Hope xx

Ich warte ein paar Sekunden, dann:

FRAG NICHT SO BLÖD, DU KLEINES BIEST,
WO SIND MEINE KLAMOTTEN?

Meine Güte, wie dramatisch. Es ist ja nicht so, als wäre ich frühmorgens in ihr Zimmer eingebrochen und hätte *alle* Kleider geklaut. Nur die hübschen, die mir besonders gut stehen.

Reg dich ab. Ich habe mir nur ein paar Sachen geborgt. Wieso trägst du immer Schwarz, Mer? Das engt so ein und ist nicht immer schmeichelhaft. Bring etwas Farbe in dein Leben! Ich kann dich beautifizieren, wenn du willst. xx

Biep, biep.

O MEIN GOTT, UND MEINE NEUE GUCCI-TASCHE! HAST DU DENN GAR KEINEN RESPEKT VOR DEM EIGENTUM ANDERER? MACH SOFORT DIE TÜR AUF UND GIB MEINE SACHEN ZURÜCK, SONST VERLÄSST DU IN EINEM LEICHENSACK DAS HAUS, DAS SCHWÖR ICH DIR!

Ich blinzle dreimal.

Moment mal – denkt Mercy etwa, ich bin in England? Denkt sie, ich bin in meinem Zimmer? Ich habe gestern Morgen das Haus verlassen – heißt das, niemand hat mich in der Zwischenzeit vermisst?

Mit fliegenden Fingern tippe ich:

Effie, hast du meinen Brief nicht bekommen? xx

Ein paar Sekunden später:

Welchen Brief? Es ist Mitternacht – warum bist du noch wach? Komm rüber, wenn du nicht schlafen kannst. xxx

Ich klatsche das Handy gegen meine Stirn. Nur mal so als Frage: Kann es sein, dass ich unsichtbar bin? Wie wenig Eindruck hinterlasse ich bei denen, mit denen ich am engsten zusammenlebe? Wenn ich berühmt bin und für ein Lösegeld gekidnappt werde, wird es schwierig werden, wenn niemand meine Abwesenheit bemerkt. Irgendwann werden die Entführer aufgeben und mich mit einem Entschuldigungsschreiben nach Hause zurückschicken.

»Hast du zugesehen?« Plötzlich steht Jamie vor mir. »Oder hast du auf dein Handy geglotzt, obwohl du mich *gebeten* hast, dir zu zeigen, wie es geht?«

Ich werde rot. Hastig stecke ich das Handy in meine Tasche.

»Ich habe alles genau gesehen«, versichere ich ihm und mache wie zum Beweis einen Hampelmann. »Es war phantastisch, Jamie! Total beeindruckend.« Was kann ich sonst noch sagen? »Und … seit wann … ähm … schwingst du schon an diesen Geräten?«

»Ach, seit ich klein war. Ich komme seit Jahren hierher, obwohl ich auf der anderen Seite der Stadt in Pasadena wohne. Aber so gut bin ich nun auch wieder nicht. Es gibt viele, die besser sind als ich.«

Grinsend legt er seine Hand in meine und zieht mich zu sich. Vor Freude werde ich ganz kribbelig.

»Hope«, sagt er leise und nimmt mein Gesicht in seine Hände. »Ich habe dich wirklich vermisst.« Er sieht mich mit seinen türkisfarbenen Augen liebevoll an. »Ich bin total geflasht, dass du hier bist – wie lange das auch sein mag.«

Mit einem glücklichen Seufzer lasse ich mich gegen seine Brust sinken. »Mir geht es genauso. Ich wünsche mir, dass wir das Beste daraus machen.«

»Absolut«, sagt er und streicht über meinen Kopf. »Das machen wir, Baby. Lass uns jede einzelne Sekunde auskosten, solange es geht.«

Dann hebt er langsam mein Kinn und küsst mich.

Alles ist wieder so wie in London: die sanfte Wärme seiner Lippen, der Pfefferminzgeschmack, das Gefühl, wenn er mit dem Daumen über meine Kinnlinie streicht, das unglaubliche Flattern in meinem Bauch. Wir passen so perfekt zusammen. Es ist, als müsste ich hier und nur hier sein, als gäbe es keinen anderen Ort für mich, als wären wir Teile eines –

Okay, der Kuss ist schon wieder vorbei.

Hand in Hand kehren wir zu seinen Freunden zurück.

JAMIE Leute? Das ist meine Freundin Hope.

HOPE Deine ... Freundin?

JAMIE (lächelt) Das bist du doch, oder etwa nicht?

»Also«, flöte ich, als Abi uns zuwinkt und ich zurückwinke. »Was unternehmen wir morgen? Es ist Samstag, vielleicht könnten wir –«

»Woa.« Jamie bleibt abrupt stehen. »*Morgen?* Hope, für morgen habe ich einen Surftrip mit den Jungs geplant.«

Ich blinzle. »Oh! Aber du sagtest doch –«

»Ja, schon klar, aber ich wusste ja nicht, dass du kommst. Wenn du mich *vorgewarnt* hättest, dann hätte sich vielleicht was machen lassen, aber bis vor etwa einer Stunde hatte ich nicht den leisesten Schimmer, dass du plötzlich hier auftauchen würdest.«

Verdammt, warum zeigen Filme nie, wie kompliziert romantische Gesten sein können? Ich hätte eine Save-the-Date-Karte schicken sollen.

»Tut mir leid.« Entschuldigend drücke ich Jamies Hand. »Natürlich. Du hast vollkommen recht.« Ich lache laut auf. »Ich bin mal wieder übers Ziel hinausgeschossen, wie immer. Obwohl ... *oooh*, vielleicht kann ich ja mitkommen? Surfen hört sich nach Spaß an, und ganz zufällig habe ich den Taucheranzug meiner Schwester dabei –«

»WIR HABEN DOCH GERADE ERST DEN GANZEN NACHMITTAG ZUSAMMEN VERBRACHT.«

»Eben hast du gesagt, dass du bis vor einer Stunde noch nicht wusstest, dass ich komme.«

»Stell dich nicht so an, Hope, du weißt genau, was ich meine.«

Jamies Gesicht ist wie versteinert, nur sein Kiefermuskel pulsiert wieder.

»Ich …« Mein Kinn fängt an zu zittern. »Es … es tut mir leid, ich wollte nicht …«

»Baby«, sagt Jamie und küsst mich auf die Wange. »Reg dich nicht auf. Es würde mir das Herz brechen, dich weinen zu sehen. Ich bin einfach daran gewöhnt zu tun, was ich will, weißt du? Natürlich verbringe ich Zeit mit dir.«

Ich blinzele. »D-danke.«

»Ich meine«, fährt er leichthin fort, »du bist ja nur in den Ferien in Kalifornien, oder? Von welcher Zeitspanne reden wir eigentlich? Eine Woche? Maximal zehn Tage?«

Ich nicke. Seine Miene hellt sich auf.

»Wenn das so ist, dann bin ich ohnehin die meiste Zeit in der Schule. Also … warum verbringen wir nicht den morgigen Tag zusammen und machen alles, was du willst?«

»Wirklich? Bist du dir sicher?«

»Absolut.« Er ist so zuvorkommend und galant. »Morgen gehöre ich *ganz allein dir. Ich* verzichte auf einen tollen Trip, und *du* darfst dir aussuchen, was wir unternehmen.«

Ähm, jetzt habe ich Gewissensbisse.

»Jamie.« Ich umfasse seine Hände. »Das ist so süß von dir. Tut mir leid, ich wollte dich nicht drängen. Ich kann jede Menge anderer Sachen machen. Ich verbringe Zeit mit meinem Vater, unterhalte mich mit dem Hauscomputer und –«

Jamie legt seinen Finger auf meine Lippen und hindert mich am Weiterreden.

»Hope«, sagt er zärtlich. »Zerbrich dir nicht den Kopf, Baby. Es gibt nichts, was ich lieber täte, als meine freie Zeit mit dir zu verbringen.«

34

Klappe, die zweite:

Es ist der nächste Morgen. HOPE erwacht (Nahaufnahme Gesicht). Verwirrt reißt sie die Augen auf. DIE KAMERA weitet den Blickwinkel, und man sieht, wie sich langsam ein Lächeln auf Hopes Gesicht ausbreitet. Jetzt fällt es ihr wieder ein.

SIE IST IN LOS ANGELES.

HOPE gähnt zufrieden. Sie streckt sich ausgiebig und breitet sich auf dem großen Bett mit den cremefarbenen Seidenlaken aus.

»Computer«, sage ich laut. »Öffne die Jalousien.«

Ein Klicken, und schon fällt warmes gelbes Sonnenlicht herein. »Computer, spiele kalifornische Musik.«

»*Spiele* California Dreamin *von den* Mamas and the Papas.«

Gitarrenklänge setzen ein.

Grinsend schwinge ich die Beine über den Bettrand und wackle mit den Zehen. »Computer, wärme den Fußboden und drehe die Dusche auf.«

Wasser rauscht.

Gestern ist es nicht ganz so gelaufen wie erhofft: falsches Outfit, Erinnerungslücken beim Text, unpassende Location, mangelnde Recherche, und zu allem Übel war mein armer Co-Star nicht auf meine Ankunft vorbereitet. Daher habe ich beschlossen, den Take noch einmal komplett zu wiederholen.

Es ist unmöglich, jede Szene schon beim ersten Versuch im Kasten zu haben. Überarbeitung ist ein wesentlicher Teil des filmischen Entwicklungsprozesses. Und jetzt weiß ich genau, wie es ablaufen soll.

Ich dusche lange und singe dabei vor mich hin, danach wähle ich meine Kleidung mit großer Sorgfalt aus: Mercys schwarze Denim-Shorts und Effies neonfarbenes bauchfreies Top. Seit gestern weiß ich, was ein typisch kalifornisches Outfit ist. Geschickt binde ich meine Haare zu einem Mir-doch-egal-wie-meine-Haare-aussehen-Knoten (was vierzig Minuten dauert) und trage ein outdoortaugliches Tages-Make-up mit Glow auf. Jetzt sehe ich aus, als hätte ich mich gerade an irgendwelchen Klettergerüsten entlanggehangelt.

»Computer?«, sage ich, während ich meine Beine im Spiegel begutachte und nach Muskeln absuche. Olivia, Sophia und Madison strecken alle drei anfeuernd ihre Daumen hoch. »Wie lautet das heutige Horoskop für Sternzeichen Krebs?«

»Hier ist dein Horoskop: Ein Transit von Mars und Saturn lässt die Leidenschaft wachsen, der Mond im Zeichen der Jungfrau in deinem dritten Haus führt zu entspannten Gesprächen. Finde deinen Glücksort, dann ergibt alles wie von selbst einen Sinn.«

Ich schenke meiner Zimmerwand ein strahlendes Lächeln. »Danke, das ist ein *ausgezeichneter* Rat. Ich weiß deine Hilfe sehr zu schätzen.«

Mein Blick gleitet zu dem Stuhl in der Ecke, wo sich Mums Sachen stapeln – gewaschen, gebügelt, sorgfältig zusammengelegt und nach frischer Wäsche duftend. Obenauf liegt die goldene Halskette.

Seufzend verteile ich alles wieder im Haus.

Gestern Abend hatte ich auf ein ausführliches Gespräch mit Dad gehofft, aber er kam erst aus dem Studio zurück, als ich schon schlief. Und heute Morgen ist er frühzeitig aufgebrochen. Wenn ich hier richtig Unordnung mache … vielleicht hat er dann genug von dem Saustall und geht nach Richmond, nur um von mir wegzukommen.

»Computer?«, sage ich stirnrunzelnd. »Welche anderen Filme mit Juliet Valentine hast du im Programm?«

»Filme mit Juliet Valentine: *Die Unerbittlichen, Tausend Jahre, Blaue Augen …*«

»Stopp.« Ich klatsche in die Hände. Mum ist so wunderschön und jung in dem zuletzt genannten Film, auch wenn ihre Augen nicht blau, sondern grau sind. »Heute Abend um sieben bitte *Blaue Augen* abspielen, direkt vor *Anker unserer Herzen*.«

»Film ist einprogrammiert.«

Schmunzelnd entrolle ich ein Poster, auf dem Mum im Stil der Sechziger zu sehen ist. Im Minirock und mit kniehohen Stiefeln sitzt sie auf dem Rücksitz eines Rollers (sie war in den Sechzigern zwar noch nicht auf der Welt, aber es waren supersexy Zeiten).

Je mehr subtile Gedächtnisstützen ich im Haus verteile, desto leichter wird es sein, mit Dad das entscheidende Gespräch zu führen. Es ist, als würde ich ihm im Voraus ein Filmskript zuschicken.

Als ich fertig bin, hole ich mein Handy hervor.

»Hope!«, meldet sich Ruth bereits nach dem ersten Klingelton. »Alles okay? Wie hast du geschlafen? Hast du dir das Abendessen genommen, das ich für dich hingestellt habe? Im Kühlschrank ist Frühstück für dich. Dein Dad isst meistens nur eine Kleinigkeit am Set, daher muss ich aufpassen, dass du uns nicht verhungerst.«

Das Essen war total grün, mit ganz vielen Salatblättern. Jetzt komme ich mir vor wie eine hundertprozentige Kalifornierin. Allerdings eine, die am Verhungern ist. »Es war köstlich, vielen Dank! Kannst du mich in zwanzig Minuten abholen? Ich muss heute nach Hollywood.«

Im Geiste höre ich, wie Dad mich anblafft.

»Bitte«, sage ich rasch. »Danke, Ruth. Du bist nicht meine persönliche Assistentin, ich weiß das. Also vielen Dank.«

»Hope«, sagt Ruth langsam. »Tut mir leid, aber ich bin gerade mitten in einer …« Sie hält kurz inne, dann sagt sie: »Weißt du was? Das machen wir. Kein Problem. Ich brauche ungefähr vierzig Minuten, ich fahre sofort los.«

»Cool.«

Wir werden uns beeilen müssen. Jamie will mich um zehn treffen, und ich möchte zu unserem Alles-wieder-auf-Anfang-Date nicht zu spät kommen, schließlich will ich die Szene völlig neu anlegen.

»Macht es dir etwas aus, wenn du wieder allein bist?«, fragt Ruth besorgt. »Wenn du möchtest, kann ich –«

»Nein, danke«, sage ich rasch.

HOPE und JAMIE und RUTH beobachten gemeinsam den Sonnenuntergang und schlecken Eiscreme.

»Ich habe schon Pläne. Touristenkram und so weiter. Ich ganz allein. Definitiv keine Aktivitäten mit einem Jungen.«

Eine lange Stille tritt ein.

»Also gut«, sagt Ruth schließlich. »Ich komme, so schnell ich kann.«

Jamie wartet bereits am verabredeten Treffpunkt.

Als Ruth auf den Parkplatz eines kleinen Supermarkts in der Nähe des Sunset Boulevards einbiegt, sehe ich ihn auf einer Metallabsperrung sitzen. Heute trägt er Bluejeans und ein T-Shirt, auf dem in großen Buchstaben *RETTET DIE WALE* steht. Er hat den Kopf gesenkt und tippt gerade auf dem Handy. Seine zu einem lässigen Quiff frisierten Haare schimmern mattweißgolden.

Er ist so schön, dass ein heller Glücksblitz durch mich hindurchfährt und mein Gesicht zum Leuchten bringt. Ich spüre, wie meine Wangen glühen.

»Kennst du den blonden Jungen da drüben?«, fragt Ruth unvermittelt. »Hope, soll ich dich wirklich hier absetzen?«

»Nein«, sage ich und wende unauffällig den Blick ab. »Hä? Was? Wie meinst du das? Was für eine seltsame Frage an ein junges Mädchen, das in einer fremden Stadt in einem fremden Land unter lauter Fremden ist, die es noch nie im Leben gesehen hat. Und ähm, ja, hier steige ich aus.«

Hervorragend, Hope. Bravo.

»Hör mal«, fängt Ruth an und schiebt nachdenklich ihre Brille hoch. »Mit mir kann man ziemlich gut reden. Wenn du mir irgendetwas sagen möchtest, dann muss das nicht notwendigerweise bedeuten, dass ich die Information an deinen Vater weitergebe. Es könnte zwischen uns bleiben. Das ist schließlich mein Job, okay?«

Ähm, ihr Job ist es, meinem Vater alles zu erzählen. Und bei der Formulierung *nicht notwendigerweise* schrillen meine Alarmglocken.

Mein Blick flackert ungeduldig zurück zu Jamie.

»Hauptsache, du fühlst dich sicher und glücklich«, sagt Ruth nachdrücklich. »Weißt du … Dates sind in jedem Alter kompliziert. Ich meine« – sie verzieht ihren Mund –, »ich muss es ja schließlich wissen, oder?«

Mitfühlend tätschle ich ihre Schulter.

Es muss schwer sein, den Einen für sich zu finden, wenn man alt ist und alle Guten weggeschnappt sind. Wenn ich in den nächsten Tagen mal Zeit habe, kann ich ein Umstyling mit ihr machen und vielleicht sogar ein Profil für sie erstellen, auf einer Dating-Seite für die Bedauernswerten, die jede Hoffnung aufgegeben haben.

»Wahre Liebe ist nicht kompliziert«, erkläre ich geduldig. »Glaub mir, den Richtigen zu *finden* ist der schwerste Teil. Wenn man das geschafft hat, ist der Rest ein Kinderspiel.«

Jamie hat den Kopf immer noch gesenkt und textet schon wieder, deshalb hole ich vorsorglich mein Handy aus der Tasche, falls er mir gerade schreibt. Nein, keine neuen Nachrichten.

»Also«, sagt Ruth, während ich – gerader Rücken, exzellente Haltung – graziös aus dem Auto steige. »Ich bin für dich da, wenn du mich brauchst. Gleicher Treffpunkt, sechs Uhr, okay?«

»Acht?«

»Sechs.«

»Sieben Uhr fünfundvierzig?«

»Sechs«, sagt Ruth lachend. »Hope, wir diskutieren jetzt nicht darüber, wann die Sonne untergeht. Das bestimmen nicht wir, sondern die Erdrotation.«

Verflixtes planetarisches Ausgehverbot.

Ungeduldig winkend sehe ich zu, wie Ruth mit ihrer Knatterkiste davontuckert. Als sie außer Sichtweite ist, strecke ich den Hals und knacke mit den Fingerknöcheln. Mit einem letzten flüchtigen Stirnrunzeln schalte ich sämtliche Scheinwerfer in meinem Kopf ein, lasse die Intro-Musik anlaufen und konzentriere mich ganz auf die Kameras.

Recherche: erledigt.

Skript: auswendig gelernt.

Co-Star: bereit.

Und … *Aufnahme.*

Als der gelbe Lamborghini mit hohem Tempo davonrast, schlendert HOPE über den Parkplatz. Sogar aus der Entfernung sieht man ihre straffen athletischen Beine und die vibrierende Energie, die sie ausstrahlt.

JAMIE hört auf, in sein Handy zu tippen. ETWAS lässt ihn innehalten und hochblicken.

Jamie hört auf, in sein Handy zu tippen und blickt hoch.

HOPE und JAMIE schauen sich stumm an, mit roten Wangen und klopfenden Herzen.

Wir schauen uns an, mit roten Wangen und klopfenden Herzen.

Dann erhellt sich JAMIES Miene.

Jamie fängt an zu grinsen.

Von Gefühlen überwältigt rennt sie auf ihn zu.

Ich renne los.

HOPE SPRINGT, und JAMIE FÄNGT SIE AUF. Er wirbelt sie durch die Luft, und HOPE lacht. Die Sonne taucht sie in ein weiches Licht.

Ich hüpfe, lache, er fängt mich und wirbelt mich herum.

Dann setzt er sie langsam ab.

Langsam setzt Jamie mich ab.

»Guten Morgen, meine Schöne«, sagt er strahlend. »Lass uns den Tag neu beginnen.«

Dann beugt er sich zu mir herunter und küsst mich.

SIE KÜSSEN SICH.

Na, das ist doch schon viel besser.

35

Wir küssen uns, bis die Welt um uns herum versinkt.

Bis der Parkplatz verschwimmt und nur noch Jamie und ich uns in den Armen liegen, eingehüllt in eine Wolke aus Technicolor. Für einen kurzen Moment wünsche ich mir den Abspann des Films herbei.

Das war's, ihr könnt nach Hause gehen.

ENDE.

Irgendwann lösen wir uns mit kribbelnden Lippen voneinander. »Okay, Hope, wie lautet der Plan? Was machen wir hier eigentlich? Vielleicht weißt du das nicht …«, fügt Jamie grinsend hinzu, »aber Kalifornien hat mehr zu bieten als einen kleinen Supermarkt in einem Vorort von Hollywood.«

Überglücklich fasse ich seine Hand.

Ich habe den gestrigen Abend mit Nachdenken verbracht, und plötzlich ist mir ein Licht aufgegangen. Romantische Filme haben immer eine kreisförmige Handlung. Sie beziehen sich ständig auf sich selbst und erzählen in Schleifen. Der Anfang ist das Ende, das Ende ist der Anfang und so weiter. Liebe dreht sich wie ein Kreisel, das weiß jeder.

Genau das habe ich jetzt mit uns beiden vor.

»Also«, sage ich aufgeregt und marschiere zielstrebig los. »Ich fürchte, meine Pläne werden dir total touristenmäßig vorkommen. Okay – willst du mit mir diese magische Hauptstadt erkunden?«

Jamie blinzelt. »Los Angeles ist nicht unsere Hauptstadt, Hope.«

»Nein«, sage ich rasch. »Das ist New York, schon klar.«

Seine Augen weiten sich. »Die Hauptstadt von Amerika ist *Washington, D.C.*«

»Oh.« Ich kichere los. »Natürlich ist sie das. Das weiß doch jeder. War nur ein *Scherz*.« Obwohl New York viel cooler und schöner ist, also vielleicht sollten die Amerikaner sich das noch mal überlegen. »Ich habe es nur gesagt, weil du genau das bei unserem ersten Date gesagt hast.«

Jamie starrt mich verständnislos an. Ich versuche es noch einmal.

»Touristen-Käse«, erkläre ich vielsagend. Dann warte ich ein paar Sekunden. »Camembert-Käse.« Noch ein paar Sekunden. »Schweizer Käse, Parmesan-Käse. Ähm –« Er wird sich doch wohl an seine eigenen Worte erinnern? »Manta-Ray-Käse?«

»Was redest du da?« Jamie runzelt die Stirn. »Was hast du heute vor? Gehen wir zu einem Bauernmarkt?«

Ach, vergiss es. Unverdrossen breite ich die Arme aus. »Ta-da!«

Ganz in der Nähe – gerade mal zwei Türen von dem kleinen Supermarkt entfernt – ist ein kleines Büro, vor dem etwa ein Dutzend Leute warten. Über dem Eingang ist ein großes rot-weiß-blaues Schild, auf dem steht:

✱ MEGA HOLLYWOOD TOURS! ✱
Wir zeigen Ihnen das Zuhause der
FILMSTARS UND PROMIS!!
5 STERNE!
Die Nummer 2 unter den HOLLYWOOD-Touren!

Spontan klatsche ich in die Hände.

»Schau mal!«, rufe ich und hüpfe voller Vorfreude auf und ab. »Wir machen das gesamte Touri-Programm von Los Angeles – wie in London! Es wird genauso wie unsere romantische Bildmontage von Englands Hauptstadt, nur diesmal auf der anderen Seite des Atlantiks. Ist das nicht supersüß?«

Ehrlich gesagt bin ich tatsächlich scharf auf das Programm.

Endlich habe ich es bis nach Hollywood geschafft. Und ja, ich weiß, es ist nur ein kurzer Trailer, denn ich muss bald wieder nach Hause, aber solange ich hier bin, möchte ich alles sehen, was die Hauptstadt des Films zu bieten hat.

Ich möchte einen Strohhalm nehmen und die Stadt aufsaugen.

»Hey, ihr beiden Turteltauben«, spricht ein Mann aus dem Büro uns gut gelaunt an. »Wollt ihr die Zehn-Uhr-fünfundvierzig-Tour mitmachen?«

»O ja … bitte!« Ich bin so aufgeregt, dass ich zuerst gar kein Wort hervorbringe. »Ich habe gestern Abend gebucht! Und ich habe eine Wasserflasche dabei und Snacks und mein Handy und meine Kamera und eine Ersatzkamera für alle Fälle.«

»Wir können dir nicht versprechen, dass du jemanden entdeckst, den du kennst«, sagt er lachend. »Aber mit etwas Glück werden wir ein paar Promis sehen. In dieser Stadt laufen einige davon herum, haha. Du wirst sie hier gar nicht mehr los!« Er reicht mir zwei knallrote Baseballmützen mit der Aufschrift *MEGA HOLLYWOOD TOURS* und zwei dazu passende T-Shirts. »Die sind für euch, Kids! Wir fahren gleich los, also macht euch fertig!«

Schnell löse ich meinen hohen Haarknoten und setze die Kappe auf, was bei meinen dichten Locken gar nicht so leicht ist. Dann ziehe ich das viel zu große T-Shirt über mein bauchfreies Oberteil und verwandle mich in jemanden, der bereit für MEGA HOLLYWOOD ist.

Freudestrahlend reiche ich Jamie Kappe und T-Shirt. Erst da sehe ich seine Miene. Sie ist kalt, verkniffen und total abweisend.

Mein Lächeln ist wie weggewischt. »Was? Was ist los?«

»Du. Machst. Witze.« Seine Stimme ich ausdruckslos. »Ich bin aus Los Angeles, Hope. Ich bin hier *geboren*. Ich bin hier *aufgewachsen*. Das ist mein *Zuhause*. Wieso zum Teufel schleppst du mich zu dieser Touristenklitsche? Mehr Klischee geht ja wohl kaum.«

Ich blicke ihn verständnislos an. »Weil … ähm … genau das ist doch der Punkt.«

Es ist genauso viel oder wenig Klischee, wie in einem roten Doppeldeckerbus ziellos durch London zu fahren, aufs

London Eye zu gehen und die Wachablösung am Buckingham Palace zu sehen. Oder verbotenerweise die Tauben am Trafalgar Square zu füttern, Fish and Chips zu essen, am Covent Garden Einrad zu fahren, ein Sweatshirt mit dem Aufdruck *I ♡ LONDON* anzuziehen, die Enten im Hyde Park zu fotografieren und eine lange, verregnete Bootsfahrt auf der Themse zu machen.

Das Klischee macht es doch erst romantisch. Ansonsten ist es nicht viel mehr als der schnellste Weg, wie man in einer Woche in London sehr viel Geld ausgeben kann. Denkt Jamie etwa, wir Briten machen das andauernd so? Denkt er, wir sind alle Zauberer und wohnen in Schlössern und gehen in lustige rote Telefonzellen, wenn wir jemanden anrufen wollen? Denkt er, wir tragen Zylinderhüte und Monokel, lesen schon zum Frühstück Shakespeare und rufen alle drei Minuten erstaunt *»Ach du meine Güte!«*?

Okay, das Letzte stimmt, aber trotzdem.

»Ich soll *das hier* anziehen?« Jamie deutet auf das Shirt und die Kappe. Sein Mund ist eine dünne, gerade Linie. »Im Ernst? In aller Öffentlichkeit? Vor Leuten, die ich möglicherweise kenne? Was, wenn mich jemand sieht?«

»Na und?«, erwidere ich verwundert. »Wen kümmert's?«

Seine Augen werden schmal. »Tja, vielen Dank auch. Kein Grund, gemein zu werden, Hope.«

Ich blinzle. »Ich wollte dich nicht –«

»Aber klar doch. Mit einer kostenlosen und total bescheuerten Kappe und einem grottenhässlichen T-Shirt in einem Bus durch die Gegend zu kutschieren und sich die

Häuser von wildfremden Superreichen anzuschauen ist natürlich *viel besser,* als mit meinen Freunden in Mexiko zu surfen. Hope, ich liebe Autos, ich hätte dich *gefahren*, wenn du so scharf auf die Paläste der Promis bist.«

Wir schauen uns schweigend an.

Und wer, bitte schön, lebt in Buckingham Palace? Wessen Palast hat *er* vor zwei Wochen angeschaut und mindestens *fünfzig* Fotos gemacht?

»Seid irrr ferrrtik? Hallooo, irrr Lieben! Ich bin eurrre Tourleiterin fürrr heute. Schnallt euch an und sucht euch einen gutttten Platz, denn heute ist euerrr schönster Tak im Lebbben. Irrr werdet sehen!«

Neben uns ist ein Minibus ohne Verdeck vorgefahren. Am Steuer sitzt eine Frau. Ihre geglätteten, blondgefärbten Haare reichen bis zur Taille. Sie hat unnatürlich dicke Lippen, kugelrunde Brüste und gebräunte Haut, die gestrafft und trotzdem noch runzlig ist. Ich möchte nicht unhöflich sein, aber sie sieht aus wie der alte Ledersitz eines Autos, der schon sehr viel mitgemacht hat.

Sie könnte dreißig oder tausend Jahre alt sein. Vermutlich ist sie unsterblich.

»Einsteigen, irrr Lieben!«, ruft sie munter und hupt mehrmals. An ihrem linken Ohr klemmt ein kabelloses Mikrophon. »Ich bin Dominikkka mit K, und wir haben keine Zeit zu verlirrren, nein, nein! Die Promis – wir werden sie jagen wie Tiger! Vorsichtig und leise und schnell! Haha!«

Jamie und ich schauen uns wieder schweigend an.

»Sag mir, was du möchtest.« Ich spüre, wie mein Magen

sich verkrampft. »Wenn dir das total auf die Nerven geht, können wir auch etwas anderes unternehmen. Es macht mir nichts aus.«

Es macht mir sehr viel aus.

Aber ich würde lieber das Geld für unsere Tickets in den Sand setzen und woanders hingehen, als zwei Stunden lang mit einem mies gelaunten Fast-offiziell-Freund durch Hollywood zu kurven.

»Du bist egoistisch, weißt du das?« Jamie setzt seine MEGA-Kappe auf, so dass man sein Gesicht fast nicht mehr sieht. »Also los, dann machen wir eben diese beknackte Tour.«

36

Sicher erwartest du, dass ich jetzt total ausflippe, oder?

Falsch.

Zum Glück habe ich schon viele Liebesfilmklassiker gesehen, daher weiß ich, dass jedes Paar mindestens einen großen Streit hinter sich bringen muss. Er hilft, sich gegenseitig besser zu verstehen, die Beziehung wird dadurch umso enger, und danach wissen die Liebenden erst so richtig, was sie aneinander haben.

Also *hurra*! Das ist unser erster Streit.

Jamie ist richtig sauer – er hat die Arme verschränkt, die Kappe noch tiefer gezogen und mir den Rücken zugekehrt. Ich kann nur ahnen, wie phantastisch die Versöhnungsszene sein wird. Beim heiligen Horoskop! Auf Mars und Saturn kann man sich verlassen, wie immer.

Die Leidenschaft wächst, das kann man wohl sagen.

»So, irrr Lieben!«, ruft Dominika und lenkt den Transporter auf die sonnigen, belebten Straßen Hollywoods. »Kennt irrr das Gebäude? Habt irrr das schon mal gesehen? Ja, das habt irrr! Das ist das Haus von Julia Roberts in *Pretty Woman*! Seht irrr die Feuerleiter?«

Wie lautet meine nächste Textzeile?

»Hier ist die superberühmte Kirche, irrr wisst schon, wo die Nonnen singen, haha! Macht Fotos!«

Ehrlich, ich bin nicht besonders gut im Streiten. Krebse gehen Auseinandersetzungen gerne aus dem Weg, das ist allgemein bekannt. Wir sind fast so passiv wie Fische.

»Und hier drüben! Das Hotel, in dem Janis Joplin starb! Seht irrr es? Das Zimmer ist noch genauso wie damals. Hübsch, nicht wahr?«

Vielleicht können wir ja den Streit überspringen und sofort zur Versöhnung übergehen?

»Ja, fotografiert! Viele, viele schöne Fotos! Wenn irrr wollt, gebe ich euch Adressen von berühmten Leuten. Fragt mich, ich habe eine Liste! Da stehen alle drauf! Wollt irrr Leo, wollt irrr Tom, wollt irrr Ryan – ich habe sie alle!«

Wenn ich so darüber nachdenke – wow, das ist die ideale Gelegenheit, um Jamie zu zeigen, wie verständnisvoll und unkompliziert ich sein kann.

Ich wäre *dumm*, wenn ich mir die Chance entgehen lassen würde.

»Tut mir leid«, sage ich aufrichtig und taste nach Jamies Hand. »Du hast recht. Es war egoistisch von mir, dich hierherzuschleppen. Ich verspreche dir, das kommt nicht wieder vor.«

»Tja«, sagt Jamie seufzend, und seine Züge entspannen sich. »Jetzt sind wir hier. Also machen wir das Beste draus, okay?«

Ich nicke entzückt. »Danke.«

Dann neige ich den Kopf und drücke ihm rasch unter seiner Kappe einen Kuss auf die Lippen. Streit mit anschließender Versöhnung – erledigt. Das Ganze hat nicht lange gedauert, aber jetzt sind wir uns noch ein kleines Stückchen näher, das spüre ich.

Unser Minibus hat mittlerweile die Hauptwege verlassen und fährt eine hübsche, von Bäumen gesäumte Bergstraße hinauf. Auf beiden Seiten erheben sich hohe Hecken und Mauern. Im Vorbeifahren erhaschen wir kurze, aber verheißungsvolle Blicke auf Dächer, Garagen, manchmal sogar Fenster, und hin und wieder sieht man hinter Torgattern hochglanzpolierte Autos aufblitzen. Meine Aufregung wächst.

Bei jedem Spitzdach, jedem großen Eingangstor, jedem Sonnenstrahl zwischen den Bäumen schwillt mein Herz immer mehr an. Hier lässt sich hautnah Filmgeschichte erleben, hinter diesen Mauern werden faszinierende Leben gelebt, wohnen Filmstars mit spannenden Geschichten –

»Und das ist Beverly Hills!«, plärrt Dominika in ihr Mikrophon. »Hier wohnen die wichtigsten und berühmtesten Menschen der Welt! Hast du Geld, wohnst du hier, so ist das! England! Was sagst du dazu?«

Verwirrt schaue ich meine Mitfahrer an – es sind mindestens ein Dutzend, die meisten davon jung, die meisten Amerikaner, darunter einige Pärchen –, die sich jetzt alle zu mir umdrehen.

Moment mal, meint sie etwa mich? Bin ich *England*?

»Sieht alles sehr schön aus«, sage ich laut und deutlich von der hinteren Sitzbank aus. »Sehr grün und ruhig.«

»Genau!« Dominika nickt überschwänglich. »Promis sind

meine Freunde. So nett. Winken uns immer, und wir winken manchmal zurück! Charlize wohnt da drüben …« Sie deutet nach links. »Und hier haben wir Keanu. Weiter hinten ist Johnny, und wenn ihr nach rechts schaut, seht ihr den Ort, an dem Jen und Brad einmal sehr glücklich waren. So traurig.«

Ich sehe nichts als Terrakottamauern und ein elektronisches Tor, aber wenn ich die Augen zusammenkneife, kann ich mir alles vorstellen – die faszinierenden Gespräche, das Lachen, die Romanzen …

»Das ist lächerlich.« Jamie stöhnt und rutscht noch tiefer in den Sitz. »Man sieht absolut nichts. Wir haben dafür bezahlt, Dachkamine anzuschauen. Und überhaupt, wen interessiert das? Was kümmern mich diese Leute? Sie sind auch nicht besser als ich.«

Ich blicke ihn erstaunt an »Das hat niemand behauptet.«

»Doch. Unterschwellig bekommt man das Gefühl vermittelt, sie seien besser als wir. Wir glotzen sie an, weil die ganze Welt glaubt, dass die Reichen und Berühmten uns überlegen sind. Dabei sind es stinknormale Leute in viel zu großen Häusern, die gerade auf dem Klo hocken oder so.«

»Klar machen sie das.« Ich lache laut. »Bisher hat noch niemand eine Möglichkeit gefunden, wie sich das outsourcen lässt.«

Jamie schenkt mir ein unerwartetes Lächeln.

»Ich meine ja nur«, sagt er und entspannt sich ein bisschen. »Es gibt eine riesige Kluft zwischen Arm und Reich, und das, obwohl zwischen *mir* und *denen* eigentlich kein Unterschied ist. Trotzdem haben sie Swimmingpools und ich nicht. Ist das fair?«

»Du hast recht«, stimme ich ihm zu. »Das ist nicht fair.«

Wir fahren weiter den Hügel hinauf und sehen noch mehr hohe Mauern und noch mehr Dächer: Katy, Orlando, Kurt, Al …

»Aber …« – ich drehe mich wieder zu Jamie – »ich schätze, wir wollen es nicht anders. Wir heben sie auf ein Podest, und wir entscheiden, wer dort hinaufkommt und wer nicht. Wir treffen diese Wahl, indem wir von bestimmten Leuten fasziniert sind – oder von dem, wofür wir Geld ausgeben. Also ist es ein gesellschaftliches Problem, für das wir eine grundsätzliche Lösung finden müssen, statt uns über den einzelnen Fall aufzuregen. Außerdem: Kunst zu schaffen und Kunst zu genießen steht jedem frei, und das ist ziemlich demokratisch, findest du nicht?«

Huch, woher kam *das* denn? Oooh, ich wünschte, Mr. Gilbert hätte mich hören können. Wenn ich ihn nicht gefeuert hätte, wäre er jetzt bestimmt sehr stolz auf mich.

Jamie lächelt. »Du bist so niedlich, wenn du versuchst, kluge Sachen zu sagen. Hast du das irgendwo im Internet gelesen?«

Ich blinzle irritiert. »Nein?«

Unser Wagen nimmt die letzte Kurve, dann sind wir ganz oben auf dem Hügel, wo sich uns ein phantastischer Ausblick bietet. Unter uns erstreckt sich die in hellen Sonnenschein getauchte Landschaft: trocken, sandfarben, mit grünen Farbtupfern und leuchtenden Blumeninseln. Los Angeles zeigt sich uns schläfrig und staubig.

»Irrr Lieben!«, flötet Dominika, während ich überwältigt Hollywood in mich aufnehme. »Rechts seht irrr superspezielles Haus! Hat Architekt in den Sechzigern entworfen, Name nicht wichtig. Dort wohnt A-Promi, wichtiger Schauspieler, den irrr aus Filmen kennt wie –«

Im Bus halten alle vor Aufregung die Luft an, und wie auf Befehl drehen sich die Köpfe nach rechts.

Meiner auch.

»Oooh! Promijäger, haltet Kameras bereit! Das Tor geht auf! Gleich bekommt irrr Beute vor die Linse! Hab ich nicht gesagt, dass wir die Nummer zwei in Hollywood sind? Bei uns kriegt man immer berühmte Leute zu sehen!«

Neugierig beuge ich mich vor … Moment mal … wo genau sind wir hier?

Das Tor kenne ich. Und auch die hohen Hecken auf beiden Seiten. Und den kleinen goldenen Briefkasten und den goldenen Hydranten auf der Straße. Aber vor allem kenne ich den großen schwarzen Sedan, der langsam die Zufahrt verlässt.

»Da ist er!«, kreischt Dominika triumphierend. »Das ist Mister … wie heißt er? Nein, das ist kein Schauspieler. Es ist …« Sie holt ihre Brille hervor und späht über die Straße. »Ja! Das ist sein Freund, der berühmte schwarze Filmregisseur Michael Rivers! Irrr kennt ihn! Los, los, schnell! Winkt!«

Dad und Ruth sitzen vorne im Auto und reden aufgeregt aufeinander ein. Plötzlich verstummen sie und starren fassungslos auf den roten Kleinbus von MEGA HOLLYWOOD TOURS.

Dominika hat mitten auf der Straße geparkt und ist auf den Fahrersitz geklettert. Sie winkt mit beiden Armen, während ihre Passagiere wie wild losknipsen.

»Coool«, sagt ein Mädchen seufzend und blickt auf ihr Handy. »Michael Rivers? O mein Gott, ich *liebe* seine Filme. Er ist eine *Legende*!«

Dad schiebt die Sonnenbrille hoch und starrt mit erhobenen Augenbrauen zu den hinteren Reihen des knallroten Vans, wo ich sitze.

Ich winke ebenfalls. Alles andere wäre unhöflich.

Seine Kinnlade klappt herunter.

»Tourrristen! Wie irrr vielleicht wisst«, verkündet Dominika überschwänglich, »lässt sich unser Liebling Mikey gerade von der britischen Starschauspielerin Juliet scheiden. Ihr kennt sie aus *Anker unserer Herzen*. Sie ist in England und nicht mehr ganz richtig im Kopf. Weggesperrt, haha! Ist zu alt geworden, wenn ihr mich fragt. Wenn man nicht auf sich achtet, *zack*, ist der Mann weg. Angeblich hat er eine Affäre, und *ta-daa*, hier seht irrr seine Geliebte!«

Wie bitte?!

»Entschuldigung.« Ich stehe auf und hebe meine Hand. »Ich möchte nicht unhöflich sein, aber das ist totaler Quatsch. Juliet ist sehr wohl richtig im Kopf, und sie ist auch nicht weggesperrt. Sie kann kommen und gehen, wie sie will – sie ist *freiwillig* dort. Übrigens heißt er auch nicht

Mikey – wenn, dann entweder Michael oder Mike–, und er hat ganz sicher keine Affäre. Die Frau neben ihm ist seine Sekretärin Ruth.«

Alle drehen sich um und starren mich an.

»Das habe ich … aus dem Internet«, erkläre ich vage und setze mich schnell wieder hin, um weiter zu winken. »Hab's auf *TMZ* gelesen. Tolle Website. Mega.«

Alle richten ihre Aufmerksamkeit wieder auf das schwarze Auto. Nach einem kurzen Moment stupst Ruth Dad an und winkt zurück. Mit versteinerter Miene folgt Dad ihrem Beispiel.

»Yesss! Winken, Leute, winken! Was habe ich gesagt? Promis, so nette Menschen!« Dominika streckt die Brust vor. »Und Mikey-Baby ist superheiß, oder? Mmmh. Ganz mein Typ. Wenn er mal wieder eine neue Freundin sucht, sag ich nicht nein!«

Wenn diese Frau sich meinem Vater auch nur auf fünf Meter nähert, ramme ich ihr das blöde Mikrophon ins Nasenloch. Was fällt ihr ein, meinen Vater *superheiß* zu nennen?

»Okay! Platz nehmen!« Der Van setzt sich langsam wieder in Bewegung. »Das ist ein guter Fang, oder? Was habe ich gesagt? Ich bin beste Freundin von vielen Promis!«

Ehrlich gesagt hatte ich gehofft, einen Promi zu sehen, mit dem ich nicht zufällig verwandt bin und der nicht gerade aus dem Haus kommt, in dem ich derzeit selbst wohne, und vielleicht auch nicht gerade in Begleitung der Frau, die mich erst vor einer halben Stunde abgesetzt hat. Aber hey, alle anderen sind total aus dem Häuschen!

»O mein Gott!«, sagt das Mädchen vor uns mit bebender Stimme, während sie durch ihre Fotos scrollt und ihr Handy küsst. »Das war gerade der Höhepunkt meines Lebens. *Michael Rivers hat mir zugewinkt!*«

Lächelnd drehe ich mich zu Jamie. »Siehst du? Wie glücklich Filme die Menschen machen können und –«

Sein Gesicht besteht nur aus Kreisen: riesige Augen, geblähte Nasenflügel, offener Mund.

»Hope«, sagt er langsam. *»Ist Juliet Valentine deine Mutter?«*

37

Es ist nicht so, als hätte ich es Jamie verschwiegen.

Ich habe das Thema Mütter nur vermieden, daher ist es nie zur Sprache gekommen. Und ich habe meinen Nachnamen nie erwähnt, denn ich wollte einmal in meinem Leben etwas für mich alleine haben, ohne dass meine Familie ihre Finger im Spiel hat.

Wenigstens ein einziges Mal wollte ich etwas ganz für mich alleine.

»Ja.«

»Die berühmte Juliet Valentine ist deine Mutter?« Jamies Augen werden noch größer. »Juliet Valentine, die Oscar-Gewinnerin? Juliet Valentine, die *Millionärin*?«

Multimillionärin. »Ja.«

»Die Frau auf dem Cover da vorne?«

Er deutet auf ein Hochglanzmagazin, das aus einer Handtasche auf dem Vordersitz ragt. Darauf ist Mums blasses Gesicht zu sehen, wie sie melancholisch aus dem Fenster der Rehaklinik schaut. Darunter steht in großen Buchstaben: ERNEUT SCHWERE HERZEN bei den VALENTINES.

Die Medien sind wieder hinter ihr her. Arme Mum.

Ich nicke.

»Aber …« Jamie breitet die Arme aus. »Wir sitzen gerade in einem Bus von MEGA HOLLYWOOD TOURS und fotografieren Mauern, hinter denen deine Freunde und *Nachbarn* wohnen? Hast du denn überhaupt keinen Stolz?«

»Natürlich habe ich Stolz«, erwidere ich entrüstet. »Ich bin sogar sehr stolz auf meine Familie. Aber das, was sie geschafft hat, ist ihre eigene Leistung und nicht meine. Und die Leute, die hinter diesen Mauern wohnen, sind nicht *meine* Freunde. Es sind die Freunde meiner Eltern. Es ist Jahre her, seit ich die meisten dieser Leute gesehen habe. Wahrscheinlich erinnern sie sich nicht einmal mehr an mich.«

Plötzlich blitzt eine Erinnerung an eine rauschende Party in unserem Haus in Richmond auf. Leise Musik, sanftes Licht, überall üppige Orchideen und Lilien, ein weißes Zelt im Garten, Kellner mit Silbertabletts voller köstlicher Oh-döhfre. Mum und Dad, Arm in Arm lachend und tanzend. Überall schöne und glamouröse Menschen, die ich von der Kinoleinwand kenne.

Wir fünf Kinder, wie wir oben an der Treppe lauschen und kichern.

Maggie, die uns energisch ins Bett scheucht, auch wenn wir kurz darauf wieder aus unseren Zimmern schleichen, um zuzuschauen und den Zauber des Abends zu genießen.

Es kommt mir vor wie aus einem anderen Leben.

»Hope.« Jamie runzelt die Stirn. »Du gehörst zum Hollywood-Adel! Warum zur Hölle hast du gesagt, dein Nachname sei Rivers?«

»Hab ich doch gar nicht. Ich sagte nur, dass mein Dad mit Nachnamen Rivers heißt. In meiner Familie wird der Name Valentine weitergegeben, weil meine Urgroßmutter und Großmutter so berühmt sind. Du hast mir erklärt, dass du keine Filme magst, daher dachte ich …«

»Natürlich habe ich von den *Valentines* gehört – ich lebe ja nicht hinter dem Mond. Wenn ich dich jetzt so anschaue …« – Jamie mustert mich prüfend –, »kann ich die Ähnlichkeit zwischen dir und Juliet erkennen. Du hast die gleiche Augenform.«

»Wie lieb von dir!« Ich gebe ihm einen zarten Kuss. »Danke.«

Im selben Moment piepst mein Handy. Ich ziehe es aus der Tasche.

HAST DU MEINEN NEUEN SCHLAFANZUG
VON STELLA MCCARTNEY GEKLAUT?

Mercy weiß genau, wie man einen schönen Moment ruiniert.

Meinst du mit "Schlafanzug" den schwarzen
Satin-Zweiteiler??? Hope x

Ein paar Sekunden später:

NEIN, ICH MEINE DEN PYJAMA, DEN ICH
ZUM SCHLAFEN ANZIEHE, DU DUMME NUSS.
WAS IST EIGENTLICH LOS MIT DIR?
SPERR MAL LIEBER DEINE TÜR AB,
DENN AB SOFORT HERRSCHT KRIEG.

Oh, verdammt – heißt das, ich bin in *Nachtwäsche* durch Dogtown gestiefelt? Kein Wunder, dass Ruth mich nicht aussteigen lassen wollte. Vielleicht hätte ich nicht vorschnell über den Kaninchenmann und die Alufrau urteilen sollen. Wahrscheinlich haben sie das Gleiche über mich gedacht wie ich über sie.

Außerdem habe ich drei neue Nachrichten von Faith:

> Baby, wenn du mich brauchst, ich bin gleich nebenan in meinem Zimmer, okay? F xxx

> Hab dir was zu essen vor die Tür gestellt. Du brauchst jetzt etwas GESUNDES. Dein Herz muss HEILEN. F xxx

> Mache mir langsam Sorgen. Kein Junge ist das wert. Schreib mir. F xxxxx

Stirnrunzelnd gehe ich meine Optionen durch. Ich könnte ihnen natürlich verraten, wo ich bin … gemeinsam würden wir es vielleicht schaffen, Dad nach Hause zu locken.

Aber … lieber nicht.

Entschlossen stecke ich das Handy zurück in meine Tasche. Sollen sie sich doch ruhig ein bisschen um mich sorgen. Vielleicht lernen sie es dann zu schätzen, wenn ich da bin. Außerdem bin ich schockiert, wie unaufmerksam meine Geschwister sind. Keinem von ihnen könnte man ein Haustier anvertrauen.

»Okay, irrr Lieben!« Der Kleinbus kommt vor einer Ampel abrupt zum Stehen. »Hier haben wir den Walking Fame! Zweitausendsechshundert Sterne auf dem Boden. Und jetzt raus mit euch! Wir haben Promis gesehen, also schreibt gute Bewertungen auf unserer Website! Und Trinkgeld nicht vergessen, haha!«

Erwartungsvoll drehe ich mich um. Mir war gar nicht klar, dass die Tour hier endet.

Der *Hollywood Walk of Fame*.

Jamie wartet nicht lange, sondern steigt sofort aus. Er wirft seine rote Kappe über die Schulter – und schleudert sie aus Versehen gegen mich.

Ich nehme meine Kappe ab, ziehe mein *MEGA HOLLYWOOD TOURS*-Shirt über den Kopf und stopfe es in Mercys Gucci-Handtasche.

»Vielen Dank.« Ich schüttle meine raffiniert zerzausten Haare und reiche Dominika vierzig Dollar von dem Notfallgeld, das Ruth mir gegeben hat. »Sie sind ein sehr guter Guide. Ich wünsche Ihnen viel Erfolg bei allen Männern außer meinem Vater.« Dann springe ich mit einem Satz aus dem Bus.

»Komm mit.« Ich greife nach Jamies Hand und lächle ihn aufmunternd an. Mir ist gerade eine hervorragende Idee gekommen. »Ich möchte dir etwas richtig Cooles zeigen.«

38

Ich weiß genau, wonach ich suche.

Aber ich bin mir nicht ganz sicher, wo es zu finden ist, also halte ich Jamies Hand fest, und gemeinsam schlendern wir über den belebten Hollywood Boulevard. Unsere Blicke gleiten über die mit Bronze umrandeten Sterne aus rotem Marmor auf dem Gehweg.

Halle Berry … Bruce Willis … Charlie Chaplin …

Rechts von uns flirten Spiderman und Schneewittchen, sie kichern und zwinkern sich zu. Indiana Jones und Han Solo essen gemeinsam Hotdogs. Superman steht vor einem Geldautomaten und hat offensichtlich seine PIN vergessen. Cinderella verteilt Broschüren für ein Fitnessstudio. Marilyn Monroe schneidet Grimassen und jagt einigen Kindern Angst ein, woraufhin sie sich kreischend hinter dem Terminator verstecken, während Fred Astaire auf dem Bordstein sitzt und sich die Nase putzt.

Es ist, als hätte der Himmel sich geöffnet und alle Sterne Hollywoods herabregnen lassen.

»HEY, BABY!«, ruft Donald Duck, als wir an ihm vorbeikommen. »HÜBSCHER HINTERN! WIE WÄR'S MIT –«

Nein, *er* gehört nicht dazu.

Mit klopfendem Herzen laufen wir über die Marmorsterne – über Bugs Bunny, Morgan Freeman, Audrey Hepburn und Winona Ryder –, bis wir an eine etwas ruhigere Straßenecke kommen.

»Hier!« Triumphierend ziehe ich Jamie hinter mir her. »Da sind sie!«

Direkt vor meinen Füßen ist ein Stern mit dem eingravierten Namen:

Rechts daneben ist ein weiterer Stern:

Und links davon:

Drei Generationen von Valentines – drei Frauen, deren Ruhm hier für alle Zeiten in Stein gemeißelt ist. Wie haben sie es nur geschafft, drei Sterne nebeneinander zu bekommen? Vielleicht ist das wie auf einem Friedhof, wo man sich für ein Familiengrab bewerben kann?

Ich gehe in die Hocke und bin selbst überrascht über den Kloß in meinem Hals.

Mit den Fingern fahre ich jeden Stern nach. Der Marmor ist heiß, und die Buchstaben schimmern in der Sonne. *Hi, Mum. Hi, Großmutter. Hi, Urgroßmutter, auch wenn ich dich nie kennengelernt habe.*

Man vergisst leicht, wie hart sie gearbeitet haben. Und wie viel Talent dazugehört. Wie viel Entschlossenheit und Mut sie beweisen mussten. Plötzlich könnte ich vor Stolz platzen. *Ich bin Teil dieser Dynastie unglaublich toller Frauen.*

Und dann ist da ja auch noch Dad. Er hätte ebenfalls einen Stern verdient.

Wobei … ich lasse den Blick schweifen. Hier sind nur noch drei freie Sterne übrig. Wenn mein Vater einen davon wegschnappt, läuft es auf ein Kopf-an-Kopf-Rennen zwischen Mercy, mir und Max hinaus. Denn dass Effie einen bekommt, steht jetzt schon fest.

Unwillkürlich höre ich Mercys Stimme im Kopf.

»Denk nicht mal dran, Pupsgesicht«, blafft sie mich an. »Wenn jemand Talent hat, dann ich. Der Stern gehört mir, also weg mit deinen Patschehändchen, sonst beiße ich dir die Finger ab.«

»Halt die Klappe«, sage ich zu ihr. »Und bitte geh weg – du platzt gerade ungebeten in meine Gedanken hinein.«

Dann stelle ich mir den Stern mit meinem Namen vor:

Ich sehe den roten Teppich. Die Paparazzi, die scharenweise gekommen sind. Das Blitzlichtgewitter. Jubel brandet auf, als meine Plakette enthüllt wird. Meine Dankesrede ist bescheiden und ergreifend zugleich. Die entzückten Gesichter meiner Liebsten, die alle gekommen sind. Mum ist glücklich, und Dad ist stolz. Und auch Jamie ist da, sein Blick ist voller Bewunderung. Er ist die ganze Zeit an meiner Seite geblieben. Von Anfang an hat er fest an mich geglaubt. Zusammen haben wir die Höhen und Tiefen auf dem Weg zum Ruhm durchlebt …

Der Stern gehört mir. Ich *weiß* es einfach.

Von Gefühlen überwältigt, stehe ich auf.

»Weißt du, das ist wirklich mein allergrößter Tr–«

»Hm?«, sagt Jamie, ohne von seinem Handy hochzublicken. »Mann, meine Kumpel haben den Spaß ihres Lebens in Mexiko.« Er scrollt weiter. »Abi hat gerade was total Lustiges über Guacamole geschrieben. Sie ist der Hammer!«

War das nicht als ein Ausflug mit anderen Jungs geplant gewesen?

Jamie steht direkt auf Grandmas Stern. Wenn sie jemals herausfindet, dass ein Junge über sie hinweggetrampelt ist, wird sie ihn jagen und ihn mit ihrem Gehstock k.o. schlagen.

»Ein Wunder, dass sie noch nicht vergeben ist.« Jamie tippt lachend in sein Handy. »Sie ist so cool. Wir haben viele Gemeinsamkeiten. Und ihre Beine sind einfach *mega*.«

Ich blicke an meinen Beinen hinab. Doch plötzlich muss ich schlucken, weil ich über Jamies Schulter hinweg etwas entdeckt habe. Ein großes Gebäude im chinesischen Stil – leuchtend weiß, mit großen roten Säulen, schwarzen Spitzen und Drachenköpfen, darüber ein schmales, hohes grünes Dach und in der Mitte über dem Eingang ein riesiges Relief mit einem steinernen Drachen. Der Vorhof ist mit

Zementplatten gepflastert, in denen Stars sich mit Hand- und Schuhabdrücken sowie ihren Unterschriften verewigt haben …

Oooh! Das berühmte *Grauman's Chinese Theatre*!

Das wollte ich schon immer einmal sehen. Es ist das berühmteste Kino auf der ganzen Welt. Hier hatten *Star Wars* und der *Zauberer von Oz* ihre Premieren! Hier wurden sogar einmal die Oscars verliehen! Ich bin mir ziemlich sicher, dass genau hier das alte Foto von Mum und Grandma auf dem roten Teppich entstanden ist.

Mein Blick gleitet nach oben. An der Mauer hängt das größte Filmplakat, das ich je gesehen habe. Es ist an die neun Meter hoch. Vor einem blassblauen Himmel erheben sich hohe Berge, und im Vordergrund formen Fußabdrücke im Schnee den Schriftzug GIPFELHÖHEN.

Mein Magen macht einen Satz. Das Universum wusste, dass ich kommen würde. Es wusste es von Anfang an.

Finde deinen Glücksort.

»Was ist?«, fragt Jamie seufzend und reißt sich widerwillig von seinem Handy los. »Warum schaust du mich so an?«

Genau das brauchen wir jetzt. Einen klassischen Liebesfilm, um unserer Romanze etwas auf die Sprünge zu helfen. Wahre Liebe, die triumphiert! Wir können den Widrigkeiten des Schicksals trotzen! Unsere Beziehung festigen, damit ich endlich weiß, woran ich bin. Außerdem kommt ein bisschen Dunkelheit fürs Händchenhalten und Küssen ganz gelegen.

JAMIE (beugt sich vor) Hope? Ich möchte nicht, dass du weggehst.

HOPE (traurig) Ich auch nicht.

JAMIE Wir werden einen Weg finden. Du glaubst doch auch daran, oder?

HOPE Natürlich werden wir das.

Sie küsst ihn.

HOPE (Forts.) Aber jetzt pssst! Es gehört sich nicht, während eines Films zu flüstern. Das ist eine Frage des Respekts.

Ich werfe einen Blick auf meine Uhr.

»Hast du Lust, einen Film anzuschauen?«, frage ich mit neuer Zuversicht. »Er ist von Mum, und ich habe ihn noch nicht gesehen. Er soll *phantastisch* sein. Ich weiß, du kannst mit Filmen nicht viel anfangen, aber vielleicht hast du bisher einfach nur noch nicht die richtigen gesehen.«

Jamie blickt wieder auf sein Display, dann bläst er die Backen auf und atmet tief aus. »Von mir aus.«

Yesss! Bevor er seine Meinung ändern kann, renne ich zur Kasse und kaufe schnell zwei Tickets. Der Film ist in 3-D und High Definition mit allem Drum und Dran – es wird sich anfühlen, als wären wir mittendrin!

Ich nehme Jamie an der Hand, und zusammen betreten wir das majestätische alte Kino. Ich halte den Atem an. Der Kinosaal ist wie ein Technicolorfilm aus vergangenen Zeiten: ein einziger Rausch an Farben. Hunderte von dunkelroten Samtsitzen reihen sich vor der größten IMAX-Leinwand der Welt, die allerdings im Moment noch hinter einem roten, mit goldenen Palmen bestickten Samtvorhang verborgen ist. Rechts und links davon ragen Marmorsäulen auf, und die Wände sind mit Bäumen und kleinen Tempeln und Vögeln und Blüten geschmückt.

Die Decke ist ein Kunstwerk für sich: Überall funkeln Saphire und Rubine und Smaragde und Gold. In der Mitte ist eine gigantische, aus Holz geschnitzte Rosette, und drum herum sind kleine Drachen auf der Jagd nach Reihern, galoppierende Pferde, prächtige Paläste.

In den Ecken spenden winzige chinesische Laternen ein rosenfarbiges Licht. Sie sehen aus wie kleine rote Leuchtkugeln. Der ganze Saal duftet nach … *Hollywood.*

Hier kommen wir alle zusammen – die Berühmten und die Unbekannten, die Möchtegerns, die Hoffnungsvollen und die Vielversprechenden, denn an diesem Ort können wir Teil von etwas Großem sein. Im Herzen der Filmgeschichte, inmitten von Stars.

Ich drehe mich mit leuchtenden Augen zu Jamie um.

»Die Stühle sehen unbequem aus«, beschwert er sich. »Lassen sich die Lehnen überhaupt verstellen? Und wo soll ich mein Getränk hinstellen? Wie lange, hast du gesagt, dauert der Film?«

Komm schon, Film, lass deine Magie wirken.

Grinsend setze ich meine schwarz umrandete Plastik-3-D-Brille auf und reiche Jamie ein zweites Exemplar. Er blickt lustlos drein, setzt sie aber auf.

Kaum haben wir Platz genommen, gehen die Lichter aus, und die Musik setzt ein: Trompeten und Violinen, ein ganzes Orchester. Mein Körper fängt an zu kribbeln, und ich spüre wieder einen Kloß in der Kehle.

Rasch taste ich nach Jamies Hand und drücke sie.

Film ab, Film ab, Film ab, Film –

Mit elegantem Schwung gleitet der rote Vorhang zur Seite …

Szene wird ausgeblendet.

39

… Szene wird eingeblendet.

HOPE stolpert aus dem Kinosaal.

Was zum –

Wie konnte sie nur –

Warum haben sie –

DAS WAR KEIN LIEBESFILM.

Wie benommen lehne ich mich gegen eine Marmorsäule im Foyer.

Happy, happy, bleib einfach happy, happy, happy –

»Okay«, sagt Jamie, den Blick wieder aufs Handy gerichtet. »Das war gar nicht mal so übel, oder? Nicht ganz mein Geschmack, aber so weit ganz in Ordnung. Hätte schlimmer sein können.«

Warum hat mich niemand gewarnt?

»Ich dachte immer, deine Mum sei überbewertet, aber sie war besser als erwartet. Das *Konzept* hat mich nicht so ganz überzeugt.«

In diesem Film gab es keine Liebesgeschichte. Nicht das kleinste bisschen.

Ich habe darauf gewartet, aber als nach einer Stunde immer noch kein heißer Typ aufgetaucht war, wurde mir klar, dass ich auf eine Täuschung reingefallen bin.

»Sie hat also den ganzen Weg auf sich genommen und ihre Tochter am Ende nicht einmal gefunden? Was sollte das Ganze dann überhaupt? Aber die Special Effects waren gut. Die Lawine war der Wahnsinn.«

Wer bitte kommt auf die Idee, so einen Film zu drehen? Was ist in meine Mutter gefahren, als sie diese Rolle angenommen hat? Was ist denn falsch an: Mädchen trifft Junge, verliebt sich, überwindet alle Hindernisse, und am Schluss kommen die beiden zusammen? So etwas nennt man nicht umsonst Klassiker!

»Wie ist es eigentlich ausgegangen? Ich habe auf dem Handy zugesehen, wie mein Kumpel von einer Welle plattgemacht wird, deshalb habe ich den Schluss verpasst. Hat sie es wieder zurückgeschafft oder nicht?«

Es ist nur ein Film, Hope. Nur ein Film, nur ein Film, nur ein Film, nur ein Film –

Ich kneife die Augen zusammen, weil das Foyer sich immer noch um mich dreht.

»Keine Ahnung. Ich hab die Augen zugemacht.«

»Ah, okay.« Jamie verzieht das Gesicht und starrt wieder auf sein Handy. »Dann werden wir es wohl nie erfahren. Egal. Hahaha! Schau dir diesen Wipe Out an! Ich lach mich tot!«

Ich starre auf die Bilder von aufgepeitschten Wellen, ohne sie richtig zu sehen.

Kein Wunder, dass Mom so erschöpft ist. Der Film muss sie die letzten Kräfte gekostet haben. Es ist höchste Zeit, dass Dad nach Hause kommt. Sie braucht jetzt alle Liebe und Zuneigung, die sie kriegen kann. Ich bin ihre Hoffnung – also muss ich mich auf meine Mission konzentrieren!

»Ich frage mich …«, sagt Jamie und steckt endlich sein Handy weg. »Ein Film dieser Größenordnung muss doch jede Menge *Profit* einbringen. Ihr seid bestimmt steinreich. Engagiert sich deine Familie eigentlich für wohltätige Zwecke? Ein bisschen Charity würde euch gut stehen. Weißt du, ich habe ein neues Meeresschutzprojekt gestartet – diejenigen, die es bereits gibt, unternehmen einfach nicht genug. Was hältst du davon?«

Er deutet auf sein T-Shirt, und ich lese blinzelnd die Aufschrift: *RETTET DIE WALE!* Wenn ich das nächste Mal ins Kino gehe, lasse ich mir vorher eine schriftliche Bestätigung geben, dass der Film mir nicht das Herz bricht.

Ich gebe mir einen Ruck und reiße mich zusammen. Ich bin Hope Valentine – zukünftiger Filmstar. Traurigkeit ist in meinem Skript nicht vorgesehen.

»Cha-charity?« Ich schüttle den Kopf. »W-was meinst du damit? *Oh*. Ach so. Mum und Dad haben vor ungefähr zehn Jahren eine Schule in Nepal gebaut. Sie fliegen fast jedes Jahr einmal hin.«

»Das ist gut.« Jamie nickt. »Und was ist mit dir? Was machst *du*? Du ganz persönlich?«

Ich starre auf den Boden und werde rot. »Nicht sehr viel.«

»Tja.« Er streckt die Arme aus und dehnt seinen Nacken. »Das ist nicht gerade vorbildlich, meinst du nicht auch? Ich kann dir einige Projekte zeigen, für die du dich engagieren könntest. Was hältst du von einer Spende von deinem –«

Ich bemühe mich zuzuhören, ganz ehrlich, aber meine Augen schweifen wie von selbst durchs Foyer.

Es ist genauso gestaltet wie der Kinosaal – mit vielen Verzierungen und Schnitzereien in Rot und Gold, wie ein kleines Schmuckkästchen: Es gibt eine altmodische Popcorntheke und große Glasvitrinen mit Filmandenken. *Oooh!* Da ist das grüne Vorhangkleid aus *Vom Winde verweht*! Und Marilyn Monroes goldenes Kleid aus *Blondinen bevorzugt*, Dorothys Schürze aus *Der Zauberer von Oz* und –

Ich schnappe nach Luft. Ist das etwa –

»Mum?« Ich fange an zu laufen. »O mein Gott, Jamie, da ist Mum!«

Sie steht auf der anderen Seite des Raums. Ihr platinblondes Haar hat einen sanften rosigen Schimmer, ihre Haut ist makellos, ihre Augen groß und grau. Die berühmte Valentine-Nase, die sie an Mercy vererbt hat – markant und edel. Sie lächelt ganz leicht, und ihre Figur ist kurviger als bei unserem letzten Zusammentreffen. In ihrem langen grauen Satinkleid sieht sie stolz und einschüchternd aus.

Außerdem wirkt sie zehn Jahre jünger. Die feinen Falten auf ihrer Stirn und um ihren Mund sind nicht da, und auch die dunklen Schatten unter ihren Augen fehlen.

Es ist gespenstisch, wie *echt* sie aussieht. Ich kann es kaum erklären, aber irgendwie strahlt diese Wachsfigur mehr Leben aus als meine Mum vergangene Woche.

»Wow«, murmelt Jamie und betrachtet mit zusammengekniffenen Augen aus nächster Nähe ihr Gesicht. »Wie *gruselig*! Bei genauerer Betrachtung siehst du ihr doch nicht ähnlich.«

Ehrlich, es ist überwältigend. Mir ist klar, dass im Grunde genommen nur eine riesige Kerze vor mir steht, aber nach diesem Film, aus dem wir gerade kommen, möchte ich eigentlich nur eins: Jamie bitten, dass er meiner Mutter nicht so auf die Pelle rückt, damit ich sie in die Arme schließen kann.

»Ähm«, sage ich stattdessen und strecke verlegen lachend die Hand aus. »Ist es zu früh, dich meinen Eltern vorzustellen? Jamie, das ist meine Mum. Mum, das ist Jamie.«

Jamie starrt mich an. »Was soll das?«

»… das sollte ein Witz sein.«

»Du bist so was von nicht lustig.«

»Sorry.«

»Egal …« Er steuert auf den Ausgang zu, jetzt wieder mit Handy in der Hand. »Ein paar meiner anderen Freunde haben später noch ein Strandbarbecue geplant.«

Ich nicke, froh, dass Jamie wegen mir nicht alles verpassen muss.

Dann werfe ich meiner Wachs-Mum noch einen letzten Blick zu, bevor ich Jamie zur Tür folge. Ich muss so bald wie möglich mit Dad sprechen. Wenn ich morgen superfrüh aufstehe, kann ich vielleicht unauffällig noch ein paar Hinweise ausstreuen und wie nebenbei das Gespräch auf die guten alten Zeiten lenken. Dazu ein paar geschickt platzierte Fotos von Mum auf dem –

»Hope? Hörst du mir überhaupt zu?«

»Natürlich!« Wir treten hinaus in den strahlenden Sonnenschein. Ich lächle. »Ein Barbecue … ich mache richtig leckere Halloumi-Spieße. Vielleicht könnte ich ein paar mitbringen und –«

»Okay …« Jamie tippt auf sein Handy. »Das war ein schöner Nachmittag.«

»Oh.« Ich runzle die Stirn. »Heißt das … du nimmst mich nicht mit?«

Plötzlich ist sein Gesichtsausdruck so verbarrikadiert wie ein verlassenes Haus. Seine Kiefermuskeln spannen sich an, und sein Mund wird zu einer harten Linie. »Wir können nicht vierundzwanzig Stunden am Tag zusammen sein«, zischt er. »Ist es das, was du willst, Hope? Die ganze Zeit wie eine Klette an mir hängen? Willst du an mir drankleben wie Sekundenkleber?«

Ich starre ihn an, plötzlich ist mir ganz kalt.

»N-nein, natürlich nicht! Du hast gesagt, wir würden den Tag zusammen verbringen, daher dachte ich …«

»Der Tag ist praktisch schon vorbei. In meinem Leben dreht sich nicht alles nur um dich. Brauchst du immer so viel Aufmerksamkeit?«

Was passiert hier gerade?

»Tut mir leid. Tut mir wirklich leid!« *Zurückspulen, zu-*

rückspulen, zurückspulen. »Ich … ich bin einfach gern mit dir zusammen, das ist alles.«

Eine Weile herrscht Stille.

»Weißt du, Hope«, meint Jamie schließlich, und seine Augen sind wie harte blaue Murmeln. »Wenn du so etwas sagst, dann lässt dich das total unattraktiv rüberkommen.«

»T-tut mir leid.«

»Hör auf, dich ständig zu entschuldigen.« Jamie seufzt. »Es nervt langsam.«

Ich blicke zu Boden. Was habe ich falsch gemacht? Und wie kann ich es wiedergutmachen?

»Hör mal.« Er überrascht mich mit einem Kuss auf meine Stirn, dann spüre ich seinen goldenen Arm um meine Schultern. »Ich muss zu diesem Barbecue, weil das schon lange geplant ist, und morgen habe ich keine Zeit. Aber ich rufe dich an, okay? Wir lassen uns was einfallen.«

»O-*kay*.«

Ich werfe einen Blick auf meine Uhr. Es ist erst zwei. Ruth wird mich in vier Stunden wieder abholen. Ich könnte Mums Film noch ein paarmal anschauen, aber dann ganz alleine.

»Ähm«, sage ich. »Gibt es hier einen Bus zurück in die Stadt?«

»Einen *Bus*?« Jamie schüttelt den Kopf und grinst belustigt. »In L.A. fährt man nicht mit öffentlichen Verkehrsmitteln, Hope. Ich setze dich unterwegs ab. Alleine bist du hier nicht sicher. Es laufen zu viele schräge Typen durch die Gegend.«

40

Erkennst du das Problem?

Spontaneität am Set ist gut und schön, aber zu viel Improvisation ruiniert den Erzählbogen. Gerade sind wir an einem Punkt, wo die Handlung gefährlich vom Skript abweicht. Es muss schleunigst eine Kurskorrektur vorgenommen werden.

Ich schaue zu Jamie hinüber.

Er sitzt hinter dem Steuer und blickt stur geradeaus. Seit fünfundzwanzig Minuten hat er kein einziges Wort mehr gesprochen. Es ist höchste Zeit, einzuschreiten und die Handlung wieder auf die richtige Spur zu lenken.

Entschlossen schüttle ich den Kopf und räuspere mich.

Und Beleuchtung, Kameras –

»Weißt du«, sage ich beiläufig und lehne mich lässig gegen die Autotür. »Zwillinge werden von Merkur regiert, dem Planeten für *Kommunikation*. Krebse hingegen stehen unter der Herrschaft des Mondes, daher spielen bei ihnen *Gefühle* eine wichtige Rolle.«

Jamie fährt schweigend weiter.

»Zwillinge sind im Allgemeinen eher sprunghaft, interessieren sich mal für dieses, mal für jenes, während Krebse Familienmenschen sind und es sich gerne zu Hause gemütlich machen.«

Stille hinter dem Steuer.

»Krebse haben oft Schwierigkeiten, sich … ähm … *auszudrücken*, ganz im Gegensatz zum Zwilling.« Ich drehe mich zur Seite und sehe ihn direkt an. »Krebse sind eher *intuitiv*, weißt du, sie handeln gefühlsmäßig und aus dem Bauch heraus, während ein Zwilling klare Worte schätzt. Beide Sternzeichen passen gut zusammen, weil sie sich hervorragend ergänzen. Luft und Wasser. Wasser und Luft. Daraus entstehen bekanntlich … Luftblasen.«

Noch mehr Stille.

»Aber mit Luftblasen muss man behutsam umgehen, sonst –«

»Worauf willst du eigentlich hinaus?«, unterbricht mich Jamie. »Oder plapperst du nur wieder vor dich hin?«

Seine schroffen Worte lassen mich zusammenzucken. »Sag mir, wenn etwas nicht stimmt.«

»Was soll denn nicht stimmen?«

»Keine Ahnung … Zwillinge haben immer zwei Seiten, das ist charakteristisch für sie. Ich meine … ist alles okay bei dir? Hast du Stress in der Schule? Kann ich dir irgendwie helfen?«

»*Ich* brauche keine Hilfe«, knurrt Jamie und blickt stur auf die Straße. »*Ich* bin nicht derjenige, der an *Horoskope* glaubt. Als Nächstes erzählst du mir noch, dass es Einhörner gibt.«

Meine Wangen werden heiß. Eigentlich hätte seine Antwort anders lauten müssen. Er hätte sagen müssen, dass er momentan ziemlich viel um die Ohren hat – weil er ein Projekt beenden muss und die Zeit drängt oder so. Daraufhin hätte ich ihm Mut zugesprochen und ihm eine Lösung für seine Probleme vorgeschlagen, und alles wäre wieder gut gewesen.

»Natürlich nicht!« Lachend schüttle ich den Kopf. »Aber was spricht dagegen, dass die Planeten uns beeinflussen? Der Mond ist für die Gezeiten und die Jahreszeiten verantwortlich, das ist wissenschaftlich erwiesen. Warum soll die Anordnung des ganzen Universums nicht auch Auswirkungen auf unser Leben haben?«

»Quatsch.« Jamie hat den Blick immer noch fest auf die Straße geheftet.

»Vielleicht aber doch?«

»Nein.«

»Aber wenn Früchte und Gemüse von den Jahreszeiten abhängig sind, warum dann nicht auch wir Menschen?«

»O Mann.« Jamie wirft mir einen Blick von der Seite zu. »Du bist *wirklich* etwas Besonderes, weißt du das?«

Auch dieser Satz klingt hier viel weniger freundlich als in London. Dabei dürfte mich das eigentlich nicht überraschen: Zwillinge glauben nie an Horoskope, was, wenn man mal drüber nachdenkt, fast schon eine Ironie des Schicksals ist.

Irgendwann hält Jamies grüner Toyota vor unserem großen Tor. Schweigend sitzen wir nebeneinander.

»Ähm«, sage ich, denn ich weiß nicht genau, welcher Text an dieser Stelle im Skript vorgesehen ist. »Danke fürs Mitnehmen, Jamie. Das war sehr nett von dir.« Ich öffne die Autotür.

Keine Ahnung, wie lange ich in Los Angeles bleiben werde, aber wenn das so weitergeht, wird es noch Monate dauern, bis ich offiziell Jamies Freundin bin. Vielleicht sollte ich ihm ein bisschen auf die Sprünge helfen und –

»Hope?«

Mein Herz macht einen Hüpfer, und ich wirble herum. »Ja?«

»Bekomme ich noch ein Lächeln von dir?«

Ich lächle.

»Bekomme ich einen Kuss?«

Ich küsse ihn zaghaft.

Jamie legt seine Stirn an meine und schaut mir tief in die Augen. Ich spüre es: das Knistern zwischen uns, das Kribbeln, unsere Herzen fliegen zueinander – *es passiert, es passiert, endlich passiert es!*

»Hope, ich muss dich etwas fragen.«

Ein warmes Glücksgefühl erfasst mich, durchströmt meine Arme und meine Brust und bringt mein Gesicht zum Glühen. *Endlich, endlich, endlich, ja, ja, ja, ja, ja* –

»Würdest du meine …«

»O mein Gott, ja!« Ich werfe stürmisch die Arme um Jamie und küsse ihn auf die Wange. »Ja! Ja! Natürlich will ich!«

»… Sonnenbrille aus dem Etui holen? Es liegt in der Ablage an der Beifahrertür.«

Aaargh, war das etwa noch gar nicht mein Stichwort?

»Ähm, klar, gerne.«

Neue Regieanweisung, Hope.

»Hier!« Ich nehme das Etui aus der Ablage. »Hier ist deine Sonnenbrille! O mein Gott, ja! Hier ist sie!«

Ich reiche ihm die Brille und atme erleichtert aus. *Gut improvisiert, Hope. Bravo.*

»Cool. Bis dann.«

Ehrlich, ich habe keine Ahnung, wie mein Text lautet.

HOPE Bis bald! Ich vermisse dich jetzt schon.

Zu anhänglich.

HOPE Ruf mich an!

Zu fordernd.

HOPE Rufst du mich an?

Zu verzweifelt.

HOPE Wann sehen wir uns wieder? Ich habe nämlich keine Ahnung, wo wir in unserer Beziehung gerade stehen, und uns läuft die Zeit davon.

Geht gar nicht.

Mein Handy summt. Ich hole es aus der Tasche.

»Cool«, wiederhole ich so lässig wie möglich. »Bis dann.«

41

Drei Tage.

Meine Geschwister haben drei ganze Tage gebraucht, um zu merken, dass ich nicht zu Hause bin. So viel zu engen Familienbanden. Selbst Wimpel an einer Papiergirlande haben eine stärkere Verbindung zueinander.

»Pu«, sagt Effie, als ich die grüne Taste auf meinem Handy drücke. »Baby, was ist los? Alles in Ordnung mit dir?«

Okay, meine Schwestern haben genug gelitten. Ich schalte die Videofunktion ein.

Faiths hübsches Gesicht erscheint auf dem Display – als ich ihre Sorgenfalten sehe, bekomme ich einen Knoten im Bauch. War es wirklich nötig, dass ich meine Liebsten so in Angst und Schrecken versetze? Ich mag mir gar nicht ausmalen, wie schlimm es für sie gewesen sein muss, als sie erkannten, dass ich spurlos verschwunden bin. Wahrscheinlich haben sie seither kein Auge zugemacht …

»Sie schmollt nur«, mischt Mercy sich irgendwo im Hintergrund ein. »Wir können dich *hören*, Pudel. Hinter deiner verriegelten Tür läuft seit Tagen diese weinerliche Herzschmerzmusik. Ich schwöre, wenn du mir nicht sofort meine Sachen zurückgibst, trete ich die Tür ein und hole sie mir.«

»Hör auf, Mer.« Effie klopft an meine Zimmertür zu Hause in Richmond und legt ihre Wange dagegen, um zu lauschen. »Pu, es tut uns so leid, dass du so traurig bist. Ich hätte merken müssen, dass es dir nicht gut geht, auch wenn du das Gegenteil behauptet hast. Mach die Tür auf, Baby! Bitte!«

Ungläubig starre ich auf mein Handy. Drei Tage, und sie haben immer noch nichts gemerkt?

Okay, das war's mit meinem schlechten Gewissen.

Wäre ich tatsächlich noch in Richmond, wäre ich inzwischen verhungert, und Mercy müsste ihre geliebte Gucci-Handtasche meinen Skelettfingern entreißen.

»Nicht zu fassen«, sage ich und seufze frustriert. »Ich habe aus Versehen die Musik auf meinem Computer laufen lassen. Also nur zu, Mercy. Mach die Tür kaputt und hau dir dabei den Kopf ein. Da drin wirst du weder mich noch deine Klamotten finden.«

»Ich hab's euch doch gesagt!«, meldet sich Max gut gelaunt zu Wort und schiebt sein grinsendes Gesicht ins Bild. »Wusste ich's doch, dass sie abhauen würde. Jede Wette, sie lebt jetzt in einem Ashram in Indien. Oder sie kauert unter einem Stapel Felldecken in einer arktischen Eishöhle. Ihr solltet mal anfangen, mich als den Visionär zu würdigen, der ich bin.«

»Also *bitte.*« Mercy verdreht die Augen. »Als ob sie einfach weggehen würde. Wohin denn? Und zu *wem* denn? Sie ist immer noch da und hockt mit einer Wochenration Dosenfutter in ihrem Zimmer wie ein verrücktes kleines Eichhörnchen.«

Mer versetzt meiner Zimmertür einen Tritt.

»Die Stunde der Wahrheit ist gekommen, Pudel McDudel. Komm sofort raus, du miese kleine Diebin, am besten mit gepolsterter Unterhose, denn ich trete dir so was von in den *Arsch.*«

»Mercy«, sage ich kopfschüttelnd. »Eichhörnchen können nicht mit Dosenöffnern umgehen, also übertreib nicht so. Außerdem besitze ich keine gepolsterte Unterwäsche, denn ich brauche keine. In der Vase auf dem Tisch im Gang ist ein Zweitschlüssel für mein Zimmer. Hol ihn dir und schau nach.«

Faith stürmt sofort los, schnappt sich meinen Schlüssel und schließt die Tür auf. Über mein Handy beobachte ich, wie meine Geschwister sich verblüfft in meinem Zimmer umsehen.

»Vielleicht ist sie im Schrank?«, überlegt Mercy schon etwas weniger selbstsicher. »Oder im Bad?«

»Ich verstecke mich nicht unter einem Stapel Handtücher, ich bin in Los Angeles«, verkünde ich mit einem triumphierenden Grinsen. »Bei Dad. In *Beverly Hills.* Wir haben einen türkisfarbenen Pool und einen Hauscomputer, der alles macht, was man will, und Marmorböden und eine phantastische Panoramaaussicht und ein eigenes Mini-Spa.« Ich halte mein Handy hoch, so dass sie das Haus hinter mir sehen können. »Ein *Mini-Spa*, Mercy. Mit schwarzen Ohrstöpseln, die, wie wir alle wissen, superschick sind.«

Max fängt an zu lachen. »Was sagst du jetzt, Mer? Da kannst du mit deinen ganz normalen Wattestäbchen im Bad nicht mithalten.«

Ich habe Mercy noch nie zuvor sprachlos erlebt. Es ist ein äußerst befriedigendes Gefühl.

»Nein«, sagt meine älteste Schwester schließlich und verschränkt die Arme. »Nie im Leben bist du in Los Angeles. *No way!* Wenn es jemand in unserer Familie verdient hat, nach Hollywood zu gehen, dann ich.«

»Ja, weil du hier das große Talent bist.« Effie seufzt laut. »Wir wissen es, Mer. Wir haben es kapiert. Du liegst uns damit ja ständig in den Ohren.« Sie beugt sich über das Display. »Das ist so cool, Pu! Passt Dad gut auf dich auf?«

»Ja!« Ihre Frage bringt mich auf einen Gedanken: »Ist bei Mum alles okay? Habt ihr sie besucht? Wie geht es ihr? Rappelt sie sich wieder auf?«

»Es geht ihr gut.« Faith lächelt. »Gestern kam ein neuer Bericht in den Zeitungen über sie raus, aber ich bin sicher, sie hat ihn nicht gelesen. Ziemlich sicher jedenfalls. Zumindest … hoffe ich das. Er war katastrophal. Aber zurück zu dir, machst du dir eine schöne Zeit?«

Jetzt fühle ich mich schuldig. Ich lebe hier meinen Hollywoodtraum in herrlichem Sonnenschein, während Mum immer noch in der Reha sitzt und von den Medien in der Luft zerrissen wird.

Ich muss so schnell wie möglich mit Dad sprechen, damit er endlich wieder nach Hause kommt.

»Ähm, na ja, Kalifornien ist unglaublich.« Ich nicke überschwänglich. »Hier scheint den ganzen Tag die Sonne, und alle Leute lächeln dauernd. Es ist der glücklichste Ort der Welt, das ist wissenschaftlich erwiesen.«

Meine Geschwister tauschen Blicke.

»Genau genommen ist das Norwegen«, erwidert Max. »Oder Disney World, je nachdem, welchen Werbeplakaten du glaubst. Aber verrate uns doch lieber, wie es deinem *Dreamboy* geht! Du weißt schon, der kalifornische Typ, der rein zufällig in der Stadt wohnt, in der du dich *rein zufällig* gerade aufhältst?«

»Jamie geht es bestens«, beantworte ich seine Frage, obwohl ich wetten könnte, dass Max sie sarkastisch gemeint hat. »Ich habe sogar schon einige seiner besten Freunde kennengelernt. Sie sind alle total nett.«

»Stalkerin«, sagt meine älteste Schwester und drängt sich wieder in den Vordergrund. »Da fällt mir ein, Pudel, du wirst nicht *glauben*, wer gestern bei uns hereingeschneit ist und jetzt aussieht wie ein –«

»Lass doch lieber Hope erzählen!« Faith versetzt Mercy einen Knuff gegen den Arm. »Alles gut bei dir? Ist es mit Jamie so, wie du es dir gewünscht hast?«

»Eff, wir sind ein Traumpaar! Wir hatten sogar schon unseren ersten Streit!« Als Faiths Miene sich verfinstert, spreche ich rasch weiter. »Keine Sorge, die Versöhnung war umso schöner.« Ich drücke meine Faust an die Brust. »Was zusammengehört, kann niemand trennen. Liebe ist alles, was zählt. Sie ist der Anker unserer Herzen.«

Meine Geschwister tauschen wieder Blicke aus.

»Könnt ihr das bitte mal sein lassen?«, rufe ich empört. »Ich kann euch nämlich sehen! Ihr beherrscht keine unsichtbare, geheime Mienensprache!«

»Hope«, sagt Faith behutsam. »Es ist nur … das ist Mums Text. Aus ihrem Film. Was ist los, Baby?«

»Vermutlich vermasselt sie alles, weil sie viel zu übereifrig ist«, spottet Mercy und nimmt einen kleinen Tiegel von meinem Schminktisch. »Ist das meine beste Feuchtigkeitscreme? Du unverschämte Kleptomanin! Und wo ist eigentlich der Deckel dazu, du mieses kleines –«

Ich werde rot. »Ich bin *nicht* übereifrig.«

»Natürlich bist du das.« Mer nickt. »Jede Wette, du hast ihm gesagt, dass er deine männliche Hauptrolle ist.«

Meine Wangen glühen. »Nein, hab ich nicht.«

»Oh, *Jamie*«, flötet meine große Schwester. Sie klimpert mit den Wimpern und klatscht in die Hände. »Mein Held, mein Ritter in strahlender Rüstung, mein kalifornisches Traumboot –«

»Das ist nicht –«

»Ohne dich hat mein Leben keinen Sinn. Darf ich dir bitte bis ans andere Ende der Welt folgen wie eine totale Loserin –«

»Ich bin keine –«

»Ich würde jeden nehmen, der mir nur das kleinste bisschen Aufmerksamkeit schenkt –«

»Ich würde nicht –«

»Liebe mich, liebe mich, kann mich bitte jemand lieben –«

Irgendetwas in meiner Brust explodiert.

»HALT DIE KLAPPE! HALT EINFACH DIE KLAPPE, MERCY! SEI STILL, SEI STILL, SEI STILL!

DU WEISST NICHT, WOVON DU REDEST! DU BIST EINE BLÖDE KUH! ICH WERDE MICH NICHT LÄNGER VON DIR DISKRETIEREN LASSEN!«

Peng, peng!

»WEISST DU WAS? WENN ICH ZU *DOOF* BIN, UM AUCH NUR EINEN EINZIGEN GEDANKEN IN MEINEM *KLEINEN LEEREN HIRN ZU HABEN* – WENN ICH EIN *WANDELNDES KLISCHEE* BIN, DANN SOLTTEST DU VIELLEICHT AUS MEINER *DUMMCHENWELT VERSCHWINDEN UND MICH ENDLICH IN RUHE LASSEN*!«

Faiths Gesicht hat eine merkwürdige Farbe angenommen. Sogar Mercy wirkt wie erstarrt.

»UND ÜBERHAUPT!« Warum zittern meine Hände plötzlich? »Kann sein, dass ich den *Béchamel-Test für denkende menschliche Wesen* nicht bestehe, aber wenn das bedeutet, dass ich dann so wäre wie ihr, VERZICHTE ICH LIEBER!«

»Moment mal«, sagt Max verwirrt. »Schreist du uns gerade an, Pu? Ich glaube, ich habe dich noch nie herumbrüllen hören. Kann mir mal einer sagen, was hier eigentlich abgeht? Und warum hast du dich gerade mit einer Lasagne verglichen?«

»Pu.« Effie entreißt Mercy das Handy. »Ich weiß nicht, wie du … wo du das gehört hast. Aber es stimmt nicht. Nichts davon ist wahr. Wir *lieben* dich, du bist unsere Schwester, unser Baby …«

»Hope«, sagt Mercy leise und schnappt sich das Handy

zurück. »Tut mir leid. Ich war eine blöde Kuh. Ich kann nichts dagegen machen. Ich hab's nicht unter Kontrolle. Aber ich habe es wirklich nicht so gemeint.«

Ich schüttle den Kopf und versuche, meine Geschwister auszublenden. Schließlich bin ich an einem wundervollen Ort und habe eine wundervolle Zeit. Und ich werde weiterhin eine wundervolle Zeit haben, egal was die anderen sagen oder tun, um mich daran zu hindern.

»Ich bin in Hollywood«, erkläre ich mit knallroten Wangen. »Und ihr nicht. Und wie habt ihr so schön gesagt? Wir alle warten nur darauf, irgendwann unsere eigenen Wege gehen zu können? Tja, jetzt bin ich zuerst dran, also …«

»Also was?«, fragen meine Schwestern.

»IHR KÖNNT MICH MAL.«

42

♋ Krebs: 22. Juni – 22. Juli

Der Krebs gehört zu denjenigen Sternzeichen, die alles wieder zusammenkitten. Und heute ist Fürsorge besonders gefragt. Die Sonne steht im Steinbock und trifft mit Uranus zusammen, das wird dir einen Energieschub geben!

Nutze deinen neu gewonnenen Enthusiasmus – aber achte darauf, ihn in die richtige Richtung zu lenken!

> Guten Morgen, Jamie! Wie hast du geschlafen?
> Danke für gestern, ich hatte einen wunderschö

Löschen.

> Guten Morgen! Ich hatte gestern
> einen netten Tag. Danke d

Löschen.

> Hi! Gestern war cool :)
> Was machst du so? x

Ich beiße mir auf die Lippe, dann lösche ich das Küsschen weg und suche nach einem passenderen Emoji. Vielleicht … eine Avocado? Avocados sind offiziell lustig, oder?

»Computer?«, sage ich und gieße zwei Gläser Orangensanft ein, um sie dann nebeneinander draußen auf den Tisch neben dem Pool zu stellen. »Was ist zurzeit das beliebteste Emoji?«

»Das weltweit beliebteste Emoji ist das Gesicht mit den Lachtränen. Es drückt eine Mischung aus Schluchzen und Lachen aus.«

»Danke«, sage ich und füge das Lachtränen-Emoji ein. Dann kippe ich Knuspermüsli in zwei Schüsselchen. »Computer, wie schreibt man am besten an einen Jungen, ohne anhänglich oder nervig zu klingen, so dass er nicht gleich wieder sauer wird?«

»Ich verstehe deine Frage nicht. Wie kann ich dir weiterhelfen?«

Vorsichtig stelle ich eine Kaffeekanne ab, dann einen Teller mit verbrannten Spiegeleiern, die ich mit ein bisschen Ketchup kaschiert habe.

»Computer, wie bringe ich einen Jungen dazu, mich um ein offizielles Date zu bitten?«

»Ich verstehe deine Frage nicht. Wie kann ich dir weiterhelfen?«

Pfff, nutzlose Technologie.

Ich wende mich Olivia, Madison und Sophia zu, die sich auf der anderen Seite des Swimmingpools in Liegenstühlen sonnen. Ich möchte nicht undankbar sein, aber seit ihrer

Ankunft hier haben sie praktisch nichts getan außer herumzuliegen. Sie tun so, als wäre das hier ein Hotel.

»Habt ihr irgendwelche Tipps für mich, Mädels?«

Olivia blickt mich über den Rand ihrer Sonnenbrille hinweg an und zuckt mit den Schultern. Dann widmet sie sich wieder ihrem Sonnenbad.

»Vielen Dank auch für die Hilfe.«

Ich gebe auf und setze ein Ballon-Emoji hinter meine Nachricht – das scheint mir passend für ein Luftzeichen –, dann schicke ich sie ab.

Ich beende meine Vorbereitungen für den heutigen Tag, indem ich zwei Handtücher, zwei Kopfhörer und zwei Bücher (okay, ein Buch und ein Modemagazin) auf zwei Sonnenstühle lege. In Gedanken übe ich schon mal unverfängliche Gesprächsaufhänger für eine Unterhaltung darüber, wie eine gute Ehe funktionieren kann.

Dann setze ich mich hin und warte geduldig.

Und warte.

Und warte.

Und –

»Dad!« Ganze fünfzig Minuten später taucht mein Vater endlich auf der Terrasse auf. Hektisch klopft er die Taschen seiner Jeans ab. »Komm, setz dich! Wir hatten noch gar nicht viel Zeit füreinander, seit ich hier bin. Aber heute haben wir einen ganzen Tag für uns alleine, juhu! Wir können über alles Mögliche plaudern, über das Leben an sich oder darüber, wie schön es in Richmond ist oder welche Menschen aus England uns hier am meisten fehlen oder –«

»Pu«, unterbricht mich Dad und kratzt sich stirnrunzelnd am Kopf. »Es gibt da ein Problem mit einer Szene, einen Continuity-Fehler. Nach Drehschluss ist es schwierig, so etwas noch hinzubiegen – um ehrlich zu sein, ist es eine absolute Katastrophe. Ich muss zum Set, Baby.«

»Jetzt?«

»Eigentlich schon vor fünfzehn Minuten.« Entnervt klopft er noch einmal seine Hose ab. »Autoschlüssel, Autoschlüssel … wo ist meine Tasche? Ich brauche unbedingt meine Notizen zum Skript. Hat Ruth sie verlegt? Wo zum Teufel habe ich –«

Dann blickt er auf und sieht meinen Gesichtsausdruck.

»Ach, Liebling.« Schuldbewusst reibt er sich übers Gesicht. »Es tut mir schrecklich leid. Wie wär's, wenn ich dich heute Abend zum Essen ausführe? Wir könnten uns schick machen, ins Chateau Marmont gehen und ein bisschen nach Promis Ausschau halten …«

Meine Laune bessert sich schlagartig. »Darf ich mein Autogrammbuch mitnehmen?«

»Mm-hm.« Dad fischt seine Autoschlüssel unter einem wunderschönen Foto von Mum hervor, das ich absichtlich darübergelegt habe. »Klar.«

»Da kommt mir eine Idee …« Ich stelle mich direkt hinter ihn. Plötzlich bin ich ganz aufgeregt. »Nimmst du mich mit zum Set? Ich verspreche dir, mich nützlich zu machen. Ich könnte zum Beispiel die Requisiten –«

O mein Gott, das ist einfach genial!

Ich sehe es schon vor mir: *ich, an einem echten Holly-*

wood-Filmset. Vielleicht wirft der Star des Films gerade das Handtuch, wenn wir kommen, es herrscht Riesenpanik, der ganze Film ist in Gefahr, doch dann …

HOLLYWOOD-PRODUZENT O mein Gott, sie ist es.
HOPE Meinen Sie mich?
HOLLYWOOD-PRODUZENT Unsere neue Hauptdarstellerin. Du hast Filmstarqualitäten. Es ist unglaublich, ich kann es kaum beschreiben.
HOPE Aber ich bin doch erst fünfzehn, und ich muss bald wieder nach England zurück. Außerdem habe ich keine Schauspielausbildung. Ich habe noch nie zuvor –
HOLLYWOOD-PRODUZENT Egal! Wir kriegen das hin. Ich erkenne einen zukünftigen Star, wenn er vor mir steht.

»Nein«, sagt Dad und schnappt sich eilig seine Tasche aus einer Ecke. »Tut mir leid, Hope, aber so kurzfristig kriege ich nicht das Okay von der Security für dich. Ich bin bald wieder zurück, versprochen.« Er gähnt ausgiebig.

»Total verrückt«, sagt er und reibt sich das linke Auge. »Irgendetwas stimmt mit dem Hauscomputer nicht. Ich werde neuerdings immer von Elton John geweckt. Es ist, als wäre ich wieder in meinen Zwanzigern. Mann, was habe ich diesen Song damals gehasst.«

Rasch richte ich meinen Blick auf die entfernten Hügel. »Oje. Wow. *Echt* seltsam. Was für ein *Zufall*, dass dir so etwas Verrücktes passiert, Dad. Du solltest einen Professionalisten verständigen, damit er mal einen Blick darauf wirft.«

Die Hand nach seiner Brieftasche ausgestreckt, hält Dad inne. »Hope?«

»Mmmh?« Ich starre interessiert auf den Pool. »Dad?«

»Hope?«

Jetzt mustere ich die Terrassendielen. »Dad?«

»*Hope*. Schau mich an.« Widerstrebend drehe ich mich zu ihm. »Du weißt nicht zufällig, warum mein Schlafzimmer um sechs Uhr morgens mit völlig unpassenden Klavierballaden aus den Siebzigern beschallt wird, oder?«

»Es ist mir ein Rätsel.« Ich blicke Dad direkt in die Augen. *Sei die Orange, Hope.* »Vielleicht erinnerst du dich im Unterbewusstsein an diese pazifischen Songs und hast sie deshalb im Schlaf einprogrammiert?«

»Okay.« Dads Nasenspitze zuckt. »Ich sage es dir zum letzten Mal, Pu, es heißt *spezifisch*. Der Pazifik ist ein Ozean. Und das Einzige, woran ich mich bei *Candle in the Wind* erinnere, ist deine Mum, wie sie das Radio beschimpft und schreit: *MARILYN WÜRDE SICH IM GRAB UMDREHEN!*«

Es ist zwar nicht ganz die romantische Vorstellung, die ich im Sinn hatte, aber immerhin.

»1997«, nicke ich weise. »Das Jahr, in dem Mum und du euch kennengelernt habt. Das muss ein ziemlich denkwürdiger Augenblick gewesen sein, auch wenn er inzwischen schon sehr lange her ist, was?«

»So lange nun auch wieder nicht«, sagt Dad und kramt hektisch in seiner Tasche. »Außerdem haben wir uns 1990 kennengelernt. Und zufällig genau in dem Filmstudio, in dem ich auch jetzt arbeite. Wo ist meine Sonnenbrille?«

Ach, verflixt!

»Na, du Dummchen«, meldet Mercys Stimme sich in meinem Kopf zu Wort. »Haha, du hast dir so viel Mühe mit der Musikauswahl gegeben, und jetzt war es ganz umsonst!«

»Und noch was, Hope«, sagt Dad, als er seine Sonnenbrille gefunden hat und Richtung Auto eilt. »Würdest du bitte deine Sachen aufräumen? Überall stolpere ich über deine Kleider und deinen Schmuck. Wir sind hier nicht im Hotel.«

Als er weg ist, renne ich sofort in mein Schlafzimmer. Mums Kimono, ihre Bluse, ihre Halskette, ihr Schal, ihre mit Monogramm bestickten Hausschuhe und ihre seidenen Handschuhe … wieder liegt alles fein säuberlich gefaltet in einem Stapel auf dem Stuhl. Das heißt, keiner meiner Pläne hat funktioniert. Ich bin immer noch nicht offiziell mit Jamie zusammen, Dad ist immer noch hier und nicht in England, und Mum ist immer noch in der Rehaklinik. Ich hätte mich genauso gut in meinem Zimmer in London einigeln können.

Heftig blinzelnd lasse ich mich auf Mums Kleiderstapel fallen.

Bin ich zu … *zurückhaltend*?

Sind meine berühmten subtilen Schauspielkünste diesmal eher ein Nachteil? Vielleicht muss ich deutlicher werden. Weniger raffiniert. Das ist typisch für mein Sternzeichen, wir gehen die Sachen immer von der Seite an statt auf direktem Weg, so wie kleine Krabbentiere das halt tun.

Plötzlich muss ich an Jamies Worte von unserem allerersten Date denken:

Eigentlich kann ich diese betont gleichgültigen Typen nicht leiden. Warum soll man so tun als ob? Es ist, als würde man sein Leben mit heruntergedrehter Lautstärke leben.

Und …

Aber wenn es passiert, dann kann ich mich einfach nicht zurückhalten. Ich bin wohl doch ein altmodischer Romantiker.

Und:

Also keine falsche Zurückhaltung, okay? Es gibt kein Richtig und kein Falsch. Keine Regeln. Wir sind so, wie wir sein wollen. Wir leben das Leben, ohne die Lautstärke herunterzudrehen. Einverstanden?

Plötzlich weiß ich, wie ich ALLES wieder kitten kann.

»Computer!« Ich springe auf und klatsche in die Hände. »Bestell sofort ein Taxi zur Melrose Avenue.«

»Schon erledigt. Der Wagen steht in zehn Minuten bereit.«

»Computer? Ich brauche die Telefonnummer einer Autoversicherung in Beverly Hills.« Mit einem breiten Grinsen füge ich hinzu: »Einer Autoversicherung, die auf gelbe Lamborghinis spezialisiert ist.«

43

HOPE, in einem schwarzen Catsuit, lässt den Blick über die hohen Mauern der PARAMOUNT STUDIOS schweifen. Es sieht kinderleicht aus, aber nur, weil sie ihre Einbrecherkünste über Jahre hinweg vervollkommnen konnte, indem sie Sachen von ihrer Schwester auslieh.

HOPE zieht eine Maske über ihr Gesicht und klettert geschickt die Mauer hinauf. Sie ist geradezu verblüffend gelenkig, flink und entschlossen. Außerdem hat sie muskulöse Beine, und ihre Haltung ist makellos.

HOPE (zu sich selbst) Jetzt muss ich nur noch hinter dem Security-Mann landen und mich mit einem Hechtsprung ins Gebüsch abrollen.

Sie springt neun Meter in die Tiefe und landet lautlos und elegant hinter dem Wachposten.

SECURITY (dreht sich um) Wow, das war beeindruckend. Ich bin dir rettungslos verfallen und werde alles tun, was du sagst.
HOPE Dein erster Fehler war, dich umzudrehen.

Sie versetzt ihm einen Boxhieb in den Bauch.

HOPE Dein zweiter Fehler war, mir rettungslos zu verfallen.

Schnell wie der Blitz nimmt sie ihn in den Schwitzkasten.

HOPE Und dein DRITTER Fehler war –

»Wartest du auf die Zwei-Uhr-Tour?«

Ich starre den uniformierten Mann an, der vor der hohen Mauer aufgetaucht ist. »Wie bitte?«

»Die Studiotour. Sie startet in zehn Minuten. Bist du deswegen hier? So, wie du angezogen bist, wirst du ziemlich ins Schwitzen kommen, nur so als Warnung.«

Verärgert blicke ich an Mercys schwarzem Catsuit hinab.

Ich bin darin nicht ganz so unauffällig, wie ich gehofft hatte – kein Wunder, angesichts der Tatsache, dass es mitten am Tag ist und wir in der grellen Sonne stehen. Außerdem ist die Mauer vor den Paramount Studios in einem hellen Pfirsichton gestrichen.

Vielleicht sind die Lederhandschuhe und die Wollmütze ein bisschen zu viel des Guten, aber ohne sie wäre das Outfit nicht stilecht.

»Diese Tour, die Sie gerade erwähnt haben …«, sage ich nachdenklich. »Komme ich damit ins Studio hinein?«

»Ja, wie gesagt, es ist eine Studiotour.«

»Könnte es sein, dass ich beim Filmdreh zusehen und prominente Regisseure treffen kann, die gerade in letzter Minute Continuity-Probleme lösen?«

»Das ist eher unwahrscheinlich, es ist Sonntag … aber wer weiß?«

Jetzt habe ich zwei Möglichkeiten: Entweder klettere ich die unglaublich hohe pfirsichfarbene Mauer hinauf, boxe den Security-Mann in den Bauch, nehme ihn in den Schwitzkasten, schreie ihn an und hechte dann hinters Gebüsch …

Oder –

»Wir fahren mit kleinen Wagen«, fügt der Mann hinzu.

»Mit kleinen Golfwägelchen?«

»Ja, so in der Art. Sie machen beim Fahren *Wiuuu.*«

»Ich bin dabei. Zeigen Sie mir den Weg.«

Inzwischen habe ich meine Lektion gelernt.

Ich habe meine alte Assistentin (mich) gefeuert und eine neue eingestellt (ebenfalls mich). Auf der Fahrt hierher haben wir Nachforschungen angestellt: Wir haben IMDb und Wikipedia nach Filmen aus dem Jahr 1990 durchsucht, bei denen sowohl meine Mum als auch mein Dad mitgewirkt haben.

Und ich bin fündig geworden: *Der erste Schmetterling*. Der Film hat zwei Sterne, Mums Rolle ist die eines *stirnrunzelnden New Yorker Mädchens*, und Dad war ein unbezahlter Helfer am Set.

Diese Erkenntnis hat mich glatt umgehauen. Denn das bedeutet nicht nur, dass meine Eltern sich nicht am Set von *Anker unserer Herzen* kennengelernt haben – ich hätte mir den Film also gar nicht fünf Millionen Mal anschauen müssen –, sondern bereits als sie noch Teenager waren, was noch viel romantischer ist.

Sie haben sich inmitten eines wuseligen Filmsets verliebt. Dad, ein junger ehrgeiziger Kerl aus Amerika – groß, gut aussehend und draufgängerisch –, und Mum, ein schönes, junges, reiches Mädchen aus London, das in die Fußstapfen ihrer berühmten Familie tritt. Nach nur einer wundervollen Woche wussten sie, dass sie zueinandergehören, doch die Umstände rissen sie auseinander – denn genau dazu sind Umstände da.

Aber nach vielen Jahren, in denen sie ständig aneinander dachten, sich Briefe schickten oder Faxe oder was auch immer, fanden sie wieder den Weg zueinander, heirateten und bekamen uns.

Was wieder einmal beweist: Wahre Liebe triumphiert! Außerdem beweist es auch, dass Mum schon mit fünfzehn ihre erste Filmrolle gespielt hat. Wenn ich wieder zu Hause bin, werde ich ein ernstes Gespräch mit Grandma führen müssen.

»So«, sagt Patrick, der Guide, als wir in einer kleinen Gruppe mit laminierten Besucherausweisen um den Hals in ein Golfwägelchen steigen. »Dies ist das zweitälteste erhaltene Filmstudio in Amerika und das einzige Studio, das seit den Anfangstagen von Hollywood immer noch am originalen Ort in Betrieb ist.«

Ich hole mein Handy hervor und streiche meine Locken zurück. Nur weil ich aus einem pazifischen Grund hier bin, bedeutet das nicht, dass ich keine Fotos von Promis machen darf oder mich nicht von einem Regisseur entdecken lassen kann, der nach einer Darstellerin für die Hauptrolle eines Films sucht, den er in fünf Jahren drehen will. Mum wäre stolz auf meine Multitasking-Fähigkeiten!

»Das Studiologo ist ein Berg mit dreiundzwanzig Sternen«, fährt unser Guide fort, während wir einen kleinen Weg entlangruckeln. »Jeder Stern steht für einen der ersten Schauspieler, die hier gefilmt haben, darunter Gloria Swanson, Mary Pickford –«

Oooh! Da ist das berühmte Eisentor, durch das früher einmal große Elefanten gelaufen sind!

»Douglas Fairbanks, Wallace Reid, Pauline Frederick –«

Ich stelle mir vor, durch dieses Tor zu gehen. Alle am Set warten auf mich. Ich kann meinen Text in- und auswendig, mein Kostüm liegt schon für mich bereit …

»Marguerite Clark, Pauline Valentine –«

Überrascht drehe ich mich um. »Pauline Valentine war eine der ersten Stars dieses Studios?«

»Und ob sie das war!« Patrick ist entzückt, eine interessierte Zuhörerin gefunden zu haben. »Fun Fact: Pauline war ursprünglich eine Kellnerin aus York in England. Sie arbeitete in Teilzeit für eine Schokoladenfabrik, bevor sie ein Schiff bestieg und sich einen Namen in der Stummfilmindustrie machte.«

»Ich weiß«, erwidere ich stolz. »Sie hat in siebenundsechzig Filmen die Hauptrolle gespielt und dafür einen Stern auf dem *Walk of Fame* bekommen.«

Meine Urgroßmutter ist eine *Legende*.

Der Tour-Buggy surrt weiter die schmalen Straßen entlang. »Rechts sehen Sie Bühne Achtzehn«, erklärt Patrick und deutet auf einen riesigen Hangar. »Die Halle ist so groß, dass ein ganzes Flugzeug darin Platz findet. Alles lässt sich genau regulieren: Licht, Temperatur, Ton, Belüftung ...«

Ein Mann kommt aus der Halle, aber es ist nicht Dad. Wir fahren weiter.

»Das hier ist ein Parkplatz, der zu einem gigantischen Wellenpool umfunktioniert werden kann. Er fasst sage und schreibe 3,6 Millionen Liter Wasser und kam bei Filmen wie *Die zehn Gebote* zum Einsatz ...«

Ich melde mich.

»Ähm, vielleicht sollte man mal den Hintergrund neu streichen«, schlage ich vor und deute auf eine große schlammgraue Wand daneben, auf die schmuddelige Wolken gemalt sind. »Er sieht ein bisschen verblasst und schmutzig aus.«

Unser Guide lacht. »Das ist Absicht. Der kalifornische Himmel ist so blau und wolkenlos, dass er im Film unecht rüberkommt. Daher müssen sie diese Wand als Hintergrund nehmen, damit es weniger perfekt und damit echter wirkt.«

Patrick hat recht: Der Himmel hinter der Mauer sieht aus wie eine saphirblaue Decke. Er ist so strahlend blau, dass er künstlich wirkt.

Mit einem lauten *Wiuuu* – der Wachmann hat nicht zu viel versprochen – biegt der Wagen um die Ecke. Plötzlich ragen große Stadthäuser aus Sandstein vor uns auf, mit rostigen Feuerleitern, Kellerfenstern, geschwungenen Eingangstüren, hellroten Feuerhydranten und allem Drum und Dran.

»Willkommen in New York«, verkündet Patrick gut gelaunt. »Das ist ein fast perfekter Nachbau, nur etwas kleiner. Sehen Sie sich ruhig um.«

Alle steigen aus dem Wagen.

»Es sind keine echten Häuser«, erklärt Patrick. »Die Front besteht aus bedruckten Plastik-Ziegelsteinen. Und wenn man eine Tür öffnet …« Er stößt die nächstbeste Tür auf. Dahinter kommt eine dünne Gipsplatte mit aufgeklebten Tapetenvierecken zum Vorschein, die von außen durch die Glasscheiben so aussehen, als wäre ein Raum dahinter. »Das nennt man *Fassade*, das Wort kommt aus dem Französischen und heißt so viel wie *falsche Front.*«

Neugierig trete ich näher.

»Ähm.« Ich stelle mich direkt neben Patrick. »Was wissen Sie über den Film *Der erste Schmetterling*? Es ist ein sehr alter Film, der 1990 hier gedreht wurde. Er spielt in New York. Ich … ähm … mache gerade ein Schulprojekt darüber.«

Patrick denkt einen Augenblick nach. »Ja, ich glaube, den kenne ich. Ein ziemlich lahmer Liebesfilm mit schlechten Schauspielern, aber manche zählen ihn zu den Kultfilmen, obwohl er eher unbedeutend ist. Wenn ich mich nicht irre, wurden einige der Szenen im nachgebauten Greenwich Village gedreht.«

Uuuh, das klingt erfolgversprechend!

»Einsteigen, Leute!« Patrick klettert zurück in den Wagen, und wir folgen brav seiner Aufforderung. »Lassen Sie mich Ihnen etwas über Katharine Hepburn erzählen, während wir am Technicolor-Gebäude vorbeifahren …«

Fasziniert schaue ich mich um. Hier werde ich eines Tages sein, ich werde aus meinem Wohnwagen steigen, mir ein Make-up verpassen lassen, dabei meinen Text lernen und vor dem ersten Dreh des Tages einen Morgenkaffee –

Abrupt setze ich mich auf. Ein sehr großer Mann ist gerade aus einer der Hallen gekommen. Er redet aufgebracht in sein Handy. Ich strecke mich aus dem offenen Wagen nach draußen.

»Dad! Dad! DAD!«

»Junges Fräulein!« Patricks Kopf wirbelt zu mir herum. »Setz dich bitte wieder. Es ist verboten, sich aus dem fahrenden Wagen –«

Zu spät, ich bin längst auf und davon.

44

Wer behauptet hier, ich hätte nicht genug Kraft in den Beinen? Ich habe jedenfalls genug Power, um die menschenleere Straße entlangzurennen und den Fängen von Patrick zu entkommen, der verzweifelt meine Verfolgung aufnimmt.

»Hey, du!«, schreit er. »Steig sofort wieder ein! Ich habe am Anfang der Tour *ausdrücklich* darauf hingewiesen, *dass alle im Wagen bleiben und Rücksicht auf die Leute nehmen müssen, die hier ihre Arbeit machen* –«

Ich renne noch etwas schneller.

Dad scheint mich an meinen energischen Schritten zu erkennen, denn er bleibt abrupt stehen und dreht sich um.

»Tut mir leid, Mr. Rivers«, ruft Patrick hinter mir. »Ich habe den Gästen *ausdrücklich* verboten auszusteigen, aber diese junge Dame hier …«

Ich werfe mich auf Dad und schlinge die Arme um ihn.

»Schon okay«, sagt Dad über meinen Kopf hinweg zu Patrick. »Danke, aber ich fürchte, diese kleine Gesetzesbrecherin gehört zu mir. Ich regle das schon.«

Wir warten ein paar Augenblicke, bis der Guide mit dem Wägelchen davongesurrt ist, dann beugt mein Vater sich zu mir hinunter. »Hope, Baby, was ist denn los? Was machst du hier? Warum trägst du bei über dreißig Grad einen schwarzen Overall und Lederhandschuhe?«

Unglaubliche Erleichterung durchströmt mich: *Endlich* geht es einen Schritt voran.

Halt durch, Mum, wir kommen bald nach Hause.

»Dad«, murmle ich in sein T-Shirt und drücke mich noch etwas fester an ihn. »Bitte sei nicht böse auf mich. Du hast zwar gesagt, ich darf nicht mitkommen, aber du weißt nicht, wie wichtig das für mich ist. Ich muss dir etwas zeigen, und zwar jetzt gleich.«

Ohne seine Antwort abzuwarten, ziehe ich ihn an der Hand Richtung Greenwich Village.

Wenn wir erst einmal dort sind, kann ich mir immer noch überlegen, wie ich am schlauesten vorgehe. Vielleicht finde ich jemanden, der die Straßenlaternen einschaltet und Geigenmusik abspielt.

»Hope.« Dad rührt sich nicht vom Fleck, und weil er über einsneunzig groß ist, trete ich praktisch nur auf der Stelle und zerre an seinen Fingern. »Liebling, wovon redest du? Wo willst du denn hin? Beruhige dich erst mal und erklär mir, was los ist.«

Vielleicht sollte ich aufhören, das Problem wie ein Krebs von der Seite anzugehen, und einfach ganz offen mit ihm reden …

»Wir gehen zu dem Ort, wo du Mum kennengelernt hast«, erkläre ich ihm ungeduldig. »An das Set eures ersten gemeinsamen Films. Dort werden dich die romantischen Erinnerungen überwältigen, und du wirst erkennen, wie sehr du sie vermisst und dass du sie immer noch liebst. Dann drehst du schnell deinen Film ab und kommst nach Hause zurück, und Mum verlässt die Reha und ist nicht mehr traurig oder verrückt, und die Zeitungen lassen uns in Ruhe, und die Familie ist wieder genauso wie früher, und niemand will weggehen, und es gibt ein *Happy End* für alle.«

Wir sind *so* nah dran. Wenn ich mich beeile, kann Dad sogar noch *heute* Nachmittag ins Flugzeug steigen und dank Zeitverschiebung gerade rechtzeitig *gestern* zu Mums Besuchszeit kommen.

»Bitte«, flehe ich ihn an und zerre an ihm, so fest ich kann. »Bitte, Dad. Lass uns gehen, lass uns gehen – wir können –«

Plötzlich werde ich in eine riesige Umarmung gezogen. Wortlos drückt Dad mich an sich. Dann löst er sich und beugt sich zu mir.

Ich kann seinen Gesichtsausdruck nicht deuten. Er wirkt weder wütend noch genervt oder überrascht oder überglücklich oder beeindruckt oder irgendwas dazwischen.

»Baby«, sagt er leise. »Setz dich mal kurz zu mir.«

Er lässt sich langsam auf eine Bank sinken, die mir bekannt vorkommt, und klopft einladend neben sich, auch wenn da nicht mehr viel Platz ist.

Meine Augen werden groß. »Ist das –«

»Forrest Gumps Bank?« Dad verzieht den Mund zu einem schiefen Grinsen. »Eine von mehreren, ja. Nachdem der Film komplett abgedreht war, hat Tom Hanks sich einen Scherz erlaubt und sich in seinen Filmklamotten mit einer Schachtel Pralinen hierhergesetzt. Niemand aus dem Studio hat ihn bemerkt.«

Ungeduldig nehme ich neben Dad Platz und werfe einen

Blick auf meine Uhr. So spannend diese Insiderinfo auch ist, jetzt ist nicht die Zeit für eine weitere Studiotour. Ich habe schon eine hinter mir, und die Zugaben müssen wir auf später verschieben.

»Hope«, sagt Dad langsam. »Die Kleidung und der Schmuck, die du jeden Morgen im ganzen Haus verteilst … sie gehören nicht dir, oder?«

Ich nicke erleichtert. *»Natürlich nicht.«*

»Und …« Mein Vater runzelt die Stirn. »Und der Duft … dieser merkwürdige Geruch auf meinem Kissen?«

»Mums persönliches Parfüm«, erkläre ich leicht entnervt.

»Verstehe.« Dad lächelt leicht. »Aber Juliet hat diesen Duft nie getragen, Hope. Sie war zwar das offizielle Gesicht der Werbekampagne, aber sie fand immer, dass es nach alten Socken müffelte, und benutzte es nur auf der Toilette, um schlechte Gerüche zu überdecken.«

Ach, verflixt!

»Mein Gott, der *Song.*« Dad scheint ein Licht aufzugehen. »Elton John. Dachtest du, das wäre unser Song? Von mir und deiner Mum?«

Das ist ja mühsamer als Zähneziehen. Warum ist es so schwierig, Dads romantische Erinnerungen heraufzubeschwören?

»Er stammt aus dem Jahr, in dem ihr euch kennengelernt habt – dachte ich jedenfalls«, erkläre ich betont langsam, als würde ich mit einem Vorschulkind sprechen. »Dad, warum hast du mir nie erzählt, dass du Mum schon mit fünfzehn kanntest?« Ich spüre regelrecht, wie meine Augen zu leuchten beginnen. »Ich möchte die ganze Geschichte hören, all die Romantik! Wo habt ihr euch zum ersten Mal gesehen, was habt ihr gesagt, wo habt ihr euch zum ersten Mal geküsst, wie hat sich das angefühlt, und wie ging es weiter, als der Film abgedreht war?«

Bestimmt ist es auf einer der falschen Stufen von Greenwich Village passiert, als Dad Mum die Tränen von der Wange wischte und sagte –

»Hope«, sagt Dad leise und nimmt meine Hand. »Wir haben es beide vermasselt, und das tut mir leid. Uns *beiden* tut es so schrecklich leid.«

Ich starre ihn an. »Kein Grund, gleich zu übertreiben, Dad. Erzähl mir einfach die große Lovestory, aber bitte ganz von Anfang an, denn das erste Kennenlernen ist immer besonders –«

Mitten im Satz breche ich ab. Denn plötzlich erkenne ich Dads Gesichtsausdruck: Es ist Traurigkeit.

»Also …« Ich drehe mich schnell weg und streiche mit dem Finger über die Armlehne. »Was soll das heißen, *eine von mehreren* Bänken? Wie viele davon gibt es denn?«

»Schau mich an, Hope.«

Widerstrebend hebe ich den Kopf.

»Schau *mich* an, Schatz, nicht mein linkes Ohrläppchen.«

»Was auch immer du jetzt sagen willst …«, unterbreche ich ihn. »Denk daran, dass du müde bist und hart gearbeitet hast. Ihr beide wart in unterschiedlichen Ländern in Filmproduktionen eingespannt, die euch alles abverlangt haben. Stress führt oft zu –«

»Hope, deine Mutter und ich lassen uns scheiden.«

Ich blinzle. »Nein.«

»Doch.«

»Nein, das stimmt nicht. Das behaupten nur die Zeitungen, Dad. Du darfst nicht zulassen, dass die Medien euch auseinanderbringen. Hör nicht auf das, was sie schreiben. Das sind alles nur eifersüchtige Singles, die mies in ihrem Job sind und –«

»Diese verfluchten Journalisten.« Dad seufzt und fährt sich übers Gesicht. »Wir wollten erst darüber sprechen, wenn beide Filme abgedreht sind. Der Plan war, dass die Familie sich zusammensetzt und wir euch alles erklären. Aber das ging schief, und die Story war draußen, bevor wir alles geregelt hatten.«

Ich halte den Blick auf die Bank gerichtet und schüttle den Kopf.

»Also wie war das mit Tom Hanks? Meinst du mit Filmklamotten den cremefarbenen Anzug und das blaukarierte Hemd und die Socken oder –«

»Pu.« Dads Blick wird noch ein bisschen trauriger. »Ich weiß, du bist gut darin, die Realität auszublenden, wenn du dich ihr nicht stellen willst. Was das angeht, bist du wie deine Mum. Aber du kannst die Wahrheit aushalten, Schatz. Du wirst es müssen.«

»Nein, werde ich nicht.« Ich verschränke die Arme. »Die Wahrheit ist, dass niemand trennen kann, was zusammengehört. Liebe ist alles, was zählt. Sie ist der Anker unserer Herzen. Wenn du die Liebe gefunden hast, hältst du sie fest.«

»Und wenn du sie verloren hast«, sagt er sanft, »musst du loslassen.«

Ich starre ihn an.

Das ist verrückt. Das ist völlig undenkbar. Das ist –

»Du irrst dich«, sage ich und stehe auf. »In allen Beziehungen gibt es Höhen und Tiefen, so ist das nun mal mit der Liebe. Aber Hindernisse sind dafür da, dass man sie überwindet. Sie gehören zu jeder Geschichte dazu. Du hast nur die Hoffnung verloren, das ist alles. Genau wie Mum. Aber dafür gibt es ja *mich*.«

Dad schließt kurz die Augen. »Liebling.«

»Keine Sorge, Dad. Alles wird gut.«

45

DIENSTAGNACHMITTAG: HOPE liegt auf ihrem Bett in LOS ANGELES und schaut ein Video auf einem gigantischen Flachbildschirm.

JAMIE und HOPE liegen auf dem Rasen im Park, ihr Kopf ruht auf seiner Brust. JAMIE blickt direkt in die Kamera, dann gibt er HOPE einen Kuss auf die Nase. Er verharrt einige Sekunden.

HOPE (stupst ihn und lacht) Es ist ein Video.
JAMIE Mein Fehler.

Er grinst und winkt.

JAMIE (Forts.) Hey – mein erstes großes Interview!
HOPE (hält die Hand hoch, als hätte sie ein Mikrophon) Jamie Day, erzähl uns doch, wie dir das alljährliche Käsefestival in der großartigen Hauptstadt dieses Landes gefällt.
JAMIE Es ist phantastisch. Aber das liegt an dem Star, der mich begleitet. Gibt es etwas Tolleres als dieses Mädchen? Schaut euch nur dieses GESICHT an!

HOPE strahlt ihn an, ihre Bewunderung steht ihr wie Untertitel ins Gesicht geschrieben.

HOPE Heißt das, es gefällt dir?

JAMIE (sieht sie an) Nein. Das heißt, ich liebe es.

Ich schnappe mir die Fernbedienung und spule zurück.

JAMIE Gibt es etwas Tolleres als dieses Mädchen? Schaut euch nur dieses GESICHT an!

Dann wieder vorwärts.

JAMIE Nein. Das heißt, ich liebe es.

Dann wieder rückwärts.

JAMIE ... ich liebe es.

Ich öffne meine Nachrichten.

Es ist jetzt zwei Tage her, und unter meiner Nachricht vom Sonntag sind zwei blaue Häkchen: gelesen, aber unbeantwortet. Vielleicht war das Luftballon-Emoji doch etwas vage.

Außerdem hat Jamie Schule, also ist er sicher ziemlich beschäftigt. Bestimmt hat er viel um die Ohren mit all den Barbecues oder was auch immer er gestern gemacht hat. Vielleicht hat er meine Nachricht im Schlaf gelesen, aber beim Aufwachen vergessen, dass er sie gelesen hat. Oder er denkt, er hätte schon zurückgeschrieben. Womöglich haben ihn meine Emojis so beeindruckt, dass er immer noch überlegt, was er antworten soll.

Ich fahre mir mit der Zunge über die Lippen und wäge meine Möglichkeiten ab. Vielleicht sollte ich einen Ballon in einer anderen Farbe hinterherschicken.

Mein Magen macht einen Hüpfer. Oben auf meinem Display steht: *Jamie ist online.* Aufgeregt warte ich ein paar Minuten. *Jamie ist online, Jamie ist online, Jamie ist online.* Spontan gebe ich den Suchbegriff *Katze* bei den GIFs ein, und als ich ein süßes kleines Kätzchen finde, das gerade am Einschlafen ist und umfällt, füge ich es ein und schicke es ab.

Die Häkchen werden blau, und dann ist *Jamie nicht mehr online.*

O Gott, was habe ich getan?

Haha! Ich wollte nicht passiv-aggressiv sein. Es ist nur ein süßes Kätzchen. Natürlich bin ich nicht sauer, dass du auf meine Nachricht von vor zwei Tagen nicht geantwortet hast. LOL xxxx

Sekunden später: *Jamie ist online.*

Die Häkchen werden blau, dann: *Jamie ist nicht mehr online.* Für den Bruchteil einer Sekunde teilt sich der Bildschirm in meinem Kopf in zwei Hälften. Auf der einen Seite sehe ich mich, wie ich mein Handy umklammere und es vier Zentimeter vor meiner Nase halte, auf der anderen Seite ist Jamie mit diesem harten, versteinerten Gesichtsausdruck.

Wie lächerlich. Wahrscheinlich ist er nur gerade auf der Toilette oder so.

Oder, na ja, vielleicht mitten in einer Yoga-Verrenkung.

Hast du einen schönen Tag? :) xxx

Ohne lange nachzudenken, schicke ich die Nachricht ab.

Dann lege ich mein Handy entschlossen auf mein Nachttischchen und wandere durch das stille Haus. Dad ist schon bei der Arbeit. Nachdem wir am Sonntag nach Hause gekommen waren, hat er eine Million Mal versucht, mit mir zu reden – aber ich habe meine Kopfhörer ins Ohr gestöpselt und/oder so getan, als würde ich schlafen oder mit jemandem telefonieren.

Ich habe ihm einen Post-it-Zettel geschrieben, auf dem steht:

Weißt du noch damals, als du einen richtig schlechten Tag bei der Arbeit hattest und Mum so lange Grimassen zog, bis sie dich zum Lachen brachte, auch wenn ihr die Szene deshalb siebzehnmal wiederholen musstet?

Und noch einen:

Weißt du noch, wie Mum in ihrer Oscar-Rede der ganzen Welt gesagt hat, wie sehr sie dich liebt und dass du ihr Fels in der Brandung bist, und praktisch die gesamte Filmindustrie zu Tränen gerührt war?

Ich habe sie in Dads lederne Skripttasche gesteckt, damit er sie im Lauf der Woche findet. Mit dieser Methode werde ich nicht mehr als zwei Tage brauchen, um meinen

Vater umzustimmen: Bis Freitag können wir zu Hause sein.

Weißt du noch, wie du mit Mum im Hyde Park ein Eis gegessen und ihr dabei zum ersten Mal deine Liebe gestanden h

Mein Handy piepst.

Ich lasse den Stift auf den Boden fallen und renne in mein Zimmer.

Yep. x

Ein Küsschen von Jamie – juhu! Noch ein *Piep*.

Haha, hübsche Katze

Jetzt brauche ich nur noch eine elegante Überleitung zum eigentlichen Thema.

Wie war das Barbecue? Wie geht es deinem Auto? Hoffe gut! x

Jamie schreibt, Jamie schreibt, Jamie schreibt, Jamie schreibt, Jamie schreibt, Jamie schreibt, Jamie schreibt, Jamie –

Was?

Okay, Phase eins erfolgreich durchgeführt.

Hast du diese Woche vielleicht mal nach der Schule Zeit? xx

Vielleicht Donnerstag. Wenn ich kein Lauftraining habe.

Super! Donnerstag passt mir gut! Kommst du zu mir? xxx

Jamie schreibt, Jamie schreibt, Jamie –

Jamie ist offline.

Sechs oder sieben Minuten lang starre ich auf das leere Display.

Ich gehe ins Bad.

Danach gehe ich in die Küche und mache mir etwas Kleines zu essen.

Dann schreibe ich den Zettel für meinen Dad fertig.

Danach gehe ich nach draußen. Olivia, Sophia und Madison liegen wieder am Pool. Sie haben ihre Kopfhörer aufgesetzt, und überall liegen Zeitschriften herum. Ich versuche, mir meine Verärgerung über sie nicht anmerken zu lassen.

Schließlich macht es *Piep*.

Klar.

Eine Welle der Erleichterung durchflutet mich. Ich küsse mein Handy, stürme in mein Schlafzimmer und spiele das Video noch einmal ab.

HOPE Heißt das, es gefällt dir?

JAMIE (sieht sie an) Nein. Das heißt, ich liebe es.

Denn plötzlich ist mir etwas eingefallen. Ganz zu Anfang hat Jamie gesagt, dass er ein altmodischer Romantiker ist. Und dass ich so sein soll, wie ich sein will. Dass ich leben soll, ohne die Lautstärke herunterzudrehen.

Genau das habe ich vor.

46

DONNERSTAGNACHMITTAG: HOPE steht am Infinitypool, sie trägt ein rotes Seidenkleid. Gedankenverloren blickt sie auf Los Angeles hinab. Ihr Haar glänzt in der Sonne, ihre Haltung etc., etc.

Hinter ihr ist ein Geräusch zu hören.

HOPE (dreht sich um) Du bist gekommen.
JAMIE Natürlich, ich konnte gar nicht anders.
HOPE Ich bin ein modernes Mädchen aus einer Familie starker Frauen. Ich möchte dich etwas fragen.
JAMIE Ich bin deinem geistreichen Charme jetzt schon verfallen.

TRÖT, TRÖT.

Ich blinzle.

HOPE (dreht sich um) Du bist gekommen.

TRÖÖÖÖÖÖÖÖÖÖÖÖÖÖÖÖT.

JAMIE Natürlich, ich konnte gar nicht anders.

TRÖT, TRÖT, TRÖT, TRÖT, TRÖT, TRÖT.

»Bin gleich da!«

Blitzschnell schnappe ich mir den großen Weidenkorb, den ich im Waschraum gefunden habe, und renne in Mums weißem Shirt und Faiths Denim-Shorts zur Tür.

HOPE (öffnet die Tür) Du bist gekommen.

»Kommst du oder was?«, ruft Jamie aus dem Fenster seines Toyotas. »Ich warte hier seit einer halben Ewigkeit.«

»Tut mir –«, fange ich an, dann beiße ich auf meine Lippe. *Gibt es einen anderen Begriff, der weniger nach Entschuldigung klingt?* »Ähm, Jamie? Kannst du bitte aussteigen?«

»Was? Warum?«

»Ich …« Ich verlagere das Gewicht des Korbs. »Ich habe eine Überraschung für dich.«

»Kannst du mir sie nicht im Auto geben?«

»Bitte.«

Widerwillig stellt Jamie den Motor ab, steigt aus und fragt: »Was ist los? Du siehst übrigens hübsch aus heute.«

Freudestrahlend schließe ich meine Augen und strecke mich ihm erwartungsvoll entgegen.

Unsere Lippen berühren sich leicht.

Aber es fühlt sich irgendwie steif an – ein bisschen so, als würde ich mit einem Felsen oder einer Steinmauer knutschen. Als ich ein Auge öffne, sehe ich, wie Jamie über meine Schulter hinwegblickt. Seine Augen sind so glasig und ausdruckslos wie die von Fischen auf einem Eisbett.

Kälte breitet sich über meine Schultern aus.

»Also …« Ich löse mich von ihm und konzentriere mich auf die geplante Überraschung. »Ich wollte etwas *ganz Besonderes* mit dir unternehmen – etwas, das keiner von uns beiden je vergessen wird. *Volle Lautstärke!* Und ich hatte eine ziemlich coole Idee. Willst du raten?«

»Keine Ahnung … Wollen wir shoppen gehen? Neue Lippenstifte ausprobieren? Soll ich deine Einkaufstüten tragen?«

»Nein, nein!« Bei seinen Worten zucke ich ein bisschen zusammen. »Du wirst es *lieben*, Jamie, versprochen!« Meine Hände beben. Aufgeregt ziehe ich die Autoschlüssel aus meiner Hosentasche. Dann stelle ich mich auf die Zehenspitzen, lege meine Hände über seine Augen, drehe ihn um und nehme die Hände wieder weg. *»Ta-daa!«*

Jamie blinzelt, als er den gelben Lamborghini sieht.

»Ich habe ihn für dich ausgeliehen«, erkläre ich atemlos. »Er ist für den ganzen Tag versichert. Du … du hast gesagt, dass du Autos liebst und gerne fährst, daher dachte ich, wir könnten damit den Pacific Coast Highway entlangfahren. Ich habe uns ein Picknick eigepackt –«

Rasch halte ich den Wäschekorb hoch.

»Da drin ist alles, was du gerne magst.« Ich fange an zu kramen und halte hoch, was ich mitgebracht habe: »Trauben, Avocados, Quinoa, Grünkohl, Kokosnusswasser. Ich dachte, vielleicht könnten wir uns einen netten Ort für ein Abendpicknick aussuchen und alles machen, was du willst und –«

Jamies türkisfarbene Augen scheinen förmlich an dem Auto zu kleben.

Mein Magen dreht sich um.

Warum zittern meine Hände?

»Das Auto gehört einem Freund von Dad, und es steht einfach in der Garage herum, also –«

»Für mich?«, sagt Jamie langsam. »Ich soll ihn fahren?«

Ich nicke. »Mh-mmmh.«

»Den ganzen Nachmittag?«

»Mm.«

»Egal wohin?«

»Na klar! Am besten mit mir auf dem Beifahrersitz.«

Stille.

Bitte sei nicht böse, bitte sei nicht böse, bitte sei nicht –

»Hope.« Jamies Miene hellt sich schlagartig auf. »Das ist *unglaublich*. Was für eine nette Geste. Und *selbstverständlich* nehme ich dich mit.«

Ich atme die ganze Luft aus, die ich zuvor angehalten habe. »Freust du dich?«

»Total!« Lachend umfasst Jamie mit beiden Händen mein Gesicht. »Du bist wirklich etwas Besonderes, weißt du das, Hope Valentine?«

Ich kann mich gerade so zurückhalten, nicht übermütig in die Luft zu boxen. Die Textzeile klingt endlich wieder so positiv wie im Original. *Ich habe es geschafft!*

Jetzt muss ich nur noch warten, bis wir gemeinsam am Kokosnusswasser nippen und von den Trauben naschen, dann werde ich ganz behutsam die Sprache auf –

»Schau dir das an!«, ruft Jamie. Er drückt einen Knopf, und das Wagendach fährt zurück. »Ist das nicht der Hammer? Whoa, hör dir diesen Motor an! Ein Sechseinhalb-Liter-V12, achthundert Pferdestärken, von null auf hundert in zwei Komma neun Sekunden!«

Ich strahle mit dem Sonnenlicht, das unsere Gesichter wärmt, um die Wette.

»Toll!«, sage ich lächelnd. »Aber mal kurz eine andere Frage: Wie kriegen sie achthundert Pferde in das Auto?«

Jamie prustet laut los, und das kommt völlig unerwartet, weil ich, wie mir erst in diesem Moment klar wird, hier in Amerika noch nie ein richtiges Lachen von ihm gehört habe. Ich beginne fast zu glühen vor Glück.

»Hey.« Jamie dreht sich zu mir um. »Gib mir einen Kuss.«

Mit angehaltenem Atem beuge ich mich zu ihm hinüber und versinke im schillernden Blau seiner Augen, den weißgoldenen Haaren auf seiner Stirn, den Sommersprossen um seine Nase und einer Oberlippe, die elegant geschwungen ist wie Amors Bogen. Als unsere Lippen sich berühren, legt Jamie seine goldene Hand in meinen Nacken, und seine Zunge berührt ganz kurz meine. Mein Magen macht einen Satz.

Ich schließe die Augen und erwidere den Kuss.

Ha!, meldet Mercy sich in meinem Ohr zu Wort. *Worauf er dieses Mal wohl starrt? Vielleicht auf die Handbremse?*

Raus aus meinem Kopf, Mer! Du bist nicht eingeladen.

Und wenn schon!, sagt sie hämisch. *Ich habe Besseres zu tun, als mit dir und deiner schrecklichen Ken-Puppe auf ein Date zu gehen. Kapier's doch endlich, du Doofkopf.*

Dann ist sie weg.

»Okay.« Grinsend lenkt Jamie den Lamborghini auf die Straße. »Mal sehen, was diese Schönheit so draufhat.«

47

HOPE und JAMIE fahren in einem Sportcabrio durch HOLLYWOOD. Spitzblättrige Palmen und tropische Blumen säumen den Highway. Eine sanfte Brise lässt HOPES Haare flattern, und die Sonne lässt ihre Haut leuchten. Der Motor des gelben Lamborghinis schnurrt.

HOPE lehnt sich in ihrem Sitz zurück und blickt zum wolkenlosen Himmel hinauf: ein unwirkliches, vollkommenes Blau. Dann dreht sie den Kopf und lässt den Blick über das glitzernde Meer schweifen, während das Auto über die gewundene Straße gleitet. Vor ihnen schälen sich Berggipfel aus dem Dunst, sie sehen aus wie eine Filmkulisse.

HOPE VALENTINE ist ÜBERGLÜCKLICH.

Das ist es.

Ich habe den perfekten Trailer zu meinem Film gefunden.

Jamie und ich mit Sonnenbrillen, der Wind in unseren Haaren, die Sonne auf unserer Haut, während wir über den Pacific Coast Highway Richtung San Diego cruisen. Die Szenerie ist grandios, das Wetter ist wie aus dem Bilderbuch, und mein Filmpartner hat nie besser ausgesehen.

Die Kamera zoomt auf unsere strahlenden Gesichter. Wir blicken uns an und lächeln – Worte sind nicht nötig. Dann schwenkt die Kamera auf die Straße, die sich vor uns erstreckt. Die Botschaft ist klar: Unser Weg ist frei von Hindernissen, wir fahren gemeinsam unserem Schicksal entgegen, das Glück ist auf unserer Seite, es gibt nur ein Vorwärts und kein Zurück, und wir –

Oooh, der Soundtrack fehlt!

Gut gelaunt hole ich mein Handy hervor, suche nach *God Only Knows (What I'd Be Without You)* von den Beach Boys und lasse es über die Anlage laufen. In der letzten Woche habe ich eine echte Schwäche für diese Uralt-Hippies entwickelt. Leise singe ich den Text mit.

»Kannst du das bitte lassen?« Jamie schaltet die Musik aus. »Was für ein Klischee.«

»Wirklich?« Ich ziehe meine nackten Füße hoch und schlinge meine Arme um die Beine. »Tut mir leid … das war mir nicht klar. Also …« Ich schlucke und setze ein besonders fröhliches Lächeln auf. »Hattest du eine schöne Woche, Jamie? Was hast du so gemacht? Hattest du Spaß?«

»Nichts Besonderes.« Ein kurzes Schulterzucken. »Ich war ein bisschen surfen, habe ziemlich viel Zeit mit Abi verbracht, war auf dem Barbecue und habe für die Charity-Organisation gearbeitet, von der ich dir erzählt habe. Du weißt doch, mit dem Typen, dem ich das Leben gerettet habe … ich hatte eine phantastische Idee, wie wir unsere Ressourcen am besten aufteilen und –«

»Abi?« Ich räuspere mich. »Du warst in dieser Woche oft mit Abi zusammen?«

»… Yep.«

Er hat es nicht geschafft, dir zurückzuschreiben, aber für Abi war ihm seine Zeit nicht zu schade?, flüstert Mer in meinem Ohr. *Ich lach mich tot.*

»Du verbringst also viel Zeit mit ihr?«

Jamie presst so hart die Zähne zusammen, dass ich fürchte, sie könnten abbrechen. »Sie ist eine sehr gute Freundin, also: ja.«

»Surft sie auch? Ich meine natürlich außer dieser Strandgymnastik, die –«

»Es heißt *Acro-Yoga*, das habe ich dir doch gesagt.« Jamie setzt den Blinker und wechselt die Fahrspur. »Weißt du, Eifersucht steht dir nicht, Hope.« Seine Stimme klingt tonlos. »Sieht Abi umwerfend gut aus? Ja. Ist sie witzig und klug? Ja. Kann ich mir vorstellen, sie irgendwann einmal zu daten? Ja. Bin ich gerade im Moment mit ihr zusammen? Nein. Im Moment bin ich mit dir zusammen, Hope. Mir gefällt nicht, in welche Richtung dieses Gespräch geht.«

Meine Augen werden groß.

Moment mal – *was* hat er da gerade gesagt?

Hat Jamie gerade gesagt, dass wir zusammen sind?

Hat er gerade *offiziell* bestätigt, dass wir ein Paar sind?

O mein Gott, das kam so unerwartet. Ich bin gar nicht vorbereitet. Ich habe nicht einmal das Kokosnusswasser parat. Wir brauchen Gläser, mit denen wir anstoßen können, einen Sonnenuntergang in Pink und Gelb und einen langen, zärtlichen Kuss –

Aber nicht jetzt. Ich möchte nicht, dass er einen Unfall baut.

»Genau das«, fährt Jamie fort, »war nämlich das Problem mit Ella. Und mit Kaylee und mit Andrea …«

Wir haben ein Date! Wir sind zusammen! Wir sind ein richtiges Paar! Wow, waren wir das etwa schon die ganze Zeit?

Nicht zu fassen, dass ich das gar nicht gemerkt habe. Dabei war es so klar, dass man es gar nicht erst erwähnen musste. Es ließ sich nicht in Worte fassen! Es war ein stilles Einverständnis unserer Herzen und Seelen und –

»… und mit Layla und mit Amelia …«

Sollte ich es trotzdem noch mal laut aussprechen? Einfach, weil es so schön ist, die Worte zu hören?

»… und mit Zoe, und *es geht mir schrecklich auf die Nerven.*«

Vielleicht sollte ich ihn bitten, an den Straßenrand zu fahren, damit wir Händchen halten können.

Ich blinzle. »Ähm, wer sind –«

»Meine Exfreundinnen.« Wieder wechselt Jamie abrupt die Fahrspur. »Ella war ein Model, Kaylee war DJ, Andrea war eine Yogalehrerin, Layla war eine Milliardenerbin, Amelia war eine Künstlerin, und Zoe … tja, Zoe war das erste Mädchen, in das ich mich wirklich verliebt habe. Und *keiner* von ihnen habe ich diese Verrücktheiten durchgehen lassen.«

Mercy schnaubt laut auf. Dann deutet sie auf etwas, und plötzlich sehe ich eine Reihe von Mädchenköpfen, die wie Jagdtrophäen an einer Wand befestigt sind. Darunter hängen kleine Bronzeplaketten.

Das Model

Die DJ

Die Yogalehrerin

Die Milliardenerbin

Die Künstlerin

Die erste große Liebe

Ich dachte, Dates sind nicht so sein Ding? Meine große Schwester lacht und streckt die Daumen hoch. *Oh, schau mal, du hast es bis in seine Trophäensammlung gebracht, Pudel!*

Die Tochter des Filmstars

Ich funkle sie böse an.

»Ich … ich bin nicht verrückt«, sage ich unsicher, aber seine Kiefermuskeln sind wieder unerbittlich hart. Ich blicke aufs Meer hinaus. Da tritt Mercy mir gegen das Schienbein und zwingt mich dazu, mich wieder zum Fahrersitz zu drehen. *Autsch.* »Jamie … habe ich irgendetwas falsch gemacht? Bist du sauer auf mich?«

»Nein.«

»Sicher nicht?«

»Nein.«

»Weil …« Ich sehe, wie sein Kiefermuskel zuckt. »Ich wollte dich nicht ärgern, ich war einfach nur … neugierig.«

Stille.

»Es ist nur … manchmal …«

Stille. Mer versetzt mir noch einen Tritt.

»Manchmal habe ich das Gefühl, zwischen uns ist es jetzt anders als in London.«

Stille.

»Vielleicht habe ich nur deshalb gefragt, weil ich verstehen wollte, warum –«

»Da ist nichts anders. Es ist genauso wie in London.«

»Wirklich?«

»Ja.«

»Ganz sicher?«

»Ja.« Er sieht mich missmutig von der Seite an. »Wenn ich ehrlich sein soll, Hope, dann bist *du* ganz anders als bei unserem Kennenlernen. Ich wollte nichts sagen, aber jetzt, wo du es angesprochen hast …«

Ich starre ihn an. »Bin ich das?«

»Ja.« Jamie schüttelt den Kopf und kneift die Augen zusammen. »Es ist immer das gleiche Spiel, ich kapier's einfach nicht – ich treffe ein Mädchen, das total cool ist. Sie ist locker, lässig, gut drauf und lustig. Wir haben eine tolle Zeit miteinander. Ich fahre voll auf sie ab. Und dann … *verändert* sie sich.«

Seine türkisfarbenen Augen blitzen, als er mich ansieht.

»Ich fühle mich hereingelegt, weil sie nicht die ist, die sie zu sein vorgibt. Und *wieder* eine Enttäuschung mehr. Nimm's nicht persönlich.«

Ich glaube, ich muss mich übergeben.

»Jamie.« Meine Stimme ist ganz wackelig. »Ich begreife nicht, was ich falsch gemacht habe, dabei gebe ich mir wirklich Mühe. Erkläre es mir bitte, dann kann ich etwas daran ändern. Wenn ich deine Freundin sein soll, dann möchte ich –«

»Whoa.« Jamie hält die Hand hoch. »Hope, du bist *nicht* meine Freundin.«

Und mit einem Mal stoppt der Film. Die Kameras erlöschen, und die Vorhänge fallen.

»A-aber du hast doch gesagt –«

»Ich habe *nie* gesagt, dass wir in einer Beziehung sind.«

»Aber –« Instinktiv ziehe ich meine Beine noch weiter an mich. »Okay, vielleicht ist das Wort *Beziehung* nicht gefallen, noch nicht, aber –«

Mercy stupst mich am Arm, diesmal sanft und behutsam.

»In London hast du gesagt, dass du mich *sofort* daten würdest, wenn ich in Kalifornien wäre. Du hast gesagt, ich wäre so blitzschnell deine Freundin, dass ich gar nicht wüsste, wo mir der Kopf steht. Also dachte ich … jetzt, wo ich hier bin … und wenn ich dich regelmäßig besuchen komme, dann könnten wir vielleicht –«

»Das habe ich nie behauptet.«

Ich starre ihn an.

Verliere ich gerade den Verstand?

»Ich könnte schwören, dass du das gesagt hast, Jamie. Du hast gesagt, ich sei quasi das perfekte Mädchen für dich.«

Jamies Gesicht ist wieder aus Stein.

»Tja, selbst wenn ich das gesagt hätte – was ich nicht habe –, dann heißt das noch gar nichts, denn *quasi perfekt* ist nicht das Gleiche wie *perfekt*.«

Der Schmerz schwappt über mich hinweg wie eine Flutwelle.

Wir sind bei dir, Baby, flüstert Effie plötzlich und verschränkt ihre Finger mit meinen.

Die Kavallerie ist da!, verkündet Max hinter ihr. *Musste es unbedingt ein Zweisitzer sein, Pudel? Wo sollen wir denn alle hin? Auf die Kühlerhaube?*

Rasch drehe ich mich zur anderen Seite und bemühe mich, die Kontrolle über meine Gesichtszüge nicht zu verlieren. Ich versuche, gleichmäßig zu atmen, während die kalifornischen Berge sanft auf- und absteigen und das Meer funkelt und die Sonne auf uns herabscheint und die Palmen an uns vorbeifliegen und ein Vogel über uns hinweg–

Autsch, hör auf, mich zu treten, Mercy.

»Jamie, du hast gesagt, dass du mich liebst.«

»Ich habe gesagt, dass ich *dabei bin*, mich in dich zu verlieben«, sagt er mit eisiger Stimme. »Das ist ein langsamer Prozess. Ich habe nie behauptet, dass es schon so weit ist. Nicht einmal ansatzweise. Also verdreh mir bitte nicht die Worte im Mund.«

Der Schmerz schlägt über mir zusammen.

Überrascht fahre ich mit der Hand übers Gesicht. Es ist nass. Ich habe seit Jahren nicht mehr geweint.

Wir sind für dich da, flüstert Effie. *Wir alle.*

»Was ist denn?« Jamie wirft mir einen verständnislosen Blick von der Seite zu. Seine Lippen sind eine dünne Linie. »Was machst du da? Weinst du etwa? Was hast du von mir erwartet, Hope? Soll ich lügen, damit du dich besser fühlst? Ich bin kein emotionales Pflaster für dich.«

Ich schluchze auf, ohne dass ich es verhindern kann. Jamie kann es sehr wohl ertragen, mich weinen zu sehen. Es scheint ihm nichts auszumachen, nicht das kleinste bisschen.

Das Auto hält an.

Irgendwann unterwegs scheint er umgekehrt und zurück nach Beverly Hills gefahren zu sein. Kaum ist der Motor aus, hechtet Mercy vom Kofferraum nach vorne.

Ich werde diesem Oberarsch einen Tritt in die –

Noch nicht, sagt Effie und hält sie zurück. *Pu kriegt das alleine hin.*

Da bin ich mir nicht so sicher.

»Hör zu«, sagt Jamie nach einer Weile. Er nimmt meine Hand, und plötzlich ist da wieder ein Lächeln auf seinen

Lippen. »Wir hatten doch eine schöne Zeit zusammen, oder nicht?«

Ich nicke. »Natürlich.«

»Und wer weiß, was die Zukunft bringt? Wenn wir älter sind und du hier lebst und ich meine Karriere in die richtigen Bahnen gelenkt habe, wenn wir beide richtig im Leben angekommen sind, dann können wir vielleicht sogar eine ernsthafte Beziehung führen.«

Ich reiße die Augen auf. »Wirklich?«

»Na klar.« Jamies Lächeln wird breiter, als er mit dem Finger mein Kinn anhebt. Seine blauen Augen bohren sich in meine. »Du bist ein tolles Mädchen, Hope. Ich werde dich sehr vermissen, wenn du weg bist. Aber im Moment möchte ich mich nicht emotional binden, verstehst du? Ich finde, wir sollten uns noch ein letztes Mal sehen, bevor du nach England zurückgehst, okay?«

Ich schlucke. »Finde ich auch.«

Jamie beugt sich zu mir herüber. Ich werde ganz starr. Er küsst mich. Wir steigen aus dem gelben Lamborghini. Nach einer kurzen Umarmung geht Jamie zu seinem eigenen Auto. Ich winke fröhlich, bis er außer Sichtweite ist.

Dann stolpere ich die Auffahrt hinauf.

Nicht weinen, nicht weinen, nicht weinen, nicht weinen, nicht weinen, nicht weinen, nicht weinen, nicht weinen –

»Hope!«, sagt Ruth, als die Haustür aufgeht. »Meine Güte, was ist passiert?«

Irgendjemand bricht in Tränen aus.

48

Das bin *nicht* ich, so viel steht fest.

Ausgeschlossen, dass dieses hemmungslose Geheule aus meinem Mund kommt.

Ich habe das Weinen vor dem Spiegel geübt, und *meine* Tränen sind schön. Sie sind hübsche kleine Kristalle. Sie kullern eine nach der anderen über meine linke Wange, glitzernd und herzzerreißend für das Publikum.

Meine Augen sind ausdrucksstark und glänzen. Vielleicht bebt mein Kinn ganz leicht – ach, diese Tragödie! –, und ein leises, würdevolles Schluchzen entringt sich meiner Kehle, wenn ich mich mit bewundernswerter Selbstbeherrschung genau im richtigen Moment dem Fenster zuwende.

Mein Weinen ist definitiv nicht wie dieser wilde Gefühlsausbruch: eine Explosion aus Tränen und Spucke und Rotz, die über mein Gesicht fließen und in meine Ohren tropfen. Sie sickern in Ruths Schulter und sammeln sich in meinem Nacken, sie rinnen in meinen Mund und wieder heraus, bis alles laut und nass und geschwollen ist.

Das bin nicht ich. So bin ich nicht. So etwas mache ich nicht. Niemand mag so etwas sehen.

»Ist schon gut.« Ruth streicht mir über den Kopf, während ich zittere und mich verschlucke und huste. Seltsame *Chhh-chhh-chhh*-Geräusche kommen aus mir heraus, während ich nach Atem ringe. »Gut gemacht, lass alles raus.«

Ich scheine gar nicht mehr aufhören zu können.

Ich muss jahrelang Wasser in meinen Füßen gespeichert haben, denn ich weine und weine, bis mein Gesicht wehtut. Meine Nase ist zu. Meine Augen sind aufgequollen. Meine Lippen sind geschwollen. Jedes Mal, wenn ich denke, jetzt habe ich es geschafft, überrollt mich der Schmerz von neuem, und ich fange von vorne an. In mir scheint so viel Traurigkeit zu sein, dass ich sie nicht mehr halten kann und sie überquillt.

Irgendwann muss Ruth mich ins Wohnzimmer gebracht haben. Als ich ungefähr vierzig Minuten später wieder einen ersten klaren Gedanken fassen kann, liege ich zusammengerollt in einem Sessel unter einer weichen Decke und habe Schluckauf. Offenbar hat mir jemand den Kopf gestreichelt, denn meine Haare sind vorne ganz zerzaust und stehen ab.

»Kekse?«, fragt Ruth ruhig, als ich meine Haare glattstreiche. »Ich habe Double-Chocolate-Chip-Cookies mit Erdnussbutter und Erdbeermarmelade gemacht. Kann sein, dass wir in Kalifornien sind, aber wer, bitte, will ewig leben?«

Ich nicke, wische mir über die Augen und versuche dabei, gleichmäßig zu atmen.

Ruth stellt eine Tasse heißen Tee auf den kleinen Tisch vor mir, dazu einen Teller mit riesigen Cookies, dann setzt sie sich mit perfekter Haltung auf den Sessel gegenüber.

Eine Zeit lang herrscht Stille, nur unterbrochen von meinem Schluckauf.

»Ein Junge?«, fragt sie schließlich.

Ich nicke verlegen und wische mir wieder übers Gesicht. »S-sein Name ist Jamie. D-du hattest r-recht, der … der g-große blonde Junge auf d-dem P-parkplatz, an d-dem du mich abgesetzt h-hast. Ich h-habe ihn in L-london kennengelernt.«

»Ah, ich verstehe.«

»Ich, ich, ich glaube –« Ich hole tief Luft. »I-ich glaube, ich h-habe alles k-kaputtgemacht, Ruth. Ich glaube, es ist aus.« Sofort kommen mir wieder die Tränen.

»Nun ja.« Ruth nippt ruhig an ihrem Tee. »Ich bin sicher, das stimmt nicht. Sei nicht zu hart zu dir selbst, Hope. Wir alle machen manchmal Fehler.«

»N-nicht solche.« Mit bebender Brust greife ich nach einem Cookie, schiebe ihn mir an einem Stück in den Mund und kaue krümelig und geräuschvoll. »Ich w-weiß nicht, was ich machen soll, Ruth. Ich d-dachte, ich könnte die perfekte Freundin sein, aber d-das alles ist so neu für mich. Nie hätte ich mir vorgestellt, dass es so schwierig sein würde, *alles richtig zu machen*.«

Wieder schüttelt mich der Schmerz.

»Und –« Mein Mund verzieht sich schon wieder zu dieser hässlichen Heulgrimasse. »J-jetzt habe ich den Jungen meiner Träume verloren, und e-es ist ganz allein meine Schuld, Ruth. Ich habe ihn e-enttäuscht. Ich habe mich *verändert*. Ich bin anhänglich und eifersüchtig und egoistisch und verrückt.« Ein kleiner Schluchzer bricht sich Bahn. »*Und ich habe keine Ahnung, wie ich es besser machen kann.*«

»Er sieht wirklich sehr gut aus.« Ruth nimmt sich einen Keks. »Das konnte ich sogar aus dem Auto erkennen.«

»Ja.« Meine Miene hellt sich auf. »Aber er ist n-noch so viel mehr. Jamie ist *gut*. Er macht lauter Charity-Sachen, und er liebt Wale und schwingt an Stangen und weiß so viele schlaue Dinge. Er ist …« Ich schlucke. »Er ist einfach wundervoll, und ich habe alles ru-u-uiniert.«

Ich heule in die Decke hinein. Dann beruhige ich mich allmählich wieder. Ruth nickt und stellt leise Fragen, bis ich ihr zögernd in allen Einzelheiten erzähle, wie Jamie und ich uns kennengelernt haben: was in London passiert ist, wie ich wegen ihm hierhergekommen bin und wie ich alles vermasselt habe.

Ruth kaut nachdenklich auf ihrem Keks.

»Er tut mir leid«, sagt sie nach einer Weile und schüttelt den Kopf. »Der arme, arme Kerl.«

Ich nicke, und sofort werden meine Augen wieder feucht. »Ich *weiß*.«

»Ich meine, du hast ihn zu einem Date gezwungen, auf das er gar keine Lust hatte. Und das nach all diesen Dates in London, wo du ihn durch die Stadt geschleift hast und er den ganzen Tag nur machen musste, was du wolltest, weil du so egoistisch warst –«

»Oh, nein.« Ich wische mit dem Handgelenk über meine Nase. »Nein, die Dates waren Jamies Idee. Ich wohne schon mein ganzes Leben in London, ich war mindestens schon sechsmal auf dem London Eye.

»Ah.« Ruth zieht die Augenbrauen hoch. »Aber bestimmt

hast du dich die ganze Zeit beschwert und die Augen verdreht. Ich wette, du hast dem armen Kerl seinen ganzen Urlaub vermiest …«

»Nein, gar nicht.« Ich schüttle heftig den Kopf. »Er war begeistert von London, also habe ich so getan, als würde ich das alles zum ersten Mal sehen. Und es hat wirklich Spaß gemacht, weil er so glücklich war.«

Plötzlich überkommt mich Heimweh, und meine Augen fangen wieder an zu brennen.

Ich vermisse London.

»Okay«, sagt Ruth ruhig. »Verstehe. Aber nachdem er dir gleich zu Anfang gesagt hat, dass er nur eine Woche bleiben würde und dir die ganze Situation klar und deutlich –«

»Das hat er nicht, das könnte ich schwören, jedenfalls erinnere ich mich nicht daran.«

»So ein Gespräch kann man ja auch mal vergessen. Allerdings hat Jamie dir sicher zu verstehen gegeben, dass ihr es locker angehen lasst, damit keiner auf falsche Ideen kommt, aber dann kamst du mit all deinen Geschenken und Komplimenten und Gefühlsbezeugungen …«

»Aber so war das gar nicht«, erkläre ich ernst. »Zumindest am Anfang nicht. Deswegen ist es ja auch so verwirrend. Jamie war derjenige, der mehr wollte, und ich habe nur versucht … mich anzupassen. Du weißt schon, um mitzuhalten. Nur habe ich offensichtlich alles falsch verstanden, denn jetzt hält er mich für *verrückt*. Und vielleicht bin ich das auch. Zumindest komme ich mir langsam so vor.«

»Na ja, du bist ihm quer über den Atlantik gefolgt.« Ruth knabbert an einem zweiten Keks. Sie lehnt sich zurück und sieht mich unter gesenkten Augenlidern hervor an. »Und das, obwohl er in London einen sauberen Schlussstrich gezogen hat, statt falsche Hoffnungen zu wecken.«

»Genau.« Ich schiebe mir meinen dritten Cookie in den Mund. »Genau das meine ich.«

Eine Weile herrscht Stille, während ich leise vor mich hin kaue.

»Wobei …«, füge ich hinzu. »Er hat auch gesagt, dass er mich vermisst und mich gerne hier bei sich hätte. Und dass er dabei ist, sich in mich zu verlieben, und nur die Umstände uns daran hinderten zusammenzukommen. Daher wollte ich … die Umstände ändern.«

»Du wolltest ihn überraschen, indem du unangekündigt hier aufgetaucht bist.« Ruth schüttelt den Kopf. »Obwohl er eigentlich ganz andere Pläne hatte. So wie du damals in London. Versetz dich doch mal in seine Lage, Hope. Wie hättest du dich denn gefühlt, wenn es andersherum gewesen wäre?«

Ich blinzle. »Ich wäre sehr glücklich gewesen. Darum habe ich es ja gemacht.«

»Aber dann hast du angefangen, Fragen zu stellen – über das Mädchen, von dem er ständig redete, obwohl er dir gesagt hat, er würde dich lieben.«

»Er war nur *dabei*, sich in mich zu verlieben«, korrigiere ich sie rasch. »Es ist wie bei einer Graustufenskala der Liebe. Er war … am anderen Ende der Skala. Ziemlich weit von

Liebe entfernt. Das ist auch so etwas, das ich missverstanden habe.«

»Ah, das erklärt einiges! Liebe ist wie ein Funktionsgraph mit gleichmäßiger Steigung, auf dem man beliebig hinauf- und hinabrutschen kann, das weiß doch jeder. Noch etwas Tee?«

Leise vor sich hin summend setzt Ruth den Kessel auf, während ich dasitze und die Wand anstarre.

»Weißt du, was das Schlimmste ist?«, sagt sie, als sie mit einer Tasse Tee zurückkehrt und sich wieder setzt. »Es klingt, als wärst du ganz anders gewesen, bevor du Jamie kennengelernt hast. Du scheinst deine ganze Verrücktheit nur für ihn aufgespart zu haben, genau wie all die anderen durchgeknallten Mädchen, mit denen er zusammen war. Wer hätte das für möglich gehalten?« Ruth überlegt einen Augenblick. »Ich meine, wie groß ist die Wahrscheinlichkeit für so etwas? Dieser Junge hat wirklich *nur* Pech.«

»Er sagt, kaputte Menschen ziehen ihn an.«

»Du meine Güte, was für ein Held.« Ruth lächelt. »Aber es ist noch nicht zu spät, Hope. Ich denke, es gibt eine Lösung. Ich bin sogar überzeugt davon. Wann siehst du ihn das nächste Mal?«

Mein Herz macht einen Hüpfer, und ich rutsche an den vorderen Rand des Sessels. »In ein paar Tagen? Vielleicht?«

»Okay.« Sie klatscht in die Hände. »Ich habe morgen einige sehr langweilige Besorgungen zu erledigen. Wie wär's, wenn du mir Gesellschaft leistest? Dein Dad ist im Studio beschäftigt – du weißt schon, das Problem mit der Kontinuität. Du wärst mir eine große Hilfe. Außerdem können wir dabei in aller Ruhe unseren nächsten Schritt planen.«

Ein Hoffnungsstrahl trifft mein Herz. »Wirklich? Glaubst du, es gibt noch eine Chance für uns?«

»Absolut.« Ruth lächelt. »Lass uns gemeinsam herausfinden, was zu tun ist.«

49

Ich nehme das längste Bad meines Lebens.

Ruth zündet Dutzende von Vanilleduftkerzen an und stellt sie rings um den Rand der in den Boden eingelassenen Marmorbadewanne. Dann kippt sie so viel Schaumbad ins Wasser, dass es von oben aussieht wie eine Zitronen-Baiser-Torte. Ich bleibe zwei Stunden lang in der Wanne, und als ich schließlich wieder aus dem Bad komme – eingewickelt in flauschige warme Handtücher –, bin ich so schläfrig und runzlig wie eine kleine, gähnende Rosine.

»So«, sagt Ruth, als ich ins Bett krieche und unter die Decken schlüpfe. Sie zieht die Zudecke bis ans Kinn hoch. »Und jetzt schlaf, solange du kannst. Zwölf oder dreizehn Stunden – echte Champions schaffen sogar vierzehn.«

Dann fängt sie an, die Decke ordentlich am Rand unter die Matratze zu stopfen wie die Teigränder bei einer Pastete.

Ich beobachte sie müde. *Was macht sie da?*

»Ruth?«, sage ich, während mir die Augen fast schon zufallen. »Danke für deine Hilfe, aber ich bin fast schon sechzehn, ich muss nicht ins Bett gebr–«

Als ich aufwache, ist es Mittag.

Ruth wartet schon im Esszimmer. Auf dem Tisch steht ein üppiger Brunch: ein Krug mit Orangensaft, eine Kanne

Kaffee, Croissants, Eier, Bacon, Marmelade, Erdnussbutter und Ahornsirup.

»Setz dich«, fordert sie mich auf, als ich staunend all die Köstlichkeiten in Augenschein nehme. »Und jetzt iss. Ich möchte nur noch leere Teller sehen. Wenn die Regierung von Kalifornien herausfindet, dass wir hier weder Grünkohl noch Trauben essen, landen wir beide hinter Gittern.«

Ich war noch nie in meinem Leben so hungrig. Was habe ich in den letzten Wochen eigentlich gegessen? Habe ich überhaupt etwas gegessen? Oder habe ich längst vergessen, dass Essen und Trinken existieren? Wann habe ich angefangen, nur von Luft und Sonnenschein zu leben?

Um dem unmittelbar bevorstehenden Hungertod zu entgehen, schnappe ich mir ein Stück gebratenen Bacon und stopfe ihn mir in den Mund.

»Setz dich«, sagt Ruth lachend. »Und kau ordentlich – du bist kein Alligator.« Sie klebt einen neongelben Post-it-Zettel auf den Tisch. »Das hat dein Dad heute für dich dagelassen, bevor er zur Arbeit ging. Er musste früh raus, und es tut ihm leid, aber wenn alles klappt, ist er am Wochenende fertig. Also hab noch ein paar Tage Geduld.«

Ich blicke auf den Notizzettel:

Weißt du noch, wie Dad einmal hin und weg war, weil seine jüngste Tochter ein Herz aus Gold hat und er sie so liebt? xxx

Meine Augen werden schon wieder feucht.

Was ist los mit mir? Woher kommt dieses ganze Salzwasser?

»Cool.« Ich falte den Zettel ordentlich zusammen und stecke ihn in meine Hosentasche. »Schon in Ordnung.«

Mit einem kleinen Lächeln wische ich Krümel vom Tisch. Dann widme ich mich wieder ganz dem Essen.

»Also …« – *oooh, Brioche!* – »Ich habe nachgedacht, Ruth. Die Sache mit Jamie ist die: Er kann betont lässige Leute nicht leiden, aber das Gegenteil mag er auch nicht. Vielleicht sollte ich ein bisschen auf Abstand gehen, ihm etwas Freiraum lassen und ihm eine Weile nicht schreiben, damit ich unnahbarer wirke –«

»Hm, das könnte klappen.« Ruth nickt, als wir kurz darauf im Sonnenschein zu ihrem grauen Auto schlendern. »Lass uns das besprechen, während wir unsere Besorgungen machen, in Ordnung? Unsere erste Station ist *The Grove*, eine große Shoppingmall. Ich brauche nämlich ein Geschenk für die Tochter meiner Freundin. Irgendetwas Modisches. Das ist nicht gerade mein Spezialgebiet, wie du unschwer an meinen schicken Khaki-Shorts erkennen kannst, daher könnte ich deine Hilfe gebrauchen.«

»Eine Mall?« Mein Magen fängt an zu kribbeln. »Heißt das, wir gehen … *shoppen*?«

Ich war nicht mehr Shoppen seit –

Bin ich *jemals* Shoppen gewesen?

Als ich klein war, wollte Mum ein- oder zweimal mit mir shoppen gehen, aber die Paparazzi haben uns verfolgt, deshalb sind wir wieder umgedreht und nach Hause gefahren. Ich habe noch keine eigene Kreditkarte (eine Schande, ich weiß), also kann ich nicht einmal online shoppen. Meine Version eines Einkaufsbummels besteht darin, in die Zimmer meiner Schwestern einzubrechen und alles mitgehen zu lassen, was einigermaßen passt.

»Ähm.« Ich schlucke, mein Herz pocht plötzlich viel schneller. *Cool bleiben, cool bleiben, cool bleiben.* Mit müheloser Leichtigkeit lehne ich mich an die Autotür. »Ach ja, Shoppen macht mir nichts aus … wenn's nicht allzu lange ist. Wie heißt es so schön: ohne Schweiß kein Preis.«

Shoppppppiiinnnnnnnnngggggggg.

»Du sagst es, ohne Schweiß kein Preis«, erwidert Ruth lächelnd und lässt den Motor an.

Nichts, was ich je gesehen habe, lässt sich auch nur annähernd mit *The Grove* vergleichen. Es ist ein nicht überdachtes Einkaufszentrum mit hübschen Brunnen und Statuen und süßen kleinen Tischen mit Schirmchen rechts und links des sonnenbeschienenen Wegs. Jedes Gebäude hat eine einzigartige Architektur, es gibt Türme und Schlösser oder gläserne Kästen. Und jedes davon ist ein Laden, in dem man einkaufen kann.

Es ist genauso, wie ich mir *Disney World* vorstelle, nur noch viel besser, denn statt überdimensionierter Mäuse findet man hier Schuhe und Kleider und Ohrringe und Make-up und Handtaschen, die man mit nach Hause nehmen kann. Vielleicht ist das hier der glücklichste Ort der Welt.

»Oooh!«, rufe ich drei Stunden später. »Schau dir das an!«

Ruth und ich sind gemütlich von Geschäft zu Geschäft gewandert und haben alles genau erkundet: Barneys, Nordstrom, Banana Republic, Sephora. Für die Tochter der Freundin haben wir einen tollen Highlighter gefunden, der die Wangen betont. Für mich haben wir auch gleich noch einen mitgenommen, außerdem einen Denim-Jumpsuit, Nike-Turnschuhe, eine neue Jacke, meine ganz individuelle MAC-Palette, flache Wildlederschuhe und ein komplettes Moisturizing-Set.

Platin ist nicht das richtige Metall für meinen Hauttyp.

»Ich finde es super!« Ruth nickt zustimmend, als ich ein Kleid hochhalte. Es ist kurz und rot und blau und grün und violett und blau, was sich total schräg anhört, aber ich schwöre, es ist ein wahres Wunderwerk an Schönheit. »Ich weiß nicht genau, ob es der Tochter meiner Freundin passt. Könntest du es mal kurz für mich anprobieren?«

Was für ein Glück, dass ich genauso groß bin und auch die gleiche Kleidergröße habe wie das Mädchen, von dem ich nicht einmal den Namen weiß.

»Klar«, sage ich schulterzuckend und hüpfe in die Umkleidekabine. »Bin gleich wieder da.«

Als ich mich draußen vor den Spiegel stelle, summe ich innerlich vor Glück. Das Kleid ist kein neonfarbenes Lycra-Sportshirt und keine Designer-Leihgabe und nicht schwarz. Es ist weder zu groß noch zu klein noch zu lang. Es gehört weder Mercy noch Faith noch Mum. Es ist bunt und fröhlich.

Es ist … wie ich.

»Wir nehmen es«, sagt Ruth lächelnd zur Verkäuferin. »Ich bin mir nicht ganz sicher, ob es zum Stil der Tochter meiner Freundin passt, also behältst du es vielleicht besser, bis ich mit ihrer Mom gesprochen habe, Hope.«

Ja, ja, ja!

»Hm«, sage ich und stütze lässig eine Hand in die Hüfte. *Sei die Orange, Hope.* »Ja, wenn es unbedingt sein muss.«

Shopppinnnggggg.

Beladen mit Einkaufstaschen setzen Ruth und ich unseren Weg fort. »Als ich in deinem Alter war, haben wir das andauernd gemacht«, sagt sie, während wir beide an roten Lakritzstangen knabbern. »Ich und meine Freundinnen. Nach der Schule sind wir hierhergekommen, haben Lippenstifte ausprobiert, Cheesecake gegessen und ab und zu einen drittklassigen Film angesehen. Und du?«

»Oh«, sage ich und nicke. »Ja, bei mir genau dasselbe! Nur dass mein Unterricht bei uns zu Hause in der Bibliothek stattfindet … Aber ich teste ständig Lippenstifte und esse Cheesecake und schaue Filme.«

»Mit deinen Geschwistern?«

»Ja, klar. Fast immer. Manchmal.« Ich verlagere das Gewicht der Einkaufstaschen. »Ab und zu. Wenn sie mal da sind. Effie hat allerdings einen Freund, und Mercy hängt lieber auf Partys rum. Und Max interessiert sich nicht wirklich für solche Sachen, er wird bald zwanzig. Daher bin ich meistens alleine.«

Einen Augenblick sagt sie nichts.

»Hey, wenigstens wohnst du in dieser phantastischen Villa in Richmond.« Ruth lächelt liebenswürdig. »Ihr habt das Haus ganz für euch alleine. Ich habe Fotos gesehen, es ist *unglaublich*: diese vielen großen Räume und das wunderschöne Anwesen. Bestimmt gibt es dort jede Menge zu tun!«

»Ja, klar!«, sage ich fröhlich. »Da gibt es ständig etwas zu tun. Es macht so viel Spaß, und alles ist so hübsch und – und –« Ich zögere einen Moment. »Na ja, eigentlich ist es die meiste Zeit sehr ruhig. Und leer. Manchmal kann ich tagelang durchs Haus streifen, ohne jemanden zu sehen oder mit jemandem zu sprechen.«

Wieder schweigt sie.

»Aber das ist total in Ordnung«, füge ich rasch hinzu. »Es sind nur noch drei Monate. Wenigstens hatte ich genug Zeit, um mich bestens vorzubereiten.«

Ruth zieht die Augenbrauen hoch. »Drei Monate – und was kommt dann?«

»Dann werde ich sechzehn, und mein richtiges Leben fängt an.« Ich atme aus und verspüre wieder die vertraute Vorfreude. »Ich weiß nicht genau, wie es ablaufen wird, aber es wird *fabelhaft*.«

»Das muss ein beruhigendes Gefühl sein.« Ruth öffnet ihren Kofferraum, und gemeinsam verstauen wir die Taschen mit meinen neuen Sachen – ich meine natürlich den Geschenken für die Tochter der Freundin. »Als ich in deinem Alter war, hatte ich nicht die geringste Ahnung, was ich später einmal machen wollte«, sagt Ruth und verzieht das Gesicht. »Meine Eltern waren beide Zahnärzte, aber ich habe panische Angst vor Zähnen und Blut und … leider auch Zahnärzten.«

Ich muss kichern.

»Also, ich wusste schon immer, was ich werden will«, erkläre ich mitfühlend. »Ich werde eine Schauspiellegende in Hollywood sein, genau wie meine Mum, meine Großmutter und meine Urgroßmutter. Ich bin eine Valentine, daher ist mein Weg quasi vorbestimmt, weißt du?«

»Sehr praktisch.« Ruth grinst. »Wow, wenn du wüsstest, wie viel Zeit ich damit verbracht habe, mir zu überlegen, wer ich bin und was ich gerne machen möchte. Ich habe mir den Kopf darüber zerbrochen, wie mein Leben aussehen soll. Ich weiß, das ist echt peinlich, aber … ich bin sogar zu den Wahrsageautomaten am Santa Monica Pier gegangen, um mir mein Schicksal auf kleinen Zettelchen ausspucken zu lassen. Ich erhoffte mir einen Hinweis darauf, welche Richtung ich einschlagen soll. Oder zumindest eine kleine Hilfestellung. Und vielleicht auch … keine Ahnung, Trost? Ziemlich albern, was?«

»Ja«, sage ich lachend. »Woher sollten Automaten so etwas wissen? Ich bevorzuge Horoskope. Diese Art von Weisheit besitzen nur die Tierkreiszeichen und das Universum und das Internet.«

Ruth blickt mich unverwandt über das Autodach hinweg an.

»Und doch hast du es irgendwie geschafft, all den Ängsten des Teenagerdaseins zu entgehen«, sagt sie sanft. »Dem

Chaos, den Sorgen, den schwierigen Entscheidungen und Wahlmöglichkeiten.«

»Ja.« Ich nicke. »Ich kann mich wirklich glücklich schätzen.«

Plötzlich sind wieder Tränen in meinen Augen, ich weiß selbst nicht, warum.

»Tut mir leid.« Rasch wende ich mich ab und wische mir übers Gesicht. »Normalerweise bin ich nicht so, ehrlich. Sonst bin ich immer guter Dinge, das ist fast so etwas wie meine Bestimmung.«

Wir steigen ins Auto.

Ich schüttle den Kopf, räuspere mich, verscheuche den traurigen Ausdruck von meinem Gesicht und wühle in der Einkaufstasche auf meinem Schoß. *Oooh, meine neue Lidschattenpalette*. Wenn ich wieder zu Hause bin, werde ich mit einer neutralen Foundation anfangen, danach eine Schicht Hellblau auftragen, dann dunkelblaue Akzente setzen und mit dem flüssigen Eyeliner Katzenaugen nachziehen, damit –

»Weißt du was«, sagt Ruth und trommelt nachdenklich mit den Fingern auf dem Lenkrad. »Manchmal denke ich, Glücklichsein ist überbewertet.«

Blinzelnd blicke ich hoch. »Was?«

»Na ja, vielleicht ist es mit dem Glück wie mit einer Straße. Vielleicht konzentrieren wir uns so sehr auf die Strecke direkt vor uns, dass wir ganz vergessen, dass Traurigkeit und Schmerz und Wut und Angst wichtige Wegzeichen sind, die uns die Richtung weisen. Sie sehen nicht besonders hübsch aus, und manchmal versperren sie einem die schöne Aussicht. Aber wir brauchen sie, um nicht falsch abzubiegen.«

Ich starre Ruth ein paar Sekunden fragend an und überlege, was sie damit meint.

»Und wohin führt die Straße?«

Ruth lacht und lässt den Motor an.

»Tja, das weiß kein Mensch.« Sie schiebt ihre Brille hoch. »Das macht es ja so schwierig, nicht die Orientierung zu verlieren.«

50

Mit Ruth zusammen Besorgungen zu machen ist das Coolste überhaupt.

Nach unserer Shoppingtour fahren wir mit vollem Kofferraum zu einem schicken Restaurant im Zentrum von Hollywood, weil sie dort unbedingt »für die Party einer Freundin, die nächste Woche Geburtstag hat«, die Speisekarte testen muss. Ich nehme Steak mit Pommes und Hummer-Ravioli: Beide Gerichte bestehen den Test.

Und weil *noch* eine andere Freundin ganz verrückt auf Eiscreme ist, aber offenbar auch viele Ansprüche hat, fahren wir den ganzen Weg nach Malibu, um drei Kugeln original italienisches Gelato zu probieren. Ich entscheide mich für Erdbeer, Kokosnuss und Cantaloupe – wobei ich Letzteres bisher für diese flinken Huftiere in der Wüste gehalten habe. Wie sich herausstellt, ist es eine Melonensorte.

Danach müssen wir ein Luxus-Spa inspizieren.

Wieder eine andere von Ruths Freundinnen möchte nämlich sichergehen, dass alles dort tipptopp in Schuss ist: Pool, Sauna, Dampfbad, flauschige weiße Handtücher und ein Whirlpool mitten auf einer grünen Dachterrasse im Zentrum der Stadt und so weiter.

Es dauert fast den ganzen Tag, bis mir ein Licht aufgeht.

Als wir am Rooftop-Whirlpool sitzen, unsere Beine im

Wasser baumeln lassen und an sprudeligen Orangensäften nippen, während die Sonne über Los Angeles untergeht, macht es *Klick*. Ruth hat gar keine *Freundinnen*. Wir erledigen Besorgungen für ihre Klienten, bei denen es sich ausnahmslos um prominente Filmstars handelt. Aber sie darf nichts davon verraten, denn alles ist streng vertraulich.

Und weil ich ebenfalls eine sehr diskrete Professionalistin bin, respektiere ich das natürlich – nie im Traum würde mir einfallen, sie nach irgendwelchen Namen zu fragen.

»Ist es Reese Witherspoon?« Verschwörerisch beuge ich mich zu ihr. »Arbeitest du für Reese? Ehrenwort, Ruth, ich bin ein Muster an Verschwiegenheit. Ich werde den Zeitungen kein Sterbenswörtchen verraten.«

Die Antilopen-Eiscreme war garantiert für sie, oder?

»Das kann ich dir nicht sagen, Hope.« Ruth lächelt bescheiden und nippt an ihrem Orangensaft. »Sonst würde ich in dieser Stadt alle Klienten verlieren. Hollywood ist ein merkwürdiger Ort, findest du nicht auch? Ich habe mein ganzes Leben in Los Angeles verbracht, aber ich bin immer noch nicht dahintergekommen, was eigentlich den Reiz der Filmindustrie ausmacht.«

Verdattert starre ich Dads Assistentin an.

Gerade als ich dachte, dass Ruth für jemanden im Alter meiner Eltern und trotz ihrer Funktionsshorts mit Mehrfachtaschen eigentlich ganz cool ist, macht sie diese völlig unbegreifliche Bemerkung.

»Du magst keine *Filme*?«

»So würde ich es nicht ausdrücken.« Sie zuckt mit den

Schultern und sieht mich eindringlich an. »Natürlich habe ich einige der Filme deines Vaters gesehen, sie sind ausgezeichnet. Aber der ganze Wirbel, der darum veranstaltet wird? Diese Vergötterung der Schauspieler? Der Hype um jeden neuen Film? Es erschließt sich mir einfach nicht so richtig.«

Ich weiß gar nicht, wie … mir fehlen die Worte … wie kann ich ihr begreiflich machen, was …

Wo soll ich überhaupt *anfangen*?

Ich setze mein Glas ab und lasse den Blick über Los Angeles schweifen. Unter uns leuchtet die staubige Stadt, und über uns ist nur der Himmel. Endlich erlebe ich meinen ersten kalifornischen Sonnenuntergang: blassblau und lila mit gelben, pinken, pfirsichfarbenen und rotglühenden Streifen.

»Filme sind wie das Leben«, sage ich schließlich. »Nur besser. Es sind die schönen Momente, die glücklichen, die guten und die liebevollen. Und man kann sie sich *aussuchen*. Selbst wenn es nur für ein paar Stunden ist, man kann bestimmen, wie das Leben sein soll. Man kann die Teile ausschneiden, die einem nicht gefallen. Man kann *Stopp* drücken, zurückdrehen oder vorwärtsspulen. Man kann die besonders schönen Augenblicke immer wieder erleben. Man kann sie festhalten, wenn es das ist, was man in diesem Moment braucht. Und man kann wegschauen, wenn man es nicht mehr aushält.«

Ich halte inne und schaue in den Sonnenuntergang. Irgendwo tief in mir drin breitet sich ein Schmerz aus.

»Verstehe.« Ruth nickt und nimmt einen Schluck von ihrem Drink. »Es ist eine verlockende Vorstellung, das Leben im Schneideraum zu bearbeiten.« Plötzlich sieht sie mich direkt an. »Aber was würde passieren, wenn du genau das nicht tust?«

Ich weiß nicht, ob das eine echte Frage war oder nicht. Vielleicht ist es so ein rhetorisches Ding – Mr. Gilbert hat so etwas mal erwähnt: Es klingt wie eine Frage, ist aber in Wirklichkeit gar keine. Aber Ruths Worte gehen mir nicht mehr aus dem Sinn, nicht an diesem Abend und auch nicht am nächsten Tag.

Wahrscheinlich liegt es daran, dass ich die Antwort nicht weiß.

Ich habe schon immer einen Film aus meinem Leben gemacht: Ich habe ein Skript geschrieben, es überarbeitet und wenn nötig die Stopptaste gedrückt. Ich wusste immer genau, wie die Handlung weitergehen sollte.

Wenn mir die Handlung nicht gefallen hat, habe ich den Film ausgeschaltet, und besonders schöne Szenen habe ich in Dauerschleife laufen lassen. Ich habe die glücklichen Momente herausgepickt und meine Augen geschlossen, wenn es schlimm wurde.

Ich bin nicht ganz sicher, was passieren würde, wenn ich damit aufhöre. Wenn die Leinwand in meinem Kopf schwarz wird und die Kameras erlöschen.

Ich weiß nicht, was ich dann sehen würde.

Am nächsten Tag ist Dad wieder im Studio, daher habe ich das Haus für mich. Statt mir mit Sophia und Olivia und Madison oder dem Computer die Zeit zu vertreiben, schnappe ich mir spontan Mercys schwarzen Neckholder-Bikini und gehe nach draußen zum Swimmingpool.

Als ich gerade am Beckenrand stehe, piepst mein Handy.

Ich zögere ein paar Sekunden. Dann strecke ich die Arme über den Kopf und springe ins Wasser. Es ist überraschend kalt, aber ich bleibe in dem türkis glitzernden Pool und fange an zu schwimmen, bis mir warm wird und ich mich ruhig und stark fühle. Es ist, als würde es mich von außen nach innen reinigen, so wie das Weinen mich gestern von innen nach außen gereinigt hat.

Während ich schwimme, beginne ich zu überlegen … was, wenn ich *tatsächlich* versuchen würde, die Dinge so zu sehen, wie sie wirklich sind, statt so, wie ich sie gerne hätte? Was, wenn ich den Filter abnehme und die Welt so anschaue, wie sie ist, und nicht so, wie ich sie mir vorstelle?

Was, wenn ein echter Himmel Wolken braucht? Was, wenn die Fassaden einstürzen?

Wäre es trotzdem noch ein Leben, das man sich gerne anschaut?

Vierzig Minuten später – als meine Arme und Beine bleischwer sind und meine Lunge brennt – stemme ich mich tropfnass aus dem Pool. Dann schubse ich Olivia von ihrer Sonnenliege (sie macht mich noch wahnsinnig), setze mich an den Rand und greife nach meinem Handy.

Ich habe drei ungelesene Nachrichten.

Hey! Ich habe morgen tatsächlich Zeit. Lust auf eine Wanderung? Treffen wir uns um 4? Freu mich. Jx

Hallo?

Mann, bist du empfindlich. Bist du eingeschnappt oder was?

Mein Magen dreht sich um.

Sollen wir mitkommen?, flüstert Effie in mein Ohr. *Ich weiß, dass du gerade nicht mit uns sprichst, aber ein bisschen Bewegung würde keinem von uns schaden.*

Ja, stimmt Max zu und reckt sich. *Du antwortest auf keine unserer Nachrichten im echten Leben, und hier in deinem Kopf geht es mittlerweile etwas eng zu, Pudel.*

Mir ist langweilig, seufzt Mercy. *Hier gibt es nichts zu tun. In deinem Gehirn ist ja absolut nichts los.*

Ich denke einen Augenblick darüber nach. Einerseits wäre es ganz nett, meine Geschwister dabeizuhaben – für Ratschläge und Unterstützung und völlig unnötige Beleidigungen. Andererseits wären sie ja gar nicht wirklich an meiner Seite – denn sie sind Tausende von Meilen weit weg, so wie Sophia, Madison, Olivia und meine in Öl gemalte Freundin Elaine. Sie alle entspringen nur meiner überschäumenden Phantasie.

Ich bin neugierig, was passiert, wenn ich auf all das verzichte.

»Danke, Leute«, sage ich und tupfe meine tropfenden

Locken mit einem Handtuch trocken. »Aber ich krieg das alleine hin.«

Schnell schreibe ich zurück:

> Hey! Sorry, war schwimmen!
> Hört sich gut an. Schick mir die Adresse,
> dann treffen wir uns dort. Hope xx

Ruth taucht mit einer Papiertüte in der Hand auf der Terrasse auf.

»Lunch!«, ruft sie und hält die Tüte hoch. »Dein Vater will rechtzeitig zum Abendessen hier sein. Er freut sich auf Peperoni-Pizza und Eiscreme mit seiner jüngsten Lieblingstochter.«

Ich lächle. Das bin dann wohl ich.

»Hey, Ruth?« Ich werfe wieder einen Blick auf mein Handy. »Wir sind nie dazu gekommen, über Jamie zu sprechen. Du weißt schon, darüber, was ich besser machen könnte?«

»Oh, das.« Ruth rückt ihre Brille zurecht. »Ich glaube nicht, dass du dabei meinen Rat brauchst, Hope. Halte die Augen offen und achte auf die Zeichen.« Sie lächelt. »Und damit meine ich nicht nur diejenigen, die du in der Horoskopspalte der Zeitung findest.«

51

»… und dieses Mädchen, es sieht aus wie eine Ratte, ehrlich, es besteht nur aus Zähnen und Nase. Sie hat den Job bekommen, aber nur weil ihre Eltern mit dem Boss der Charity-Orga befreundet sind. Es ist total unfair, ich habe so viel Arbeit reingesteckt. Ich habe viel mehr drauf als sie. Außerdem war *ich* es, der dem Chef das Leben gerettet hat. Ein bisschen Dankbarkeit könnte man da vielleicht erwarten dürfen, aber *nein* … ich vermute, es –«

»Hey!« Ein älteres Pärchen mit *I ♡ LOS ANGELES*-T-Shirts kommt an uns vorbei. »Die Aussicht da oben ist phänomenal! Ein toller Tag zum Wandern! Viel Spaß, ihr beiden!«

»Oh, wie nett! Vielen Dank!«, ruft Jamie und winkt freundlich. Sobald die beiden außer Hörweite sind, sagt er: »Hast du gesehen, wie sein behaarter Bauch oben aus der Hose schwabbelt? Kein Wunder, wahrscheinlich gibt es Shorts in seiner Größe gar nicht zu kaufen, hahaha.«

Wir sind schon seit über einer halben Stunde unterwegs.

Der steile, steinige Pfad windet sich die Berge hinter Los Angeles hinauf. Die Landschaft verschwimmt zu einem blauen Schleier, und mit jedem Schritt wird die Umgebung schöner, aber Jamie bekommt nichts davon mit.

»Also wirklich«, redet er zehn Meter vor mir weiter. »Ich

habe dir doch gesagt, dass wir wandern gehen, Hope. Was hast du dir dabei gedacht, dich so anzuziehen? Keine Ahnung, wen du damit beeindrucken willst.«

Ich blicke an meinem hellen, farbenfrohen Kleid und den silbernen Pumps hinab.

Mich. Ich will *mich* beeindrucken.

»Möchtest du einen Erdnussbutter-Marmeladen-Cookie?« Ich ziehe einen Keks aus meiner Tasche. »Sie sind selbst gebacken.«

»Machst du Witze?« Jamie reißt mir den Cookie aus der Hand und wirft ihn ins Gebüsch. »Du solltest aufhören, solchen Müll zu essen. Es gibt so viele Studien darüber: Zucker beschädigt die Gehirnzellen, schränkt die Körperfunktionen ein und beschleunigt den Alterungsprozess. *Ich persönlich* lasse die Finger davon.«

Ich nehme einen Keks aus meiner Tasche und beiße ein großes Stück ab.

»Wie du meinst.« Jamie seufzt. »Dann hör eben nicht auf mich. Mir geht es ja nur um deine *Gesundheit* und dein *Wohlergehen*, Hope.«

Nach diesen Worten rast er mit schwingenden Armen den Hügel hinauf. Seine durchtrainierten muskulösen Beine glänzen in der Sonne, unter seinem *RETTET DIE SCHILDKRÖTEN*-Shirt zeichnet sich jede Bewegung ab, und seine goldenen Haare blitzen – während ich wie ein Welpe an der Leine hinterherhechle. Ich lege den Kopf zur Seite. Kann es sein, dass er sich beim Friseur Highlights in die Haare machen lässt?

»Jamie?« Langsam geht mir die Puste aus. »Könntest … du … etwas langsamer gehen? Nur mal kurz? Meine Beine sind … nicht so lang wie deine …, und es ist ziemlich heiß und steil hier.«

Er bleibt stehen und verdreht demonstrativ die Augen.

»Ihr Engländer habt es nicht so mit Bewegung, oder? Nimm's nicht persönlich, aber ihr seid eine ziemlich faule Nation. Für mich ist das hier nur ein gemütlicher Spaziergang. Du solltest mal sehen, wie schnell ich den Half Dome im Yosemite-Nationalpark hinaufklettere. Das schaffe ich in sechs Stunden, und zwar ohne Pause.«

Ich bin selbst überrascht von dem Lachen, das plötzlich in mir aufsteigt.

»Was?« Sein Mund ist wieder zu einer dünnen Linie geworden. »Warum lachst du? Lachst du etwa über mich? Ich möchte dich mal sehen, wie du einen Berg nur mit einem Kletterseil und der Muskelkraft in deinen Oberarmen bezwingst.«

Jamie stampft weiter den Berg hinauf.

»Außerdem möchte ich dich daran erinnern«, ruft er über die Schulter hinweg, »dass wir uns beeilen müssen, weil du zu spät gekommen bist. *Wegen dir haben wir nicht mehr genug Sonne übrig*.«

Sechs Minuten. Die Straßen von L.A. waren total verstopft, und ich kam *sechs Minuten* zu spät.

Keuchend beschleunige ich meine Schritte. »Ich habe nachgedacht –«

»Ich auch.« Jamie nickt. »Es ist faszinierend, wie einflussreich deine Familie ist. Über Generationen hinweg werden eure Privilegien einfach weitergereicht … hörst du mir zu?«

Ich nehme alle meine Kräfte zusammen und hole ihn ein. Zum ersten Mal fällt mir auf, wie eng seine blauen Shorts geschnitten sind. *Müssen* sie so eng anliegen? Und müssen seine T-Shirts eigentlich *immer* eine wohltätige Botschaft verbreiten? Wie viele Schildkröten rettet so ein T-Shirt?

»Ich höre zu!«

»Diese Schauspielerei. So schwer kann das ja nicht sein. Mit all dem Ruhm und Geld könnte man so viel Gutes bewirken. Deshalb dachte ich mir, warum versuche ich's nicht auch mal? Ich meine, ich lebe hier in Los Angeles, und ich wurde bereits angesprochen, ob ich Model werden will. Zweimal sogar. Natürlich habe ich abgelehnt, denn ich habe so viel mehr zu bieten – warum sollte ich mich damit begnügen, vor einer Kamera zu posen?«

Blinzelnd starre ich auf seinen Rücken.

»Daher dachte ich, die Schauspielerei könnte ein *Sprungbrett* für mich sein, weißt du? Für den Anfang wäre die Filmindustrie genau das Richtige. Auf diese Weise könnte ich den wirklich wichtigen Themen Gehör verschaffen. Danach … ach komm, das darf doch nicht wahr sein!«

Ich bin gerade damit beschäftigt, vornübergebeugt die Hände in die Hüfte zu stützen und nach Luft zu ringen.

»N…, n…, nur … eine Se…, Sekund…«

»Na toll.« Jamie bleibt ein paar Meter über mir stehen und tappt ungeduldig mit dem Fuß. »Aber eins sage ich dir: Wenn es dunkel wird, müssen wir umdrehen, egal ob wir oben angekommen sind oder nicht. Hier gibt es *Berglöwen.*«

Ich schlucke, denn schon wieder versucht ein Kichern, aus mir herauszubrechen.

»Und … ähm.« Wovon hat er noch mal gesprochen? »Also … würdest du gerne berühmt sein?«

Jamies Augen verwandeln sich in blaue Glasmurmeln. Von einem Moment auf den anderen, nicht zu fassen, wie schnell das geht.

»Was soll das denn heißen?«

»Ich rede vom Berühmtsein.« Nachdem ich ein paarmal tief Luft geholt habe, wische ich mir den Schweiß von der Stirn. »Also davon, dass jede Kleinigkeit, die dir oder deiner Familie passiert, zur Unterhaltung von wildfremden Leuten in den Medien ausgebreitet wird.«

»Denkst du, ich will nur den *Ruhm*?« Jamie sieht mich entrüstet an. »Mir geht es nicht ums Berühmtsein, Hope. Sondern darum, *anderen zu helfen*, *Kunst* zu erschaffen, *Teil eines größeren Ganzen zu sein.*«

»Okay.« Ich hebe die Hand. »Mir geht diese Frage schon seit einiger Zeit durch den Kopf.«

»Kann sein, dass es für dich eine *Frage* ist.« Sein Kiefer ist angespannt. »Wir alle wissen, wie viel Aufmerksamkeit du brauchst. Du und deine ganze Familie. Aber dass du ausgerechnet *mir* so etwas unterstellst, ist unglaublich. Wir kennen uns jetzt seit fast einem Monat, Hope, aber offensichtlich kennst du mich kein bisschen.«

Schweigend blicken wir uns an.

Wieder habe ich Schmetterlinge im Bauch, sie flattern und schwirren und surren herum –

Nein.

NEIN.

Schalte den Glücksfilter aus, Hope.

Da ist kein Flattern und auch kein Schwirren. Es sind auch keine Schmetterlinge. Es sind kleine Monster. Sie stampfen und treten, klopfen und hauen, beißen und kratzen mit scharfen Zähnen und Klauen.

Jamie hat recht. Ich *kenne* ihn nicht, nicht wirklich.

Ich weiß nichts von ihm. Zumindest nicht das, worauf es ankommt.

Er ist Amerikaner, sieht gut aus, hat einen Sixpack und ist Sternzeichen Zwilling. Und genau wie die Zwillinge des Tierkreiszeichens hat er zwei Gesichter. Das eine ist liebenswürdig und nett und charmant, aber das andere ist aus hartem Stein und jagt mir Angst ein.

Nie weiß ich, welcher Jamie mir im nächsten Moment gegenübersteht.

Ich habe immer nur den Jungen gesehen, den ich mir gewünscht habe. So wie ich nur *die* Teile des Horoskops herauspicke, die mir gefallen. So wie ich beim Partnertest alles weggestrichen habe, was darauf deuten könnte, dass es mit uns beiden nicht klappt.

Aber jetzt, wo ich weiß, dass das Rumoren in meinem Bauch nicht von Glücksschmetterlingen kommt, will ich nicht mehr so tun als ob.

»Du hast recht«, sage ich und atme tief aus.

Jamies Züge werden weich – er setzt sein anderes Gesicht auf.

»Ich weiß«, sagt er mit einem warmen Lächeln. »Nimm es nicht so schwer. Hör mal, in dem Schneckentempo kann ich nicht weitermachen. Meine Beine brauchen Bewegung. Wir sehen uns oben.«

Und schon ist er weg.

52

Es ist so ruhig.

Um mich herum erstreckt sich Kalifornien träge in der Sonne, von den mit einem Dunstschleier überzogenen Bergketten bis hinunter zum Meer. Ausflugsgruppen, Pärchen und einzelne Wanderer reden, streiten, lachen, schwitzen, joggen, rufen und hüpfen hoch, um lustige Luftsprungfotos zu schießen. Unter mir sehe ich kleine Kirchen mit Miniaturfriedhöfen, hügelige Golfplätze, Felder mit Strommasten, winzige Weinberge, Straßen mit endlosen Autoschlangen und aufragende Hochhäuser.

Zum vielleicht allerersten Mal bearbeite ich nichts, sondern sehe alles so, wie es ist.

Ich drehe die Kamera nicht weg von der Powerriegelverpackung, die zerknüllt auf dem Boden liegt, und feuere auch nicht das Mädchen, das links von mir in der Nase bohrt. Ich retuschiere den unangenehm riechenden Schweiß unter meinen Achseln nicht weg und verpasse meinen Haaren keinen Photoshopglanz. Ich schneide auch nicht die Stromkabel aus dem Bild, die sich aus einem hässlichen Turm herauswinden. Ich mache das Gras nicht grüner und stelle mir keinen atemberaubenden Sonnenuntergang vor, wo keiner ist.

Ich ignoriere weder den Schmerz in meiner Brust noch das Brennen in meinen Augen.

Und ich verschließe nicht die Augen vor den Wegzeichen, die mir die Richtung weisen.

Dieses eine Mal zwinge ich mich dazu, alles zu sehen. Das Gute und das Schlechte, das Hässliche und das Schöne, das Helle und das Dunkle – das, was mir gefällt, und auch das, was mir nicht gefällt.

Dann hole ich tief Luft und gehe weiter. Ich komme an eine Biegung und stehe plötzlich vor einem sechs Meter hohen Stahlmast, der die ganze Aussicht ruiniert. Und dann sehe ich sie, die gigantischen weißen Buchstaben, die sich mitten im stacheligen Gebüsch auf einem Gerüst erheben.

Hoch über mir knattert ein Hubschrauber.

»Da bist du ja endlich!«, sagt eine Stimme einige Meter weiter oben. »Sieh dir diese Aussicht an!«

Ich blicke hoch. Jamie ist auf allen vieren, einen Arm nach vorne, das Bein auf der anderen Seite nach hinten gestreckt. Während ich vorsichtig über die letzten Felsbrocken steige, betrachte ich seine goldenen Haare, seine Sommersprossen, seine saphirblauen Augen. Wie unfassbar gut er aussieht – die perfekte Besetzung für jede männliche Hauptrolle.

»Was machst du da?«

»Yoga.« Er lässt sich auf den Bauch gleiten und streckt Arme und Beine nach oben. »An Orten, die mich inspirieren, mache ich gerne Yoga. Es hilft mir, Stress abzubauen, weißt du? Warte kurz.«

Ich warte, während Jamie aufsteht und sich zu seinen Fußspitzen hinabbeugt. Dann richtet er sich wieder auf und reckt die Arme zum Himmel. Ohne innezuhalten, wechselt er in die Plank-Stellung und geht von dort zum Herabschauenden Hund über. In einer einzigen fließenden Bewegung stemmt er sich wieder hoch und macht mit den Armen über dem Kopf eine Kniebeuge.

Als Nächstes kommt die Baumposition.

Dann irgendeine Vogelstellung.

Mein Mund beginnt zu zucken.

»So«, sagt Jamie schließlich. Er springt hoch und klatscht in die Hände. »Fertig.« Er nimmt meine Hand und zieht mich zu sich. »Ist diese Aussicht nicht phantastisch, Hope? Bist du nicht froh, dass ich dich hierher mitgenommen habe?«

Mit einer geübten Bewegung legt er seine Hand unter mein Kinn, beugt sich zu mir und versenkt seine blauen Augen in meine.

Da macht es *Klick,* und ich spüre es.

HOPE und JAMIE stehen hinter den weltberühmten HOLLYWOOD-Buchstaben, ganz oben auf den Hollywood Hills. Vor ihnen geht die Sonne unter, und der ganze Himmel steht in Flammen.

JAMIE (leidenschaftlich) Küss mich.

Ich lege meine Hand auf seine Brust. Ich beiße sogar auf meine Unterlippe, so fest ich kann, aber es hilft nichts.

Ständig sehe ich ihn vor mir, wie er auf dem Gipfel eines Bergs seinen Hintern in die Luft streckt – in Sportsocken, das Schildkröten-T-Shirt in die knappen, leuchtend blauen Shorts gesteckt. Meine Nase hört nicht auf zu zucken.

O mein Gott, und erst dieses *Klettergerüst*.

Jamie, wie er sich mit diesem selbstverliebten, überheblichen Gesichtsausdruck vor- und zurückschwingt. Seine mürrische Miene unter der knallroten *MEGA HOLLYWOOD TOURS*-Kappe: bockig wie ein eingeschnappter Sechsjähriger, der nur an sich selbst denkt. Wie oft hat er sich als Held dargestellt, während er gleichzeitig einem kleinen Kind in Covent Garden das Einrad wegnahm, um allen zu zeigen, wie toll er ist.

Meine Schultern beben.

All diese aufgeblasenen Monologe, die bissigen Bemerkungen über alles, was nicht seinen Vorstellungen entspricht, sein mangelndes Einfühlungsvermögen, die Lügen, die auffälligen Widersprüche, die als Komplimente getarnten Beleidigungen, die Selbstdarstellung als Ritter in schimmernder Rüstung, die Heuchelei und die Eitelkeit, die – *hahahahaha – Liegestütze*.

Was für ein *netter Kerl* er doch ist, wie viele *Leben* er andauernd rettet, und dann all die vielen wohltätigen Zwecke, für die er sich engagiert – um alle drei Sekunden davon erzählen zu können.

Ich kann ein lautes Schnauben nicht mehr zurückhalten.

Oh, oh, oh, oh – das alberne Video aus dem Park, das ich

tausendmal angeschaut habe. Jamies bewundernder Blick nach oben galt nicht mir.

Er hat *sich selbst* auf meinem Handybildschirm bewundert.

»Was ist?«, sagt Jamie, als ich abrupt die Hände vors Gesicht schlage. »Das darf doch nicht wahr sein – was ist denn jetzt schon wieder mit dir los? Sag bloß nicht, du *weinst*?«

Ich presse meine Lippen zusammen, aber es ist zu spät.

Meine Nasenflügel blähen sich, und ich breche in hysterisches Kichern aus. Jamie weicht einen Schritt zurück.

Er ist nicht wieder in den Zug gestiegen, um sich mit mir zu verabreden, sondern weil er seine Jacke vergessen hatte.

Er hat mir nie gesagt, wann er London verlässt, weil meine Gefühle ihm völlig egal waren. Er hatte nie vor, mich je wiederzusehen.

Bei unseren Dates in London spielte er den Helden, auf den ich so verzweifelt gewartet hatte. Dass er mir damit irgendwann das Herz brechen würde, kümmerte ihn nicht.

Jamie hat sich nicht verändert, er war schon immer so. Die Zeichen waren von Anfang an da, ich habe sie nur falsch gelesen.

Hahahahaha – die Liegestütze, die Liegestütze, die Liegestütze.

»Oje«, wimmere ich mit feuchten Augen. Ich ringe nach Luft. »O mein Gott. Ich – ich –«

Und schon überkommt mich der nächste Lachanfall.

»Du bist gaga«, stellt Jamie in aggressivem Tonfall fest.

»Völlig GA-GA. Warum gerate ich immer an durchgeknallte Mädchen? Was habe ich an mir, dass alle Verrückten auf mich fliegen?«

Ich lache noch lauter. *Liegestütz, ächz, klatsch!*

»Oh, Jamie«, gluckse ich und wische mir über die Augen. »Die Mädchen, die du datest, sind nicht verrückt – den Dachschaden haben sie erst, *nachdem* sie mit dir zusammen waren.«

Er starrt mich verständnislos an.

Da geht mir ein Licht auf: Vielleicht hat meine alte Freundin Elaine nicht deshalb in den Spiegel geschaut und dem Fluch getrotzt, weil sie den Ritter sehen wollte. Vielleicht wollte sie einfach nur in die echte Welt hinaus, und Lancelot war die einzige Möglichkeit. Vielleicht spielte es für sie überhaupt keine Rolle, ob er ihr Gesicht hübsch fand oder nicht.

Und wer weiß, vielleicht schlug Lady Shalott die Augen auf, sobald das Boot hinter der Biegung des Flusses verschwunden war, vielleicht setzte sie sich auf, schnippte die Blumen weg und sprang ans Ufer.

Um ein neues Leben zu beginnen, und zwar ohne ihn.

»Ich kapier nicht, was los ist«, sagt Jamie langsam. Sein Gesicht wird wieder schlagartig zu Stein. »Hast du … eine Art Nervenzusammenbruch?«

Da ist es wieder, sein anderes Ich. Es ist schon erstaunlich: zwei völlig verschiedene Gesichter, und wenn ich ehrlich bin, mag ich sie beide nicht.

»Ich erklär's dir«, sage ich gut gelaunt. »Du bist ein Volltrottel, zwischen uns ist es aus, und ich gehe jetzt nach Hause.«

Er glotzt mich an. »Machst du Schluss mit mir?«

»Wie kommst du denn darauf?« Ich schüttele den Kopf und tätschle seine stahlharten Brustmuskeln. »Natürlich *nicht*, Jamie. Wie könnte ich Schluss machen? Wir waren nie zusammen, schon vergessen?«

Grinsend drehe ich mich um und steige gemütlich und in meinem eigenen Tempo den Hügel hinunter. Die Luft ist frisch, die Blumen blühen, und alles ist so schön, so hell, so voller Hoffnung.

»Du bist doch völlig von der Rolle!«, ruft Jamie mir hinterher. »Mann, immer diese Mädchen! Eine schlimmer als die andere!«

Immer noch lachend, zeige ich ihm über meine Schulter hinweg meinen hochgereckten Daumen, ohne mich noch einmal umzudrehen.

Ja, es ist wirklich eine Doggy-dog-Welt.

53

Das war's, der Film ist aus.

Danke fürs Kommen, ihr wart ein wundervolles Publikum. Bitte achtet darauf, beim Rausgehen während des Abspanns leise zu sein, und nehmt euren Müll mit. Und vergesst nicht, eine Fünf-Sterne-Bewertung auf –

»... WOVON DU REDEST! SIE HAT DOCH ALLES! ALLES, WAS EIN JUNGES MÄDCHEN SICH NUR WÜNSCHEN –«

Als ich Dads geliehenes Haus betrete, bleibe ich erstaunt stehen.

Leise stelle ich Mercys Handtasche ab, die jetzt voller Kekskrümel ist. Dad ist im Wohnzimmer und schreit offenbar gerade jemanden an, vermutlich den Typen vom Pizzaservice. Lautlos schlüpfe ich aus meinen silbernen Pumps.

Wartet kurz, bleibt noch einen Moment da – wie es aussieht, ist die Geschichte doch noch nicht zu Ende.

»Michael«, höre ich Ruths ruhige Stimme auf der anderen Seite der Wand. »Das ist lächerlich, und das weißt du selbst ganz genau.«

»Nein, ich weiß es *nicht*!«, brüllt Dad. »Hier gibt es einen Swimmingpool! Ein Mini-Spa! Einen Fernsehbildschirm von der Größe einer ganzen Wand und eine – eine Badewanne, die in den Boden eingelassen –« Seine Stimme verliert sich. »Okay, ja, es ist lächerlich. Was hast du gerade gesagt?«

»Auf nichts davon kommt es wirklich an. Geld, Designerklamotten, Luxushäuser, Swimmingpools? Hope ist fünfzehn. Was sie braucht, ist Unterstützung und Liebe und Sicherheit. Besonders jetzt, nach allem, was –«

»*Glaubst du, ich wüsste das nicht selbst? Glaubst du, mir* –« Wieder Stille. »Okay, jetzt schreie ich schon wieder. Hör mal, Ruth, ich weiß das alles. Hope *hat* meine Liebe und Unterstützung, aber du musst auch sehen, dass ich mit der Scheidung und dem Stress im Studio und dem Budget und dem –«

»Was ich *sehe*, Mike, ist, dass deine jüngste Tochter keine Freunde hat. Und zwar überhaupt keine. Außer einem sprechenden Haus, einer Frau in einem Gemälde aus dem neunzehnten Jahrhundert und drei fiesen Zicken, die nur in ihrer Phantasie existieren und die sie wohl aus irgendeinem High-School-Film hat.«

Blinzelnd trete ich einen Schritt näher.

Olivia? Madison? Sophia? Ihr seid doch keine fiesen Zicken, oder? Ich dachte immer, ihr wärt einfach cool drauf und frech.

»Was redest du da?«, poltert Dad in verteidigendem Tonfall. »Natürlich hat meine jüngste Tochter Freunde. Sie hat ihre Schwestern und ihren Bruder – das sind schon mal drei. Und –«

»Ich meinte Freunde, die nicht *verwandt* mit ihr sind.« Ruth seufzt. »Freunde, die sie sich aussucht, und zwar *selbst*.«

»Ja, tja, davon hat sie *jede Menge.* Zum Beispiel …« Er zögert. »Na ja, da gibt es …« Stille. »Was ist denn mit …« Wieder Stille, diesmal etwas länger. »Sie muss doch …«

Ich starre den Türrahmen an.

O mein Gott. Ich habe keine Freunde.

»Der Sohn von Maggie!«, ruft Dad. Sein Tonfall ist eine Spur zu triumphierend. »Wie heißt er noch mal? Barney! Bob! Klein, schwitzt ein bisschen viel und hat noch nicht gelernt, wie man mit dem Rasierer umgeht. Er hängt *ständig* bei uns im Haus herum. Man wird ihn gar nicht mehr los. Ich bin ziemlich sicher, dass er auf eine der Schwestern steht, aber wir sind nie dahintergekommen, auf welche.«

Ähm, Ben ist nach Schottland gezogen. *Vor achtzehn Monaten.*

»Mike«, sagt Ruth ruhig. »Warum geht Hope nicht zur Schule? Warum geistert sie den ganzen Tag alleine durch eure Villa? Warum darf sie nicht mit Gleichaltrigen zusammen sein, um Neues zu lernen und herauszufinden, was ihr wirklich liegt und was sie sich wünscht?«

Neugierig beuge ich mich vor, um nichts zu verpassen.

Ist es überhaupt vorstellbar, dass ich *nicht* zu Hause unterrichtet werde? Könnte ich tatsächlich … eine Sophia haben? Eine Madison und eine Olivia? Einen Tisch mit Banknachbarn? Könnte ich Korridore entlangwandern und dabei Bücher vor der Brust balancieren? Könnte ich eine richtige Schule besuchen – mit Schließfächern voller Aufkleber und einer Glocke, die zwischen den Schulstunden läutet, und Tanzchoreographien mitten auf dem Gang?

Könnte ich *all das* auch haben?

»Es ist nur, mit allem …« Dads Stimme ist ganz leise geworden. »O Ruth, wir wollten sie nur schützen. Wir wollten ihnen Sicherheit bieten. Einen Ort, an dem sie glücklich sein können. Und sie sollten so viel Normalität wie möglich haben, solange es geht.«

»Aber das erreicht ihr nicht, indem ihr sie von der Welt abschottet, Mike. Hope ist ein cleveres Mädchen, aber das weiß sie selbst nicht, weil sie nie die Chance hatte, es herauszufinden.«

Mein Vater seufzt. »Sie begreift nicht einmal den Unterschied zwischen pazifisch und spezifisch. Ich habe immer wieder versucht, es ihr beizubringen, aber es scheint einfach nicht anzukommen. Ich kann es mir selbst nicht erklären.«

Ich funkle die Tür böse an. *Meine Güte, Dad, es sind nur ein paar Buchstaben. Kein Grund, sich so aufzuregen.*

»Sie ist einfach hinreißend.« Ruth lacht. »Aber sie ist auch unglaublich einsam, Mike. Hope ist ein von Grund auf optimistisches, einsames junges Mädchen, das sich nach Liebe jeder Art sehnt. Und das hat sie anfällig gemacht für – für emotionale Manipulation, Erniedrigung und Triangulation, wie sie im Lehrbuch steht. Und das alles nur, weil dieser narzisstische Junge –«

Oh-oh.

»JUNGE? JUNGE! WELCHER JUNGE? SIE IST FÜNFZEHN! WAS REDEST DU DA VON EINEM JUNGEN?«

Mein Vater ist so durch den Wind, vielleicht sollte mal jemand seine Schaltkreise neu verkabeln.

»Ich *bitte* dich, Michael. Du musst geahnt haben, dass es da einen Jungen gibt. Erinnerst du dich an Hopes Gesichtsausdruck, als sie in Los Angeles ankam? Sie stieg nach elf Stunden Flug mit strahlenden Augen und knallrotem Lippenstift aus dem Flieger.«

»Ich dachte, das wäre wegen mir.«

»Natürlich dachtest du das.« Ruth klingt leicht amüsiert. »Ich möchte meine Grenzen nicht überschreiten, Michael, aber wenn ich dir meinen professionellen Rat geben darf: Du und Juliet, ihr müsst euch endlich zusammennehmen. Eure Kinder dürfen in dieser ganzen Geschichte nicht die Leidtragenden sein.«

Ich wage mich noch einen kleinen Schritt vor.

Du und Juliet, ihr müsst euch endlich zusammennehmen?

Okay, ich bin mir nicht sicher, wo genau Ruths Grenzen als Professionalistin liegen – hat sie überhaupt welche? –, aber was das angeht, bin ich ganz auf ihrer Linie. Endlich mal eine Erwachsene, deren Logik mir einleuchtet.

»Du hast recht«, sagt Dad nach einer Weile. Er klingt müde. »Mit allem. Juliet und ich müssen das schleunigst in Ordnung bringen. Der Film ist abgedreht, die Nachbearbeitung kann ich auch von London aus koordinieren. Ich werde im Studio Bescheid geben und hier alles regeln, dann kann ich Ende der Woche nach England fliegen.«

Meine Kinnlade klappt herunter.

Ähm, habe ich das richtig gehört? Hat Dad gerade gesagt,

dass er *nach Hause kommt*? Denn wenn ja, dann heißt das … dann heißt das –

ICH HABE ES GESCHAFFT!

Ich habe alles *zusammengekittet*, wie der Krebs es halt so macht! Oh, ich bin ein *typisches* Wasserzeichen: Ich nehme meine kleine Krabbenschale mit, wohin ich auch gehe; ich baue mein Zuhause wieder auf und mache daraus einen geschützten Raum, in dem Harmonie herrscht und alle sich willkommen fühlen und –

»Und, Ruth …«, fährt Dad leise fort. »Ich würde mich sehr freuen, wenn du mitkommst. Wenn du möchtest. Wenn du kannst. Wann immer es für dich passt. In London gibt es einige sehr gute Privatpraxen.«

Gerade habe ich noch auf den Zehenspitzen gewippt, aber jetzt halte ich abrupt inne.

Privatpraxen?

»Gerne.« Ein warmes Lachen von Ruth. »Psychologinnen werden überall gebraucht.«

54

Moment mal – *stopp, Kameraaufnahme pausieren.*

»Hallo, worüber redet ihr da bitte?«

Ruth und Dad zucken zusammen.

»Hope!« Dad sieht mich entsetzt an. »Wie lange hast du –«

»Oh, schon seit einer halben Ewigkeit. Ich bin geübt in der Kunst, lautlos im Hintergrund herumzuhängen, daher habe ich *alles* gehört.« Ich wende mich wieder Ruth zu. »Du bist eine *Psychologin*? Keine Filmassistentin oder Sekretärin? Und du machst auch keine Erledigungen für Prominente? Oder ordnest für Filmstars Papierkram und holst Kaffee? Du bist eine *Seelenklempnerin*?«

Plötzlich ergibt alles einen Sinn: Wie Ruth mich bei unseren Gesprächen auf sanfte Weise dazu gebracht hat, ihr mein Herz auszuschütten. Wie sie mir immer wieder Fragen gestellt, behutsam nachgehakt und nur mit »mmmh«, »aaah« und »verstehe« geantwortet hat. Ich dachte, ich wäre in letzter Zeit einfach sehr weise geworden, aber offenbar wurde ich auf meiner emotionalen Reise von einer Professionalistin mit Lizenz und allem Drum und Dran begleitet.

Und jetzt, wo ich so darüber nachdenke … es ist nicht so, als hätte Dad mir damals nicht zu verstehen gegeben, dass Ruth nicht meine persönliche Assistentin ist.

Oooh, wie *raffiniert*!

»Ja, Hope.« Ruth lächelt mich an. »Das bin ich. Allerdings mögen wir den Begriff *Seelenklempner* nicht besonders gerne, denn das hört sich so an, als würden wir mit Werkzeugkoffern bei den Leuten aufs Dach oder in den Keller steigen. Aber ja, das ist mein Beruf.«

Heiliges Horoskop, sie hat überhaupt nicht meine Hilfe bei *Erledigungen* gebraucht!

Das Eis und die Sauna und der Whirlpool und das Essen im Restaurant – all das war nur ein Vorwand, damit Ruth Zeit mit mir verbringen konnte, um die faszinierenden Gedankengänge meines hochkomplexen Gehirns zu ergründen.

Ha, ich habe den Hummer *und* das Steak genommen! Was soll man sagen, ich bin einfach eine hochkarätige Klientin.

»Also hat Dad dich dafür bezahlt, dass du mir zwei Wochen lang auf Schritt und Tritt folgst? Um in meinen Kopf hineinzuschauen und herauszufinden, wie ich ticke? Wow, das ist *sooo* Hollywood. Ich kann nicht glauben, dass ich meine eigene Therapeutin habe, die rund um die Uhr nur für mich zuständig ist. Danke!«

Ruth war eine echte Hilfe. Am besten, ich gebe ihr etwas Trinkgeld – aber wie viel? Hundert Dollar? Zweihundert? Allerdings habe ich in den letzten Tagen hauptsächlich *ihr* Geld ausgegeben, also müsste ich es mir irgendwie wiederholen und es ihr dann zurück–

»Hope.« Ruth hat die Augen aufgerissen. »Ich bin nicht *deine* Therapeutin.«

Ich sehe sie fragend an.

»Dann bist du ... Dads Therapeutin?« Ich runzle die Stirn. »Schon klar, er hat Probleme mit seiner Work-Life-Balance ... aber wenn ihr mich fragt, ist euer Arbeitsverhältnis ein bisschen aus dem Ruder gelaufen. Ihr solltet wirklich anfangen, irgendwo Grenzen zu ziehen.«

Dad und Ruth blicken sich an.

»Hope«, sagt mein Vater langsam. »Ruth ist nicht meine Therapeutin. Sie ist meine Freundin.«

Ich blinzele.

»Ähm.«

Immer noch Blinzeln.

»Nein.«

»Doch, Liebling.«

»Nein.«

Blinzel, blinzel, blinzel.

»Dad, vor *einer* Minute hast du noch gesagt, dass du das mit Mom in Ordnung bringen willst. Und selbst wenn du eine heimliche Freundin hättest, dann wäre sie eine blonde, zwanzigjährige Möchtegerndiva mit einer süßen kleinen Nase, winzigen Füßen und einem viel zu knappen Bikini, die scharf auf eine Hauptrolle ist, obwohl sie gar nicht das Zeug dazu hat.«

Dad lacht laut auf. »Wow. Mercy, bist du's?«

Ich verschränke die Arme.

»Liebling«, sagt er und kommt langsam auf mich zu. »Ich habe dir das alles in der sehr, sehr langen E-Mail erklärt, die ich dir vor deiner Abreise geschickt habe. Ich wollte verhindern, dass du die Neuigkeiten erst hier in Los Angeles erfährst und einen Riesenschock bekommst. In meiner E-Mail habe ich auch geschrieben, dass ich es verstehen kann, wenn du noch nicht darüber reden möchtest, und dass ich das Thema daher nicht ansprechen werde, bevor du selbst dazu bereit bist. Hast du das nicht gelesen?«

Also bitte, als würde ich E-Mails meiner Eltern lesen! Kann sein, dass ich mich zu Hause zu Tode langweile, aber noch bin ich nicht im *Koma*.

»Michael.« Ruths Gesicht ist pink angelaufen. »Wie konnten wir das zulassen? Wie? Das ist schlimm. Himmel noch mal, ich bin Psychologin! Wir hätten uns mit Hope hinsetzen und darüber reden müssen, damit sie versteht … ich bin davon ausgegangen –«

»Und was ist mit Mum?«, unterbreche ich sie. »Dad, du bist seit *vier Monaten* weg. Was ist eigentlich *los* mit dir?«

»Hope, das stimmt nicht.« Dad sieht so traurig aus. »Und wenn du ehrlich bist, weiß du das auch.«

Ich schüttele den Kopf. »Nein, weiß ich nicht. Ihr liebt euch, das ist die Wahrheit. Alles andere ist Quatsch und pure Einbildung –«

Sieh alles so, wie es ist, Hope.

Plötzlich sehe ich meine wunderschönen, bezaubernden Eltern vor mir: Sie lachen und küssen sich, schenken sich Schals und Lippenstifte und Krawatten, laden zu glamourösen Partys ein, machen Frühstück für die ganze Familie, halten unterwegs an und kaufen uns allen Eis, kommen spät nach Hause, nehmen Preise entgegen und danken sich gegenseitig.

Doch mit einem Mal wird mir klar, dass diese Erinnerungen schon viele, viele Jahre alt sind. Filmfetzen aus meiner Kindheit, die vor meinem inneren Auge so oft abgespult wurden, dass sie inzwischen körnig und verblasst sind.

Dad ist schon sehr, sehr lange weg.

Jedes Mal, wenn ich mich in Mums Zimmer schleiche, um etwas zu klauen – ich meine natürlich: auszuleihen –, finde ich dort nur ihre Sachen vor: Kleider und Schmuck und Fotos und Parfüm.

Verdammt, ich nenne es sogar *Mums Zimmer*.

Dass meine Eltern seit Jahren in getrennten Flügeln unseres Hauses schliefen, habe ich verdrängt. Und auch dass sie ihre Filmpläne immer so einrichteten, dass sie in verschiedenen Ländern arbeiteten. Wenn sie gerade noch vor den Medien wortreich beteuert hatten, wie harmonisch ihre Beziehung sei und wie sehr sie sich immer noch liebten, herrschte wenig später auf dem Heimweg im Auto oft nur noch eisiges Schweigen zwischen ihnen.

Ich schließe kurz die Augen. Denn jetzt sehe ich auch ihre heftigen Auseinandersetzungen: die erhobenen Stimmen, das Weinen, das Gebrüll und dann die Stille. Tagelang versteckten wir Kinder uns in unseren Zimmern, weil die Luft im Haus so stickig vor Traurigkeit war, dass wir nicht atmen konnten.

Möchte ich wirklich, dass meine Eltern das alles noch länger durchmachen müssen?

Das ist weder schön noch romantisch. Es ist einfach nur *schrecklich.*

»Aber.« Ich öffne die Augen wieder. »Mum –«

»Deiner Mum wird es bald besser gehen«, versucht Dad, mich zu trösten. »Sie braucht nur etwas Ruhe und Unterstützung von Menschen, die wissen, wie sie ihr helfen können, aber sie wird sich wieder erholen. Es war ihre Idee, dass ich etwas auf Abstand gehe, indem ich in Los Angeles filme. Und über mich und Ruth weiß sie längst Bescheid, Liebling. Als ich gerade sagte, dass ich mit ihr alles in Ordnung bringen will, meinte ich uns als *Eltern* und nicht als Paar.«

Ein scharfer Schmerz durchfährt mich, aber diesmal weiche ich ihm nicht aus.

Auch wenn da etwas ist, was ich mir immer noch nicht eingestehen kann – tief in mir drin wusste ich längst, dass Mums Traurigkeit nichts mit meinem Vater zu tun hat.

Ich blicke Ruth an.

Mit ihrer altmodischen Frisur und ihrer Brille und ihren Khakishorts, ihrer Vernunft und Gelassenheit und Großzügigkeit und Weisheit – o mein Gott, sie hat *zwei ganze Wochen lang* Taxifahrerin und Essenslieferantin für mich gespielt! Und ich wette, die Tochter ihrer Freundin hat nie existiert. Ruth ist nur deshalb mit mir shoppen gegangen, weil sie mich aufmuntern wollte – was für eine liebe *Schwindlerin*!

Ruth beißt sich auf die Lippe.

»Du musst ihr eine neue Brille kaufen«, sage ich abrupt zu meinem Vater. »Ruth ist eine wunderbare Frau, und sie braucht eine Brille, die sie nicht alle fünf Sekunden nach oben schieben muss.«

»Ich habe einen gut bezahlten Job und kann mir selbst eine Brille kaufen.« Ruth lächelt sichtlich erleichtert. »Außerdem sitzt meine Brille sehr gut. Das ist nur eine Marotte, die ich mir vor dreißig Jahren in der Schule angewöhnt habe. Haben wir nicht alle unsere Macken?«

»Keine Macken«, sagt Dad grinsend. »Nur Besonderheiten.«

Und da sehe ich, wie er Ruth anschaut: so als wäre sie purer Sonnenschein.

Es wird mir ein bisschen leichter und wärmer ums Herz. Ja, haben wir nicht alle Ecken und Kanten? Und ist es nicht genau das, was wahre Liebe ausmacht?

Dass man die Schwächen des anderen kennt und ihn trotzdem liebt.

Plötzlich bin ich ganz gerührt vor Zuneigung.

»*Ihr beiden*«, sage ich und ziehe sie so stürmisch in eine Umarmung, dass ich versehentlich ihre Köpfe aneinanderstoße. »Habt ihr schon euer Partnerhoroskop überprüft? Dad, du bist Schütze, und Ruth, du bist eindeutig eine Waage. Das ist eine *pazifisch* gute Kombination. Dad, du darfst nicht ungeduldig mit Ruth sein. Und Ruth, du bist manchmal ein bisschen unentschlossen, also lass dich nicht herumschubsen. Aber im Großen und Ganzen seid ihr sehr ausgeglichen und harmonisch. Glückwunsch.«

»Ich bin *tatsächlich* eine Waage«, sagt Ruth überrascht, und Dad lacht los. »Wie in aller Welt wusstest du das?«

»Intuition«, antworte ich grinsend. »Ich bin eben ein Wasserzeichen. Also, die eigentliche Frage ist hier doch: Wann fahren wir nach England? Und können wir bitte erster Klasse fliegen, damit ich alle meine Kleider und Schuhe mitnehmen darf? Und wo wir schon dabei sind: Wie stehen die Chancen, dass ich einen kleinen Hund bekomme?«

Denn in dieser frischen, neuen Welt ist *alles* möglich.

Und ich habe Hoffnung, denn ich bin Hope.

55

HOPE schlendert die lange Auffahrt zu einer Villa aus rotem Ziegelstein irgendwo in der Nähe von Richmond entlang. Um sie herum erstrecken sich vertraute grüne Felder.

Eine schwarze Limousine rollt hinter ihr her. Sie fährt sehr langsam, denn im Kofferraum sind sieben Koffer verstaut.

Als sie sich dem Haus nähert, überkommt sie ein Glücksgefühl. Erst lächelt sie, dann fängt sie an zu lachen und wird immer schneller, bis sie schließlich zu rennen beginnt.

Die Eingangstür schwingt auf.

SIE IST ZU HAUSE.

FAITH Pu! Du bist wieder da! O mein Gott, wir haben dich so vermisst!
MERCY Uns ist erst nach drei Tagen aufgefallen, dass sie weg ist.
MAX Mach mal halblang, Meerhexe. Pu hat uns allen gefehlt, und das weißt du auch.

Ich stoße die Tür auf.

»Noah?« Effies Kopf erscheint über dem Treppengeländer – ihre Augen sind leicht geschwollen, und sie hat Zahnpasta an ihrem hübschen Kinn –, dann taucht auch der Rest von ihr auf: ein übergroßes Flanellhemd und graue Jogginghosen. »Noah, bist du –«

Ihr zauberhaftes Gesicht fängt an zu leuchten.

»*Pu!* Ach Pu, du bist zurück, du bist zurück, du bist zurück!« Meine Schwester fliegt fast die Stufen herab, reißt mich wie ein Wirbelwind an sich und bedeckt mein Gesicht mit kleinen, hauchzarten Küssen. »Wir haben dich *so* vermisst! Geht es dir gut? Es tut uns so leid, ehrlich – bitte verzeih uns! Wir lieben dich! Und jetzt komm rein und erzähl uns *alles*.«

Hinter ihr taucht Mercy auf.

»Na ja«, sagt meine große Schwester trocken und verschränkt die Arme vor der Brust. »Uns ist erst nach drei Tagen aufgefallen, dass sie weg ist. Aber ja, klar doch.«

Mir entgeht nicht, dass sie Mühe hat, ein Lächeln zu unterdrücken. Ich grinse sie an. *Bingo!*

»Mach mal halblang, Meerhexe«, ruft Max und springt mit einem Satz über die letzten Stufen der Treppe hinweg, bevor er mich und Eff in eine Bärenumarmung schließt. »Pudel-Pups hat uns allen gefehlt, und das weißt du auch.«

Dann streckt Max einen Arm aus und zieht auch Mercy zu uns.

»Uff.« Mer seufzt in meine rechte Schulter. »Was ist das denn für peinlicher Geschwisterquatsch? Ihr seid alle so nervig. Das ist viel zu eng. Ich krieg keine Luft. Ihr zerstört meine Frisur. Weiß denn keiner von euch, wie man richtig umarmt?«

Ich küsse ihr liebenswertes miesepetriges Gesicht.

»Lass die Koffer stehen«, sagt Max und zieht mich mit beiden Händen ins Wohnzimmer. »Wir brennen auf die pikanten Details, Pu. Raus mit der Sprache. Wir wollen Gossip. Drama. Das ganz große Kino. Erzähl uns von deinem großen Solo-Abenteuer, denn es läuft gerade nichts im Fernsehen, und wir langweilen uns zu Tode.«

»Solo-Abenteuer mit *meiner* Garderobe«, grummelt Mercy.

»Seid mal still«, sagt Effie und zwickt sie sanft. »Macht euch bereit für eine Geschichte, wie sie die Welt noch nicht gehört hat.«

Höchst zufrieden stelle ich mich in die Mitte des Zimmers. Endlich ein Publikum, das an meinen Lippen hängt.

Natürlich bin ich nun viel weiser und reifer als am Anfang meiner Reise, daher werde ich mit würdevoller Zurückhaltung und bescheiden –

Ach, was soll's?

»Leute!« Ich halte eine Hand hoch und drehe mich anmutig und nachdenklich zugleich zum Fenster. »Das Leben ist kompliziert. Es ist eine Pyramide aus kleinen Augenblicken, von denen einige uns für immer verändern. Wie eine Gabelung auf dem Weg, der dem Wesenskern unseres –« Ich drehe mich um. »Max, es ist sechs Uhr abends. Warum bist du nicht im Theater?«

»Hm? Oh.« Mein Bruder starrt zur Decke. »Wie sich herausgestellt hat, müssen selbst flüchtige Geistwesen ohne irdische Substanz regelmäßig zur Arbeit erscheinen, sonst werden sie ganz schnell ersetzt, und zwar von jemandem, der pünktlich ist.«

»Oh, *Max*. Das tut mir leid.«

»Mir nicht«, sagt er gut gelaunt. »Gestern hatte ich ein Vorsprechen für die Rolle des Ersten Bürgers in *Julius Cäsar*. Pass auf!« Max breitet die Arme aus. »Nun, Herr, ich bin ein Zimmermann! Nun, *Herr*, ich bin ein *Zimmermann*! *Nun*, Herr! *Ich* bin ein Zimmermann!« Sechs Wörter, unendlich viele Möglichkeiten. Drück mir die Daumen, sonst falle ich bei Nanna Val genauso in Ungnade wie Mer.«

Ich wende mich Mercy zu. »Was hast du denn jetzt wieder angestellt?«

»*Pfff.*« Meine Schwester verschränkt die Arme noch fester und blickt finster vom Sofa herüber. »Da hat man *eine* kleine Meinungsverschiedenheit auf *einer* kleinen Party und macht *eine* kleine Geste mit den Händen, und schon … ist man plötzlich das Mädchen, das Fernsehmoderatorinnen in Kloschüsseln schubst.«

Das schockiert sogar mich. »Wer war es denn?«

»Ist doch egal«, sagt Mer leichthin. »Jedenfalls ist ihr Kopf dort gelandet, wo ihre Karriere ohnehin bald enden wird.«

Blinzelnd drehe ich mich zu Faith. »Und was ist mit dir? Gab es bei dir auch irgendwelche großen Dramen, während ich weg war? Hast du vielleicht ein Auto gestohlen? Eine

Bank ausgeraubt? Versteht mich bitte nicht falsch, aber ihr klaut mir gerade meinen großen Auftritt.«

»Nein.« Lächelnd zupft Eff einen losen Faden aus dem Polster der Sofalehne. »Bei mir gibt's nichts zu erzählen. *Nada*. Du kennst mich doch. Alles wie immer.«

»Na ja.« Max räuspert sich vernehmlich. »Effchen, so ganz stimmt das aber nun auch wieder nicht –«

Faith versetzt ihm einen Tritt.

»Okay.« Ich streiche über meinen Jumpsuit, der mit jeder Faser seines Denim-Stoffs *Ich komme aus L.A.* ruft. »Gebt einfach Bescheid, wenn ihr damit fertig seid, euch schamlos in mein Rampenlicht zu drängen, dann kann ich weitererzählen. Wo war ich stehengeblieben?«

Mit graziös erhobener Hand versuche ich, mich an meine nächste Textzeile zu erinnern. (Den ganzen Flug von Los Angeles nach London habe ich damit verbracht, meine Rede einzustudieren – Dad kommt erst in ein paar Tagen nach –, und ich muss sagen: Es ist eine geschliffene, gut durchdachte und äußerst bewegende Ansprache geworden). Aber meine Geschwister sind so süchtig nach Aufmerksamkeit, dass sie vor nichts zurückschrecken.

»Du warst gerade dabei, deinen *Wesenskern* zu definieren«, hilft Faith mir lächelnd auf die Sprünge. »Und es ging auch um eine Pyramide.«

»Und war da nicht irgendetwas mit einer Gabel?«, ruft Max. »Ich bin mir ziemlich sicher, dass ich etwas von einer Gabel gehört habe!«

»Vielleicht steckt sie in ihrem Kopf«, wirft Mer ein.

Okay, wenn sie mich nicht *auf der Stelle* ernst nehmen, dann dürfen sie nicht einmal als Platzhalter aufs Filmposter, wenn mein Leben als Blockbuster rauskommt.

»Also …«, fahre ich fort. »Manche Momente verändern uns unwiderruflich und geben unserem Leben einen neuen Sinn. Stellt euch vor …« Ich forme ein Rechteck mit den Händen. »Ein junges Mädchen, auf dem *Wipfel* ihrer Jugend …«

»Gipfel. Sie meint Gipfel.«

»Was fuchtelt sie denn da so herum? Können wir uns darauf einigen, dass Hope mit ihren Händen einen *Film* andeuten will?«

»Das ist kein *Film*, das ist Fernsehen. Das Handzeichen für Film wäre ein alter Projektor. Seht ihr?« Max hält die Fäuste hoch und tut, als würde er eine Kurbel drehen. »Das heißt *Film*.« Dann macht er ein Rechteck mit den Fingern. »Und das *Fernsehen*.«

»IN MEINEM LEBEN IST ZUM ERSTEN MAL ETWAS AUFREGENDES PASSIERT! KÖNNT IHR ALSO BITTE VIELLEICHT WENIGSTENS EINE MINUTE LANG EURE KLAPPE HALTEN UND ZUHÖREN?«

Puh.

Ich sollte öfter mal losbrüllen. Langsam bekomme ich richtig Übung darin.

»Und in jenem Moment«, greife ich meine Rede auf und blicke warnend in die Runde. »Genau dem Moment, von dem ich vorhin gesprochen habe, der mit den Pyramiden und dem Wesenskern und dem … was war es noch gleich?«

Ach, worauf warte ich denn noch?

»LEUTE, ICH WERDE FILMREGISSEURIN!«

Faith, Mercy und Max starren mich an.

Ja, ich weiß, ich kann selbst nicht glauben, dass ich fast sechzehn Jahre gebraucht habe und über fünfhundert Director's-Cut-Versionen, um zu dieser Erkenntnis zu gelangen. Filmstars haben es ziemlich schön – gutes Essen, tolle Partys –, aber *Regisseure*?

Sie sind diejenigen, die entscheiden, *wie die Geschichte erzählt wird*.

Und das, meine Freunde, ist mein großer Traum.

Zugegeben, es ist ein großer Verlust für die Schauspielkunst, aber zumindest werden nun auch andere, weniger herausragende Talente eine Chance haben.

»Ich trete in Dads Fußstapfen und werde Filmregisseurin«, bekräftige ich triumphierend. »Ich werde eine Ausbildung machen und mir durch jede Menge Praktika meinen Weg nach oben erarbeiten. Wusstet ihr, dass nur *elf Prozent* aller Filmemacher Frauen sind? Ich habe beschlossen, dass *ich* die Nummer zwölf sein werde.«

»Pu, ich fürchte, elf Prozent sind nicht das Gleiche wie –«

»ICH BIN NOCH NICHT FERTIG, MAXWELL.« Aufgeregt klatsche ich in die Hände und hüpfe auf und ab. »Und ich werde zur *Schule* gehen! Dad sagt, wir finden bestimmt eine gute in der Nähe. Ich werde in einem Klassenzimmer mit echten Menschen sitzen. Natürlich werde ich superbeliebt sein, aber auch freundlich und großzügig, und ich werde viele Partys geben und *alle* einladen. Es wird einfach *meeeeeega.*«

Vor lauter Begeisterung drehe ich mich im Kreis.

»Tja«, sagt Mercy tonlos. »Wenn irgendjemand die perfekte Kandidatin für eine Bildungsanstalt mit ganztägigem Intensivunterricht ist, dann du.«

Ich strahle sie an. »Danke!«

»Ich freue mich für Mr. Gilbert, dass er jetzt endlich in Rente gehen kann.« Max nickt. »Der arme alte Mann hat mindestens dreißig Jahre lang darauf gewartet, dass wir alle aus dem Nest fliegen. Er hat eine Überdosis an Valentines abbekommen. Ich könnte wetten, dass er schon Grandma unterrichtet hat.«

Faith ist aufgesprungen und sieht mich mit leuchtenden Augen an.

»Hope, wir können mit meiner Kreditkarte einkaufen. Du brauchst ein Mäppchen, einen Rucksack, kleine weiße Söckchen, *so etwas trägt man doch in der Schule, oder?*, massenweise Stifte und –«

Eff und ich quietschen vor Vergnügen und hüpfen zusammen auf und ab.

»Ähm.« Max hält den Finger hoch. »Ich muss zugeben, ich bin verwirrt, Pudel. Sollte das nicht eine große Liebesgeschichte werden? Ich bin ziemlich sicher, dass die Story als Liebesfilm vermarktet wurde. Mit Herzen und Blumen, geschwungenen Schriftzügen und miesem transatlantischem Akzent?«

»Ja«, stimmt Mer zu. »Was ist eigentlich mit dem Jungen?«

»Oh.« Ich grinse sie an. »Daraus ist nichts geworden. So ist das eben manchmal. Und nur damit ihr es wisst, ihr Schlaumeier: Ich habe auch Zugang zum Internet. Der *Bechdel*-Test hat in Wirklichkeit gar nichts mit Italien zu tun! Er ist ein Test, bei dem überprüft wird, ob in Spielfilmen mindestens eine Szene vorkommt, in der zwei weibliche Charaktere ein Gespräch führen, bei dem es nicht um einen Mann geht.«

»Und du bist gerade durchgefallen«, stellt Mercy fest. »Mal wieder.«

Ich reiße empört die Augen auf. »Ich habe mit Max geredet«, sage ich schnell und verschränke die Arme. »Er ist ein *Junge*, daher zählt dieses Gespräch nicht.«

Alle drei prusten los.

Und auch ich stimme in ihr Lachen mit ein. Es ist wie warmes, helles Licht, das sich in mir ausbreitet. Es fließt durch meine Arme und meine Zehen und meine Finger und meine Wangen und meine – Moment mal, warum schauen sie sich alle so an?

»Was denn?«, rufe ich frustriert. »Was ist los? Könnt ihr bitte mit eurer überhaupt nicht unsichtbaren, geheimen Mienensprache aufhören? ICH KANN EUCH NÄMLICH SEHEN!«

»Hör mal …«, fängt Mercy an.

»Da ist noch etwas …«, sagt Effie.

»Wir haben noch eine letzte Neuigkeit für dich«, verkündet Max und blickt über meine Schulter.

Ich drehe mich langsam um.

»Hallo, mein Schatz«, sagt Mum. »Ich bin wieder zu Hause.«

ENDE

56

Aber das ist nicht das Ende.

Denn so läuft es nun mal nicht. Wir können uns nicht aussuchen, wann der Abspann läuft und wann die Lichter im Saal wieder angehen. Unsere Szenen laufen einfach weiter und werden von einer Person an die nächste weitergegeben, bis die Geschichte nicht mehr nur von uns, sondern auch von vielen anderen erzählt wird.

Was eigentlich ziemlich schön ist, wenn ihr mich fragt.

Mum geht gleich wieder ins Bett. Es wird noch eine Weile dauern, bis sie wieder ganz bei Kräften ist. Max, Faith und Mercy lehnen sich übers Treppengeländer. »Kommst du, Mausebärchen? Wir schauen zusammen einen Film.«

»Bin gleich da«, rufe ich und lächle.

Nachdem meine Geschwister in Faiths Zimmer verschwunden sind, öffne ich die Tür zur Bibliothek. Alles ist mit einer feinen Staubschicht überzogen. Ein Buch liegt aufgeschlagen auf dem Tisch – die *Lady von Shalott* ist immer noch dort, wo ich sie hingeworfen habe.

Behutsam klappe ich das Buch zu und stelle es zurück ins Regal. Dann gehe ich zu dem kleinen braunen Ölgemälde und stelle mich ganz nah davor. »Hey«, sage ich und streiche vorsichtig mit dem Finger über den Rahmen.

Elaine hält ihre Augen geschlossen. Ihre blonden Haare sind wie ein Fächer ausgebreitet.

»Ich wollte dir nur sagen, dass alles wieder gut wird. Gleich wirst du die Augen aufschlagen und aus dem Boot springen. Du wirst dein Leben beginnen und deinen eigenen Weg gehen. Und ich verspreche dir: Die echte Welt ist noch viel schöner, als du sie dir vorgestellt hast.«

Ihre Augen sind noch immer geschlossen, daher beuge ich mich etwas weiter vor.

»Dein Gesicht war schon *immer* schön«, flüstere ich. »Du brauchst niemand anderen, um dein Happy End zu bekommen.«

Für den Bruchteil einer Sekunde huscht ein Lächeln über Elaines Lippen.

Nur ein Witz: Sie ist ein Gemälde.

Ich stelle mich auf die Zehenspitzen und gebe ihr schnell einen kleinen Kuss. Es macht leise *Knack,* und ein Sprung breitet sich übers Glas aus.

Ups.

Ich drehe mich zu den Tischen um, wo Sophia, Olivia und Madison auf ihren Stühlen lungern. »Danke für alles, Mädels. Ohne euch hätte ich es nicht geschafft. Wir hatten ein tolles Abenteuer, was?«

Sie winken mir lächelnd zu – und dann lösen sie sich beinahe lautlos in Luft auf wie Seifenblasen. *Plopp, plopp, plopp.*

»HOPE!«, brüllt Max von oben. »WIR HABEN DEN VORSPANN ANGEHALTEN. KOMMST DU JETZT ODER WAS?«

»SCHON GUT!«, rufe ich zurück. »ICH KOMME!«

Ein letztes Mal lasse ich den Blick durch die Bibliothek schweifen. Vielleicht werde ich ab und an mal vorbeikommen, wenn ich eine schwere Enzyklopädie brauche, um meine Videokamera abzustützen oder so. Dann ziehe ich leise die Tür hinter mir zu und steige die große, geschwungene Treppe hinauf.

Das Leben ist kein Liebesfilm.

Es ist weder Thriller noch Komödie. Es ist keine Tragödie, kein Horrorfilm, kein Krimi. Es ist kein Kriegsfilm, kein Actionmovie und auch kein Geschichtsdrama.

Das Leben ist eine bunte Mischung aus allen Genres. Es gibt die gruseligen Szenen und die lustigen, die süßen und die traurigen, die zornigen und die, die wehtun. Solche, bei denen man am liebsten vorspulen würde, und solche, bei denen man sich wünscht, sie würden niemals enden.

Und jede einzelne Aufnahme ist sehenswert.

Denn sie sind alle Teil der Geschichte.

»Pupshirn?«

Anscheinend bin ich wie von selbst aus reiner Gewohnheit vor dem Fenster am Treppenabsatz stehen geblieben. »Ja, Mercy?«

»Was machst du denn jetzt schon wieder?«

»Oh.« Ich blicke auf. Mercys dunkle Locken lugen hinter dem Türrahmen von Faiths Zimmer hervor. »Weiß nicht. Ich glaube, ich habe darüber nachgedacht, in was für einer Doggy-dog-Welt wir doch leben.«

»Nicht zu fassen –« Mer seufzt. »Tu mir den Gefallen und

sag das nicht in deiner neuen Schule, Hope. Es heißt *dog-eat-dog*. Das ist eine englische Redewendung, und sie lautet: *Es ist eine Dog-eat-dog-Welt.*«

Ich pruste laut los. »Ähm, nein. Seit wann fressen Hunde andere Hunde? Wenn, dann schlecken sie einander ab oder beschnüffeln sich gegenseitig am Hinterteil. Und warum sollte man sich über eine *Dog-eat-dog*-Welt freuen? Das ist doch total bescheuert.«

»Man soll sich ja auch nicht darüber freuen! Wenn jemand so etwas sagt, dann meint er damit, dass das Leben scheiße ist, du Dummkopf.«

Mercy verschwindet wieder hinter dem Türrahmen. Ich starre ihr nach.

Hmmm.

Ich wusste ja, dass ich in der Schule bestimmt ein ganzes Jahr nachzuholen habe – aber vielleicht sind es eher zwei?

Trotzdem, meine Version gefällt mir besser.

Leise kichernd – *doggy-dog!* – gehe ich weiter die Treppe hinauf. Oh, hey, vielleicht könnte ich in der Theater-AG meiner neuen Schule einen Film skripten und drehen – ich nenne ihn *Es ist eine Doggy-dog-Welt,* und er handelt von einem Mädchen, das einen Jungen trifft und nach Amerika –

Moment mal.

Ich drehe mich zum Fenster um.

Draußen auf dem Kiesweg ist ein Junge mit hellbraunen Haaren aufgetaucht. Er trägt Jeans und einen blau-weiß gestreiften Pullover. Der Fremde kommt aufs Haus zu, dann bleibt er stehen, blickt zu den Fenstern hoch, kratzt sich am Kopf, dreht sich um, geht ein paar Schritte zurück und schaut gleich darauf wieder zum Haus.

Was macht er da?

Er sieht unfassbar gut aus, also kann er gerne weiter da unten auf und ab laufen. Ich habe Zeit …

Ich klettere auf den Fenstersims, um besser sehen zu können. Der heiße Typ geht wieder zehn Schritte vorwärts Richtung Haustür, dann zögert er und dreht erneut um. Er beißt sich auf die Lippe, macht auf dem Absatz kehrt und unternimmt einen neuen Anlauf. Es macht richtig Spaß, ihm zuzuschauen. Wieder geht er sechs Schritte, diesmal in kleinen Slalomlinien. Jetzt ist er so nahe, dass ich sehen kann, wie er leise vor sich hin redet und nervös mit dem Finger über seine Ober–

BEN?

Ist das wirklich *Schnurrbart-Ben*? Benjamin, der Herrscher über die Scrabble-Steinchen? Schachclub-Ben? Raupenfänger-Ben? Mein alter Kumpel Stoppel-Ben?

Gute Arbeit, Pubertät. Das nenne ich mal ein optisches Upgrade erster Klasse!

Kompliment auch an den Erfinder des Rasierapparats.

»FAITH!«, rufe ich fröhlich die Treppe hinauf. »FAITH, KOMM RAUS. HIER IST JEMAND, DER DICH SEHEN MÖCHTE!«

In freudiger Erwartung mache ich es mir auf dem Fenstersims bequem.

Zwei Stockwerke unter mir kratzt Ben sich noch einmal am Kopf, starrt auf die Haustür, murmelt etwas vor sich hin, wird rot und streicht ungeschickt seinen Pullover glatt. Ich schicke ihm lauter kleine positive Gedankenwölkchen, um ihm Mut zu machen.

Komm schon, Benjamin. Du hast über zehn Jahre auf diesen Moment gewartet – Zeit für eine große romantische Geste! Du schaffst das.

Schnapp dir ein flauschiges Kätzchen oder so, und los geht's!

Hinter mir öffnet sich die Tür mit einem leisen Klicken.

FAITH VALENTINE taucht oben an der Treppe auf, strahlend schön und mit rosigen Wangen. Sie trägt einen leuchtend orangen Kapuzenpulli über neonblauen Leggings und – o mein Gott – eine rote und eine grüne Socke.

FAITH Was ist los? Wer ist da?

Grinsend forme ich mit den Händen ein Rechteck, um meine wunderschöne Schwester in einem perfekten Bildausschnitt einzufangen. Und –

Beleuchtung. Kameras.

Action.

Danksagungen

Lancelot sinnt nach und spricht:
»Sie hat ein liebliches Gesicht.«
Gott, versage ihr die Gnade nicht
Der Lady von Shalott.

Alfred Lord Tennyson

Auch wenn mein Name auf dem Umschlag zu lesen ist: Hinter diesem Buch steht eine ganze Armee von wunderbaren Menschen.

Großer Dank an Lizzie Clifford, meiner klugen und aufmerksamen Lektorin, der nichts entgeht: Du hast mich bei so vielen Geschichten unterstützt und begleitet, ohne dich wäre ich verloren. Danke an Kate Shaw, meiner jahrzehntelangen Agentin, die mich unermüdlich und mit großer Leidenschaft unterstützt.

Ich danke allen bei HarperCollins: Rachel Denwood und Ann-Janine Murtagh; Samantha Stewart, Michelle Misra, Yasmin Morrissey, Jess Dean, Lowri Ribbons, Jane Tait und Mary O'Riordan; Elorine Grant und David McDougall; Elisa Offord, Beth Maher, Alex Cowan; Geraldine Stroud, Jo-Anna Parkinson, Louise Sheridan; Robert Smith und Jessie Ford. Eure harte Arbeit, euer Talent und eure Kreativität haben dieser Geschichte Leben eingehaucht, und dafür bin ich euch unendlich dankbar.

Wie immer verdient auch meine unglaublich tolle Familie ein *Shout-out*. Mum und Dad, ich stehe in eurer Schuld. Danke, dass ihr mir nie vor Augen führt, wie sehr. Tara und Autumn, Grandad, Louise, Charlie, Adrian, Veronique, Caroline, Dan, Vincent, Simon, Lesley, Romaine, Dixie, Lorraine, Ellen, Freya, Robin, Judith und Grandma – danke, dass ihr mich immer anfeuert, selbst von dort, wo ich euch nicht sehen kann.

Und schließlich an meine Leserinnen und Leser, alte wie neue: Ich hoffe, ihr habt die Valentine-Familie genauso sehr ins Herz geschlossen wie ich.

Danke, dass ihr mich auch auf diesem Abenteuer begleitet habt.

Holly Smale

Die Geschichte der Valentine-Schwestern Hope, Faith und Mercy ist noch nicht zu Ende …

Auf den folgenden Seiten kannst du schon mal reinlesen, wie es im zweiten Band mit den dreien weitergeht:

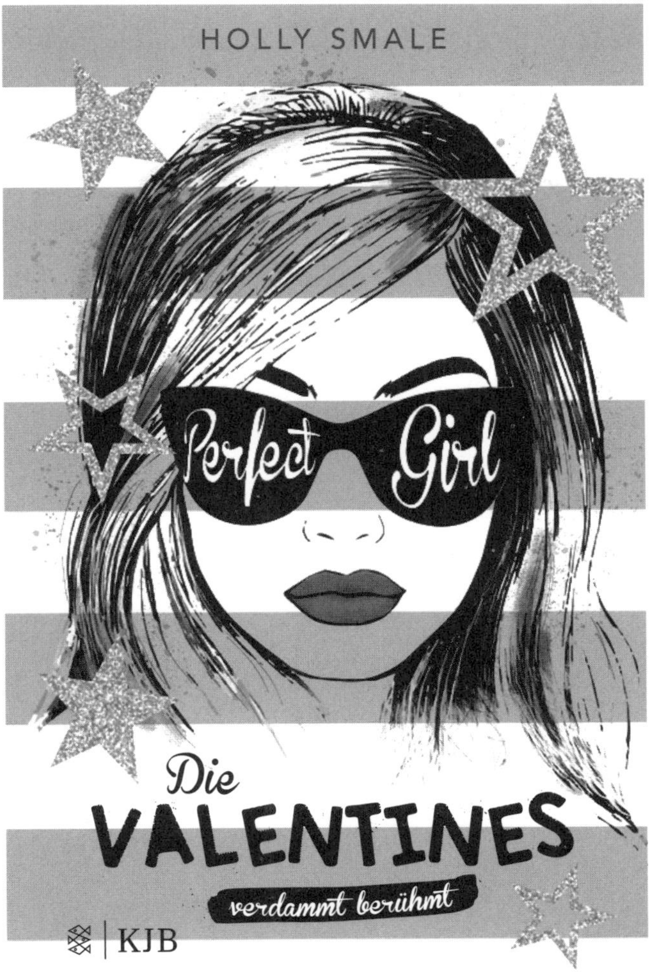

Aus dem Englischen
von Petra Koob-Pawis

Band 2

Leseprobe

Meine kleine Schwester schläft so leicht und mühelos.

Anders als Mercy, für die Dunkelheit ein Feind ist, gegen den man die Krallen ausfährt – und Max, der nachts erst so richtig auf Touren kommt –, schließt Hope einfach die Augen und ignoriert alles um sie herum.

Leise husche ich in Pudels Zimmer. Sie schläft tief und fest unter ihrer zerwühlten Decke, das Sonnenlicht fällt durch die weit geöffneten Samtvorhänge, ihre wirren schwarzen Locken sind verwuschelt, und sie hat ihren nagelneuen Camcorder an sich gedrückt. Ihr linker Fuß zuckt, und sie murmelt leise: *»Cut! Cut! Cut!«*

Liebe durchströmt mich, ungetrübt und hell, ohne den Hauch eines Schattens.

»Pu.« Sanft lege ich meine Hand auf ihren Kopf. Der Wecker neben ihr piepst, ohne Erfolg. »Wach auf, Baby.« Ich habe ihr versprochen, sie nicht mehr so zu nennen, jetzt, da sie fast sechzehn ist, aber … »Heute ist dein großer Tag.«

Hope rührt sich und murmelt: *»Action!«*, dann schlägt sie die Augen auf und strahlt mich an. Anders als der Rest der Familie ist die jüngste Valentine von einer Sekunde auf die nächste hellwach. Sie legt einfach einen Schalter um – und schon ist sie präsent, und der Dreh kann beginnen.

»Mein Traum wird wahr!« Hope setzt sich auf, wackelt

mit den Zehen und breitet die Arme aus wie ein Seestern. »Lass uns den Tag euphonisch begrüßen.«

Ich lächle zärtlich. »Euphorisch.«

»Sag ich doch.« Mit einem Satz hüpft sie aus dem Bett, streckt träumerisch die Arme über den Kopf und fängt an, sich im Kreis zu drehen. Heute ist Schnuppertag an ihrer neuen Schule, bevor im September der eigentliche Unterricht beginnt. Seit ihrer Rückkehr aus Kalifornien vor einer Woche hat Hope sich mit Feuereifer darauf vorbereitet.

Und wenn ich sage *vorbereitet*, dann meine ich damit, dass sie bereits Dankesreden geübt hat, wahlweise als Klassensprecherin/Beliebteste Schülerin/Party-Queen.

Mein Handy macht *Pling*.

Guten Morgen, meine Schöne. Wäre so gern bei dir. Das Publikum war wie entfesselt! Sehen wir uns später? Love, N xxxx

»*Faith und Noah …*«, fängt Hope an zu singen, während ich lächelnd eine Antwort schreibe.

Na klar! Kann es kaum erwarten! Wann passt es dir? xxx

»*… sitzen auf einem Baum und knutschen rum, man glaubt es kaum.*«

Dann schwebt meine kleine Schwester durchs Zimmer und sammelt die farbenfrohen neuen Klamotten ein, die ich ihr vor ein paar Tagen gekauft habe. »Man wird mich schon von weitem sehen«, sagt sie glücklich seufzend und schwingt die Sachen über ihrem Kopf wie Flaggen. »Ich werde beliebt sein, Eff, bei meinem Sternzeichen versteht sich das von selbst. Wir Krebse sind gesellig. Alle werden mich *anbeten*, so viel steht fest.«

Lächelnd nehme ich ihr Schreibmäppchen vom Kaminsims. Hope ist von Natur aus fröhlich, aber seit sie von Los Angeles zurück ist, hüpft sie buchstäblich vor Glück. Aber wenn ich sie frage, was *genau* dort passiert ist – war da nicht was mit einem Jungen? –, ist sie plötzlich sehr verschwiegen.

»Ach«, sagt sie dann grinsend, »nichts Besonderes, Eff. Wir sind nur ein bisschen rumgefahren.«

Sie hat sich angewöhnt, Türen zuzuschlagen und in den unpassendsten Momenten laut herumzuschreien – was gar nicht zu ihr passt, sie aber noch liebenswerter macht. Obwohl ich mich schon fragen muss, was Dad sich dabei gedacht hat, ein fünfzehnjähriges Mädchen ans Steuer zu lassen.

»Vielleicht solltest du deine Aufmerksamkeit nicht nur auf das Sozialleben der Schule richten. Wie wär's damit?« Ich schüttle das Mäppchen. Der kleine Mausebär ist leer. »Als eine Art Glücksbringer.«

»Glück hin, Glück her.« Pu zuckt die Schultern. »Das Schicksal liegt in unserer Hand, Eff. Die Schule ist eine *Bildungsanstalt*. Eine *Kathedrale des Lernens*. Da wird es ja wohl Stifte geben.«

Mit einem lauten »Aaah!« reißt sie das Fenster auf.

»Ben!«, ruft sie und legt dabei ihre Hände trichterförmig an den Mund. »Benjamin! Ben-ja-mi-no! Wir sind hier oben! Kannst du *à la* Spiderman am Regenrohr hochklettern, oder müssen wir runterkommen und dich reinlassen?«

Sie dreht sich um, sieht mich an und wackelt mit den Augenbrauen.

Ich habe einen Langzeitfreund, und ich liebe ihn wirklich sehr, aber nicht *er* ist es, der draußen vor der Haustür steht. Nicht, dass dieses kleine Detail irgendeinen Unterschied für meine kupplerische Schwester gemacht hätte.

»Geh und sag Hallo.« Hope schiebt mich Richtung Zimmertür. »Ben ist den ganzen weiten Weg von Edinburgh gekommen, Faith. Wo bleiben deine Manieren?« Sie gibt mir einen Schubs.

»Ich finde, du –«

»Außerdem«, fährt meine Schwester fröhlich fort und tätschelt meine Schultern, »sollten wir uns *uno momento* Zeit nehmen, um zu würdigen, wie süß er ist, Eff. Ben ist hinreißend, findest du nicht? Er ist wie …« – sie sucht nach einem passenden Vergleich –, »wie Harry Potter in einem Staffel-Finale oder so.«

Ihr süßes kleines Gesicht strahlt vor Aufregung. Meine Schwester liebt mich sehr – und sie mag auch meinen Freund Noah –, aber noch mehr liebt sie eine gute Lovestory. Benjamin hat Gänseblümchen gerupft und sie für mich auf den Küchentisch gestellt, da waren wir gerade mal sechs Jahre alt. In ihren Augen reicht das für eine solide Dreiecksbeziehung.

»Ähm«, murmle ich zögernd, während sie mich zum Treppenabsatz schiebt. »Baby, ich muss erst mal duschen, bevor ich mich unter Menschen wagen kann. Ich bin verschwitzt und müffle, außerdem bin ich beim Joggen in Entenkacke getreten, also –«

Hope beugt sich zu mir und schnuppert. »Rosen«, stellt sie sachlich fest und dreht mich Richtung Treppe. »Rosen und Tautropfen und Makronen und kleine Kätzchen. Egal, was du machst, Faith Valentine. Du bist immer *perfekt*.«

»Einen Moment!«, rufe ich durchs Schlüsselloch.

Rasch reibe ich eine edle Duftkerze über meinen Hals und zupfe mein T-Shirt zurecht, damit man auf den ersten Blick sieht: *Ich-bin-nur-eine-alte-Freundin-fast-wie-eine-Schwester-und-nicht-die-romantisch-Angebetete-die-dich-plötzlich-in-einem-ganz-anderen-Licht-sieht-also-schau-mich-nicht-so-an*. Ben hat eindeutig zu viele Liebeskomödien gesehen.

Dann öffne ich schwungvoll die Tür. Aus dem geplant lässigen »Oh, hallo!« wird angesichts meines Gegenübers ein verdattertes »Oh, verflixt!«

Eine Zeitlang herrscht Stille.

»Faith«, sagt Dame Sylvia Valentine schließlich und mustert mich mit stählernem Blick entsetzt von Kopf bis Fuß. »Soll das ein Scherz sein?«

Blinzelnd spähe ich zur Tür hinaus. Von Ben ist weit und breit nichts zu sehen. Beim Anblick meiner berühmten Großmutter und ihres berüchtigten Gehstocks ist er offenbar fluchtartig ins Gebüsch abgetaucht. Kluger Junge.

»Ein *Scherz*? Wie meinst du das?«

»Ich meine *das* hier.« Großmutter fuchtelt mit ihrem Gehstock und schnüffelt wie ein aufgescheuchter Bluthund. »Als ich dich bat, möglichst *natürlich* auszusehen, dachte ich dabei nicht an einen heruntergekommenen Landstreicher, der« – sie beugt sich vor – »nach Bitterorangen und Lavendel riecht.«

Meine Nase zuckt. Vor mir steht eine Frau, die sich mit dem *Liberty*-Kerzensortiment auskennt.

»Hast du nicht *zehn Uhr* gesagt? Es ist aber erst –«

»Du bist eine *Valentine.*« Sie hebt ihre blasse, mit Diamanten reich geschmückte Hand. »In einem derart nachlässigen Aufzug öffnen wir keine Türen, egal wie hoch die Sonne steht. Was, wenn ich ein Journalist wäre? Oder eine verrückte, x-beliebige Person? Was, wenn ich ein Video-log hätte?«

Ich halte den Kopf gesenkt, damit sie meine geblähten Nasenflügel nicht sieht. *Video-log?* »Tut mir leid, Grandma.«

»Wir müssen *allzeit* bereit sein.« Ich blicke auf. Grandma spricht jetzt mit ihrer Kammerbühnenstimme. »Für uns gibt es keine Theaterpause, Faith. Für uns ist der Vorhang *immer* hochgezogen.«

Mein Kopf sackt noch etwas tiefer. »Tut mir leid, Grandma.«

»Steig bitte ins Auto«, sagt sie knapp. »Von deinen Geschwistern hätte ich ein derart ungebührliches Verhalten erwartet, nicht aber von dir.«

Nach diesen Worten dreht sie sich um und stapft zu ihrer silbernen Limousine. Ihre Schultern drücken tiefe Entrüstung aus.

Plötzlich fühle ich mich schuldig. Die zwei freien Morgenstunden, in denen ich joggen war, haben gar nicht mir gehört. Ich hätte mich waschen, schrubben, rasieren und zupfen sollen, hätte meine Zeit mit Conditioner, Maske,

Feuchtigkeitscreme, Gesichtspackung und Contouring verbringen müssen. Ich hätte die Löcher in mir zukleistern müssen, damit niemand sie bemerkt.

»Tut mir leid, Grandma«, sage ich zum dritten Mal. *Stets zu Diensten, Grandma.*

Dann befolge ich brav ihre Anweisungen.

»… *großes Potenzial*«, liest Grandma vor, während ich mich in der Limousine zurücklehne und mein Gesicht mit einem Feuchtigkeitstuch abrubble, das nach Gurke riecht. »Mit der strahlenden Schönheit einer modernen Filmlegende …« – sie blickt mich vielsagend an – »und als weibliche Hälfte eines der heißesten Teenie-Pärchen dieses Jahres hat Faith Valentine alle Voraussetzungen, um im Filmgeschäft Furore zu machen. Schon jetzt erhält sie Rollenangebote aus der ganzen Welt.«

Genevieve reicht mir ein weiteres Feuchtigkeitstuch aus ihrer großen Strohtasche, in der sie anscheinend die komplette Ausrüstung für einen Wellness-Tag im Spa mitschleppt. Es würde mich nicht wundern, wenn sie irgendwann auch noch einen Whirlpool und ein Dampfbad daraus hervorkramte. Ich fange an, meinen Hals abzurubbeln.

»Hast du übrigens schon deinen ersten Post in das World Wide Web hinausgeschickt?« Großmutter zieht die Augenbrauen hoch. »Eine Botschaft mit Vorbildcharakter, die dein Image befördert, wie ich hoffe?«

Bei ihr klingt es so, als müsste man ein Formular ausfüllen und es zusammen mit dem Personalausweis und einem frankierten und adressierten Umschlag an die kleinen Roboter senden, die *das Internet betreiben.*

»Ja, Grandma.« Ich lächle Genevieve dankbar an, dann bohre ich geistesabwesend mit dem Finger in meinem Ohr. »Nach einer halben Stunde waren es schon über hundertzweiunddreißigtausend Likes.«

»Braves Mädchen.« Grandma schlägt eine Seite in meinem goldenen Album mit Zeitungsausschnitten auf (auch bekannt als *Buch der Schande*). »Leider konzentrieren sich die Klatschblätter auch weiterhin auf deine Probleme mit diesem Noah Anthony. Das wirft kein gutes Licht auf dich, Faith.«

Sie hält das Album hoch und zeigt mir ein Paparazzi-Foto, auf dem ich meinem Freund einen finsteren Blick zuwerfe, während an meinem Kinn ein großer Klumpen Mayonnaise hängt, weshalb ich aussehe, als hätte ich einen weißen Spitzbart.

»Ich war hungrig«, sage ich errötend. »Glaub mir, bei uns läuft alles bestens.«

Kann mir mal jemand verraten, wie man einen Burger isst und dabei zu verstehen gibt: *Wir sind total ineinander verliebt, aber du wolltest keine Pommes, also Hände weg von meinen extradünnen Fritten!*

»Valentines waschen ihre schmutzige Wäsche nicht in der Öffentlichkeit«, ermahnt Dame Sylvia mich ernst. »Wir bezahlen Leute dafür, dass sie das diskret in einer geheimen Prominentenwäscherei tun, möglichst weit weg auf der anderen Seite der Stadt. Habe ich mich deutlich genug ausgedrückt?«

Ich nicke reumütig.

Millionen von Menschen haben jetzt nur noch dieses eine Bild vor Augen: Noah, den hingebungsvollen, fürsorglichen Freund, und mich, die missmutige, gierige Kuh, die nicht einmal weiß, wo ihr Mund ist.

Du musst dich noch mehr anstrengen, Eff.

»Wo wir gerade davon sprechen«, fährt Grandma fort. »Ich habe heute Morgen die Korrekturabzüge der neuen *Variety* bekommen.« Sie schlägt eine neue Albumseite auf. »Du siehst sehr hübsch aus, bist aber stumm wie ein Fisch, Faith. Versuch in Zukunft, interessante Bemerkungen einzuwerfen. Niemand will eine schweigende Statue interviewen, selbst wenn es die Statue einer Göttin ist.«

»Aber Marcy und Max haben immerzu geredet …«

»Dann musst du dir eben Gehör verschaffen.« Grandma blättert eine Seite um und seufzt. »Die *Daily Mail* nennt dich zum wiederholten Mal *unnahbar* und bezeichnet dich als *Eiskönigin*. Wenn du ein Mann wärst, ginge das als *rätselhaft* durch. Bei einer Frau bedeutet das so viel wie *Albtraum*. Du *musst* versuchen, Wärme auszustrahlen. Allerdings nicht so viel Wärme, dass man sie mit Verzweiflung verwechselt.«

Genevieve und ich tauschen Blicke aus.

Die Assistentin meiner Großmutter trägt eine Samtjacke, einen mittellangen Rock und eine Rüschenbluse, obwohl sie gerade mal Anfang zwanzig ist. Sie wirkt wie eine Zwillingsversion meiner Großmutter. So als hätte man einen Ableger von ihr in einen kleinen Topf mit Erde eingesetzt, um eine neue Pflanze zu ziehen.

Mit hochgezogenen Augenbrauen nickt sie mir zu. *Zeig Wärme, Faith.*

»Klar. Tut mir leid.«

Unsere Limousine kommt mitten auf der Straße zum Stehen – mit unnachahmlicher Arroganz und völlig ungerührt vom Hupkonzert der frustrierten Autofahrer hinter uns. Eine Welle der Übelkeit erfasst mich.

Wenn ich mich richtig hefig übergebe, vielleicht darf ich dann wieder nach Hause? Aber irgendetwas sagt mir, dass man mir lediglich ein Feuchtigkeitstuch in die Hand drücken, mich mit dem Tannenduft des Lufterfrischers einsprühen und losschicken würde.

Mein Handy macht *Pling.*

Omeingottomeingott, ich habe vergessen, dir
VIEL GLÜCK zu wünschen! Du rockst das!
Du bist ein Parasitenbeispiel an Femininität! H xxx

»Hm.« Ich muss unwillkürlich lächeln, während ich das weiße, fließende Kleid, das ich gereicht bekomme, über meinen feuchten orangen Sport-BH ziehe. »Grandma … können wir … meinst du … könnten wir vielleicht noch einmal kurz durchsprechen, was mich erwartet –«

»Seit fast einem Jahr beschäftigen wir uns jeden Mittwoch mit dem Theater, Faith«, unterbricht meine Großmutter mich stirnrunzelnd. »Hast du denn gar nicht zugehört? Haben wir nicht alles genau besprochen?«

»Ja, ich habe Stanislawski und Tschechow und Meisner

und Adler gelesen, ich kenne ihre Texte in- und auswendig. Es ist nur –«

»Wo ist dann das Problem?«

Einen Augenblick herrscht Stille.

»Schauspielern liegt dir im Blut«, bekräftigt Dame Sylvia Valentine, fünfmalige Oscar-Gewinnerin, Trägerin des Britischen Filmpreises für ihr künstlerisches Lebenswerk und längst ein nationales Kulturgut. »Eine ebenso seltene wie kostbare Gabe, die von meiner Mutter an mich weitergegeben wurde, dann an deine Mutter und schließlich an dich.«

Der Chauffeur öffnet die Tür, und Genevieve drückt mir ein ausgedrucktes Skript in die Hand.

Erneut hupen hinter uns entnervte Autofahrer.

»Du bist eine *Valentine*, mein Schatz«, erklärt meine Großmutter mit einem schmalen Lächeln. »Die Welt wird dir auf einem Silbertablett serviert. Jetzt darfst du es nur nicht vermasseln.«

Die Valentines – verdammt berühmt. Perfect Girl
erscheint im Frühjahr 2021 bei FISCHER KJB.

Die englische Originalausgabe erschien 2020 unter dem Titel
The Valentines – Far From Perfect
bei HarperCollins Children's Books,
a division of HarperCollinsPublishers Ltd, London

Hedderichstraße 114, D-60596 Frankfurt am Main
ISBN 978-3-7373-4197-4

Alle Bände von Holly Smale

Habe ich *Wünsche ich mir*

Habe ich		Wünsche ich mir
	›Die Valentines – verdammt berühmt‹ Happy Girl (Band 1)	
	›Die Valentines – verdammt berühmt‹ Perfect Girl (Band 2)	
	›Die Valentines – verdammt berühmt‹ (Band 3 – erscheint im Herbst 2021)	

Deine Wunschliste bitte hier ausschneiden.